ANDREA SCHACHT

Der Siegelring

Buch

Die junge Kölnerin Anita Kaiser erfährt auf dem Weg zu einem Ferienort, dass ihr Vater tödlich verunglückt ist. Sofort bricht sie die Reise ab und bucht den Rückflug – und muss miterleben, wie die Maschine, mit der sie eigentlich hätte fliegen sollen, beim Start explodiert. Von Trümmerteilen getroffen, sieht sie in den letzten Sekunden, bevor sie das Bewusstsein verliert, blitzartig drei ähnliche Feuerszenen wie einen Film vor sich ablaufen. Szenen, die ihren Tod bedeuteten… Doch eine innere Stimme sagt ihr: Diesmal nicht!

Anita überlebt das Unglück und erfährt, dass ihr verstorbener Vater noch eine weitere, uneheliche Tochter hat: ihre Halbschwester Rosewita. Bald schon stellen die beiden fest, dass ihr Vater ihnen von Kindheit an ganz ähnliche Geschichten erzählt hat. Geschichten, in denen drei besondere Ringe eine schicksalhafte Rolle spielen. Diese Ringe gehörten einer keltischen Töpferin im Köln der Römerzeit, einer Stiftsdame im mittelalterlichen Köln und einem französischen Flüchtlingsmädchen im Köln des beginnenden 19. Jahrhunderts…

Annik, eine keltische »Barbarin«, lebt um 98 nach Christus in Colonia. Von ihrem Geliebten Marcus erhält sie einen goldenen Siegelring mit der Inschrift »Ad perpetuam memoriam« – zur ewigen Erinnerung. Die künstlerisch begabte Annik findet eine Anstellung als Töpferin in der Villa des Patriziers Valerius. Mit dessen Frau Rosina schließt sie spontan Freundschaft, doch es ist die mütterliche Haushälterin Ursa, die Annik liebevoll unter ihre Fittiche nimmt.

Zu dieser Zeit ist der spätere Kaiser Trajan als Statthalter in Germanien eingesetzt und hält sich daher in Colonia auf. Noch immer lodern Aufstände gegen die Römer auf, und auch in Valerius' Haushalt scheint es eine Quelle zu geben, die die rebellischen Kelten mit Nachrichten über die römischen Truppenbewegungen versorgt. Annik gerät aufgrund ihrer Herkunft natürlich sofort in Verdacht. Doch Valerius vertraut ihr und erteilt ihr sogar den geheimen Auftrag, den Verräter im Haus zu entlarven. Indessen haben sich Marcus und Annik immer mehr entfremdet, und Annik beendet schließlich die Beziehung. Was niemand wissen darf: Sie fühlt sich von Valerius leidenschaftlich angezogen…

Autorin

Andrea Schacht, Jahrgang 1956, war lange Jahre als Wirtschaftsingenieurin in der Industrie und als Unternehmensberaterin tätig, hat dann jedoch den seit Jugendtagen gehegten Traum verwirklicht, Schriftstellerin zu werden. Sie lebt heute mit ihrem Mann bei Bad Godesberg und wird von zwei Katzen betreut, die gern auf dem Schreibtisch sitzen und mit spitzer Kralle den Gedankenfluss in Schwung bringen.

»Der Bernsteinring«, der zweite Roman aus der »Ring-Trilogie« von Andrea Schacht, ist bei Blanvalet bereits in Vorbereitung!

Lieferbare Titel:

Der dunkle Spiegel. Roman (0156, geb. Ausgabe, Blanvalet Verlag)

Andrea Schacht

Der Siegelring

Roman

BLANVALET

Umwelthinweis:
Alle bedruckten Materialien dieses Taschenbuches
sind chlorfrei und umweltschonend.

Blanvalet Taschenbücher erscheinen im
Wilhelm Goldmann Verlag, einem Unternehmen
der Verlagsgruppe Random House

Originalausgabe
1. Auflage November 2003

Umschlaggestaltung: Design Team München
Umschlagmotiv: akg-images
Satz: Uhl+Massopust, Aalen
Druck: Elsnerdruck, Berlin
Verlagsnummer: 35990
Lektorat: Silvia Kuttny
Redaktion: Petra Zimmermann
Herstellung: Heidrun Nawrot
ISBN 3-442-35990-2
Made in Germany
www.blanvalet-verlag.de

»Gemäß eurer Vorstellung, Gallier,
erreichen die Schatten
nicht die stillen Plätze der Unterwelt.
Der Geist des Toten belebt vielmehr einen
anderen Körper in einer anderen Welt.
Wenn das, was ihr singt, der Wahrheit
entspricht,
so ist der Tod nur die Mitte eines
langen Lebens.«

Lukan, De bello civili (1. Jh.)

Dramatis Personae

In römischer Zeit

Annik, die Barbarin – unternehmungslustige Töpferin, die sich mit ihrem Freund Rayan auf den Weg von Nordgallien an den Rhein macht und dort ihrem Schicksal begegnet.

Rayan, später Martius genannt – junger Gallier, der sich auf Pferde versteht und eine Vorliebe für die römische Kultur entwickelt, insbesondere, wenn sie von der Weiblichkeit präsentiert wird.

Titus Valerius Corvus – Patrizier, einst Quaestor in der Legion, jetzt als Gutsbesitzer und Stadtrat in der Colonia, verkrüppelt durch den Schwerthieb eines Bataver, ansonsten aber ungebrochen.

Ulpia Rosina – seine Frau, versucht ihre Vergangenheit und gelegentlich auch die Gegenwart zu vergessen, indem sie sich der Glasschleiferei widmet. Daneben fasst sie eine bedauerliche Leidenschaft zu einem barbarischen Krieger.

Valeria Gratia – Tochter des Valerius aus erster Ehe, ein fröhliches, wissbegieriges Mädchen auf der Schwelle zur Frau.

Lucilius Aurelius Falco – römischer Offizier auf Europa-Tour, um Pferde und Legionäre einzukaufen. Dazu bekommt er ein paar gallische Draufgaben.

Cullen, der Barde – ein junger Narr, der sich in Annik verliebt hat und sie damit in Schwierigkeiten bringt. Sich selbst bringt er mit seinen Satiren in Schwierigkeiten.

Ursa – die germanische Hausverwalterin und Vertraute des Hausherren, bestechend durch ihre Körpergröße und bärenhafte Statur.

Auf dem Gut: Erwan, der alte Ofensetzer, und Ilan, der Stalljunge, Mechthild, Rosinas Dienerin, Charal, der germanische Verwalter, Berold, der Pächter, Humilius, Gratias Lehrer.

In der Colonia: der gallische Arzt Viatronix, Cosimo, Valerius' Leibdiener, Gerardus, Hausverwalter in Colonia, Helgard, seine Gattin, Frikka, seine Tochter, und Senator Publius Pontanus, dem ein Ungemach geschieht.

Am Ende der Welt: Deneza, Anniks Mutter, Briag, ihr Vater, Jord, der Druide, Anniks Mann und Mutter Tekla, die gallische Seherin.

In der Gegenwart

Anahita Kaiser, genannt Anita – hat gerade ihr Studium beendet und bummelt in Ferienclubs herum, bis sie einem explodierenden Flugzeug in die Quere kommt. Das ändert einiges in ihrem Leben.

Caesar King, bürgerlich Julian Kaiser – Anitas Vater, ein berühmter Schlagersänger, der den Zenit überschritten hat. Er erzählt mit Leidenschaft Geschichten und weiß verschiedentlich Geheimnisse nur allzu gut zu wahren.

Uschi Kaiser – Anitas Mutter, von labiler Gemütslage, starkem Anlehnungsbedürfnis und milde hysterischem Charakter.

Rosewita van Cleve, genannt Rose – Glasdesignerin, eine etwas schüchterne, aber inspirierte Künstlerin und Restaurateurin antiker Gläser, uneheliche Tochter von Caesar King.

Gracilla Valerie van Cleve, genannt Cilly – Schwester von Rose, ein fröhliches und sensibles Mädchen, das eine mögliche Vergangenheit für bare Münze nimmt.

Marc Britten – Sensations-Fotograf mit dem Hang zum Abenteuer und schönen Frauen, doch von betrüblich unbeständigem Charakter.

Valerius – ein Erlebnis

Vorwort

Die Katzenpfote war es, die mich zu diesem Roman inspirierte. Der Abdruck eines kleinen Katzenpfötchens auf einem alten römischen Ziegel. Dieser Dachziegel wurde im ersten nachchristlichen Jahrhundert im Rheinland geformt und zum Trocknen auf den Boden gelegt. Er sollte das Dach eines ländlichen Gutshauses, einer Villa Rustica, in der Nähe von Ahrweiler decken, und als er noch feucht in der Sonne lag, trippelte die Hofkatze darüber.

Geschichte – das sind nicht nur heroische Schlachten, weltbewegende Katastrophen, kaiserliche Edikte oder päpstliche Bullen. Geschichte haben vor allem die Kleinen und Unbedeutenden gemacht. Die Hofkatze des Römers beispielsweise. Oder dieTöpferin.

Colonia Claudia Ara Agrippinensium, kurz CCAA genannt, oder heute schlicht Köln, war der zentrale Ort des Rheinlands. Die Römer legten die Stadt nach bewährtem Muster an, wie sie auch ihre Legionslager zu bauen pflegten – mit gradlinigen Straßen, den notwendigen öffentlichen Gebäuden wie dem Kapitol, dem Praetorium, dem Forum, den Thermen, einer Rennbahn und dem Hafen. Sie umgaben sie mit einer Stadtmauer samt Toren und Türmen, organisierten die städtische Müllabfuhr und die Entsorgung der Abwässer, vor allem aber legten sie sich eine exklusive, 100 Kilometer lange Frischwasserleitung, die die Stadt mit quellfrischem Eifelwasser versorgte. Und wie auch heute Städter es gelegentlich vorziehen, haben sich die Vornehmen ihr Landhaus im Umland gegönnt.

Gelebt haben in Köln und seinem Umland hauptsächlich die Altgedienten aus den Legionen, aber natürlich ebenso die einheimischen Germanen und einige Gallier, die vor Julius Caesars Eroberungszügen das Rheinland bevölkerten. Man schien sich weitgehend vertragen zu haben. Weitgehend, nicht immer. Aufstände gab es dann und wann, die letzten eben in jener Zeit, über die ich berichten will.

Denn die Colonia war dazu ein Zentrum der Macht, Caesaren und künftige Caesaren wurden hier ernannt, etwa Vitellus und Traian.

Köln war schon zur Römerzeit eine blühende, weltoffene Stadt an einem gewaltigen Strom, der Handelswaren, Menschen und vor allem Nachrichten aus aller Herren Länder transportierte. Der Rhein formte den Charakter der Stadt und seiner Bewohner. Und der hat sich bis heute in gewisser Weise erhalten und macht den Charme des Rheinlands aus.

Sollte die Vorstellung stimmen, die die Gallier vom Leben und vom Tod haben, dann ist es nicht undenkbar, dass jene, die einmal am Rhein gelebt haben, in ihrem nächsten Leben an seine Gestade zurückkehren.

1. Kapitel

Wiederkehr

Sie starb. Es wurde dunkel um sie, doch das Gesicht ihres Geliebten war das Letzte, was sie mit ihren schwindenden Sinnen wahrnehmen konnte. Dann begann ihre Wanderung durch die Sphären des Alls. Sie nahm ihren Weg ohne Angst auf, wissend, dass sie sie finden würde – Unendlichkeit, hinter der sich ein ordnender Wille verbarg. Doch um ihm nahe zu kommen, musste sie die Welten der Materie hinter sich lassen. Sie wanderte lange, und es lösten sich Wehmut, Schmerzen und Trauer auf. Doch das tiefste Gefühl, das sie je empfunden hatte, blieb bei ihr, und die Liebe wuchs zu einer gewaltigen, drängenden Kraft an: der Sehnsucht.

Und als sie mächtig genug war, wurde sie wieder angezogen von jenem leuchtenden Stern, um den die Planeten tanzten. Und die Ströme der Zeit ordneten sich so, dass die Gegebenheiten günstig waren. Daher wurde im Jahre 1972 einem Star des Schlagerhimmels, Caesar King, zu Köln eine Tochter geboren.

2. Kapitel

Explosion

Es herrschte das übliche Durcheinander vor den Schaltern der Chartergesellschaften. Braun gebrannte Touristen warteten auf ihren Abflug, weißhäutige Ankömmlinge in mehr oder minder heiterer Urlaubsstimmung sammelten sich um Reiseleiter, mehr oder minder freundliches Bodenpersonal nahm Gepäck und Beschwerden entgegen. Koffer, Rucksäcke, Surfbretter und quäkende Kleinkinder vervollständigten das Bild des milden Chaos, das um mich herum tobte.

Wir warteten auf unseren Abflug von Gran Canaria nach Rom, von wo wir zur nächsten Ferienanlage weiterfliegen sollten. Wir, das war eine Gruppe junger, überwiegend gut aussehender und durchtrainierter Männer und Frauen, die zu einem Team gehörten, das die Gäste betreuen und das Unterhaltungsprogramm organisieren sollte. Ein unterhaltsamer Job, der mir nach einer etwas anstrengenden Zeit zu Hause genau in den Kram passte.

In all dem Lärmen von Lautsprecher-Durchsagen, heftigen Diskussionen und lautstarken Verabschiedungen hätte ich beinahe das melodische Trillern meines Mobiltelefons überhört. Mit einer Hand hielt ich mir das linke Ohr zu, an das andere Ohr drückte ich das Gerät. Trotzdem war es mir nicht sofort möglich zu verstehen, was mir die Anruferin mitteilen wollte.

»Uschi? Ich verstehe dich nicht!«, sagte ich, schob Grace zur Seite und suchte mir eine etwas ruhigere Ecke hinter einem Pfeiler. »Was willst du damit sagen, er ist nicht nach Hause gekommen?«

Marek warf mir seinen Rucksack auf die Füße und bat: »Pass einen Moment darauf auf, ja!«

Ich nickte kurz und lauschte weiter dem zusammenhanglosen Gestammel, das mir aus dem Telefon entgegenklang.

»Uschi, willst du damit sagen, dass Julian dich wegen einer anderen Frau verlassen hat?«

Zwei herumtollende Kinder rempelten mich an, ich knurrte ungehalten. Dann endlich hatte ich verstanden, was meine Mutter mir sagen wollte.

»O mein Gott! Er ist tot? Ja, ich komme nach Hause, sobald ich meinen Flug umgebucht habe!«

»Du bist so blass, Anita. Was ist passiert?« Ulla war wie üblich die Erste, die die Veränderung an mir bemerkte. Mitfühlend legte sie ihre Hand auf meinen Arm. Ich lehnte meinen Kopf an den Pfeiler und fühlte den kühlen Beton an meiner Stirn. Mir war ein wenig schwindelig.

»Anita? Schlimme Nachrichten?«

Ich nickte. Dann raffte ich mich auf, um es auszusprechen.

»Ich habe gerade erfahren, dass mein Vater heute Nacht bei einem Autounfall ums Leben gekommen ist.«

Es war gesagt, und damit war es Wirklichkeit. Ulla legte den Arm um mich und drückte mich kurz an sich. Aber für Tränen war noch keine Zeit. Es gab etliche Dinge zu erledigen.

»Tut mir Leid«, sagte ich zu ihr und machte mich frei. »Ich kann nicht mit euch kommen. Ich muss einen Flug nach Deutschland finden.«

»Das kriegen wir schon hin. Setz dich erst mal, du bist weiß wie die Wand.«

Sie führte mich zu einem freien Platz und nahm mir den schweren Rucksack ab.

»Es ist so unglaublich, Ulla«, seufzte ich, während ich mich hinsetzte.

»Das ist es wohl immer, nicht wahr? Hast du ihm nahe gestanden?«

»Ja, irgendwie – ja. Doch.«

»Ach Liebchen, du bist völlig durch den Wind. Komm, gib mir dein Ticket. Ich kümmere mich um die Umbuchung. Wohin willst du fliegen?«

»Köln-Bonn, wenn es geht. Danke, Ulla.«

Ich sah der molligen Frau nach, mit Anfang vierzig die Älteste in unserem Team. Sie kümmerte sich meistens um die Kinderbetreuung und brachte den sportlichen Aktionen nur geringes Interesse entgegen. Ich mochte sie sehr. Dann aber wanderten meine Gedanken zu meinem Vater, Julian Kaiser, der Welt besser bekannt als Caesar King, einer der bekanntesten Schlagersänger der Siebziger- und frühen Achtzigerjahre. In der letzten Zeit allerdings hatte er kaum noch Erfolg, wenn auch manche Fans in nostalgischem Eifer seine seltenen Konzerte besuchten. Angeblich wollte er gestern Abend seinen Agenten aufsuchen, um ein neues Engagement zu besprechen, war aber zu seinem Termin nicht erschienen. Was meine Mutter Uschi zu der wirren Annahme verleitet hatte, dass er stattdessen seine heimliche Geliebte aufgesucht haben müsse. Auf dem Rückweg von ihr sei er dann verunglückt. Es erschien mir ziemlich unglaubwürdig, aber bevor ich nicht mehr als nur die krausen Informationsfetzen kannte, die meine Mutter mir eben mitgeteilt hatte, wollte ich mir darüber keine Gedanken machen. Dass er tot war, war schlimm genug.

»Hier, ich hab' einen Flug für morgen früh um sechs.

Vorher geht keine Maschine. Aber du kannst im Flughafenhotel übernachten, das ist mit drin.«

Ulla reichte mir die Papiere, und ich schenkte ihr ein dankbares und ein bisschen trauriges Lächeln. Der Flug nach Rom wurde aufgerufen, und mit einer Umarmung verabschiedete ich mich von meiner Freundin.

»Ich erkläre es den anderen, keine Sorge. Wir sehen uns bestimmt wieder, Anita. Wir bleiben im Kontakt, ja?«

»Ja, Ulla. Mach es gut. Und noch mal danke. Ich kann jetzt mit den anderen nicht darüber sprechen.«

»Schon gut, Liebchen.«

Ich sah der kleinen Gruppe nach, die sich jetzt zum Ausgang wendete. Roxane sah sich noch einmal nach mir um, um mir einen erstaunten und – wie üblich – leicht giftigen Blick zu spendieren. Ich nahm meinen Rucksack und suchte auf den Hinweisschildern nach dem Weg zum Hotel. Es war nicht schwer zu finden, und kurz darauf stand ich vor dem Eingang. Eine ruhige Nacht würde es wohl nicht werden, die Start- und Landebahnen lagen in unmittelbarer Nähe. Aber ich erwartete auch keine ruhige Nacht, zu viel ging mir im Kopf herum.

Die Maschine nach Rom donnerte heran und hob ab. Es gab einen ungeheuren Knall, und sie löste sich in einem Feuerball auf. Ich wurde gegen die Mauer geschleudert, merkte fassungslos, wie ich zusammensank. Wie in unendlicher Verzögerung sah ich aus den grellen Flammen ein glühendes Stück Metall auf mich zufliegen. Doch bevor es mich an der Schläfe traf, vermeinte ich eine Stimme zu hören, die zu mir sagte: »Diesmal nicht!«

Die Schwärze senkte sich über mich, aber noch vor dem endgültigen Auslöschen meines Bewusstseins zogen in schneller Folge drei ebenso erschreckende Szenen vor meinem inneren Auge vorbei – ein Dorf in Flammen, ein loderndes Lagerhaus und das Auseinanderbersten eines festgemauerten Militärgebäudes.

Das allerletzte Bild aber war ein unendlich vertrautes Gesicht, das sich über mich beugte.

Ich lag irgendwo, halb wachend, halb schlafend und träumte vor mich hin, anscheinend frei von allen irdischen Bindungen. Es war nicht unangenehm. Manchmal fühlte ich mich schwerelos, wie im Wasser liegend, das mich sanft wiegte. Um mich herum schien alles verschwommen und unscharf, wie in Nebel gehüllt. Hin und wieder waren da Stimmen, aber meistens schien es nur ein fernes Rauschen zu geben. Einmal wurde es durchbrochen von einem pulsierenden Trommeln, das sich näherte, lauter wurde. Für einen kurzen Moment zerriss der Nebel, und da lag ein Strand vor mir, ein langer, weißer, sandiger Halbmond, hinter dem sich eine grüne Düne erhob. Ein Reiter kam näher. Ich wusste, es war mein Geliebter.

Dann wachte ich richtig auf. Aber kaum dass ich meinen Blick zentrieren konnte, setzte schon die Verwirrung ein. Etwas stimmte nicht. Es stimmte ganz und gar nicht! Wo war die vertraute graue Steinwand mit dem kleinen, rechteckigen Fenster, durch dessen Holzladen die Morgensonne ihre schmalen Streifen warf? Wo waren die dunklen Balken über mir, auf denen das Strohdach ruhte? Wo war die vertraute Decke aus Wolle mit ihrem dunkel- und hellbraun gewebten Karomuster? Wo war das Holzgestell meines Bettes, der Kittel, den ich am Abend über den Pfosten gehängt hatte? Und wo war Rayan? Wo war mein blonder Geliebter, der am vergangenen Abend endlich wieder einmal den Weg in meine Hütte gefunden hatte?

Befremdet betastete ich die weiche, weiße Decke, die über mir ausgebreitet war. Irgendetwas Weißes war auch um meine Arme gewickelt. Das Licht in dem Zimmer mit den schrecklich weißen Wänden war grell, es strömte, völlig unwirklich, von der Decke herab und nicht vom Fenster her. Und das Bett – ihr Götter! –, das Bett war zwar wunderbar weich, aber das Gestell war, wie ich durch kurzes Befühlen feststellte, aus kaltem Metall. Ich schloss die Augen wieder. Es war zu hell, zu unbekannt, zu fremd. War das die andere Welt? War ich unversehens durch den Nebel in die Welt der Götter und Geister geraten? War ich in der Anderwelt angekommen, in die die Menschen nach dem Tod eingingen? Man wanderte dort, hieß es, und vergaß, was geschehen war, bis man wieder den Weg zurück in die diesseitige Welt fand und neu geboren wurde. War ich denn gestorben? Oder hatte mich eine der Korriganen entführt?

Hatte ich schon alles vergessen? Verzweifelt versuchte ich mich zu erinnern, was geschehen war. Doch ich konnte mich nur entsinnen, dass ich mich, als die Sonne untergegangen war, an Rayans Seite geschmiegt hatte. Seine muskulösen Schultern, seine breite Brust und sein straffer Bauch waren warm und verlockend gewesen, und bevor wir eingeschlafen waren, hatten wir uns eingehend mit den Freuden beschäftigt, die uns unsere Körper schenkten. Das führte zwar gelegentlich an die Grenzen zu einer anderen Welt, aber ich hatte noch nie gehört, dass jemand sie dadurch überschritten hätte. Überhaupt, soweit ich wusste, war es nur den ganz wenigen Weisen und Wissenden möglich, lebend durch die Tore der Anderwelt zu gehen und wieder zurückzukehren. Gewöhnliche Sterbliche fanden die Eingänge nicht. Oder sie kehrten nicht zurück.

Da war jetzt eine Stimme. Jemand sprach mich an.

Ohne Zweifel. Auch wenn ich die Worte nicht verstand, so war doch der Tonfall eindringlich. Jemand rief mich und wollte, dass ich wach würde. Mühsam hob ich noch einmal die Lider und blinzelte in das allzu helle Licht. Der weiß gekleidete Mann erkannte meine Pein und verdunkelte mit einer schnellen Handbewegung den Raum. So war es besser. Er musste ein sehr kundiger Druide sein, der so über das Licht gebieten konnte. Aber sosehr ich mir auch Mühe gab, ich konnte einfach nicht verstehen, was er sagte. Es war nicht meine Sprache, und es war auch nicht das Latein, das die Römer mir beigebracht hatten.

Frustriert schüttelte ich den Kopf und bemerkte dabei, dass auch er zum Teil mit irgendetwas bedeckt war. Ja, wenn ich es richtig betrachtete, schmerzte mein Gesicht ganz ungeheuerlich. Mein linker Arm und die rechte Brust brannten ebenfalls wie Feuer. Ein Stöhnen entrang sich mir, und der Druide oder wer immer der Mann war gab ein paar beruhigende Worte von sich. Etwas glitzerte in seiner Hand auf, ich spürte ein leichtes Stechen und sank gnädig in meine Traumwelt zurück.

3. Kapitel

Die Seherin

Als Annik das nächste Mal aufwachte, war, den Göttern sei Dank, alles wieder in Ordnung. Die Sonnenstrahlen bildeten lange Streifen durch den Holzladen vor der Fensteröffnung, und von draußen her drang das Meeresrauschen. Die Morgenflut kam herein, und die Dünung brach sich an den rund gewaschenen Felsen vor dem Haus. Annik streckte sich und stand auf. Nackt, wie sie war, öffnete sie die Tür und ließ den frischen Wind über ihren schlafwarmen Körper streifen, bis sich eine Gänsehaut bildete. Salzige Gischt und der Geruch von feuchtem Tang, der sich an der Flutlinie abgelagert hatte, traf ihre Nase, aber auch der süße Duft des gelb blühenden Ginsters neben dem Haus und der Rauch der Holzfeuer aus den Hütten auf der anderen Seite der Bucht. Möwenkreischen mischte sich in das Gackern der aufgeregten Hühner, die nach verstreuten Körnern pickten, und zwei Elstern zankten sich mit rauen, unwirschen Stimmen um etwas, was sie am Strand gefunden hatten.

Rayan war schon früh aufgebrochen, sein Pferd hatte unten in der sandigen Bucht eine Hufspur hinterlassen, die jetzt langsam von der steigenden Flut ausgelöscht wurde. Annik drehte sich um, nahm die kurze Tunika vom Bettpfosten und warf sie sich über. Mit sicheren Bewegungen, die auf lange Übung schließen ließen, kletterte sie die Felsen hinunter zum Strand, spürte den noch kühlen Sand unter den bloßen Füßen und sah über das blaue Meer hinaus.

Der Sommermorgen war makellos klar, und am Horizont teilte sich deutlich die dunkelblaue Wasserfläche vom hellblauen Himmel. Kleine weiße Schaumkronen spielten auf dem Wasser, und auf den aus den Fluten herausragenden Felsen hatten sich unzählige der weißen Reiher und Möwen niedergelassen. Hin und wieder erhob sich eine Schar, drehte eine gemeinsame Runde und landete nahe der Küste auf Wasser. Kleine, emsig pickende Strandvögel eilten an der Wasserlinie geschäftig auf und ab und drehten und wendeten sich stets gleichzeitig, als gäbe ein unsichtbarer Führer ihnen das Kommando. Annik lächelte wie immer bei diesem Anblick. Er erinnerte sie an die römischen Legionäre, die sich ordentlich in Formation bewegten, gedrillt und alle gleich ausgerichtet.

Aber dann verblasste ihr Lächeln, denn ihr fiel wieder ein, dass sie nun endgültig ihre Entscheidung treffen musste. Bevor die Sommersonne ihren höchsten Stand erreicht hatte, wollten Rayan und Falco aufbrechen. Noch in der Nacht hatte Rayan sie gebeten mitzukommen. Und das hieß Abschied nehmen vom Meer, von den salzigen Gestaden, dem weiten Blick bis hin zur Unendlichkeit, dem Ende der Welt. Abschied von ihrer eigenen kleinen Insel.

Annik liebte das Meer. Trotz allem. Sie liebte es nicht nur an den hellen, sonnigen Tagen wie diesem, sondern ebenso die bleigrauen Wogen unter sturmdunklem Himmel, die wabernden, weißen Nebel und die dunstigen, feuchtkalten Tage. Sie liebte es, selbst wenn es tobte, sich auftürmte und brüllte und dumpf gegen die Felsen donnerte. Sie respektierte es, wenn es versuchte, einen Teil der Küste zu verschlingen, wie es ihm einst, vor sechs Jahren, gelungen war. Als es das kleine Stück Land, auf dem sie jetzt ihre Hütte hatte, vom Festland trennte.

Sie nahm es dem Meer nicht übel, dass es seine Fluten so gewaltig hatte ansteigen lassen. Dennoch trauerte sie noch heute um ihre Eltern und die vielen anderen ihres Clans, darunter auch Rayans Angehörige, die damals umgekommen waren.

Das Meer, ihre Heimat, sollte sie verlassen! Dorthin ziehen, wo, wie Falco sagte, die Wälder dicht und dunkel waren, sich über Hügel und Berge ausbreiteten und nur der breite Fluss mit seinem gemächlichen Strömen daran gemahnte, dass alles Wasser zum Meer floss. Andererseits – was hielt sie noch hier? Ihre Familie war tot, und wenngleich sie vom Nachbardorf, das von den schlimmsten Auswirkungen der großen Flut verschont geblieben war, selbstverständlich aufgenommen worden war, so war sie doch irgendwie fremd geblieben. Sicher, der Töpfer hatte sie gerne bei sich untergebracht, denn sie war schon als Kind geschickt mit Ton und Drehscheibe umgegangen. Sie hatte viel von ihm gelernt, und jetzt waren sogar die anspruchsvollen Römer bereit, ihre Schalen und Krüge zu kaufen. Als Töpferin könnte sie im Rheinland genauso ihren Lebensunterhalt verdienen und nicht nur abhängig von Rayan sein.

Sie verstand ja, was ihn reizte. Rayan war wild und voller Energie. Falco dagegen war ein überzeugender Redner, wenn er etwas wollte. Und er wollte Rayan.

Rayan, der Sohn eines Pferdezüchters, der ein geradezu magisches Geschick bei diesen Tieren hatte, war zwei Jahre jünger als Annik. Sie waren Haus an Haus aufgewachsen, nicht gerade in liebevoller Freundschaft, sondern raufend, streitend, miteinander schmollend und in seltenen Fällen auch mal in trauter Einigkeit gegen den Rest der Welt. Dann kam die Flut, als Annik neunzehn und Rayan siebzehn Jahre alt waren. Annik hatte nicht nur ihre Verwandten, sondern auch ihren Liebsten verloren, und als sie durch die Trümmer des verwüsteten Dorfes strich, fand sie lediglich den großen Jungen weinend an den Resten der Herdstätte seiner Familie sitzen. Das gemeinsame Elend, die Trauer und die Einsamkeit führten sie zusammen. Annik fand Unterschlupf für sie beide bei den Überlebenden und half dem verstörten Rayan, wieder Mut zu fassen.

Sie lächelte bei dem Gedanken, wie gut Rayan es geschafft hatte, sich bei den Ausländern trotz seiner jungen Jahre ein beträchtliches Ansehen zu verschaffen. Die Römer hatten sich schon Jahre vor ihrer Geburt in der Flussmündung niedergelassen und einen Hafen angelegt. Es hatte nie besondere Zwistigkeiten zwischen ihnen und den einheimischen Kelten gegeben. Sie hatten den Handel gefördert, Straßen und Wege gebaut und den Handwerkern Arbeit gegeben. Manche Bequemlichkeiten ihrer Zivilisation wollte man heute sicher nicht mehr missen, dachte Annik. Und Gnaeus Iulius Celerinus, der ein großes Gut im Landesinneren bewirtschaftete, hatte von Rayans Vater oft genug Pferde erworben. Er war nur zu glücklich, dem fähigen jungen Mann Arbeit und Unterkunft zu geben.

Im Laufe der Jahre hatte Rayan zunehmend mehr Verantwortung für die Pferdezucht des Römers übernommen, und so blieb es nicht aus, dass er Lucilius Aurelius Falco auffiel, der seit dem Winter als Gast bei Celerinus weilte. Wie Rayan mit glühenden Augen Annik bei Jahresbeginn berichtete, war dieser Römer der Praefect einer Ala, also einer Reitereinheit, der Legio I Minerva. Er war nach Nordgallien gekommen, um sowohl Hilfstruppen anzuwerben als auch Pferde zu kaufen. Stolz berichtete Rayan, wie beeindruckt der Römer von seiner Kraft, seinem Kampfesmut und Geschick mit den Tieren war. So allmählich und wann immer Rayan bei ihr vorbeischaute, bemerkte Annik, dass er sich mehr und mehr mit dem Gedanken anfreundete, sich der Legion anzuschließen. Den größten Reiz übte, wie sie vermutete, die Zusage aus, dass ein Angehöriger der Auxiliartruppen nach der Entlassung aus der Legion die römische Staatsbürgerschaft erhielt. Genauso zog Rayan allerdings das Leben in fremden Ländern an. Sie selbst hatte Falco dann ebenfalls kennen gelernt, einen großen, sehnigen Mann Anfang der dreißig, mit einem schmalen, scharf geschnittenen Gesicht, das unbedingte Willensstärke ausstrahlte. Seine dunklen Haare hatte er nach Römerart kurz geschnitten, und er war bartlos, doch er trug nicht die militärische Tracht des Praefecten, sondern die Kleidung der einheimischen Gallier. Dennoch bestand kein Zweifel daran, dass er ein Befehlshaber war. Annik verstand, dass Rayan ihn verehrte. Auch sie empfand widerwillig Achtung vor Aurelius Falco, der zu diesem Namen offensichtlich nicht unverdient gekommen war – er hatte wahrlich etwas von einem scharfsichtigen Falken.

Vor einem Monat hatte Rayan ihr schließlich mitgeteilt, dass er im Sommer mit der Truppe ziehen würde, die Praefect Falco angeworben hatte, um sich als Zureiter um die Pferde zu kümmern. Außerdem wolle er zukünftig mit dem Namen Martius gerufen werden. Seine Begeisterung war so groß, dass er nicht merkte, wie wortkarg Annik auf diese Ankündigung reagierte und in sich gekehrt blieb. Aber in dieser letzten Nacht nun hatte er sie gebeten, ihn als seine Gefährtin zu begleiten.

Nun musste sie ihre Entscheidung treffen.

Annik machte einen Schritt auf das Wasser zu und ließ die Wellen an ihren nackten Zehen lecken. Es war kühl, aber nicht kalt, und entschlossen legte sie das Hemd ab und lief ins Meer. Das Wasser lag flach, blaugrün schimmernd und glasklar vor ihr. Erst nach etlichen Schritten verlor sie den Boden unter den Füßen. Das Schwimmen machte ihr Freude, wusch die Zweifel und ungelösten Fragen für eine Weile fort. Sie erreichte den Felsen vor der Küste, drehte sich auf den Rücken und ließ sich von den Wellen schaukeln, während sie zu ihrer kleinen Insel schaute. Einst hatte dort das Dorf gestanden, in dem sie aufgewachsen war. Nun gab es nur noch ein paar von Ranken überzogene Mauerstümpfe und verfallene Herdstätten. Ihre Hütte war das einzige vollständige Bauwerk. Niemand hatte es ihr damals streitig gemacht, als sie darauf bestand, auf dem durch die Flut abgetrennten Stückchen Land zu wohnen. Ja, man hatte ihr sogar geholfen, aus den verbliebenen Bruchsteinen und Balken eine recht solide Behausung zu bauen. Hier war ihr Refugium, zu dem sie des Abends zurückkehrte. Weit war es nicht vom Dorf entfernt, den Fußmarsch morgens und abends nahm sie gerne auf sich. Der einzige Nachteil der Insel war, dass zwei Mal am Tag, wenn die Flut hoch stand, der Weg zum Festland überflutet war. Nicht sehr hoch, aber mit einigen Untiefen und einer nicht ungefährlichen Strömung, die es angeraten sein ließ, zu warten, bis der Ebbstrom den festen, feuchten Sand wieder freigelegt hatte.

Annik sah zum Himmel hoch. Einige kleine Wolkenbäuschchen wanderten gen Osten, die Sonne war inzwischen um einige Handbreit weiter gestiegen, und wenn sie noch trockenen Fußes in die Töpferei gelangen wollte, dann sollte sie sich jetzt sputen. Mit kräftigen Schwimmzügen wandte sie sich in Richtung Strand. Dort nahm sie ihr Hemd auf und kletterte den Felsen empor. Aus dem Regenwassertrog vor dem Haus schöpfte sie einen Eimer Wasser, löste die beiden Zöpfe, die sie im Nacken zusammengebunden hatte, und goss sich das Süßwasser über den Kopf. Ihre Haare reichten ihr bis über die Hüften, und im Licht der strahlenden Sonne glänzten sie wie Gold. Doch da viele Angehörige ihres Volkes blond waren, empfand sie diese Farbe nicht als etwas Besonderes. Wie ein nasser Hund schüttelte sie sich, dass die Tropfen flogen und beeilte sich dann, sich abzutrocknen, anzukleiden und auf den Weg zu machen.

Es waren die Wölkchen, die über den Himmel zogen, die ihr die Idee eingaben, später am Tag die Seherin aufzusuchen.

Mutter Tekla war eine von allen hochgeachtete Frau, die ihre Hütte hinter dichten Eibenhecken am Rande des Dorfes hatte. Sie war schon alt, manche behaupteten, sie habe schon weit über sechzig Sommer gesehen, aber sie selbst sagte dazu regelmäßig, die Winter seien interessanter gewesen. Sie spann und webte die Wolle, die man zu ihr brachte, und dafür erhielt sie ihren Anteil an Korn und Eiern, Fleisch und Milch. Ihre zwei Töchter und ihre zahllosen Enkel waren oft bei ihr, aber an manchen Tagen scheuchte sie sie alle wie eine Schar Hühner von ihrem Hof, um alleine zu sein. Das war schon immer so gewesen, und niemand nahm es ihr übel, wenn sie in Ruhe gelassen werden wollte. Denn auf der anderen Seite war sie überaus hilfsbereit, wenn man sie um Rat fragte, ganz gleich, zu welchen Angelegenheiten. Und ihren Rat hatten bisher fast alle als gut und segensreich empfunden.

Annik hoffte, dass die Alte Zeit für sie finden würde, als sie am späten Nachmittag den staubigen Weg durch das Dorf ging und an der hohen Eibenhecke den Einschlupf zu ihrem Haus suchte. Sie hatte Glück, zwischen den Gemüsebeeten kniete Mutter Tekla und hackte die Erde auf. Als sie Annik kommen sah, schenkte sie ihr ein Willkommenslächeln, und mit einem Schwung, der ihr

Alter Lügen strafte, erhob sie sich vom Boden. Bewundernd betrachtete sie die elegant geformte Keramikschale, die ihre Besucherin in den Händen hielt.

»Noch so eine Erdarbeiterin wie ich. Was führt dich zu mir, Anna, Tochter der Deneza?«

»Na, was meinst du, Mutter Tekla?«

»Du brauchst ein feines Wollhemd für die lange Reise?«

Annik wusste natürlich, dass Mutter Tekla die Gabe der Vorhersehung besaß, aber jetzt zeichnete sich doch Verblüffung in ihrem Gesicht ab. Die Alte kicherte.

»Nein, nicht die Vögel haben es mir verraten, Annik. Menschliche Schwätzer erzählen, dass dein schöner Junge mit den Römern gehen will. Wirst du mit ihm ziehen?«

»Ich weiß es nicht. Das ist genau der Grund, warum ich hier bin.«

»Ach ja? Und, soll ich dir die Entscheidung abnehmen?«

»Nein – oder besser, vielleicht kannst du mir helfen, eine Entscheidung zu treffen?«

»Vielleicht.«

Mutter Tekla wusch sich die erdverschmierten Hände am Brunnen und warf sich ein Wolltuch über die Schulter. Annik stellte die Schale vorsichtig auf die Holzbank an der Hauswand. Die Seherin nickte.

»Komm mit.«

Annik folgte der Alten, die den Weg zur Küste einschlug. Dort, an der Düne, inmitten der Wiesen, ragte eine rund geschliffene Steinformation auf, die ihr Ziel war. Das hohe, saftig grüne Gras streifte den Saum ihrer langen Röcke, und ein schwarzer Vogel erhob sich krächzend von dem Felsen, um sich einer Beute auf dem Boden zu widmen.

»Raben!«, stellte Mutter Tekla fest. »Magst du sie, Annik?«

»Sie sind mir unheimlich. Vielleicht, weil sie so hässliche Stimmen haben.«

»Sie erzählen dir viel, wenn du sie verstehen kannst.«

»Ihre Sprache verstehe ich nicht, dazu bedarf es größerer Weisheit als der meinen, denke ich.«

»Es ist die Sprache der Götter. Die Raben sind ihre Boten. Nun, wir werden sehen.«

Mutter Tekla erklomm die Steine, die an manchen Stellen ausgehöhlt waren, so dass sich in den runden Mulden das Regenwasser sammelte. Doch nicht in diese spiegelnden Flächen warf sie ihren Blick, sondern betrachtete sinnend den Himmel. Die Wolkenbäusche des Morgens waren dicker geworden, und über ihnen, in großer Höhe, hatten sich fedrige, lange Schwaden gebildet. Zwischen Meer und Wolken aber zogen Vögel ihre Bahnen, und deren Flug galt die Aufmerksamkeit der Seherin. Annik verhielt sich ruhig, lehnte sich an den sonnenwarmen, grauen Stein und lauschte einer zirpenden Grille. Es schien eine lange Weile vergangen zu sein, bis Mutter Tekla endlich wieder das Wort an sie richtete.

»Die Götter haben dir einen mutigen Geist mitgegeben, Annik«, sagte die Seherin. »Das ist Tugend und Last zugleich. Nun ja...« Sie seufzte. »Du willst Rat. Du willst wissen, ob du gehen oder bleiben sollst. Die Frage ist eigentlich leicht zu beantworten. Ich glaube, wenn du noch fest verbunden mit deinem Leben hier wärst, würdest du mit dieser Entscheidung nicht ringen müssen. Dann würdest du bleiben. Aber Anna, Tochter der Deneza, du hast deinen Anspruch aufgegeben. Warum, weißt du wohl selbst am besten. Du hättest auch nach dem Tod von Briag dem Schwarzen und Deneza, seiner Frau, noch immer Fürstin und Führerin unseres Volkes sein können. Nun bist du Töpferin geworden und gräbst in der Erde nach deinen Wurzeln. Nur wenig von dir haftet jedoch noch in diesem Boden. Und er ist, vor allem dort auf deiner Insel, zu locker, zu sandig, um dich zu halten. Mag sein, dass dich der schwere Boden im Inneren des Landes fester zu halten vermag. Doch dazu musst du dich ganz mit ihm verbinden. Ich glaube allerdings nicht, dass dein schöner Rayan dir dabei helfen wird. Er wird seinen eigenen Weg gehen, das solltest du wissen.«

»Ja, mag sein. Er geht ihn jetzt schon oft. Aber für eine Weile ...«

»... braucht er dich noch.«

»Er braucht mich nicht, er ist ein Mann. Ich brauche ihn. Er ist, wie du ganz richtig festgestellt hast, das bisschen Wurzel, der Halt, den ich noch habe.«

Zweifelnd sah die Seherin die junge Frau an.

»Wenn du meinst. Nun, dann gehe auf jeden Fall mit ihm. Die Omen für deine Reise sind glücklich, falls dich das beruhigt. Du wirst dein Ziel unbeschadet erreichen. Aber die fernere Zukunft ...«

Mutter Tekla verstummte und sah mit wachsendem Erstaunen den dahingleitenden Möwen zu.

»Was bringt mir die Zukunft? Sag es mir, auch wenn es eine Warnung ist.«

»Es ist keine Warnung, eher ein Versprechen. Aber – Annik, eines, das vermutlich nicht in diesem Leben eingelöst wird, wie mir scheint. Du wirst einst zurückkehren zu dieser Insel, aber zuvor wirst du eine lange Wanderung hinter dich bringen müssen.«

»Du sprichst in Rätseln.«

Mutter Tekla kicherte. »Das ist die Art der Seher!« Sie schwieg einen Moment, anscheinend um die rechten Worte zu finden. Aber auch das, was sie dann sagte, war nicht gerade eindeutig.

»Annik, ich mag einen Blick in die Zukunft tun können und dir die Möglichkeiten beschreiben, die unser diesseitiges Leben betreffen, so dass du es verstehst. Aber der Blick in die Anderwelt bedeutet, dass man nur noch in Bildern sprechen kann. Höre, wir sind Weber und Muster zugleich, der Lauf des Lebensfadens ist verknüpft mit anderen Fäden. Wie es das Muster bestimmt, so kreuzen sich die Fäden – erst wenn du erkennst, welches Muster sich entwickelt, kannst du es nach eigenem Belieben verändern. Wenn nicht, bestimmen die Götter dein Schicksal.« Sie lächelte Annik verständnisvoll an. »Die Aussage hilft dir jetzt wenig, später vielleicht mehr.«

»Hoffentlich.«

Annik löste sich von dem Felsen in der Annahme, dass die Alte nun alles gesagt hatte, was sie sehen konnte, doch Mutter Tekla hatte ihre Augen fest auf eine der mit Wasser gefüllten Höhlungen gerichtet und betrachtete die spiegelnde Oberfläche.

Annik verharrte gebannt.

Leise murmelte die Seherin: »Du wirst dein Spiegelbild finden, und dann ist es an dir, die wahrhaft richtige Entscheidung zu fällen. Lass dich nicht durch den Augenschein blenden.«

Genau zu diesem Zeitpunkt flatterte der Rabe aus dem Gras auf und zog mit einem Krächzen dicht über ihren Köpfen hin. Eine schwarze Feder taumelte nieder und landete auf der Wasseroberfläche.

»Der Rabe ist dir wohlgesinnt! Fürchte dich nicht vor ihm. Er wird dein Führer sein durch alle Welten. Er wird dich hierher zurückbringen. Einst.«

Annik nahm die Feder vorsichtig in die Hand. Sie wirkte versonnen, auch sie hatte in ihrem Inneren Bilder gesehen. Andere als die Alte, aber nicht minder wunderliche.

»Ich werde deinen Rat beherzigen. Danke, Mutter Tekla. Ich glaube, du hast mir geholfen. Noch bevor der

Sommer vorbei ist, werde ich wohl in den dunklen Wäldern Germaniens meine neue Heimat suchen.«

»Geh deinen Weg, Kind, und finde Frieden. Und nun leb wohl!«

So verabschiedet kletterte Annik den Fels hinunter und ließ die Seherin allein, die unverwandt zum Horizont blickte. Dort tauchte im Westen eine glutrote Sonne ins Wasser, und der Himmel begann, sich in ein flammendes Feuermeer zu verwandeln, vor dem sich die schwarzen Silhouetten der Vögel wie Schriftzeichen abbildeten.

Entsetzen packte die alte Seherin, und sie rief Annik hinterher: »Geh nicht!«

Aber Annik hörte sie nicht mehr.

4. Kapitel

Aufwachen

Ich wachte im Krankenhaus auf, als die Krankenschwester sich an dem Tropf zu schaffen machte. Mühsam löste ich mich von den Fesseln meines Traumes, der so ungeheuer lebendig war, dass ich meinte, den kühlen, salzigen Wind in meinen Haaren zu spüren. Aber wenn ich es recht betrachtete, war da kein Wind in meinen Haaren. Ich lag in einem weiß bezogenen Krankenhausbett, den linken Arm verbunden, Infusionsnadeln in meiner Haut – und mit Schmerzen.

Langsam, ganz langsam kam die Erinnerung an das Grauen. Der Feuerball, die glühenden Metallteile, das Flugzeug, in dem meine Freunde saßen …

Die Schwester sprach auf mich ein, aber in meinem umwölkten und vermutlich auch von Medikamenten gelähmten Gehirn wollte sich kein Verstehen bilden. Sie sprach ohne Zweifel eine Sprache, die ich ansatzweise beherrschte. Spanisch war es, richtig. Aber es war mir zu mühsam, die Worte zu übersetzen. Sprechen war ebenfalls mühsam, denn da war irgendetwas mit meinem Gesicht geschehen.

Es kam ein Arzt, gnädigerweise sprach er deutsch mit mir, aber was er mir mitzuteilen hatte, war alles andere als beglückend. Ich hatte Brandwunden dritten Grades am linken Arm, größere zweiten Grades an der Schulter und quer über die Brust. Dazu einen tiefen Schnitt von der Braue bis zum Kinn. Wie durch ein Wunder war mein rechtes Auge dabei unversehrt geblieben. Er tröstete mich mit den Möglichkeiten der plastischen Chirurgie, aber ich konnte ihm nicht aufmerksam genug zuhören, und er ließ mich mit meinen Gedanken alleine. So ganz allmählich kehrten die Bruchstücke zurück. Der Anruf meiner Mutter – ja, das war der Grund, warum ich nicht mit den anderen zusammen in der Unglücksmaschine gesessen hatte, sondern zum Hotel gegangen war, um dort auf meinen Rückflug nach Deutschland zu warten. Wie ein schwerer Klumpen legte sich die Trauer auf mein Herz. Ulla, die wohl am ehesten die Bezeichnung »beste Freundin« verdient hatte, war vermutlich in den Trümmern gestorben. Aber auch um Roxane, die ständig irgendeine Stichelei, irgendeine hinterlistige Anspielung auf Lager hatte und mich aus unerklärlichem Grund ständig anfeindete, tat es mir Leid. Immerhin war sie in ihrer verletzenden Scharfzüngigkeit witzig gewesen. Grace hatte ebenfalls einiges von ihr zu erleiden gehabt, aber bei ihr war recht viel Wahres an den ätzenden Kommentaren über ihren Lebens- und Liebeswandel gewesen. Grace war milde medikamentenabhängig und knapp davor, als Nymphomanin durchzugehen. Bedauern fühlte ich auch Mareks wegen, dem sanften Jungen, der sich geduldig jedes Leid und jeden Jammer anhörte und seine eigene Befriedigung daraus zog, dass es ihm noch schlechter ging als dem anderen. Möglicherweise tat es mir um ihn sogar mehr Leid als um den egomanischen Dänen Titus, zwar ein perfekter Techniker, der sogar im dampfenden Dschungel noch eine komplett ausgeleuchtete Bühnenshow organisieren konnte, aber jeden so gut ausnutzte, wie er es nur irgend schaffte. Besonders Hawkins, den trotteligen Briten, der aus unerfindlichen Gründen lediglich beim Bogenschießen keine zwei linken Hände hatte. Wir waren ein Team, das seit einigen Jahren in unterschiedlicher Besetzung immer wieder zusammenkam. Wir waren dann gerade lange genug beieinander, um uns nicht wirklich auf den Geist zu gehen. Wenn einer nach zwei, drei Monaten wieder bei demselben Veranstalter aufkreuzte, wurde er mit lautstarker Herzlichkeit aufgenommen. Es war eine gute Zeit gewesen, das Herumtingeln in den Tourismushochburgen der Welt. Sommer im Winter, Frühling im Sommer, ununterbrochen blaues Meer, Strand, Palmen. Sicher, manches wurde schal mit der Zeit. Das Einheitsessen, die ewig gleichen Touris mit ihren ewig gleichen Ansprüchen, die Affairen und Affairchen, die plumpe Anmacherei. Zum Ausgleich gab es den Sport. Ich hatte mit Marek gemeinsam oft Surfkurse gegeben, mir mit Grace die Strandaerobic geteilt und Fahrrad-Touren organisiert. Schätzungsweise war es jetzt von Vorteil, dass ich so durchtrainiert und gesund war. Es mochte bei der Heilung helfen. Aber eine neue Haut brachte es mir nicht.

Ein kalter Schauder durchfuhr mich, als ich die Verbände betastete. Bikinis würde ich für mich bestimmt vergessen können.

Ich war wieder ein wenig eingedämmert, fuhr aber nach kurzer Zeit erneut hoch.

Dass ich meine Freunde verloren hatte, war ja nur die eine Seite. Der Verlust, der zuvor eingetreten war, der Grund, warum ich nicht mit ihnen gestorben war, das war die wirkliche Ursache meiner Trauer. Vater! Julian. Er hatte schon früh darauf bestanden, dass ich ihn mit seinem Namen anredete. Er fand den Titel Vater so altmodisch. Und ich kam mir außerordentlich wichtig und erwachsen vor als Kind. Meine Mutter hatte es dagegen missbilligt und erst in den letzten Jahren akzeptiert, dass ich sie Uschi nannte. Von Julian sprach sie allerdings unverdrossen als »dein Vater«.

Es war unfassbar.

Julian war achtundfünfzig, ein vitaler Mann mit vielen Plänen. Seine wirklich große Zeit als Star am Schlagerhimmel war vorbei, aber das bedauerte er nicht. Er hatte es auch nicht nötig, sich über seinen Zenit hin zu verkaufen. Er nahm keine Engagements um jeden Preis an, wie viele seiner Kolleginnen und Kollegen es tun mussten. Er hatte klug gewirtschaftet, wenn auch deswegen gelegentlich bespöttelt und als Mister Saubermann verhöhnt, weil er sich vom Glamourleben weitgehend ferngehalten hatte. Auch als Ehemann war er, soweit ich es beurteilen konnte, beständig und solide gewesen. Vor achtundzwanzig Jahren hatte er geheiratet, als Uschi, damals Bühnen-Tänzerin, ein Kind von ihm erwartete. Auf mich, seine Tochter, war er stolz. Er taufte mich Anahita, was aber in allerkürzester Zeit zu Anita wurde.

In den vergangenen zwei, drei Jahren hatte er sich überhaupt nicht mehr um populäre Schlager gekümmert, sondern eine ganz andere Richtung eingeschlagen. Er war künstlerisch eigenwilliger geworden, hatte experimentiert, und wer weiß, womöglich hätte er noch einmal einen anderen Zenit erklommen. An Fähigkeiten fehlte es ihm wahrhaftig nicht.

Ich schloss die Augen, um zu vermeiden, dass mir die Tränen kamen. Er würde mir fehlen. Er fehlte mir jetzt schon. Lebte er noch, könnte ich sicher sein, dass er jetzt hier an meinem Bett säße und mir eine seiner fantastischen Geschichten erzählte. So wie er es immer getan hatte, wenn ich als Kind einmal krank war. Er hatte eine blühende, überaus bildhafte Fantasie, die einen restlos in Bann schlagen konnte, die einen vergessen ließ, wo man war und wer man war. Als ich älter geworden war, hatte ich ihn oft gebeten, diese Geschichten aufzuschreiben, und ich glaubte nach wie vor, dass sie das wert waren.

Doch er hatte nur gelacht und gesagt, das mache ihm zu viel Arbeit. Er erfand sie und vergaß sie wieder. Sein Dämon hieß Musik, nicht Dichtkunst.

Der seltsame Traum fiel mir ein. Ja, wenn ich es recht betrachtete, dann war er so wie die Geschichten, die Julian zu erfinden pflegte. Eventuell war es sogar die Erinnerung an eine solche Erzählung. Er hatte stets großen Wert darauf gelegt, ganz genau zu beschreiben, wie seine Personen gelebt hatten. Nie waren sie in einer unglaubwürdigen Fantasie-Welt angesiedelt, sondern in einer nachvollziehbaren, historisch belegten Zeit. Die Vergangenheit hatte ihn fasziniert, in seiner Freizeit hatte er viele Bücher und Artikel darüber gelesen. Mich hatte er schließlich damit angesteckt. So sehr, dass ich es zu meinem Beruf hatte machen wollen. Beachvolley und Strandaerobic betrieb ich nämlich nur in den Semesterferien. Meine Zeit an der Universität war allerdings seit einem halben Jahr endgültig vorbei. Nach der Abschlussprüfung hatte ich nur noch einmal ein paar Monate ausspannen wollen, um im Herbst mein Brot in einem renommierten Auktionshaus zu verdienen. Eine Planung, die fürs Erste zunichte gemacht worden war.

Julian hatte sich darüber gefreut, dass ich Kunstgeschichte studiert hatte. Ich musste trotz meiner Trauer lächeln. Wie sehr es ihn wohl erstaunt hätte, dass selbst nach seinem Tod sein Einfluss auf mich noch so groß war, dass ich eine seiner Geschichten im Traum erlebte. Oder mochte es ein letzter Gruß von ihm gewesen sein? Einer aus jener anderen Welt, in der er jetzt hoffentlich glücklich wandelte? So würde er es wahrscheinlich deuten, denn das war etwas, was ihn in der letzten Zeit stark bewegt hatte. Er hatte sich, für mich und auch für einige seiner Freunde etwas unerklärlich, sehr intensiv mit esoterischen Themen auseinander gesetzt. Hier konnte und wollte ich ihm allerdings nicht folgen, manche Theorien, die da aufgestellt wurden, schienen mir denn doch ein wenig an den Haaren herbeigezogen zu sein.

Ich schickte nichtsdestotrotz ein paar liebevolle Gedanken in seine Richtung und schlief, ein wenig getrösteter, wieder ein.

Ein Geräusch weckte mich. Diesmal kam ich etwas schneller zu mir und war mir völlig im Klaren darüber, wo ich mich befand und was mir geschehen war. Darum wusste ich genau, dass dieser Mann da an der Tür nichts in meinem Zimmer zu suchen hatte. Auch wenn es ein ungemein gut aussehender Mann war. Er trug verwaschene, enge Jeans, und ein ärmelloses T-Shirt spannte sich über einem muskulösen Brustkorb. Erstaunlich schöne blonde Locken umgaben sein braun gebranntes, kantiges Gesicht. Ich war bisher attraktiven Männern gegenüber nicht grundlegend abgeneigt, trotzdem empfand ich sein unaufgefordertes Eindringen in mein Krankenzimmer als unangenehm.

»Suchen Sie jemanden?«, fragte ich kühl.

»Ja, dich, Schätzchen!«

Schätzchen ist ein Titel, den ich partout nicht schätze, und darum tastete ich nach dem Rufknopf für das Pflegepersonal und schnauzte ihn an: »Das ist ja wohl die Höhe! Machen Sie, dass Sie aus dem Zimmer verschwinden.«

»Nicht so hastig, Süße. Ich bin eigentlich hier, um dir zu helfen.«

»Dazu ist derzeit das medizinische Personal bestens in der Lage. Raus!«

»Und ich dachte, in einer solch bescheidenen Situation wäre die Hilfe von einem Landsmann mit blendenden Spanischkenntnissen vielleicht doch recht nützlich.

Ich entschuldige mich für das Schätzchen und die Süße. Ich heiße Marc. Darf ich es mit Anita versuchen?«

Die Unverfrorenheit beeindruckte mich wider Willen. Ich zog die Hand vom Rufknopf zurück.

»Woher wissen Sie meinen Namen?«

»War nicht schwer, ihn herauszufinden. Es mag dir entgangen sein, dass du zu einer internationalen Berühmtheit geworden bist. Leidest du unter einer Amnesie, oder kannst du dich an den Unfall erinnern?«

»Das Flugzeug. Doch, ich erinnere mich nur zu gut.«

Marc kam näher und zog sich einen Stuhl heran. Ich las so etwas wie Mitgefühl in seinem Gesicht. Und darum stellte ich die Frage, deren traurige Antwort ich beinahe zu wissen glaubte.

»Es hat wohl keine Überlebenden gegeben?«

»Nein. Nur dich. Alle glaubten an ein Wunder, bis man herausfand, dass du im letzten Moment umgebucht hattest.«

Also stimmte es, was ich mir gedacht hatte. Aber es traf mich doch noch einmal heftig.

»Es ist fünf Tage her, falls du einen Bezugsrahmen für die Zeit brauchst, die du schon hier bist. Wie kommt es, dass deine Familie sich nicht tröstend um dein Bett versammelt hat?«

»Meine Familie hat momentan andere Sorgen.«

»Scheint ein herzloses Volk zu sein. Aber das geht mich wohl nichts an.«

»Richtig, das geht dich nichts an.«

Wenn er mich so permanent duzte, konnte ich das auch.

»Aber wenn du etwas brauchst, kannst du es jetzt ja mir sagen. Ich bin die Hilfsbereitschaft in Person.«

»Warum eigentlich? Bist du so was wie der heilige Michael?«

Es mussten die blonden Locken sein, die mir diesen Vergleich auf die Zunge legten, und eitel wie der Kerl war, deutete er das prompt richtig und fuhr sich herausfordernd mit dem Finger durch die schimmernde Pracht.

»Ach ja, man vergleicht mich gerne mit dem Drachentöter. Aber das ist nicht so direkt mein Gebiet.«

»Sondern?«

»Ich bin Fotograf.«

»Und machst besonders schöne Landschaftsaufnahmen von den Kanarischen Inseln im Sonnenuntergang. Ob ich das glaube?«

»Halte es, wie du willst. Landschaften sind jedenfalls häufig auf meinen Bildern mit drauf. Aber ich hab auch ein ausgemachtes Gespür fürs Dramatische, und wie der Zufall es wollte, kam ich gerade zurecht, als das Flugzeug explodierte.«

»Presse?«

Er zuckte mit den Schultern, und mir entfuhr ein innig gemeintes: »Scheiße!«

Er grinste nur.

»Ich kann mit der Verachtung leben. Es ist ein gut bezahlter Job.«

»Für welches Blatt arbeitest du?«

»Für das, was am besten zahlt. Ich bin ungebunden.«

Wenn ich nicht selbst einige Jahre diese Form der Ungebundenheit genossen hätte, wäre er jetzt vermutlich völlig bei mir unten durch gewesen. Aber irgendwie gefiel mir der Bursche, auch wenn ich ihm keine Sekunde über den Weg traute. Außerdem hatte er mir ein Problem bewusst gemacht, über das ich bisher noch nicht hatte nachdenken können. Ich wollte nach Hause! Mal sehen, wie weit die angebotene Hilfsbereitschaft reichte.

»Marc, du kannst mir wahrhaftig einen Gefallen tun.«

»Ah, dacht ich es mir doch. Madame brauchen nur zu befehlen.«

»Gut, dann schaff mich umgehend nach Deutschland zurück.«

»Mh, ja, das kann ich verstehen. Ist ein bisschen schwierig, so was vom Bett aus zu organisieren, was?«

»Du sagst es. Kannst du die deutsche Vertretung hier benachrichtigen? Ich weiß nicht mal, an wen man sich wenden muss oder ob die gar von selbst darauf kommen. Ich bin dummerweise in den letzten Tagen etwas geistesabwesend gewesen.«

»Mach dir keine Gedanken. Ich kenne jemanden, der darin ziemlich fit ist.«

»Menschliches Strandgut aufzuklauben?«

»Fühlst du dich so?«

»Ich fühle mich grässlich, wenn du schon fragst. Und schaff ein paar Spezialisten herbei, mit denen ich mich in meiner Sprache über die Konsequenzen und Behandlungsmöglichkeiten unterhalten kann. Ein paar plastische Chirurgen hätte ich ganz gerne um meine Bettstatt versammelt.«

»Viel sieht man nicht von dir, das stimmt schon. Aber sie haben dir nicht die Haare abgeschnitten. Das solltest du als mitfühlenden Akt werten.«

»Damit ich sie mir, wenn der Verband ab ist, verhüllend über das Gesicht drapieren kann. Ha, ich weiß nicht. Wahrscheinlich werde ich eh gezwungen sein, den Schleier zu nehmen.«

Dieser Marc setzte irgendeine Quelle der Schnodderigkeit in mir frei, von der ich überhaupt nicht geahnt hatte, dass sie angesichts meiner absolut bescheidenen Lage in mir noch vorhanden war.

»Das wird sich gewiss regeln lassen. Aber so weit, dass ich mir deinetwegen die Haut über die Ohren ziehen lasse, geht die Hilfsbereitschaft dann doch nicht. Da wirst du dich an andere Spender halten müssen.«

»Erst nach Hause, dann weitersehen.«

»Okay, ich eile!«

»Und noch was!«

»Ah, gibt man erst den kleinen Finger …«

»Halt mir die Reporter vom Hals!«

»Du weißt nicht, was du verlangst, Anita Kaiser alias King!«

Scheiße, er wusste wirklich, wer ich war.

5. Kapitel

Das Testament

Was immer mein Zufallsbekannter für offizielle oder inoffizielle Fäden gezogen hatte – sie wirkten. Er ließ sich zwar nicht mehr blicken, aber drei Tage später war ich zu Hause. Und zwar in meinem Elternhaus, da ich im vergangenen Jahr nur sporadische Heimatbesuche gemacht und deshalb meine eigene Wohnung aufgegeben hatte. So saß ich also an diesem Sommernachmittag wieder in meinem alten Zimmer und studierte die Untersuchungsergebnisse und die Vorschläge für die weitere Behandlung meiner Verletzungen. Es waren keine rosigen Aussichten. Der Blick in den Spiegel, den ich endlich gewagt hatte, war ebenfalls nicht dazu angetan, meine Stimmung zu heben. Obwohl mir die Ärzte versichert hatten, dass die Narbe später kaum sichtbar sein würde und den spanischen Kollegen zu seiner Kunststickerei beglückwünschten. Noch durchzog eine hässliche rote Linie mein verquollenes Gesicht von der Stirn bis zum Kinn. Schlimmer aber waren die Brandwunden. Der Termin für die erste Hauttransplantation stand in wenigen Tagen an. Ein Teil der Schulter war so weit abgeheilt, dass es möglich war. Doch das Gewebe am rechten Arm, der am stärksten betroffen war, würde noch Wochen brauchen, um sich zu regenerieren.

Dazu kam, dass ich in den Einflussbereich meiner Mutter geraten war, die sich, nachdem ich sie vom Krankenhaus aus angerufen hatte, mit einem Schwall von Vorwürfen überschüttete. Ich hatte keine Ahnung, warum. Bis mir zu Hause die Zeitungen und Zeitschriften der letzten Tage in die Hände fielen.

Marc war wirklich zur richtigen Zeit am Flughafen gewesen. Die Bilder von dem Feuerball trafen mich wie ein Schlag. Stärker traf mich allerdings der Anblick der blutüberströmten Anita, die dort wie eine zerschlagene Puppe an der Hotelmauer lag.

»Doppelte Tragödie!«, nannte die schreiende Überschrift den Artikel, und das Foto eines total zerstörten Fahrzeugs befand sich neben dem meinen. Natürlich, das war ein Fressen für die Sensationsberichterstatter. Berühmter Schlagersänger tödlich verunglückt – und am Tag darauf seine Tochter die einzige Überlebende eines Flugzeugunglücks, schwer verletzt und mit dem Tode ringend. Die Fotos stammten von einem Marc Britten. Toll!

Was ich diesem verfluchten Marc aber besonders übel nahm, war die Aufnahme, die die besagte Überlebende in wenig dekorative Verbände gewickelt in einem Krankenhausbett zeigte. Dieser Mistkerl hatte mich fotografiert, bevor er mir sein hilfreiches Angebot unterbreitete. Ich wünschte, ich könnte ihn erwürgen. Etwas anderes kam nicht in Frage. Die Bilder waren erschienen, rückgängig gemacht werden konnte das sowieso nicht mehr.

Zudem war es schwer, Uschi davon zu überzeugen, dass ich mich nicht mit Absicht in dieser angeschlagenen Form der Presse präsentiert hatte. Sie war absolut verstört und aufgebracht durch die schrecklichen Ereignisse. Ich vermutete außerdem stark, dass ihr Arzt ihr irgendwelche dämpfenden Medikamente verschrieben hatte, denn sie wirkte stellenweise richtiggehend verwirrt. Sie tat mir Leid, natürlich. Sie war in ihrem ganzen Leben kein sehr starker Mensch gewesen und hatte sich, solange ich denken konnte, an meinen Vater gelehnt. Nun war diese Stütze fort, und sie musste mit den Schwierigkeiten alleine zurechtkommen, denn auch ich fiel derzeit aus. Es war natürlich furchtbar, dass sie von der Paparazzia belagert wurde, dass ihr und Julians Leben durch die bunten Blätter gezerrt wurde. Jedes alte Tränenkrüglein wurde geschüttelt, jedes Skandälchen noch mal aufgewärmt und jeder Tratsch und Klatsch genüsslich breit getreten. Zusätzlich untersuchte natürlich die Polizei den Todesfall, und es war durchgesickert, dass sich Julian offensichtlich vor dem Unfall mit Psychopharmaka voll gepumpt hatte. Wirre Gerüchte von Selbstmord waren aufgetaucht, Mutmaßungen, dass er mit dem Ende seiner Karriere nicht klargekommen sei, wurden geäußert. Familiäre Probleme, eine anspruchsvolle Geliebte, sogar Drogensucht wurden vorgeschoben – alles ein hanebüchener Unsinn und ein Rufmord ohnegleichen, der meiner Mutter verständlicherweise die Nerven raubte. Ich nahm an, dass sie irgendwo in ihrem Herzen ein bisschen Bedauern für mein Schicksal empfand, aber sie war nicht in der Lage, es mir zu zeigen. Sie lud ihre Wut und ihre Verzweiflung bei mir ab und machte mich zum Sündenbock, ohne dafür einen stichhaltigen Grund zu haben. Ich tat mein Möglichstes, um Geduld zu wahren. Aber es war schwer.

Ich packte die Zeitschriften und Berichte zusammen, raffte mich auf, um Uschi von meinen nächsten Terminen zu berichten und ging ins Wohnzimmer hinunter.

Meine Mutter war ihr Leben lang sehr schlank gewesen, und als Tänzerin hatten vor allem ihre langen Beine bestochen. Jetzt trug sie tiefstes Schwarz und schien in den vergangenen Tagen mehrere Kilo an Gewicht verloren zu haben. Sie wirkte mager, knochig und verhärmt. Sie saß einfach so auf dem Sofa und starrte aus dem Fenster in den blühenden Garten. Ich setzte mich neben sie und legte ihr den gesunden Arm um die Schulter. Erschrocken fuhr sie zusammen und schüttelte den Arm ab. In ihrem Gesicht standen Ekel und Entsetzen.

»Mein Gott, wie siehst du denn aus!«, fuhr sie mich an. »Hättest du die Verbände nicht drüber lassen können?«

»Entschuldige«, sagte ich und setzte mich so, dass sie nur meine unversehrte linke Seite im Sichtfeld hatte. Uschi war außerordentlich empfindlich geworden. »Sie sagen, dass es in ein paar Tagen schon besser sein wird. Außerdem bin ich ab dem Zwanzigsten erneut eine Woche lang in der Klinik. Die Schulter, weißt du!«

»Und wenn du wieder hier bist, willst du von vorne bis hinten bedient werden. Als hätte ich keine anderen Sorgen.«

»Uschi, ein wenig ungerecht bist du schon. Du brauchst mich nicht zu bedienen. Ich komme selbst zurecht. Und sowie ich mich einigermaßen erholt habe, werde ich mir so schnell wie möglich eine eigene Wohnung organisieren, keine Angst!«

»Ach ja, verlass du mich ruhig auch noch. Erst dein Vater, jetzt du. Keinem von euch beiden habe ich je nur einen Hauch bedeutet.«

»Du hast Julian immer sehr viel bedeutet, das weißt du genau. Warum steigerst du dich nur so in deine Vorurteile rein?«

Es war wirklich sehr mühsam, die Ruhe zu bewahren.

»Dann verrate mir mal, warum er sich ständig mit anderen Frauen herumgetrieben hat!«

»Hat er das wirklich? Ich weiß es nicht, Uschi. Bildest du dir das vielleicht nur ein? Er hatte natürlich viele Termine, auch mit Frauen, und ein paar alte Bewunderinnen waren ihm wohl auch hin und wieder auf den Fersen, aber ich glaube nicht, dass er ihnen je mehr als ein Autogramm in ihr Poesiealbum gekritzelt hat.«

»Unfug! Er hatte eine Freundin, zu der er an diesem Abend gefahren ist. Er ist um vier Uhr nachmittags vom Studio aufgebrochen und ist um halb sechs in der Früh verunglückt. Auf der Autobahn von Koblenz nach Bonn. Ich bitte dich, was hatte er da wohl zu suchen?«

»Er wollte zu seinem Agenten, das stand zumindest in seinem Kalender, und wie du weißt, hat Wegener das bestätigt.«

»Er war nicht bei ihm!«

Nein, er war nicht bei seinem Agenten gewesen, mit dem er um zwanzig Uhr in Koblenz zum Essen verabredet war, und es war natürlich ein Rätsel, wo er die beinahe vierzehn Stunden verbracht hatte. Auch ich hatte mir inzwischen Gedanken darüber gemacht. Ich wusste, dass Julian sich in den letzten Jahren für ein paar ausgefallene Ideen interessiert hatte, von denen er zwar mir, nicht aber Uschi erzählt hatte. Womöglich war er einer spontanen Eingebung gefolgt. Er hatte so seine Theorien von Orten, die irgendwelche Ausstrahlungen hatten. Eventuell hatte er sich also einfach irgendwo im Wald aufgehalten, den »Vibrations« gelauscht und darüber die Zeit vergessen. Aber das war eine Erklärung, die Uschi sowieso nicht gelten ließ.

»Ich könnte mir denken, dass eine mögliche Geliebte, wenn es denn eine gab, vermutlich ebenso tief getroffen von seinem Tod ist wie wir, meinst du nicht?«

»Blödsinn, ein Weib, das nur auf sein Geld aus war!«

»Ehrlich, Uschi, du spinnst!«

»Ich spinne nicht. Ihr wollt mich alle nur einwickeln. Ich bin kein kleines Kind, das man belügen und betrügen kann. Ich kenne die Welt!«

Sie fing hysterisch an zu schluchzen und kramte nach ihrem Taschentuch. Ich wollte ihr, ohne nachzudenken, den Arm um die Schultern legen, aber wieder stieß sie mich fort. Ihr schauderte sichtlich vor meiner Berührung.

Ich verließ den Raum. Mehr konnte ich nicht tun. Uschi war krank vor Kummer und Groll. Ich musste mir das klar machen. Früher war sie ganz anders. Sie war wohl nicht die verantwortungsvollste Mutter, aber da waren ja noch die Kindermädchen gewesen. Kaum eine Tochter aber hätte eine lustigere Freundin haben können als sie. Warum sie sich nur hartnäckig die Existenz einer Geliebten einbildete? Oder war sie hellsichtiger, als ich dachte? Hatte sie bei Julian gespürt, dass seine Gefühle sich einer anderen Frau zugewendet hatten? Vielleicht ahnte man das, wenn man so lange zusammenlebt wie die beiden. Aber sie sollte ihn eigentlich nach achtundzwanzig Jahren ein bisschen besser kennen.

Julian war ein Künstler, ein Mensch, der für sein Publikum und seinen Dämon lebte, und er war ein guter Künstler, denn er gab immer alles. Er hatte es mir einmal erklärt, versucht, dieses Erlebnis zu beschreiben, was es bedeutete, die Gefühle der Menschen zu wecken, sie heiter zu stimmen oder besinnlich zu machen, ihre Energie zu wecken, ihnen einzuheizen oder sie zu besänftigen, sie zu Tränen zu rühren, sie tiefstes Leid spüren zu lassen oder Trost zu spenden. Das war nur möglich, wenn der, der sie in Bann hielt, diese Gefühle auch gab. Dass der Künstler dabei ganz in seiner Rolle aufging, sich selbst opferte und dabei seine eigene Persönlichkeit verlor, war die Voraussetzung dafür.

Zurück floss für ihn die Bewunderung, der Beifall wird nicht umsonst das Brot des Künstlers genannt, er hielt ihn am Leben und befähigte ihn, weiter an seiner Kunst zu arbeiten. Hingabe im wahrsten Sinne verlangte diese Aufgabe. Er war ihr gerecht geworden. Aber es hatte ihn auch zu einem seltsam undurchsichtigen Menschen gemacht. Denn alle, nicht nur die Massen vor der Bühne, waren letztlich sein Publikum. Auch Uschi und ich. Für ein Kind ist es nicht schwer, mit so einer schillernden Figur zurechtzukommen.

Als ich noch klein war und die Welt voller Wunder schien, da war Julian ganz selbstverständlich der Zauberer darin, der in ständig neuen Gestalten auftrat, der mitreißende Geschichten zu erzählen wusste, mich in fremde, ferne Welten führen konnte, der mich über jede Brücke, über jede Grenze locken konnte, ohne dass ich nach Gefahren oder Nutzen fragte. Ich liebte ihn bedingungslos dafür und vertraute mich seiner Führung an.

Als mit dem Älterwerden die Entzauberung einsetzte, blieb ein Rest von diesem Wundern erhalten, doch ich merkte, dass Julian zwar in seiner jeweiligen Rolle völlig aufgehen konnte, aber auch, dass der wahre Julian schwer zu fassen war. Er machte das nicht mit Absicht, er bemerkte es vermutlich nicht einmal. Erst in den letzten drei Jahren hatte ich ein paar Mal das Gefühl, dass er den Kern seines Wesens stärker hervorkehrte und die Masken ablegte.

Ich wusste nicht, wie viel Uschi davon kannte. Manchmal befürchtete ich fast, sie habe sich nie der Mühe unterzogen, sich ernsthafter mit ihm zu beschäftigen. Sie war zufrieden, sein Publikum zu sein, das er, in Vollendung, zu umwerben wusste. Dass er allerdings auch andere als sein Publikum betrachtete, forderte ihre Eifersucht heraus. Sie war eine besitzergreifende Frau, und wenn sie nie verstanden hatte, dass Julian die Bewunderung als Gegenleistung zu seiner Hingabe benötigte, um nicht auszubrennen, dann hatte sie sich das Leben selbst sehr schwer gemacht.

Der Gedanke bedrückte mich zusätzlich, und ich versuchte die nächsten Tage, etwas mehr an sie heranzukommen. Es gelang mir schließlich am Wochenende, sie ein wenig aus ihrer wütenden Trauer herauszuholen und sie für meine Erlebnisse zu interessieren. Ich konnte ihr von den Freunden erzählen, die ich verloren hatte, und manche Episoden, die wir gemeinsam erlebt hatten, erheiterten sie sogar etwas. Allerdings vermied ich es, so gut es nur eben ging, meinen Vater zu erwähnen. Sie hatte ihn zu einem geradezu unberührbaren Thema gemacht und sogar verboten, dass jemand auch nur eine Kleinigkeit in seinem Arbeitszimmer oder dem Musikzimmer veränderte.

Ich hatte einmal den Fehler gemacht und mir ein Buch aus dem Regal holen wollen. Sie hatte mich angezischt wie eine wütende Katze. Dennoch gab ich ihrer Bitte nach, noch eine Weile bei ihr wohnen zu bleiben. Es war eher aus Bequemlichkeit als aus Neigung, denn zurzeit gab es für mich wenig Alternativen. Meine Art zu leben war komplett zusammengebrochen. Meinen Job in den Ferienclubs würde ich nicht wieder aufnehmen können. Schöne Menschen waren an den Pools und Bars erwünscht, nicht solche, die das Feuer gezeichnet hatte. Seltsamerweise bedauerte ich das gar nicht so sehr. Die Zeit der Weltenbummelei war für mich vorbei. Aber wie und wo ich sesshaft werden sollte, wusste ich noch nicht.

Den Arbeitsvertrag mit dem Auktionshaus hatte ich zurückgeschickt. Meine Arbeitsunfähigkeit würde noch eine ganze Weile andauern. Glücklicherweise – oder vielleicht auch unglücklicherweise – gab es derzeit für mich keine finanziellen Probleme. Die Versicherungen zahlten für die Behandlungen, ein mehr als komfortables Heim fand ich in unserem Haus, und außerdem hatte Julian mir schon vor einigen Jahren ein paar Vermögenswerte überschrieben, die mich unabhängig machten. Andererseits würden mir drohende finanzielle Probleme vermutlich bei der Suche nach einer sinnvollen Beschäftigung mehr Antrieb geben.

Uschi war einigermaßen gefasst, als ich am Mittwoch erneut in die Klinik ging, um mich den nächsten Operationen zu unterwerfen. Erst am Wochenende war ich wieder einigermaßen aufnahmefähig, und in der Zwischenzeit war all meine Aufbauarbeit zunichte gemacht worden – Uschi hatte Kenntnis von Julians Testament erhalten.

Es war unser Notar, ein alter Freund der Familie, der mich am Montag besuchte und mir von den Regelungen berichtete, die meine Mutter völlig aus der Bahn geworfen hatten. Sie hatte in seinem Büro einen Nervenzusammenbruch erlitten und stand nun ebenfalls unter ärztlicher Aufsicht.

Dr. Schneider mochte an die siebzig sein, ein zurückhaltender, korrekter und manchmal etwas steifer Herr, aber nicht ohne innere Güte, wie ich aus der langen Zeit wusste, die ich ihn kannte.

»Ich hoffe, Anita, dass Sie sich schon gut genug fühlen für diese Formalitäten. Es ist nämlich so, dass es eine kleine Überraschung für Sie sein wird, was Ihr Vater veranlasst hat. Aber es betrifft Sie lange nicht so – äh – emotional wie Ihre Mutter.«

»Nun machen Sie es nicht so spannend, Dr. Schneider. Enterbt haben wird Julian mich wohl nicht!«

»Selbstverständlich nicht. Er war ein gerechter Mann, und Sie lagen ihm stets sehr am Herzen.«

Meine flapsigen Bemerkungen schien Dr. Schneider zu missbilligen, aber dann verschwand der leicht empörte Ton aus seiner Stimme, und er fuhr nüchtern fort: »Hören Sie, Anita, auf diese Weise hat er seinen Nachlass geregelt. Alles völlig korrekt und im Sinne des Gesetzes. Es ist natürlich noch eine Frage der Zeit, wann das alles so in Kraft treten kann, denn noch laufen die Ermittlungen wegen des Unfalls. Aber ich denke, der Fall wird bald abgeschlossen sein.«

Ich hörte. Vorausschauend wie Julian nun mal war, hatte er ein umfangreiches Testament gemacht. Darin waren vor allem die Fragen um Rechte an seinen Produktionen geregelt, aber auch die Eigentumsangelegenheiten und Vermächtnisse an Dritte. Es war zunächst langweilig und nicht sonderlich überraschend. Aber dann kam der unerwartete Knall!

Julian vermachte seiner Tochter Rosewita van Cleve ein Drittel seines Vermögens.

Ich schnappte nach Luft.

»Donnerwetter!«

»Anita, Ihr Vater war mir ein lieber Freund, und natürlich wusste ich seit dem Testament, bei dessen Gestaltung ich ihn beraten habe, von seinem unehelichen Kind. Ich habe ihn sogar gebeten, Ihrer Mutter und Ihnen von dieser Tochter zu berichten, aber offensichtlich hat er das nicht getan.«

»Nein, mir hat er nichts von dieser Rosewita erzählt. Und ich könnte mir denken, dass er sich eingeredet hat, meine Mutter mit seinem Schweigen zu schonen. Sie war schon immer sehr eifersüchtig.«

Der Notar seufzte leise. Ich konnte mir die Szene lebhaft vorstellen, die Uschi ihm geliefert hatte. Sie musste sich ja vollkommen bestätigt fühlen in ihrem Glauben an das treulose Lotterleben, das mein Vater geführt hatte. Himmel, was für ein Salat!

»Sagen Sie, wann hat er das Testament gemacht?«

»Diese letzte Fassung stammt von vor zwei Jahren. Aber auch in den vorherigen Ausfertigungen war seine Tochter schon berücksichtigt, wenn Sie das wissen wollen.«

»Ja, aber um Himmels willen, wie alt ist denn das Kind?«

»Es wurde drei Tage vor Ihnen geboren, Anita.«

Jetzt war ich sprachlos.

Das Erste, was ich überhaupt nach einer endlos langen Zeit von mir geben konnte, war ein tonloses »Oh!«

»Ich hoffe, ich habe Ihnen nicht einen ebenso großen Schock verursacht wie Ihrer bedauernswerten Mutter, Anita.«

»Nein, Sie haben mich nur maßlos überrascht. Ich hatte kurzfristig geglaubt, dass eventuell Uschis Verdächtigungen, Julian habe an jenem Unglückstag seine heimliche Geliebte besucht, vielleicht doch berechtigt waren.« Ich schüttelte, noch immer verblüfft, den Kopf. »Wissen Sie, in welchem Verhältnis die Mutter meiner – mmh – Halbschwester zu meinem Vater stand?«

»Sophia van Cleve ist eine seit zwanzig Jahren verheiratete Frau. Sie ist Goldschmiedin und lebt mit ihrem Mann und ihrer jüngeren Tochter in Köln. Soweit ich weiß, hat Julian sie hin und wieder besucht, aber das geschah in den Jahren, als Rosewita noch klein war. In der letzten Zeit hat er wohl nur gelegentlich telefonischen Kontakt zu ihr gehabt.«

Mir kam ein geradezu überwältigender Gedanke.

»Könnte er in dieser Nacht vor dem Unfall bei ihr gewesen sein?«

»Nein, das war er bedauerlicherweise nicht. Dieser Vermutung sind die offiziellen Stellen ebenfalls nachgegangen, aber es scheint, dass Sophia und Rosewita sich genau in dieser Nacht auf einen Flug nach Australien begeben haben.«

»Ich hoffe, sie sind nicht ausgewandert.«

Sinn für Humor war Dr. Schneider weitgehend fremd. Sehr ernsthaft versicherte er mir: »Nein, nein. Natürlich nicht. Ein Besuch bei Freunden. Sie sind seit vergangener Woche wieder zurück.«

»Kennen Sie Rosewita, Dr. Schneider?«

Der Notar schüttelte den Kopf.

»Nicht persönlich. Den Kontakt mit ihr hat mein Kompagnon übernommen.«

»Wissen Sie was, Dr. Schneider, Sie haben meine brennende Neugier geweckt. Ist es wohl möglich, dass Sie mir die Adresse von ihr geben? Ich glaube, ich würde meine Schwester gerne kennen lernen.«

Es war ein erfreutes Lächeln, das über das Gesicht des Notars huschte. Obwohl er nur etwa zwölf Jahre älter als Julian war, war er mir schon früher immer ein wenig großväterlich erschienen. Aber ich wusste, dass er mich mochte. Und es schien, als ob es ihn freute, dass ich so ganz anders als Uschi auf die erstaunliche Eröffnung reagierte.

»Ich lasse sie Ihnen am Montag zuschicken, Anita. Wie lange müssen Sie noch in der Klinik bleiben?«

»Bis Mitte nächster Woche.«

»Ich habe von Ihrem schrecklichen Unfall gehört.«

Er nahm meine Hand und streichelte sie ganz leicht. Dann erhob er sich und verabschiedete sich auf seine förmliche Art.

Es war diese kleine Geste des Mitgefühls, die mir beinahe die Tränen in die Augen trieb.

Außerdem hatte sein Besuch mir jegliche Form der Langeweile vertrieben. Mit leichter Belustigung dachte ich über meinen Vater nach. Selbst wenn er meiner Meinung nach ein sehr solides Leben geführt hatte, musste er in jener Zeit vor achtundzwanzig Jahren doch recht intensiv durch die Betten gehüpft sein. Denn dass meine Schwester und ich praktisch zum gleichen Zeitpunkt zur Welt gekommen waren, ließ darauf schließen, dass wir – nach Adam Riese – ziemlich zum gleichen Zeitpunkt gezeugt wurden. Soso! Und Julian hatte diese Sache so gründlich verschwiegen, dass noch nicht einmal Gerüchte ihren Weg gefunden hatten. Kein Wunder, dass Uschi ausgerastet war. Vermutlich bildete sie sich jetzt ein, dass er noch weitaus mehr vor ihr verborgen hatte. Die Ärmste.

Aber ihr wollte ich erst später wieder meine Gedanken widmen. Meine mir noch unbekannte Schwester beschäftigte mich jetzt mehr. Wie gut sie wohl Julian kannte? Ob er ihr von mir erzählt hatte? Unsinn, das war gar nicht nötig. Uschi und ich waren oft genug mit ihm zusammen erwähnt worden, man hatte über uns berichtet, uns interviewt und fotografiert. Das Privatleben eines Stars ist keines. Das seiner Familie ebenfalls nicht. Ob sie mich kennen lernen wollte? Sie hätte es schließlich schon längst tun können, wenn sie es echt gewollt hätte. Doch möglicherweise hatte Julian ihr geraten, es bleiben zu lassen, aus Rücksicht auf Uschi.

Aber er hatte uns in Verbindung miteinander gebracht, denn nicht von ungefähr trugen wir die Namen Anahita und Rosewita.

Ich war schwarzhaarig, und ich hätte jede Wette darauf abschließen können, dass die weiße Rose blond war.

6. Kapitel

Rose

Die Wette mit mir gewann ich.

Aber es dauerte noch ein paar Wochen, bis ich zu meinem Besuch aufbrechen konnte. Erst Ende August fühlte ich mich einigermaßen fit und hatte auch nicht mehr das Gefühl, dem Maskenbildner eines Horrorfilms entsprungen zu sein. Uschi verriet ich vorsichtshalber nichts von meinem Vorhaben. Sie hatte sich nach ihrem Zusammenbruch inzwischen recht gut erholt und fing allmählich an, wieder Kontakt zu ihren Freunden aufzunehmen. Über das Testament sprach sie nicht mit mir.

Von Dr. Schneider hatte ich einige dürre Informationen bekommen. Daraus ging hervor, dass sich Rosewita van Cleve als Glasdesignerin bezeichnete und ein Atelier oder eine Werkstatt in Wesseling hatte. Ein bisschen plagten mich Hemmungen, und obwohl ich von dem Notar ihre Telefonnummer erhalten hatte, konnte ich mich auch nach mehreren Anläufen nicht überwinden, sie anzurufen. Mehrmals hatte ich die Nummer gewählt, aber dann doch wieder aufgelegt, bevor sie sich meldete. Ich wusste einfach nicht, was ich ihr sagen sollte. Wenn sie vor mir stand, würde es eventuell leichter sein. Und so machte ich mich an einem warmen, sonnigen Sommertag auf den Weg, meine Schwester kennen zu lernen.

Die Werkstatt lag in einem Industriegebiet und war innerhalb eines größeren Fertigungskomplexes untergebracht. Sie teilte sich das Gebäude mit einer Schreinerei, einem Metall verarbeitenden Unternehmen und einer

Leihwagenfirma. Ich betrat die als Atelier bezeichneten Räumlichkeiten, und als ich die Tür öffnete, erklang irgendwo drinnen ein Glockenspiel. Ich befand mich in einem Ausstellungsraum. Interessiert schaute ich mich um. Ein Glasfenster aus farblosem, aber facettiertem Glas zog meinen Blick sofort an. Es war schlicht und geometrisch gestaltet, doch das Sonnenlicht brach sich in den geschliffenen Prismen und warf fantastische Farbspiele auf den hellen Fliesenboden. Eine erstaunliche Arbeit. In zwei Vitrinen standen Glasgefäße, geblasen, manche geschliffen. Auch sie schlicht, beinahe alle aus farblosem oder leicht grünlichem Glas. Nicht alle gefielen mir auf Anhieb, aber die handwerkliche Leistung beeindruckte mich.

»Guten Tag. Was kann ich für Sie tun?«

Ihre Stimme war sanft, beinahe ein bisschen schüchtern. Ich drehte mich um und lächelte die Sprecherin an. Selbst wenn ich es nicht vorgehabt hätte, ihr mit einem freundlichen Gesichtsausdruck zu begegnen, so hätte sie mir doch unwillkürlich ein Lächeln entlockt. Sie war klein und zierlich, kurze, sehr hellblonde Locken standen ihr ein wenig zerzaust vom Kopf ab, und ihr Gesicht konnte man mit gutem Gewissen puppenhaft nennen. Die braunen Augen darin wurden zunehmend größer, als sie mich ansah. Es waren die Augen meines Vaters.

»Kennen wir uns?«

»Sie kennen mich wahrscheinlich. Mein Name ist Anahita Kaiser.«

Meinen Taufnamen verwendete ich so gut wie nie, nur bei offiziellen Unterschriften war es manchmal nötig. Aber hier und heute schien es mir wichtig zu sein, ihn zu nennen.

»Bestimmt?«, fragte Rosewita. »Oh, ich dachte…«

»Wir sind Halbschwestern.«

»Ja… Ja, ich weiß. Ich bin nur ziemlich überrascht. Ich… ich hätte nicht gedacht, dass Sie… dass du Kontakt mit mir haben willst.«

»Ich habe bedauerlicherweise erst vor kurzer Zeit überhaupt von deiner Existenz erfahren. Unser Vater war in dieser Hinsicht äußerst verschwiegen.«

Über ihr Gesicht huschte der Ausdruck von Trauer.

»Ja, das war er. Und er hat uns auch stets eingeschärft, dass wir euch nicht belästigen sollen. Es sei zu schmerzhaft für seine Frau.«

»Tja, Uschi hat es einen Schock versetzt. Aber ich – weißt du, ich war sofort unheimlich neugierig auf dich. Verzeih, dass ich dich so unangekündigt überfallen habe.«

»Aber das macht nichts.«

Plötzlich verzog sich das süße Gesichtchen zu einem koboldhaften Grinsen, und sie streckte die Arme nach mir aus.

»Schön, dass du gekommen bist, Schwester Anahita!«

Ich musste lachen und erwiderte ihre Umarmung.

»Schön, dass ich dich endlich treffe, Rosewita. Aber um Himmels willen, nenn mich Anita. Es gibt Dinge, die ich unserem Vater nicht so leicht verzeihe. Und das ist dieser Name.«

»Einverstanden. Darin sind wir uns schon mal einig. Ich spare mir die ›Hita‹ und du bitte die ›Wita‹. Ich lasse mich auch lieber Rose nennen.«

»Ist mal jemand auf die Idee gekommen, dich Röschen zu nennen?«

»Derjenige könnte feststellen, mit welchem Geschick ich eine heiße Glasbläserpfeife zur Belehrung einsetzen kann!«

»Ah, das sanfte Aussehen ist also nur Fassade. Das musste wohl so sein.«

»Nicht nur. Aber da du jetzt hier bist, werde ich meine

Arbeit für heute beenden, und wir sollten uns irgendwo ein bisschen unterhalten. Oder hast du keine Zeit?«

»Ich habe mehr Zeit, als mir lieb ist. Und ich würde mich ebenso gerne mit dir unterhalten.«

»Schön, komm mit nach hinten, ich muss noch ein paar Handgriffe tun, um vorher eine Sache abzuschließen.«

Ich folgte ihr in eine helle, saubere Werkstatt, wo sie auf einem großen Tisch die Bestandteile eines Buntglasfensters ausgebreitet hatte. Es war ein sehr altes Fenster, vermutlich stammte es aus einer Kirche oder Kapelle.

»Du restaurierst?«

»Butter und Brot müssen verdient werden. Von der Kunst allein kann man nicht leben.«

»Wie wahr! Machst du die Bleiverglasung neu?« Ich betrachtete die Bleiruten auf dem Tisch und den Lötkolben.

»Nicht nur das, ich ersetze auch die fehlenden Teile. Das Ding war ziemlich demoliert, als ich es bekam. An manchen Stellen musste ich meine ganze Fantasie einsetzen, um überhaupt herauszufinden, wie sich das Muster zusammensetzt. Aber ich glaube, es wird jetzt recht authentisch. Es stammt aus dem sechzehnten Jahrhundert, und da gibt es einiges Vergleichsmaterial. Aber um die damaligen Farben herzustellen, musste ich ganz schön herumexperimentieren.«

Ich betrachtete die Glasstücke, die noch nicht an Ort und Stelle lagen. Mit Scherben konnte ich umgehen.

»Wo die hingehören, werde ich vermutlich erst ganz zum Schluss feststellen. Die waren herausgebrochen und lagen zersplittert daneben.«

»Das hier gehört zur Umrandung, und das Teil da müsste dem Heiligen die Füße wiedergeben, denke ich. Wer ist es, der uns da so schmerzverzerrt entgegenblickt?«

»Der heilige Sebastian, sagte man mir.«

»Nun, dann dürfte dieses gefiederte Fragment einen Pfeil darstellen, und der pflegt ihm normalerweise im Leib zu stecken.«

»Sag mal, setzt du oft Puzzles zusammen? Du bist super, Anita. Genau da passt er hin. Das Stück ist in zwei Teile gebrochen, da ist die Rippe, die der Pfeil getroffen hat. Na, die brauche ich nur noch zu kleben.«

»Du klebst Glas?«

»O ja. Hab ein brandneues Material bekommen. Aber wenn wir so weitermachen, werde ich ganz tief in die Fachsimpelei abgleiten. Das können wir gerne später noch tun. Bist du mit dem Auto hier?«

»Ja, es steht vor dem Haus auf dem Parkplatz.«

»Dann fährst du am besten hinter mir her. Ich wohne nicht weit von hier.«

Ich folgte ihr den kurzen Weg und freute mich darüber, dass sie mich ohne Vorbehalte akzeptiert hatte. Rose wohnte in einem neuen Mehrfamilienhaus, sie hatte eine Dachgeschosswohnung mit einem Blick bis zum Kölner Dom, der heute jedoch nur schemenhaft zu erkennen war, da Dunst in der Luft hing. Eigentlich hatte ich erwartet, dass sie einen etwas verspielten Einrichtungsstil pflegen würde, aber wenn die Zimmer auch gemütlich waren, so fehlte doch jegliche Form von Firlefanz. Und es gab natürlich einige Kunstwerke aus Glas. Eine Türfüllung beispielsweise, die mich begeisterte, ebenso zwei geschliffene Spiegel.

»Ich koche uns einen Kaffee!«, sagte Rose und stellte eine Schale mit Schokoladenkeksen und Pralinen auf den Tisch. »Bedien dich!«

»Danke. Weißt du, die Stadt finde ich ja nicht so besonders charmant, aber hier hast du es richtig schön, Rose.«

»Die Stadt ist praktisch, aber öd, da hast du Recht. Ich habe schon oft überlegt, ob ich mir nicht etwas auf dem Land suchen sollte. Aber jetzt bin ich hier etabliert, und ein Umzug bedeutet puren Stress.«

»Und den magst du nicht.«

»Nee. Wo wohnst du?«, fragte sie von der Küche her, in der sie mit der Kaffeemaschine hantierte.

»Zurzeit bei meiner Mutter. In meinem Elternhaus, was keine Dauerlösung ist. Es gibt da halt im Moment noch ein paar Schwierigkeiten.«

»Mmh, ja. Ich verstehe mich mit meiner Mutter sehr gut, aber länger als zwei, drei Wochen möchte ich nicht mit ihr zusammenwohnen. Man wird erwachsen, nicht?«

»Ja, das sowieso. Ich werde mir bald etwas suchen. Wenn ich diese … gesundheitlichen Probleme einigermaßen gelöst habe.«

Rose kam mit Tassen und Tellern zurück, musterte mich und nickte.

»Ich habe es gelesen. Ich habe danach viel an dich gedacht, Anita. Ach, es war schrecklich! Weißt du, Mama und ich waren in Australien. Wir haben da Freunde, die fast im Busch leben. Wir haben uns kaum um Nachrichten gekümmert, darum haben wir von Vaters Tod erst nach unserer Rückkehr erfahren. Und dass du in dieses Flugzeugunglück verwickelt warst, haben wir noch viel später herausgefunden.«

»Dabei hat die Presse ihrem Publikum doch nichts erspart.«

»Das war entsetzlich, Anita! Ich bin Jul … Vater sehr dankbar, dass er uns aus dieser Schusslinie herausgehalten hat.«

»Ich habe ihn Julian genannt. Hat er dir auch gesagt, dass er den Titel Vater nicht mag?«

Rose nickte.

»Ja, und ich kam mir wahnsinnig wichtig vor. Du dir auch?«

»Klar. Selbst wenn Uschi es dauernd unterstellt hat – seiner Autorität hat das nie Schaden zugefügt.«

»So richtig autoritär war er eh nicht. Zumindest mir gegenüber nicht.«

»Nein, aber er konnte schon sehr gut durchsetzen, was er wollte. Zumindest mir gegenüber!«

»Er war ein wunderbarer Vater, Anita.«

»Ja, das war er.«

Rose putzte sich die Nase, und auch ich musste zum Taschentuch greifen.

»Hast du ihn oft getroffen?«

»Als ich noch klein war, kam er mindestens einmal im Monat vorbei. Manchmal einen ganzen Nachmittag, manchmal nur auf einen Sprung. Oft kam er abends, vielleicht konnte er sich das besser einrichten. Jedenfalls brachte mich das in den Genuss, mir seine Gutenachtgeschichten anhören zu dürfen.«

»O ja, Geschichten erzählen, das konnte er.«

Sie holte die Kaffeekanne und schenkte ein.

»Ja… seine Geschichten. Ich habe sie geliebt. Und später sehr vermisst, denn als ich mit der Schule fertig war, besuchte er uns seltener. Oft habe ich ihn ein halbes Jahr nicht gesehen. Aber, Anita, er hat mir trotzdem viel geholfen. Ich wusste damals beispielsweise nicht so recht, was für einen Beruf ich wählen sollte. Meine Mutter ist Goldschmiedin. Sie ist ungeheuer gut, und mir hätte das auch gefallen. Aber sie und Julian haben mir abgeraten. Sie meinten, ich würde mich ununterbrochen mit ihr vergleichen. Da ist was dran, weißt du. Ich bin keine sehr selbstsichere Person. Na, jedenfalls haben wir festgestellt, dass ich gerne handwerklich und zugleich ein bisschen künstlerisch arbeiten wollte. Und so kreisten wir das mit dem Glas ein.«

»Es scheint dir zu gefallen!«

»Ja, es macht Spaß. Auch die Ausbildung fand ich toll. Die Technik nicht so, aber der künstlerische Bereich hat mir von Anfang an gelegen.«

»Als Kfz-Mechanikerin wärst du vermutlich weniger glücklich geworden.«

»Igitt, nein!«

»Hast du gleich dieses Atelier gehabt?«

»O nein. Zuerst habe ich es in der industriellen Fabrikation versucht. Als Designerin. Da hatte ich zwar ein regelmäßiges Gehalt, aber das war auch alles, was ich an Positivem daran sehen konnte. Julian hat gemerkt, dass ich dort nicht glücklich war, und er hat mir vorgeschlagen, dass ich mich selbstständig machen sollte. Das bedeutete ein gewaltiges Risiko für mich, Anita!«

»Ja, das kann ich mir lebhaft vorstellen. Erst muss man investieren, und dann braucht man Aufträge. Ich nehme an, Julian hat dir beim Aufbau finanziell geholfen.«

»Ja. Bist du mir böse deswegen?«

»Warum sollte ich? Er hat das Geld verdient, worin er es investiert, ist doch seine Sache.« Ich verschwieg dezent, dass Uschi diese Angelegenheit total anders gesehen hätte. »In windigen Aktien hätte er es garantiert schlechter angelegt.«

Rose zog die Beine unter sich und lehnte sich im Sessel zurück. Es schien, dass ihr durch meine Bemerkung ein Stein vom Herzen gefallen war. Sie naschte von den Pralinen.

»Ich weiß, sollte ich nicht, aber sie sind so köstlich. Aber Julian hat mir zusätzlich die ersten Aufträge vermittelt. Er und meine Mutter. Sie kennen unheimlich viele Leute.«

»Was für Aufträge übernimmst du gewöhnlich? Restaurierungen? Oder wird mehr deine Kreativität verlangt?«

»Beides, obwohl ich häufiger vor einem Scherbenhaufen stehe. Wenn es venezianische sind, glaub mir, dann verlangt das heftige Kreativität! Aber es gibt auch Leute, die moderne Glasfenster oder Türfüllungen haben wollen, und da kann ich dann, wenn die Auftraggeber nicht allzu genaue Vorstellungen haben, selbst etwas entwerfen.«

»Und richtige Glaskunst?«

Ich wies auf eine herrlich klare und wunderbar fließende Skulptur, die auf einer schwarzen Lackkommode stand.

»Ich nehme mir manchmal die Zeit dafür. Wenn du magst, zeige ich dir bei Gelegenheit, was ich so bisher entworfen habe.«

»Verkaufst du deine Werke auch?«

»Selten.«

»Stellst du aus?«

»Nur in dem kleinen Vorraum. Ich, na ja – ich kann mich nicht besonders gut verkaufen, weißt du. Julian hat oft gesagt, ich soll in der Richtung mal was unternehmen. Aber irgendwie ...«

»Julian hat ebenfalls einen Agenten gehabt, der für ihn das Geschäftliche geregelt hat. Ich glaube, Künstler sind so!«

»Ob ich eine Künstlerin bin, weiß ich noch nicht so genau!«

Bevor ich etwas darauf erwidern konnte, hörten wir die Wohnungstür zuschlagen, und ein schlaksiges, zirka vierzehnjähriges Mädchen fegte herein. Sie sah mich nicht, sondern lief schnurstracks auf Rose zu und umarmte sie – Küsschen rechts, Küsschen links. Sie war lange nicht so puppig wie Rose, obwohl sie, nachdem die Proportionen sich nach der Pubertät wieder gerichtet haben würden, sicher eine attraktive junge Frau werden würde. Ihr Gesicht wirkte härter, wahrscheinlich bedingt durch eine markante Nase und stärker ausgeprägte Jochbögen. Ihre Haare aber waren genauso silbrig blond wie die von Rose, und sie trug sie zu einer Art seidigem Rasierpinsel zusammengebunden im Nacken. Alles an dem Mädchen war im Wachstum begriffen.

»Hey, prima, dass du schon so früh da bist. Ich wollte dich nämlich überreden…«

Wozu sie Rose überreden wollte, blieb ungesagt. Rose drehte das Mädchen zu mir um und sagte: »Begrüß bitte erst mal meine Schwester Anita. Anita, was du hier siehst, ist ebenfalls eine Schwester von mir. Cilly wird sie gerufen.«

Cilly mochte wohl überrascht sein, wahrte aber ein stilgerecht cooles Verhalten.

»Hi, Schwester-Schwester. Stammst du von Mama oder Papa ab?«

»Von meinem, nicht von deinem Vater«, klärte Rose sie kurz und bündig auf.

»Ah, dem Sängerknaben!«

»Cilly!«

»'tschuldigung!«

Das Mädchen hatte offensichtlich seine Zunge nicht recht unter Kontrolle, war sich dessen aber jetzt peinlich bewusst geworden. Sie lief bis zu den Ohrenspitzen rot an. Zumindest gelang ihr nun ein passabler Rettungsversuch.

»Ihr seht euch ähnlich, Rose. Ich meine, nicht so wegen der Haare und so, sondern irgendwie um die Augen rum. Obwohl deine eine geradezu irre Farbe haben, Anita. Sie schillern. Sind das Kontaktlinsen?«

»Nein, pur Natur. Man sagt allerdings gemeinhin, dass sie grau seien.«

»Und die Haare?« Sie lächelte mich an, freundlich, neugierig. »Sind die in echt so schwarz?«

»Die Haare? Ja, die sind auch echt.«

»Wir sind so richtig Schneeweißchen und Rosenrot«, gluckste Rose.

»Das ist schon stark. Wie lang sind die?«

Ich trug meine Haare, ein Vermächtnis von Uschis Großmutter, einer Libanesin, meistens geflochten und zu einem Knoten aufgesteckt. Aus rein praktischen Erwägungen.

»Sie reichen mir etwa bis zum Po.«

»Wow! Wie lange lässt du sie schon wachsen?«

»Seit ich denken kann! Und du?«

»Seit einem Jahr. Es geht tierisch langsam.«

»Keine Sorge, sie wachsen stetig. Aber ich sag dir gleich, lange Haare bedeuten Arbeit!«

»Macht nix.«

Cilly musterte mich weiter prüfend, so als ob sie verschiedene Puzzlesteine in ihrem Gedächtnis zu einem Bild zusammenfügte. Ich hielt ihrem Blick stand. Sie hatte ein offenes Wesen, und mir gefiel ihre Geradlinigkeit. Auch wenn sie vielleicht eine Spur zu direkt war.

Die Puzzlesteine hatten ein Bild ergeben. Ich sah es ihrem Gesichtsausdruck an.

»Man sieht nichts mehr davon, nicht wahr?«

»Gute Camouflage, Cilly. Und der Rest steckt unter der Kleidung.«

»Was ist Camouflage?«

»Make-up. Stark deckend.«

»Es tut mir Leid.«

»Das braucht es nicht, Cilly. So nach und nach werden die Narben blasser werden.«

Rose schüttelte missbilligend den Kopf und meinte: »Cilly, du bist ziemlich unmöglich. Was hältst du davon, wenn du erst einmal in dein Zimmer gehst und uns ein bisschen alleine lässt?«

»Nicht viel, wenn du so fragst. Aber ich merke, wann ich unerwünscht bin! Adios!«

Sie stopfte sich noch zwei Pralinen in den Mund, schwang ihren Rucksack über die Schulter und wandte sich zur Tür.

»Sie ist nicht eben taktvoll«, entschuldigte Rose sich für sie.

»Das macht nichts. Sie ist sehr wissbegierig, nicht wahr? Wohnt sie bei dir?«

»Solange meine Eltern fort sind. Mama begleitet meinen Vater zu einem Kongress. Und Cillys Schule ist von hier aus ungefähr genauso weit entfernt wie von zu Hause. Es ist ganz praktisch so, und Cilly ist nicht besonders anstrengend. Wir kommen gut miteinander aus.«

Eine Weile schwiegen wir beide, suchten nach Themen, über die wir reden konnten, ohne einander zu nahe zu treten. Es war Rose, die dann die Frage stellte, die für mich ein bisschen schwierig zu beantworten war.

»Und was machst du so zurzeit? Ich meine, beruflich?«

»Nichts. Ich schlage die Zeit tot, hänge täglich ein paar Stunden im Fitness-Studio herum, um wieder zu Kondition zu kommen, lese, gehe spazieren und warte auf den nächsten OP-Termin. Ansonsten bin ich verdammt unschlüssig, was ich mit mir anfangen soll.«

»Was hast du vor dem Unfall gemacht?«

»In Ferienclubs gejobbt. Sportkurse gegeben, manchmal auch Zeichen- oder Töpferkurse. Rumgebummelt. Alles Dinge, die jetzt erst einmal flach fallen.«

Rose sah mich interessiert an.

»Ah, auch eine künstlerische Begabung?«

»Mäßig. Ich kann einigermaßen exakt zeichnen, aber keine eigenen Kunstwerke produzieren.«

»Und wie ist das mit dem Töpfern?«

»Die Technik beherrsche ich ganz gut. Ich habe früher in den Ferien oft bei einem Töpfer gearbeitet. Aus einem Klumpen Ton kann ich einen einigermaßen ansehnlichen Krug drehen.«

»Verstehst du was vom Brennen?«

Ich musste grinsen.

»Nicht alles wurde zu Schamott!«

»Und Glasuren?«

»Ja, von farbigem Glasschmelzen verstehe ich auch ein bisschen. Worauf willst du hinaus?«

Jetzt grinste sie ebenfalls.

»Ich könnte Hilfe gebrauchen, Anita. Jemanden, der keine Angst vor dem Feuer hat und sich nicht ständig am Schmelzofen die Finger verbrennt... Au, verflixt! Entschuldige, das war eine selten bescheuerte Bemerkung.«

Ich atmete tief durch.

»Ich achte das Feuer. Ich habe großen Respekt vor allem, was heiß ist. Aber – komischerweise – ich habe keine Angst davor. Auch wenn ich sie, nachdem was passiert ist, vermutlich haben müsste. Meine Alpträume haben andere Inhalte.«

Rose war aufgestanden und hatte sich neben mich auf das Sofa gesetzt. Sehr vorsichtig drückte sie mich an sich. Ich erwiderte die Umarmung, nahm aber ihre Hand von meinem linken Oberarm.

»Was könnte ich denn für dich tun, Rose?«

»Ich habe einen Haufen Aufträge, was natürlich erfreulich ist. Ich könnte zwar jemanden einstellen, aber das ist so eine Sache mit mir. Es würde mich ablenken und wahrscheinlich stören, mit jemand Fremdem zusammenzuarbeiten.«

»Bis vor zwei Stunden, Rose, war ich ebenfalls eine völlig Fremde für dich.«

»Jetzt bist du es aber seit zwei Stunden nicht mehr.«

»Rose, dein Angebot ehrt mich wirklich. Darf ich es mir trotzdem übers Wochenende überlegen?«

»Aber klar. Und, na ja, da ist noch etwas. Viel bezahlen kann ich dir nämlich nicht. Ich bin halt erst im Aufbau begriffen.«

»Wenn du wüsstest, für welchen Hungerlohn ich bisher gearbeitet habe... Nein, darum geht es mir nicht. Julian hat schon dafür gesorgt, dass ich kein Sozialfall werde. Lass uns bis Montag warten, dann sage ich dir, ob das etwas für mich ist. Ich brauche für Entscheidungen manchmal ein wenig Zeit.«

»Ich war ja auch unverschämt voreilig. Rufst du mich an?«

»Natürlich. Und jetzt mache ich mich wieder auf den Weg. Ich werde Uschi diesen Besuch beichten, was hundertprozentig zu äußerst unerquicklichen Szenen führen wird.«

Sie brachte mich zur Tür und schlug vor:

»Verschweig es ihr doch.«

Ich schüttelte den Kopf. »Das hat Julian so praktiziert. Ich denke, es ist besser, ich schenke ihr von vornherein reinen Wein ein. Irgendwann kriegt sie es ja doch raus. Und dann bin ich zusätzlich der Bösewicht, weil ich sie hintergangen habe.«

»Sie ist wohl ein bisschen schwierig, deine Mutter.«

»Milde ausgedrückt – ja. Der Tod meines Vaters, der ganze Presserummel und jetzt auch noch die Eröffnung, dass da eine weitere Tochter existiert, das hat sie sehr mitgenommen. Sie neigt leicht zur Hysterie. Ich ruf dich am Montag an, einverstanden?«

»Ja, mach's gut, Anita.«

7. Kapitel

Der Siegelring

Wie erwartet nahm Uschi die Nachricht von meinem Besuch bei Rose ungnädig auf. Sie sagte zwar nicht viel dazu – ihre Selbstbeherrschung hatte sie in den vergangenen Wochen wiedererlangt –, aber ihr Gesichtsausdruck sprach Bände. Für sie war ich eine Verräterin.

Ich zog mich früh zurück, um nachzudenken. Roses spontanes Angebot hatte mich gerührt, und wenn ich es recht überlegte, wäre es zumindest für eine Weile eine gute Lösung. Das handwerkliche Geschick, das die Arbeit bei ihr erforderte, würde ich mit einiger Übung aufbringen. Zwar war mein linker Arm noch nicht voll einsetzbar, und ich musste noch starke Schmerzmittel nehmen, die zuweilen meine Konzentrationsfähigkeit merklich einschränkten, aber das bekämen wir sicherlich miteinander auf die Reihe. Zumindest würde mich die Beschäftigung vom Grübeln ablenken. Nebenbei bestand die Chance, mich auf diese Weise näher mit meiner Schwester anzufreunden und etwas Distanz zu Uschi zu schaffen. Auch wenn das Haus weitläufig war – wir begegneten uns doch zu oft. Da wir beiden nicht in der besten seelischen Verfassung waren, wurde das Zusammenleben zu einer echten Belastung.

Ich schlief über meinen Plänen ein, und als ich am Morgen erwachte, stand mein Entschluss fest. Allerdings würde ich Rose im Gegenzug zu ihrem Angebot mein eigenes unterbreiten.

Mit Elan durchforstete ich die Immobilienanzeigen

der Samstagszeitung. Eine Zweizimmerwohnung würde für den Anfang ausreichen. Die Angebotslage war nicht schlecht, und schon am Nachmittag hatte ich drei Besichtigungstermine. Uschis bohrenden Fragen nach meinen Unternehmungen wich ich diesmal feige aus. Erst wenn ich alles geregelt hatte, würde ich sie vor vollendete Tatsachen stellen.

Das Glück ist mit den Energischen: Die zweite Wohnung war ideal. Nicht zu weit von Roses Werkstatt entfernt, aber nicht im Industriegebiet, frisch renoviert und sofort bezugsfähig. Ich unterschrieb den Mietvertrag und vereinbarte einen Einzugstermin in der übernächsten Woche.

Rose freute sich aufrichtig, als ich ihr sagte, dass ich ihr Angebot annehmen würde. Sie freute sich auch darüber, dass ich in ihre Nähe ziehen wollte. Beides war Uschi selbstverständlich ein Dorn im Auge. Aber große Einwände hatte sie nicht, und es blieb mir glatt eine Szene erspart. Im Grunde schien sie froh darüber zu sein, dass ich so fix eine eigene Wohnung gefunden hatte. Ich verbrachte die Woche damit, den Umzug zu organisieren. Vor Jahren hatte ich schon einmal eine eigene Wohnung besessen, deren Möbel ich auf dem Dachboden untergestellt hatte. Neuanschaffungen waren also erst einmal nicht nötig. Aber der Verwaltungskram musste erledigt werden, und ich war ziemlich ausgelastet.

Dann war ich endlich umgezogen, hatte mich mit Rose arrangiert und ihr meinen Vorschlag unterbreitet. Der eine war, dass ich ihr bei den handwerklichen Tätigkeiten zur Seite stand. Was mich aber weitaus mehr reizte, war, ihr zu künstlerischer Anerkennung zu verhelfen. Nachdem ich noch einige Glas-Kunstwerke von ihr gesehen hatte, war ich überzeugt, dass sie den Schwerpunkt ihrer Arbeit darauf verlegen sollte. In meinen Augen war sie ungemein talentiert. Wenn wir uns etwas zusammengerauft hatten, wollte ich eine Ausstellung für sie organisieren. Rose zögerte zwar ein bisschen, aber ich sah das Fünklein Ehrgeiz in ihren Augen aufglimmen, und das reichte mir für den Anfang.

Und dann erhielt ich das Geschenk aus dem Reich der Toten.

Ein gepolsterter Umschlag war es, den ich abends aus dem Briefkasten fischte. Der Absender war die von Dr. Schneiders Kanzlei, und mir grauste vor weiteren Formalitäten im Rahmen der Erbschaft.

Aber es war nur ein kurzes Anschreiben von Dr. Schneider, der mich darauf hinwies, dass dieser Brief an das Hotel auf Gran Canaria gegangen war, nach dem Flugzeugunglück an das Krankenhaus und von dort über die Fluggesellschaft weitergeleitet worden war und schließlich bei ihm gelandet war, da niemand sonst meine derzeitige Adresse kannte. Es war eine erstaunliche Leistung aller Beteiligten.

Mir zitterten die Knie, als ich den zweiten Umschlag hervorzog. Ich ging ins Wohnzimmer und setzte mich in meinen Lieblingsohrensessel. Es war schon dämmerig geworden, und ich knipste die Leselampe an, um mit bebenden Fingern das starre Papier aufzureißen. Was mochte Julian so wichtig gewesen sein, dass er es mir sogar nach Gran Canaria geschickt hatte? Ein besonderes Andenken? Ein Geschenk?

Ein Brief und ein Lederbeutelchen kamen zum Vorschein.

Meine liebe Tochter, liebe Anahita,

in den letzten Tagen drängt es mich zunehmend stärker, dir dieses kleine Erbstück aus meiner Familie zukommen zu lassen.

Als meine Eltern starben – Anita, du erinnerst dich sicher noch an Oma Marie und Opa Georg, auch wenn du noch sehr klein warst –, erhielt ich als Erinnerung an sie diesen Ring. Er ist seit vielen Generationen in der Familie und wurde offensichtlich stets an eines der Kinder weitergegeben. Soweit ich von meiner Mutter weiß, war die Erste, die ihn trug, meine Ururgroßmutter Graciella Coloman. Sie muss so um die Zeit Napoleons gelebt haben, wenn ich es richtig nachgerechnet habe. Doch der Siegelring selbst ist sehr viel älter. Schau ihn dir gut an, ich vermute, es ist eine antike Arbeit. Ich habe ihn von einem Fachmann beurteilen lassen, der ihn auch ein wenig aufgearbeitet hat. Aber er bestätigte mir, dass er gut erhalten sei für ein derart altes Schmuckstück.

Liebes Kind, meine geliebte Tochter, mich hat diese kleine Gemme tief angerührt, denn irgendein Mensch hat den Ring einst mit einer liebevollen Absicht verschenkt. Das kannst du aus der Widmung entnehmen, die in seiner Innenseite eingraviert ist. Vielleicht erinnerst du dich ja sogar an die Geschichte, zu der er mich vor Jahren einmal inspiriert hat, die kleinen Episoden aus dem römischen Leben, die uns beiden immer so viel Freude bereitet haben.

Du bist mein dankbarstes Publikum gewesen, wenn ich die Schatten und das Licht aus der Vergangenheit beschworen habe. Trag diesen Ring manchmal für mich. Ich verlange natürlich nicht, dass du es zum immerwährenden Gedenken tust, du wirst deine Aufmerksamkeit bald auf andere Dinge lenken.

Wir haben uns seit vielen Wochen nicht mehr gesehen, Telefonate und Briefe sind nur eine schwache Verbindung gegenüber einem persönlichen Treffen. Ich würde dich gerne in die Arme schließen und dir sagen, wie sehr ich dich liebe.

Dein Vater Julian

Mir tropften die Tränen von den Wimpern und nässten den Umschlag. Ich legte den Brief zur Seite und zwinkerte sie fort. Dann zog ich das Lederbeutelchen auf. Ein goldener Ring kullerte heraus. Nach erstem Anschein in der Tat ein antikes Stück, fast sicher römischer Herkunft. Eine ovale, blassrote Gemme war in das Gold eingefasst, der Stein vermutlich ein Karneol, der sich wegen seiner dünnen weißen Schichtung auf dunklem Grund besonders für Intaglien eignete. Blutrot erschien das eingeschnittene, sich aufbäumende Pferdchen. Eine wunderbare, sehr feine Arbeit von großer Lebendigkeit und Klarheit. Ein Siegelring vielleicht, denn das Pferdchen würde im weichen Wachs erhaben wirken. Innen im Ring lief eine winzige Gravur um, die ich mit einiger Mühe unter der hellen Lampe entzifferte. »AD PERPETUAM MEMORIAM« hieß es. Zum immerwährenden Gedenken.

Der Ring passte auf meinen rechten Mittelfinger. Langsam streifte ich ihn über meinen Finger. Ein mächtiges Schaudern packte mich. Und dann sah ich ganz deutlich das Gesicht eines Mannes vor mir. Seine kurz geschnittenen Haare waren schwarz, grau durchzogen sein lockiger Bart. Ein Gesicht, vom Leben gezeichnet, gleichzeitig auch voller Kraft und Güte. Quer über Stirn und Wange zog sich eine schlecht verheilte Narbe und verschwand in dem Bart.

Das Bild verlosch.

»Julian, was hast du mir da geschickt?«, flüsterte ich heiser. Doch aus der anderen Welt erhielt ich keine Antwort. Mein Gesicht war nass von Tränen, und die Trauer schlug wie eine Woge über mir zusammen.

Es dauerte eine Weile, bis ich mich wieder einigermaßen gefangen hatte. Ich stand auf, um das Fenster zu öffnen und in den Nachthimmel zu schauen. Er war mondlos und sternenklar. Fern am Horizont stand die Venus, hoch über mir flimmerte der rötliche Mars, und Jupiter, in Konjunktion mit Saturn, bildete den hellsten Fleck am Firmament. Weit über den Himmel zog sich die matt schimmernde Milchstraße. Und vielleicht, irgendwo dort in der Unendlichkeit mochte nun die Seele meines Vaters ihre neue Heimat gefunden haben. So hatte er es mir als Kind häufig erklärt. Ein wenig tröstete mich jetzt diese Vorstellung. Ich schickte einen liebevollen Gruß an die Sterne und schloss die eindringende Kälte wieder aus.

Noch einmal nahm ich das Schreiben zur Hand und las es gründlich. Ein bisschen wusste ich von Julians Familie. Von einer seiner Tanten hatte er die Neigung übernommen, sich mit dem Stammbaum zu beschäftigen, und wenn er seine Ururgroßmutter Graciella Coloman nannte, stimmte das sicher. Ich nahm mir vor, demnächst mal tiefer in die Geschichte meiner Vorfahren einzusteigen. Erbe verpflichtet, dachte ich und konnte wieder lächeln. Auf diese Weise hatte Julian schon als Kind oft meine Neugier angeregt und mich dazu gebracht, mich emsig und gründlich mit einem Thema zu befassen. Mit diesem Ring war es ihm erneut gelungen.

Ich wollte den Brief zurück in den Umschlag stecken, als mich der zweite Schock des Abends traf. Mein Blick fiel auf das Datum.

Julian hatte ihn zwei Tage vor seinem Tod geschrieben.

Ich rief Rose am nächsten Morgen an und entschuldigte mich. Ich musste unbedingt einen Tag für mich haben, um mich zu sammeln. Sie fragte nicht nach, bat mich nur zu sagen, ob sie mir helfen könne.

»Nein, Rose. Da ist etwas, das ich alleine erledigen muss.«

»Ist es wegen der Wunden?«

»Nein, nein. Mir geht es so weit gut. Ich bin morgen wieder im Atelier.«

»Ja, schön. Bis dann.«

Ich legte auf und machte mich auf den Weg. Mein Ziel war Ahrweiler, denn der Siegelring mit der Gemme hatte das starke Bedürfnis in mir geweckt, mich in authentischer römischer Umgebung aufzuhalten. Und das wurde dort geboten. Vor einigen Jahren war man bei den Ausbauarbeiten für die Bundesstraße auf eine römische Villa aus dem zweiten Jahrhundert gestoßen. Inzwischen war die Ausgrabungsstätte zu einem Museum umgestaltet worden, das erlaubte, diese Villa als Ganzes zu begehen. Ich war zwar im Zuge meiner Studien schon einmal dort gewesen, diesmal aber trieb mich weniger fachliches Interesse, sondern vielmehr der Wunsch nach gefühlsmäßigen Eindrücken dort hin. Julian hatte mir schon zu Schulzeiten auf diese Weise den Geschichtsunterricht schmackhaft gemacht. Er hatte ein Talent, durch seine Betrachtungsweise die Menschen lebendig zu machen, die einst gelebt hatten, die Töpfe geformt und Bücher abgeschrieben, die Stoffe gewebt und Kühe gemolken hatten, die Tempel bauten oder Möbel schnitzten. Für ihn waren solche Alltäglichkeiten wichtig. Er erzählte, dass sie sich dabei in die Finger geschnitten hatten, während der Arbeit lachten und scherzten, sich mit dem Hammer auf den Daumen schlugen oder sich ihre Sorgen erzählten. Und so wollte ich jetzt, mit dem Ring an der Hand, der beinahe zweitausend Jahre alt war, ein römisches Landhaus betrachten.

Es war kühl in dem Museum, das eigentlich nur eine Traghalle über der eigentlichen Ausgrabungsstätte war. Da es ein ganz normaler Donnerstagmorgen war, konnte ich in relativer Einsamkeit herumstreifen. Nur eine Schulklasse von etwa fünfzehn Halbwüchsigen wurde in strenger Ordnung von zwei Lehrkräften durch die Räume geführt. Sie waren erstaunlich still und machten sich sogar Notizen über die Erklärungen, die sie erhielten. Ich begann mit meinem Rundgang an der entgegengesetzten Seite der Villa und schlenderte nachdenklich durch Wohnräume, Küche und Vorratskeller, besuchte das Hypocaustum, die damalige Fußbodenheizung, wanderte entlang dem Peristyl zum Badehaus mit seinen verschiedenen Räumen für kalte, warme und heiße Bäder, inklusive natürlich der wassergespülten Toilette, und begab mich dann zu den im ehemaligen Wirtschaftshof aufgestellten Vitrinen, in denen Geschirr, Metallarbeiten und Werkzeug ausgestellt waren, die auf dem Grund gefunden worden waren. Wie schon so oft, wenn ich mich mit der römischen Geschichte befasste, bewunderte ich die Lebensart der Menschen jener Zeit. Ihr technischer Standart war ungemein hoch, so groß war der Unterschied zu unserer heutigen Zivilisation gar nicht. Voller Bewunderung für die Feinheiten der Ausführung betrachtete ich ein Sicherheitsschloss, die kosmetischen und chirurgischen Instrumente, die rechteckigen Glasscheiben, die in die Fensterrahmen eingebracht worden waren. Es waren lichtdurchflutete Räume gewesen, keine düsteren Kammern, in denen man lebte. Dann blieb mein Blick an gröberen Zeugnissen jenes alltäglichen Lebens hängen. Die Dachziegel, mit denen die Gebäude gedeckt waren, hatte man offensichtlich auf dem Anwesen selbst gefertigt. Feuchter Ton, zu Platten geformt, wurde zum Trocknen vor dem Brand in die Sonne gelegt. Unvorsichtigerweise auf den

Boden, denn auf dem einen Ziegel war der Abdruck eines nackten Kinderfußes zu sehen. Über einen anderen war ein Erwachsener mit einer Sandale gestolpert. Was mich aber am meisten zum Lächeln brachte, waren die Abdrücke von großen Hundepfoten und daneben die Spuren von zierlichen Katzenpfötchen. Hier mochte die Hauskatze schon vor zweitausend Jahren den Hofhund herausgefordert haben, und die wilde Verfolgungsjagd führte hemmungslos auch über die frischen Ziegel.

Ich stand davor, tief versunken, und die Szene spielte sich in leuchtenden Farben vor mir ab. Der kläffende Hund hetzte hinter Feli, der roten Katze, her. Die erboste Töpferin kam aus ihrer Werkstatt, in einer tonverschmierten Lederschürze über der hochgerafften Tunika. Sie beschimpfte den Hund, jagte ihn fort und musste dann doch lachen, als die Katze empört die matschigen Pfoten zu putzen begann.

»Hallo, Anita! Was machst du denn hier?«

Ich zuckte zusammen.

»Oh, habe ich dich erschreckt? Das tut mir Leid!«

Ich kehrte in die Welt des 21. Jahrhunderts zurück und erkannte die kleine Schwester meiner Schwester.

»Cilly! Was für eine Überraschung!«

»Keine Überraschung, Bildung!«

»Ah, das ist deine Schulklasse?«

»Geschichts- und Kunst-Expedition. War nicht schlecht. Die haben schon ein super Leben geführt, die Jungs hier, was? Geheizter Mosaikboden, Sauna, fließend Wasser, gekühlte Keller, schicke Möbel und so!«

»Genau das habe ich mir vorhin auch gedacht.«

»Und wovon hast du gerade geträumt? Ich meine, du warst so in Gedanken versunken, als ob du etwas Spannendes gesehen hättest.«

»Habe ich. Siehst du diese Ziegel hier?«

»Hab ich vorhin schon. Die find ich nicht besonders. Die Schüsseln da vorne sind viel kunstvoller gemacht.«

»Es geht nicht um Kunst, schau mal genau hin!«

Cilly betrachtete die Ziegel und begann dann zu lachen.

»Klar, Hund jagt Katze. Wie bellen Hunde auf Latein?«

»Keine Ahnung. Ich weiß genauso wenig, wie Katzen auf Latein schnurren!«

»Ich denke, da hat sich bis heute nichts dran geändert. Tiere verständigen sich international. Aber sag mal, wieso treibst du dich hier rum? Ich dachte, du hilfst Rose im Atelier?«

»Sie hat mir heute freigegeben. Ich wollte ... ach, das ist eine lange Geschichte.«

»Weißt du was? Ich sage Frau Klein Bescheid, dass ich mit dir nach Hause fahre, und dann kannst du sie mir erzählen!«

»Ich habe nichts dagegen, dich nach Hause zu fahren, aber verrate mir einen einzigen Grund, warum ich meine privaten Angelegenheiten vor dir ausbreiten soll?«

»Weil sie mich interessieren. Weil ich neugierig bin. Weil du aussiehst, als hättest du etwas wahnsinnig Tolles erlebt!«

Entwaffnet schüttelte ich lächelnd den Kopf.

»Ich komme mit zu deiner Lehrerin. Und dann fahren wir zu Rose. Ich möchte mit ihr über etwas sprechen.«

»Darf ich dabei sein?«

»Wir fragen sie.«

Die Lehrerin gab Cilly nach einigem Zögern die Erlaubnis, mit mir zu fahren. Während der Fahrt selbst ließ ich Cilly reden. Sie tat es ausgiebig, und anschließend war ich über das Schulleben im Allgemeinen, die Qualitäten des gesamten Lehrkörpers im Besonderen, über die Intrigen zwischen den besten Freundinnen und über die ersten, mit mildem Spott beobachteten Annäherungen der aufblühenden Männlichkeit ihrer Klassenkameraden vollständig informiert.

Rose war überrascht, als sie mich mit Cilly im Atelier auftauchen sah, wurde aber von ihrer kleinen Schwester sofort mit der Forderung überfallen, mit den Arbeiten aufzuhören und sich stattdessen mit meiner Geschichte zu befassen. Sie ergab sich schulterzuckend in ihr Schicksal und erklärte sich bereit, mit uns in ihre Wohnung zu fahren.

»Du bist auf irgendetwas so Fantastisches gestoßen, dass Cilly völlig aus dem Häuschen ist?«

»Eigentlich bin ich ebenfalls aus dem Häuschen, Rose. Schau, das habe ich gestern Abend erhalten!«

Ich holte den Brief aus der Tasche, streifte den Ring vom Finger und reichte beides meiner Schwester. Cilly hing ihr über der Schulter, als sie las. Ich beobachtete die beiden und sah, wie sich die Härchen auf Roses Unterarmen aufstellten.

»Darum also die Römervilla!«

»Ja, darum.«

»Aber eine Antwort hast du nicht gefunden?«

»Nein, natürlich nicht. Ich frage mich nach wie vor, was Julian damit beabsichtigt hat. Er hat sich in den vergangenen Jahren zunehmend intensiver mit esoterischen und religiösen Themen beschäftigt, aber das weißt du ja, oder?«

»Ja, mit mir hat er auch über derartige Gedanken gesprochen. Über Vorhersehung, Spuren der Vergangenheit, Rückerinnerung an vergangene Leben, Wiedergeburt. So ganz ernst genommen habe ich ihn dabei nicht. Ich war mit konkreteren Dingen beschäftigt.«

Ich nickte. Mir war es ähnlich gegangen. Das Einzige, was mir ein mildes Interesse entlockte, war das Thema

Astrologie, das aber vor allem auf Grund des Einflusses, den diese »Wissenschaft« auf die geistige Einstellung der Menschen in früheren Zeiten hatte. Allerdings war ich neugierig genug, mir ein Geburtshoroskop stellen zu lassen und zusammen mit Julian zu deuten. Er nannte mich einen tiefgründigen Skorpion, zwar leidenschaftlich, da sich auch Venus und Merkur in diesem Zeichen befanden. Doch behauptete er, ich hätte einen sturen Steinbock-Aszendenten. Das war nicht ganz falsch, aber mein Vater kannte mich ja schließlich gut genug. Immerhin machte er Jupiter, der im Haus des Schützen stand, für meinen Optimismus verantwortlich. Nachdenklich sah ich Rose an. Drei Tage vor mir war sie geboren, und damit im harmonischen und schöngeistigen Zeichen der Waage. Das allerdings passte.

»Ich habe mich manchmal mit ihm über den astrologischen Einfluss der Sterne auf den Charakter unterhalten«, sagte ich zu meiner Schwester. »Aber wenn er das weiter vertiefen wollte, habe ich meist abgeschaltet. Wenn er merkte, dass es an mir vorbeirauschte, hat er das Thema rasch wieder fallen lassen. Aber – weißt du, Rose – mich erschüttert das Datum des Briefes. Er hat ihn zwei Tage vor seinem Unfall geschrieben. Ob er vielleicht eine Vorahnung gehabt hat?«

Rose hatte die Hände vor das Gesicht geschlagen und blieb so eine Weile still sitzen. Ich wusste, was sie fühlte. Cilly saß bewegungslos neben ihr und gab keinen Laut von sich. Nicht einmal ihr Atmen war zu hören.

Dunkle Wolken waren aufgezogen, und graues Licht fiel durch die Fenster. Ein heftiger Windstoß ließ die Schindeln auf dem Dach leise klappern. Mich fröstelte plötzlich.

»Anita!«

Erschrocken fuhr ich zusammen. Rose war aus ihrer

Versunkenheit aufgetaucht und sah mich mit leuchtenden Augen an.

»Was ist dir eingefallen, Schwester?«

»Anita, Julian hat uns, glaube ich, voneinander erzählt. Schon seit unserer Kinderzeit. Weißt du – Geschichten über die Römer im Rheinland. Über Colonia, über die Germanen und die Gallier, die hier gelebt haben. Dutzende von Geschichten, manchmal nur Anekdoten, kleine kuriose Histörchen, manchmal ganze Dramen, manchmal echte Schwänke. Aber in den Sachen, die er mir erzählt hat, kam regelmäßig eine Heldin namens Annik vor. Eine keltische Töpferin!«

Das Frösteln wurde stärker, ich konnte mich kaum beherschen. Meine Zähne klapperten, und ich verkrampfte die Hände so fest miteinander, dass die Knöchel weiß wurden.

»Anita, was ist los? Du siehst aus wie ein Gespenst. Schnell, Cilly, hol ein Glas Wasser!« Rose war neben mir und nahm mich in die Arme. »Sag, was ist?«

Mühsam versuchte ich, meine Gedanken in Worte zu fassen. Es kam erst ein wirres Gestammel dabei heraus.

»Er hat mir diese Geschichten auch erzählt. Nicht nur von Annik. Von ihr habe ich geträumt. O Gott!«

»Kannst du darüber sprechen?«

Cilly reichte mir das Glas, und ich nahm dankbar einen Schluck, atmete tief durch, und die innere Verkrampfung löste sich ein wenig.

»Eins nach dem anderen. Ja, Rose, er hat mir seine ›Römergeschichten‹ erzählt, und ich dachte, er wollte mein Interesse an der Antike damit wecken. Sie spielten ebenfalls in Colonia und Umgebung, etwa im ersten Jahrhundert unserer Zeitrechnung. Und sie hatten ebenfalls eine Heldin. Sie hieß Rosina, und sie war – unter anderem – eine Glasschleiferin.«

»Das ist Wahnsinn!«

»Ja, das ist es. Vor allem, weil er davon schon sprach, als du allenfalls Seifenblasen produzieren konntest und von Glasbläserpfeifen noch keine Ahnung hattest.«

»Und du vermutlich noch mit bunter Knetmasse herumgemantscht hast.«

»Vielleicht hat er daran ja unsere Talente erkannt!«

Zum Glück kam mein Sinn fürs Absurde wieder zum Vorschein, und wir lächelten uns an, wenn auch noch ein wenig kläglich.

»Ich werde den Eindruck nicht los, dass er uns auf diese Weise ein klein wenig manipuliert hat«, sagte Rose und stand auf, um eine Wandlampe anzuschalten. Das warme, in der facettierten Schale glitzernde Licht nahm der Atmosphäre das Gespenstische. »Und, Anita, ich habe das Gefühl, wir werden einige lange Gespräche miteinander führen müssen, um dieser verrückten Sache auf den Grund zu gehen.«

»Ja, Rose, das vermute ich genauso. Ich möchte, ehrlich gesagt, damit nicht allzu lange warten.«

»Dann werden wir uns den heutigen Nachmittag und Abend dafür Zeit nehmen. Erst werde ich Cilly aber nach Hause fahren, sonst bekommt Mama graue Haare!«

»Keine Panik. Ich rufe sie an, dass ich hier bleibe, Rose«, meldete Cilly sich zu Wort und zeigte uns dabei einen solch entschlossenen Gesichtsausdruck, der keinen Zweifel daran ließ, dass wir sie nur mit Einsatz körperlicher Gewalt entfernen konnten. Ich verstand sie. Rose aber versuchte noch einmal ihr erzieherisches Glück.

»Meine liebe, kleine Schwester, wie du eventuell gemerkt hast, geht es hier um eine Privatangelegenheit zwischen Anita und mir.«

»Sie kann so privat nicht sein. Geschichte interessiert mich!«

»*Die* Geschichte interessiert dich«, stellte ich richtig, und Cilly stimmte mir mit einem Grinsen zu. »Und, Rose, da ich mich an zwei, drei Episoden erinnere, in denen ein junges Mädchen eine Rolle gespielt hat, könnte es möglich sein, dass es für Cilly wirklich von Bedeutung ist, uns zuzuhören.«

»Das Mädchen!« Rose schlug sich mit der Hand an den Kopf. »Ja, du hast Recht, das Mädchen spielt eine Rolle. Aber …«

»Und in meinen Mosaiksteinen der Geschichte hieß sie Valeria Gratia!«

»Nein!«, schrie Cilly begeistert auf und biss sich auf den Daumen.

»Ja«, sagte Rose ganz leise. »Sie hieß Valeria Gratia, und Cilly wurde Gracilla Valerie getauft. Cilly, sag Mama Bescheid, dass du bei mir übernachtest. Was ist mit deinen Hausaufgaben?«

»Kein Thema! Heute war Ausflug, für morgen hab ich schon alles.«

Cilly verschwand, um zu telefonieren.

»In den Storys, die er mir in den späteren Jahren erzählte, ging es, soweit ich mich erinnern kann, nicht immer ganz jugendfrei zu.«

»In den meinen auch nicht. Nun, dann lernt Cilly halt etwas fürs Leben. Außerdem hat sie sich von dem Glauben an den Klapperstorch schon früh verabschiedet. Mama hat das ganz gut hingekriegt.«

»Gut, aber langsam fürchte ich, dass der Zeitansatz etwas zu knapp gewählt ist. Seit du mich daran erinnert hast, tauchen immer mehr Bilder und Szenen in meinem Kopf auf.«

»In meinem auch. Doch wir haben ja Zeit. Es gibt noch mehr Abende.«

»Mir ist das recht. Aber weißt du, Julian hat nie etwas

aufschreiben wollen. Wir sollten das etwas anders handhaben.«

»Eine hervorragende Idee. Ich hole Schreibzeug.«

So saßen wir kurze Zeit später zusammen, und ich machte den Anfang. Zuerst war es mühselig, sich des Traumes zu erinnern, den ich, betäubt durch Schmerzmittel, fiebernd und im Schockzustand, erlebt hatte. Aber als ich mich erst einmal in jene Annik versetzt hatte, die auf ihrer Insel darüber nachdachte, ob sie ihrem Geliebten nach Germanien folgen sollte, da kamen mir manchmal die Worte schneller, als Cilly und Rose schreiben konnten.

Gegen sechs hatte ich meine Geschichte beendet, und wir rekapitulierten staunend die Details, an die ich mich erinnert hatte. Rose fasste zusammen: »Genauso hat Julian mir seine Annik beschrieben, blond, von der Sonne dunkel gebräunte Haut, blaugraue Augen. Schlank, aber zäh, fähig, nach einem schrecklichen Schicksalsschlag wieder Mut zu fassen und bereit, in eine unbekannte Zukunft aufzubrechen. Seltsam, dass du schwarzhaarig bist.«

»Nun, ich bin keine nordische Gallierin, meine Mutter hat orientalisches Blut in der Familie, daher die schwarzen Haare.«

»Wahrscheinlich hat er sich einige dichterische Freiheiten erlaubt. Essen wir erst einmal etwas, dann habe ich einen Beitrag zu liefern«, schlug Rose vor, worauf wir diese profane Aufgabe mit unkultivierter Hast erledigten. Dann übernahm ich die Schreibarbeit. Cilly erklärte sich bereit, uns ständig unaufgefordert mit Getränken, gespitzten Bleistiften und frischem Papier zu versorgen.

Rose begann, und Ehre wem Ehre gebührt: Sie war eine ebenso fantastische Erzählerin wie unser Vater.

Ad perpetuam memoriam

Zum immerwährenden Gedenken

8. Kapitel

In den Wäldern

Es war eine klare Herbstnacht in den uralten, tiefen Wäldern Germaniens. Der Mond war über den sieben Bergen jenseits des Rheins aufgestiegen, und sein fahles, bläuliches Licht schimmerte auf dem Laub der Bäume. Den Fremden waren die Wälder unheimlich, dicht waren sie und undurchdringlich, ohne Wegmarken und sichtbare Pfade. Doch jenen, die hier seit Generationen lebten, bedeutete eben dies Schutz und Sicherheit. Nicht nur, weil jeder, der unvorbereitet in sie hineingeriet, sich unweigerlich verirren würde, sondern auch, weil sie die Behausung der Götter waren.

Verborgen hinter sturmgefällten Baumriesen, moosigen, verrottenden Stämmen und eng verwobenem Unterholz gab es stille Lichtungen, grasbewachsene Flecken, an denen sich das Wild zum Äsen sammelte, wo sie sich paarten oder ihre Kämpfe ausfochten, wo die nächtlichen Jäger mit ihren glühenden Augen, scharfen Zähnen und spitzen Krallen ihrer Beute auflauerten. Es waren Plätze, an denen sich dann und wann Menschen zu Andacht und Opfer versammelten. Es waren heilige Stätten für sie, Stellen, an denen ihnen die Verbindung zu den Göttern leicht fiel.

Eine solche Lichtung war es, die der volle Mond nun beschien. Hoch aufragend wie silbrige Säulen umstanden die Buchen den beinahe kreisrunden Platz, duckten sich Heckengehölze und dornige Rankgewächse um ihn herum. Ob er einst von Hand frei geschlagen worden war oder ob eine seltsame Laune der Natur hier nur samtiges Gras wachsen ließ, wusste niemand mehr. Es gab nichts Augenfälliges an diesem Ort; kein altes Hügelgrab, keine plätschernde Quelle, kein flechtenbewachsener Megalith kennzeichneten das Rund. Und doch herrschte eine seltsame Stimmung in diesem Tempel aus lebendem Holz. Kaum ein Windhauch bewegte die Blätter, selten nur knisterte ein trockenes Ästchen, ein verdorrtes Blatt unter den Füßen der kleinen und großen Lebewesen, die ihn bevölkerten. Es roch nach Pilzen, nach harzigen Rinden, feuchtem Humus. Und die Luft war erfüllt von den zarten Klängen, die menschliche Hände den Saiten einer Harfe entlockten. Eine Ricke mit ihren Kitzen ließ sich davon nicht stören, ebenso die Eichhörnchen nicht, die nach den ersten reifen Bucheckern suchten. Ein Wildschwein grub schmatzend mit seinem Rüssel nach unterirdischen Pilzen, und zwei mümmelnde Hasen drehten zwar ihre Lauscher aufmerksam hin und her, aber den Musiker beachteten sie nicht weiter. Auch nicht, als er begann, mit verhaltener, wohl klingender Stimme die alten Weisen über die Geschichte seines Volkes, seiner Helden und seiner Götter zu singen. Es waren Worte einer alten Sprache, in der die Tradition bewahrt wurde, die der Sänger in vielen Jahren von seinem alten Lehrer mündlich überliefert bekommen hatte. Sie hatten sich ihm tief ins Gedächtnis eingeprägt, die Berichte über die großen Taten und die großen Gefühle seiner Vorfahren. Er sang von Treue und Opferbereitschaft, von Trauer und Stolz, von Ruhm und Demütigung, von Verwundung und Heilung. Er beschwor die hohen Tugenden, die überströmende Gastfreundschaft, die Furchtlosigkeit vor dem Tod und die Bereitschaft, klaglos Schmerzen und Verluste zu ertragen, wie sie die Frauen und Männer seiner Ahnen immer wieder bewiesen hatten. Doch auch disharmonische Töne mischten sich unter die melodischen Klänge, die Zeugnisse von Verrat und Niedertracht, von hinterhältiger Bosheit, habgieriger Dummheit und gnadenloser Rachsucht. Zeitlos waren die Themen, die er besang, allgegenwärtig und menschlich.

Nur eines schien von einem ganz anderen Klang gefärbt zu sein – das Lied, das von einer unendlichen Liebe handelte, von Hingabe und tiefstem Vertrauen, die bestehen bleiben sollten. Es sprach von einer Sehnsucht, die zwei Menschen über alle Zeiten und Welten verband und die unablässig und gegen alle Hindernisse nach Erfüllung strebte.

Das feine Gehör der Ricke hatte die Herannahenden als Erste wahrgenommen. Mit graziösen Sprüngen verschwand sie mit ihren Kindern im Schatten der Bäume. Der Barde aber wechselte die Tonart, als er dies sah, und seine Stimme wurde kräftiger. Die Harfe rief zur Versammlung. Die Eichhörnchen huschten die Stämme empor, die Hasen brachten sich mit weiten Sätzen in Sicherheit, und das Wildschwein ließ widerstrebend seinen kostbaren Fund im Stich.

Sie kamen in kleinen Gruppen, paarweise, selten nur einzeln. Sie alle aber schwiegen und suchten sich ihren Platz auf dem weichen Grasboden rund um den Barden.

Er war für seinen Stand noch ein erstaunlich junger Mann, mochte das fünfundzwanzigste Lebensjahr kaum erreicht haben. Sein braunes Haupthaar fiel ihm weich und wellig auf die Schultern, doch es lichtete sich bereits über der hohen Stirn. Ein Bart umgab sein Kinn, ebenfalls seidig und leicht gekräuselt. Seine braunen Augen lagen in tiefen Höhlen in seinem mageren Gesicht. Wenn er auch jung und ein wenig schwächlich wirkte, so hielten seine Arme die schwere Harfe doch mühelos. Als sich rund ein Dutzend Männer und Frauen um ihn versammelt hatten, zeigte er seine wahre Begabung. Aus dem Stegreif heraus sang er in einprägsamen Versen über all die Neuigkeiten, die man ihm seit dem letzten Vollmond zugetragen hatte. Er tat das so geschickt, dass bald alle gebannt lauschten und die Reime für sich wiederholten, in die er die Nachrichten fasste. Schließlich hatte er alles vorgebracht, was er wusste, und als sich das Gemurmel über die Meldungen gelegt hatte, sah er auffordernd in die Runde. Es war ein knorriger Alter, der zu sprechen begann.

»Es sind Gallier aus dem Norden eingetroffen. Reiter mit prächtigen Pferden. Sie sind nach Bonna gezogen. Auxiliartruppen der Legio I Flavia Minerva.«

Voll Verachtung spuckte der Alte auf den Boden. Gallier, die sich bei den Römern verdingten, genossen nicht sein Wohlwollen.

»Wie viele?«

Der Alte nannte die Zahl der Männer und Pferde.

»Es sind auch fünfzehn Frauen darunter. Sind samt und sonders in der Canabae untergeschlüpft. Bis auf eine.«

»Ist die von besonderem Interesse?«

Der Alte kicherte.

»Ist ein prachtvolles Weib. Sie hat die andern Hühner während der Reise gut im Griff gehabt, heißt es. Aber die Welt der Hütten und Huren ist ihr zu eng geworden, und der hochwohllöbliche Praefectus Lucius Aurelius Falco kümmert sich jetzt persönlich um sie, heißt es. Ihr hübscher blonder Krieger dagegen wird in der Ersten Ala geschliffen.«

»Er hat sie auf das Gut des Valerius Corvus gebracht«, ließ sich ein anderer vernehmen. »Als Töpferin soll sie dort arbeiten.«

»Ein Römerliebchen?«, fragte ein beleibter Mann mit dem gewichtigen Gehabe eines Dorfvorstehers.

»Die nicht. Die ist aus besonderem Holz geschnitzt!«, krächzte der Alte.

»Es sollte sie einer im Auge behalten«, schlug der Barde vor. »Habt ihr vielleicht auch noch ein paar interessantere Neuigkeiten zu berichten als die Einstellung einer gallischen Töpferin bei Valerius?«

»O doch!«, ließ sich eine Frauenstimme vernehmen. »Aber bei den Männern hat die blonde Schnepfe natürlich Vorrang vor dem Senator Publius Fabius Pontanus, der samt Familie von Treverum nach Colonia zieht. Er wird in drei oder vier Tagen hier vorbeiziehen.«

»Mit Familie?«

»Und Hausstand!«

Ein erfreutes Raunen ging durch die Gruppe.

»Darum kümmert sich Kemo am besten«, sagte der Barde, und ein drahtiger Mann nickte.

»Es geht das Gerücht, dass Traian wieder nach Colonia zurückkehrt«, sagte eine andere Frau. »Und das Gerücht sagt ebenfalls, dass Caesar ihn adoptieren wird.«

»Wann?«

Scharf wie ein Peitschenschlag kam die Frage.

»Keine Ahnung. Wir werden die Ohren offen halten!«

Weitere Nachrichten ähnlicher Natur, aber ebenso Gerüchte und Geschwätz wurden ausgetauscht, bis schließlich alles gesagt worden war, was es zu sagen gab. Der Barde hob seine Harfe und bewies wiederum sein überragendes Können, indem er alles, was besprochen worden war, noch einmal in leicht zu merkenden Versen zusammenfasste.

Leise und unauffällig, wie sie gekommen waren, verschwanden die Teilnehmer des Treffens wieder, und die Lichtung blieb den Tieren überlassen. Sie kamen nach und nach zurück, denn die leisen Klänge der Harfe störten sie nicht.

Ich schüttelte meine rechte Hand, um sie von dem Schreibkrampf zu befreien und nahm dankbar von Cilly das Glas Wein entgegen.

»Tja, das war meine erste Bekanntschaft mit Annik«, sagte Rose und nahm ebenfalls einen Schluck.

»Und mit Lucius Aurelius Falco, den ich ja auch schon kennen gelernt habe.«

Cilly hatte sich im Lotussitz zusammengeknotet und brach ihr gebanntes Schweigen, das sie die ganze Zeit über bewahrt hatte.

»Rosina, Annik und Gratia sind wir drei, kennt ihr denn nicht diesen Falco oder den Martius oder den Barden?«

Verblüfft sahen meine Schwester und ich das Mädchen an. Die harmlose Frage barg Zündstoff. Denn wenn Personen, die wir bisher nicht kannten und die auch Julian nicht kannte, plötzlich in unserem Leben auftauchen würden, dann, ja dann …

»Es sind erfundene Geschichten, die unser Vater uns erzählt hat, als wir noch Kinder waren!«, wehrte Rose entschieden ab.

»Nicht ganz, später noch hat er, zumindest mir, manchmal solche Storys erzählt. Meist, wenn er irgendetwas aus jener Zeit gesehen oder gefunden hat. So etwas wie der Abdruck der Katzenpfote hätte ihn zu einer hinreißenden Geschichte animiert«, lenkte ich ebenso von der unbequemen Frage ab, aber Cilly war hartnäckig.

»Schon gut, aber kennt ihr nun einen Falco oder einen Martius oder einen Valerius Corvus oder sonst so wen?«

»Dieses Mädchen ist nagend«, stöhnte Rose, aber ich war nachdenklich geworden.

»Doch, ja, Cilly. Einen von ihnen kennen wir.«

»Was?«, fuhr Rose auf.

»Den Barden, Schwester. Den Mann, der von großen Taten und großen Gefühlen sang!«

»Himmel, ja!« Cilly hopste im Lotussitz auf und ab wie ein Guru kurz vor der Levitation ins Nirwana. »Euer Vater, der Knöd… sorry, der Sänger.«

»Richtig, der Barde hat sich selbst eingebracht.«

Rose nickte und gähnte herzhaft.

»Leute, es ist schon ziemlich spät geworden, lasst uns jetzt Schluss machen mit der Geschichte. Mir fällt im Augenblick sowieso nichts mehr ein.«

»Einverstanden. Und morgen bringe ich meinen Laptop mit. Papier und Bleistift sind ja ganz schön, aber schneller bin ich auf der Tastatur.«

»Ich bin auch ziemlich schnell!«, sagte Cilly mit funkelnden Augen. »Ihr könnt mich richtig gut brauchen!«

»Du bist ein selten vorwitziges Geschöpf, kleine Schwester-Schwester. Pass nur auf, dass wir dich nicht zum schmuddeligsten, schieläugigsten und unmanierlichsten Junghühnchen des gesamten römischen Reiches machen.«

»Och, das würdet ihr doch nicht…«

»Wart es ab. Bis morgen. Ich werde vor dem Einschlafen darüber nachgrübeln, was Julian mir noch so alles an römischen Geschichten erzählt hat.«

»Vielleicht solltest du den alten Ring dazu über den Finger ziehen, Anita. Möglicherweise beflügelt er deine Fantasie, und du kannst die Geschichte um dieses Detail ergänzen, das unser Vater dir so gerne noch erzählt hätte.«

Ich hatte einen Kloß im Hals und konnte nur zustimmend nicken. Die Idee war echt gut.

Der Erfolg war überwältigend. Denn ich erinnerte mich nicht nur an Anniks Reise nach Colonia, sondern ich träumte auch tatsächlich eine Szene, in der dieser kleine, rote Gemmenring mit dem Pferdchen eine Rolle spielte. Und zwar in so leuchtenden und eindringlichen Farben, dass mir jede Einzelheit im Gedächtnis blieb. Ich erwachte lächelnd. Julian musste mir seine Begabung zum Erfinden von abenteuerlichen Geschichten ebenfalls vererbt haben.

Den Tag über schob ich jedoch die Gedanken daran zurück, denn ich hatte ein paar Termine mit Leuten, die sich eventuell für eine Ausstellung von Roses Kunstwerken erwärmen könnten.

Wir hatten uns für den späten Nachmittag verabredet, und kurz bevor ich bei Rose ankam, traf mich eine leicht erschütternde Erkenntnis. Cillys Frage nach den anderen Protagonisten der Geschichte hatte ich völlig verdrängt. Gut, weder einen Falco noch einen Corvus kannte ich, aber Martius, den Krieger und Abenteurer, so wie ihn Annik zum Geliebten hatte, der war mir schon über den Weg gelaufen.

»Julian, was hast du alles gewusst?«, flüsterte ich, als ich ausstieg und zu Rose in die Wohnung ging.

»Er hat wohl eine viel tiefere Menschenkenntnis gehabt, als wir uns das vorgestellt haben, Anita«, tröstete Rose mich, als ich ihr von der Ähnlichkeit erzählte. »Es ist gewiss nicht ungewöhnlich, dass wir derartigen Charakteren begegnen. Ich würde das nicht so ernst nehmen. Diese Haudrauf- und Mittendurch-Typen hat es zu allen Zeiten gegeben und wird es auch in Zukunft geben. In zeitgemäß angepasster Gewandung!«

»Da ist was dran«, musste ich ihr zustimmen und verscheuchte das unbehagliche Gefühl. »Ich habe zumindest die Story für heute Abend. Cilly, hier ist die Tastatur. Ich erkläre dir kurz die Sache mit dem Speichern, und dann zeig, was du kannst. Denn es wird bunt und farbenfreudig!«

9. Kapitel

Die Colonia

Die Reise, die Annik antrat, dauerte alles in allem zwei Monde, und während dieser Zeit lernte sie den Praefecten Falco mehr und mehr schätzen. Er hatte seine zusammengewürfelte Gruppe gut im Griff. Pferde, abenteuerlustige, aber völlig undisziplinierte Männer und weitere vierzehn Frauen unterschiedlichen Alters mussten teils per Schiff die Küste entlang, später dann über Land auf den gut ausgebauten Römerstraßen geführt werden. Jeden Abend mussten Lager aufgeschlagen und Mensch und Tier verpflegt werden. Sie bewunderte sein Organisationstalent, doch einige Male war sie auch explosiv mit ihm aneinander geraten. Möglicherweise lag es daran, weil sie ihn bereits über Martius kannte, dass die Frauen sie ganz selbstverständlich zu ihrer Sprecherin wählten und sie mit ihren Problemen zu ihm schickten. Wenn es darum ging, einen Tag länger Rast zu machen, um den Frauen die Möglichkeit zum Waschen zu geben; ob es darum ging, den beiden Schwangeren einen Platz im Verpflegungswagen zu sichern, den Kranken die Möglichkeit zur Behandlung und Ruhe zu verschaffen – sie war es, die ihm in zähen Diskussionen diese Vergünstigungen abrang. Falcos Ziel nämlich war es, so schnell wie möglich seine neu angeworbene Truppe der strengen Ausbildung in der Legion zuzuführen. Die Gallier waren zwar ein Volk von mutigen und kraftvollen Kämpfern, aber sie neigten zum Eigensinn bis hin zur Sturheit.

Alles in allem schien aber die Seherin Recht gehabt zu haben, die Reise verlief weitgehend problemlos für Annik, und hin und wieder genoss sie sogar die Erfahrung, neue Eindrücke sammeln zu können. Von Martius sah sie in dieser Zeit wenig. Er zog die Gesellschaft der Männer vor, und nur hin und wieder stahl er sich nachts in den Schlafbereich der Frauen, um mit ihr bis kurz vor dem Wecken das Lager zu teilen. Annik ahnte, dass Falco von dieser Übertretung seiner Regeln wusste, aber es in ihrem Fall vorzog, das Geschehen zu ignorieren.

Ihre Ankunft in Colonia Claudia Ara Agrippinensium erfolgte an einem heißen Tag Ende August. Annik war gefesselt von der riesigen Stadt. Es war die größte Ansiedlung von Menschen, die sie bisher gesehen hatte. Es war auch die luxuriöseste und prachtvollste. Die Stadtmauer mit ihren Toren und Türmen beeindruckte sie schon von weitem, die sauberen, geraden Straßen, die weißen, mehrstöckigen Häuser, das prächtige Forum, das Praetorium und die Tempel hätte sie sich gerne länger angesehen, doch auch hier bestand Falco darauf, unerbittlich schnell die Stadt zu durchqueren. Ihr Lager schlugen sie südlich der Stadtmauer auf, und es hieß, dass sie am folgenden Tag ihren Bestimmungsort, Castra Bonnensia, erreichen würden.

So geschah es, und Annik, zusammen mit den anderen Frauen, wurde in die Vorstadt, die Canabae, verwiesen, wo die Angehörigen der Truppe, die zivilen Handwerker und Dienstleister unterschiedlicher Gewerbe lebten. Einige Frauen fanden Unterkunft bei ihren Landsleuten, für sich und drei weitere gelang es Annik, eine leer stehende Behausung zu finden, eine baufällige Hütte voller Ungeziefer und zerbrochener Möbel. Wie üblich fanden die lebenslustigsten Mädchen in ihrem Gefolge gleich den Anschluss an das älteste und überall blühende Gewerbe, das in dem Haus betrieben wurde, dem eine Matrone mit dem ehrenwerten Namen Honoria vorstand.

Befriedigend fand Annik ihre Lage nicht, aber sie war nicht der Typ, der über unschöne Umstände jammerte. Es gab eine Töpferei und eine Ziegelei in der Vorstadt. Dort versuchte sie, Arbeit und eine passendere Unterkunft zu bekommen. Es erwies sich aber, dass der Töpfer ein ungehobelter Kerl war, der von Frauen an der Drehscheibe nichts hielt und seine eigenen vier Söhne in der Werkstatt beschäftigte. In der Ziegelei wurden zwar Helfer gesucht, aber die grinsenden Handlanger, die der Patron beschäftigte, machten sich eine Freude daraus, Annik die schwersten und schmutzigsten Arbeiten zuzumuten und sie dabei feixend mit dümmlichen und anzüglichen Bemerkungen anzufeuern. Nach zehn Tagen war Annik so weit, dass sie zornschnaubend dem Ziegeleibesitzer die Meinung sagte. Sie schieden nicht als Freunde.

Am Abend war Annik dann zum Fluss hinuntergegangen. Dort setzte sie sich nieder und gab sich, vierzehn Tage nach ihrer Ankunft in Germanien, zum ersten Mal dem schmerzlichen, hilflosen und sehnsuchtsvollen Gefühl des Heimwehs hin.

Der Rhein war ein breiter Fluss, der sich in sanften Biegungen durch das überaus liebliche Tal schlängelte. Der Wasserstand war nach der sommerlichen Trockenheit niedrig, und rundgeschliffene, weiße Kiesel säumten sein Ufer. Niedriges Strauchwerk hatte sich hier und da festgekrallt und warf lange Schatten in der sich langsam dem Horizont zuneigenden Sonne. Auf den kleinen Wellen glitzerte das Licht. Behäbig trieb ein belaubter Ast vorbei, und ihm folgte Annik mit ihrem Blick. Sie beneidete ihn, denn sein Weg würde ihn mit der Strömung hin zum Meer treiben. Dem endlosen, salzigen Meer, das ihre Heimat war.

In derart wehmütiger Stimmung versunken traf Martius sie an. Sie bemerkte ihn erst, als er neben ihr stand und sie an dem langen Zopf zupfte, der über ihrem Rücken hing. Ohne Überraschung zu zeigen, drehte Annik sich um.

»He, Mädchen, was bläst du denn hier für eine Trübsal?«, fragte Martius und zog sie an der Hand hoch. »Deine Freundinnen in der Canabae haben mir gesagt, du bist mit langem Gesicht abgezogen, um dich dem Weltschmerz hinzugeben!«

»Eine freie Interpretation meiner Stinkwut. Aber egal!« Annik musterte ihren großen, athletischen Freund andächtig. »Du siehst überwältigend aus, Martius!«

»Hübsch römisch, was?«

Er stolzierte mit einem breiten Grinsen vor ihr auf und ab und ließ sich in seiner Pracht bewundern. Eine rote, kurzärmelige Tunika ließ seinen prächtigen Bizeps sehen, darüber schimmerte ein neuer metallbeschlagener Lederpanzer, der bis über die Taille fiel. An seinem Gürtel trug er ein kurzes Schwert und eine Ledertasche, unter der Tunika halblange Hosen und an den Füßen genagelte Stiefel. Den Kopf hatte er unbedeckt, die langen blonden Locken fielen ihm weiterhin bis auf die Schultern, der üppige Schnauzbart und der bronzene Halsreif, der Torques, zeichnete ihn nach wie vor eindeutig als Keltenkrieger aus.

»Sie haben von den Einheimischen gelernt, die feinen Herren Legionäre. Wir dürfen Hosen tragen. Und Stiefel statt Sandalen.«

»Könnte anderenfalls auch ein bisschen klamm im Winter werden. Wie geht es sonst so?«

»Ich kann nicht klagen. Die Disziplin ist ziemlich streng, aber ich habe ja die Pferde, und die kann ich nicht zu jedem Appell alleine lassen. Was ist mit dir? Diese Hüttenstadt sieht leicht heruntergekommen aus.«

»Vorsichtig ausgedrückt, ja.«

Annik erzählte ihm von ihren Misserfolgen, die sich an diesem Nachmittag zugespitzt hatten, und Martius schüttelte ungläubig den Kopf.

»Soll ich den Patron mal besuchen? Ich könnte ihm einen seiner Ziegel zum Fressen geben.«

»Vergiss es. Ich werde momentan hier weiter wohnen müssen. Es würde die Stimmung nicht unbedingt verbessern. Ich muss halt eine neue Beschäftigung finden. Nötigenfalls werde ich Wäscherin. Die Frauen brauchen ständig Hilfe.«

»Unmöglich, Annik. Nicht du!«

»Nein?«

»Nein, du vergisst, wer du bist!«

»Wenn ich überleben will, muss ich das tun.«

Ungläubig sah Martius sie an, dann ging plötzlich ein Strahlen über sein Gesicht.

»Ich weiß, was wir tun, Annik. Wir reiten morgen in die Colonia und verbummeln den Tag dort. Es muss fantastisch sein, und ich wollte das schon die ganze Zeit einmal machen.«

Annik lachte hell auf.

»Natürlich. Ich auch. Hast du morgen deinen freien Tag?«

»Seit eben habe ich ihn!«

»Ach, so großzügig ist man in der Legion, dass jeder Soldat sich freinehmen kann, wann es ihm behagt?«

»Nicht jeder, aber ich. Hör auf zu mäkeln. Kommst du mit?«

»Ich habe kein Pferd«, gab Annik zu bedenken.

»Mir unterstehen Alar und Enora. Die werden wir nehmen.«

Das waren die beiden Pferde, die Annik und Martius schon in ihrer Heimat geritten waren und die sie den weiten Weg nach Germanien getragen hatten. Hervorragende Tiere, die Falco persönlich für sich ausgesucht hatte.

»Man wird es bemerken.«

»Und wennschon. Es heißt, es finden Pferderennen statt. Das wär doch mal was, nicht wahr, Annik? Wir bleiben über Nacht in der Stadt, und ich bin übermorgen zum Wecken zurück. Es gibt ein paar Freunde, die mein Fortbleiben decken werden. Sollte es trotzdem auffliegen, gibt es Gepolter und eine Vorlesung über die Pflichten des Legionärs, schlimmstenfalls ein paar Peitschenhiebe und fünf Tage halbe Ration. Das ist es mir schon wert, Annik.«

Martius' Abenteuergeist wirkte ansteckend, und Annik schob alle Bedenken beiseite. Sie verabredeten sich genau an dieser Stelle am Rheinufer, wo Martius beim Morgengrauen mit den Pferden warten würde.

Es war ein überwältigendes Gefühl von Freiheit und Leichtigkeit, das Annik übermannte, als sie bei Sonnenaufgang am Rheinufer entlanggaloppierten. Martius hatte seine militärische Kleidung gegen seine übliche Tunika und Hosen vertauscht, Annik war ähnlich gewandet. Sie hatten etwas Brot und eine Lederflasche voll Wein mitgenommen, doch der Ritt in der Morgenkühle machte sie so beschwingt, dass sie keine Rast einlegten. Mit dampfenden Pferden erreichten sie am frühen Vormittag die Stadtmauern der Colonia. Martius stellte die Pferde im Stall einer Taverne unter, und sie betraten zu Fuß die geschäftige Stadt durch das südlichste der neun Tore.

Die Hauptdurchgangsstraße verlief schnurgerade von Süden nach Norden. Der Verkehr war dicht, Karren rollten in beide Richtungen, hochbeladene Lasttiere wurden von fluchenden Treibern geführt, Lastträger schleppten Säcke, Amphoren und Bündel. Dazwischen schlenderten Müßiggänger und Tempelbesucher, die peinlich darauf bedacht waren, Abstand von den arbeitenden Menschen und Tieren zu wahren.

»Was für ein Gewimmel!«

»Unbeschreiblich!«

Zu mehr Konversation waren Annik und Martius erst einmal nicht in der Lage. Sie bestaunten die Säulenhalle des Kapitols, betraten den Tempel jedoch nicht, sondern schlenderten am Forum vorbei zu der vorgelagerten Rheininsel, wo Boote und Schiffe der unterschiedlichsten Formen angelegt hatten. Dann drangen sie weiter in die Mitte der Stadt vor, wo entlang der Häuserzeilen Läden, Buden und Werkstätten lockten.

Sie kamen nur sehr langsam voran, nicht, weil die Menschenmenge so dicht gewesen wäre, sondern weil Annik fasziniert von dem Angebot war. Nach einer Töpferei mit rotem, fein gemustertem Geschirr, einem Salbenmacher, dessen Stand mit einem unbeschreiblichen Duftgemisch lockte, einem Gürtelmacher, dessen kostbar gepunzte Ware sie begeisterte, einem Perückenmacher, der goldblonde und rote Haarkreationen anbot und einer Perlenstickerin musste Martius energisch auf sich aufmerksam machen.

»Hör mal, es ist schon spät am Vormittag, und ich habe allmählich Hunger, Annik. Man hat mir gesagt, dass es hier wunderbare Fladen und scharf gewürzte Würstchen gibt. Komm mit, ich will etwas essen.«

Sie brauchten nicht lange zu suchen, Imbisse wurden an allen Ecken angeboten, und auf ihre körperlichen Bedürfnisse aufmerksam gemacht, stellte Annik fest, dass der würzige Duft, der von den Buden zu ihr wehte, ihren Magen begehrlich zum Knurren brachte. Sie ließen sich auf einer der Bänke in der Sonne nieder und verzehrten eine üppige Mahlzeit.

»Es ist wirklich ein Spaß, Martius. Ich überlege, ob ich nicht in dieser Stadt eine Arbeit finden könnte. Geschirr wie das, was der Töpfer da vorhin angeboten hat, kann ich genauso herstellen.«

»Dazu müsstest du wohl erst einen Laden haben. Ach, denk jetzt nicht daran. Wir haben uns heute einen Festtag verdient. Komm, ich will etwas für dich kaufen, das dich an diesen Tag erinnert! Was möchtest du gerne?«

Er legte den Arm um sie und zog sie an sich. Annik lächelte. Martius konnte ein wundervoller Freund sein.

»Ich überlege mir etwas.«

Sie sah sich um und beobachtete das Straßengeschehen. Zwei gewichtige Beamte schritten in ihren purpurgesäumten Togen vorbei. Eine schwarzhaarige junge Frau in einem faltenreichen, weißen Gewand, die eine golddurchwebte grüne Palla elegant um Schultern und Arme geschlungen hatte, wurde von einem halbwüchsigen, dunkelhaarigen Mädchen in einer bestickten Tunika begleitet und blieb interessiert an einer Goldschmiedewerkstatt stehen. Drei auffallend geschminkte Frauen in eng geschnürten Gewändern und roten Sandalen warfen den Toga-Trägern auffordernde Blicke zu. Eine Matrone mit ausladender Haube führte zwei kleine Jungen an der Hand, eine Gruppe hoch gewachsener Germanen debattierte mit einem Metbrauer.

»Darf es etwas völlig Verrücktes sein, Martius?«

»Was?«

Aus seiner versonnenen Betrachtung der schwarzhaarigen Frau aufgeschreckt, sah Martius Annik an.

»Schon vergessen? Du wolltest mir etwas schenken!«

»Oh, natürlich nicht. Was willst du denn Verrücktes?«

»So ein römisches Kleid. Aber ich fürchte …«

»Zu teuer?« Er grinste. »Lass das mal meine Sorge sein!«

»Was? Hat Caesar dich schon so üppig entlohnt?«

»Caesar nicht, aber seinen Mannen sitzen die Sesterzen locker, wenn es um ein Spielchen geht. Und sie haben bisher noch keinen Kelten zum Gegner gehabt!«

»Ach so!«

Wissend nickte Annik. Martius' Glück im Spiel war von jeher bemerkenswert gewesen.

»Hübsche Kleider sind an einer schönen Frau stets eine gute Investition. Los, wir suchen einen Gewandschneider.«

In der Nähe des Kapitols fanden sie einen solchen, und nach geraumer Zeit war Annik Besitzerin einer langen Tunika aus feinem Leinen und einer weichen, blauen Stola, dem Obergewand, aus Wolltuch. Während sie probierte und wählte und sich in die Trageweise dieser für sie fremden Kleidungsstücke einweisen ließ, war Martius verschwunden. Er tauchte jedoch gerade wieder auf, als die Kleider in ein Bündel geschnürt wurden.

»Gehen wir zu dem Tempel, Annik. Ich will mir die römischen Götter mal ansehen. Stell dir vor, sie machen Bilder von ihren Göttern, so dass man genau weiß, wie sie aussehen!«

»Ob das den Göttern gefällig ist?«

»Offensichtlich. Ihre Anhänger haben, wie du siehst, einen nicht zu leugnenden Erfolg!«

»Vielleicht sollten wir unseren Göttern auch Standbilder schnitzen und Tempel bauen.«

»Gibt es schon. In dem Stall bei uns befindet sich ein Standbild der Epona, ob du es glaubst oder nicht!«

»Die Göttin der Pferde, nun, zumindest wird sie sich da wohl fühlen.«

»Und selbst die Römer beten zu ihr und opfern ihr Weihrauch.«

»Im Stall.«

»Klar.«

Sie kamen zu den Stufen, die zu den weißen, beinahe sechzig Fuß hohen Säulen hinaufführten, kletterten empor und standen in den stillen, weihrauchduftenden Räumen des Tempels. Annik war tief beeindruckt von den rot und weiß verputzten Wänden, den Nischen und Erkern mit den kleinen Götterfiguren, dem Spiel von Licht und Schatten auf dem ebenen Steinboden. Die in der Mitte aufragende Cella aber blieb ihnen versperrt, die monumentalen Standbilder des Jupiter, der Juno und der Minerva waren den Priestern und den Opfernden vorbehalten.

»Gehen wir wieder«, flüsterte sie und war froh, in der Säulenhalle die warmen Strahlen der Sonne auf der Haut zu fühlen. Die römischen Götter waren ihr unvertraut, und sie hatte Angst, sie versehentlich zu beleidigen.

»Annik, bleib einen Moment stehen. Ich habe noch etwas für dich, was ich dir gerne hier geben möchte.« Martius nahm ihre Hand und zwinkerte ihr zu. »Kleider können zerreißen, weißt du. Das hier hält ein bisschen länger!«

Und mit einer geschickten Bewegung hatte er ihr einen goldenen Ring über den Finger gestreift.

»Martius, du bist echt verrückt!«

»Nein, du wolltest etwas Verrücktes. Gefällt er dir nicht? Dann kannst du dir bei dem Goldschmied einen anderen aussuchen.«

»Nein, er ist schön. Wahrhaftig, ein sich aufbäumendes Pferdchen. Wie fein das gearbeitet ist!« Bewundernd tastete Annik mit der Fingerspitze über die in den dunkelroten Stein eingearbeitete Figur. »Danke!«

Sie hätte ihn gerne umarmt, aber hier vor dem Tempel erschien ihr das doch etwas unpassend. Deshalb nahm sie nur seine Hand und drückte sie. Und so, Hand in Hand, gingen sie die Treppe hinunter, als sie plötzlich rüde angeblafft wurden.

»Martius! Das ist doch nicht zu glauben!«

»Scheiße, mein Decurio!«, flüsterte Martius und drückte Annik das Bündel mit den Kleidern in die Hand.

Der Decurio war in voller Uniform und Bewaffnung, begleitet wurde er von drei Legionären. Er sprühte förmlich vor Zorn.

»Kranken Hengst pflegen, was? Hier in der Stadt?«

Martius, der selten um eine Ausrede verlegen war, wollte gerade mit einem überwältigenden Strahlen eine Erklärung vom Stapel lassen, als eine kühle Stimme hinter ihnen erklang: »Das geht in Ordnung, Decurio, die beiden sind auf meine Veranlassung hier!«

»Wenn Ihr es sagt, Praefect Falco!«

Der Decurio klang ungläubig, nahm aber Haltung an und widersprach seinem Vorgesetzten nicht weiter.

»Ich sage es. Kommt, Annik, Martius. Wir haben einen Termin auf dem Praetorium.«

Falco, den Annik ebenfalls das erste Mal im glänzenden Brustpanzer und leuchtender Tunika sah, führte die beiden mit eisernem Griff in Richtung Stadtmitte. Vor einer Taverne hielt er an und befahl: »Setzt euch dort nieder. Ich komme gleich zurück!«

»Leuchtender Belenus, was für ein Zufall!«, wisperte Annik, und Martius grinste sie an.

»Passt doch hervorragend. Der Decurio wird schon den Mund halten, Falco führt ein strenges Regiment. Sein Wort ist Gesetz bei uns.«

»Dann hast du ja gute Aussichten«, meinte Annik nicht ohne Sarkasmus in der Stimme.

Falco kehrte mit einem Krug Wein und drei Bechern zurück und setzte sich.

»Ihr könnt von Glück sprechen, dass wir heute ein Treffen mit den Ratsherren und dem Praetor der Colonia haben. Ich werde dem Decurio einen Bären aufbinden müssen, um euer Hiersein zu erklären. Ich tue es nur wegen Annik, Martius. Hätte der Decurio dich alleine erwischt, hättest du den Brei selbst auslöffeln dürfen. Und jetzt: Was hat das zu bedeuten, Martius? Keine Ausrede, wenn ich bitten darf!«

Annik trat Martius auf den Fuß und begann zu reden, bevor ihr Freund nur einen Pieps von sich geben konnte.

»Es ist meine Schuld, Falco. Ich habe Martius gestern so lange etwas vorgejammert, bis er meinte, dass nur ein Tag in der Colonia mir noch helfen könnte.«

»Du hast gejammert? Kaum zu glauben! Worüber?«

Diesmal war es Martius, der Annik ans Schienbein stieß.

»Warst du mal in der Canabae, Falco? Hast du mal versucht, eine vernünftige Unterkunft zu bekommen? Hast du mal versucht, eine anständige Arbeit dort zu finden? Annik haust mit drei untätig herumhängenden Weibern in einer verlausten Hütte, hat Schwerstarbeit bei einem Ziegelmacher angenommen, sich dort von den Trotteln belästigen lassen müssen und dafür kaum das Geld für Brot und Brei erhalten.«

»Und ein Tag in der Colonia sollte da Abhilfe schaffen? Willst du dein Glück hier versuchen?«

»Ich täte es liebend gerne, aber bisher habe ich mir, ehrlich gesagt, nur die Stadt angesehen. Sie ist fantastisch!«

Falcos strenges, scharf geschnittenes Gesicht wurde ein wenig milder.

»Also gut, du hast in der Canabae einen schweren Stand. Was machen die anderen Frauen, die mit dir gekommen sind?«, wollte er wissen.

»Waschen die Wäsche der Legionäre, helfen ihren Verwandten, unterhalten die Männer bei der Honoria...«

»Oder sitzen faul auf ihrem Hintern herum.«

»Was ist mit dem Töpfer?«

»Hat vier Söhne und will kein Weib in seiner Werkstatt.«

»Idiot.«

Falco schwieg eine Weile und trank seinen Wein. Annik und Marius wagten es nicht, ihn zu stören und nippten ebenfalls an dem fruchtigen weißen Wein. Schließlich brach der Praefect sein Schweigen.

»Bist du in der Lage, wirklich gutes Tongeschirr herzustellen, das auch einem gehobenen Haushalt genügt, Annik?«

»Den Römern in meiner Heimat hat es genügt.«

Martius fügte hinzu: »Dem ehrenwerten Gnaeus Iulius Celerinus hat es genügt!«

»Dem Gnaeus Iulius Celerinus genügt jeder Behälter, der mit einem Sextarius Wein gefüllt werden kann! Notfalls auch ein Pisspott«, stellte Falco trocken fest. Celerinus war wegen seiner anspruchslosen Trinkgewohnheiten berüchtigt.

»Ich bin in der Lage, hochwertige Keramik herzustellen und zu brennen. Ich pflegte meine Töpferware zu siegeln.«

»Ziemlich anmaßend!«

»Nein. Ich kann mich mit den Besten der römischen Töpfer messen. Ich kann sogar arretinische Keramik herstellen, wenn ich die richtigen Materialien bekomme.«

»Wärst du trotzdem bereit, auch Ziegel herzustellen?«

»Ich bin auch bereit, Ton zu stampfen und Schlicker

zu rühren, solange man meine Arbeit nicht mit Anzüglichkeiten würzt.«

»Gut, dann hätte ich vielleicht eine Beschäftigung für dich – bei einem Patrizier, der ein Gut zwischen Bonna und Colonia, in Waslicia, sein Eigen nennt. Ihm ist vor zwei Monaten der alte Töpfer verstorben. Möglicherweise ist der Besitzer bereit, dich einzustellen. Du hättest eine eigene Werkstatt und Unterkunft. Über den Lohn musst du selbst mit ihm verhandeln. Soll ich ihn fragen?«

Annik überlegte nicht lange. Alles war besser als die Canabae.

»Frag ihn. Ich wäre dir dankbar!«

»Gut, er ist einer der Stadträte, ich treffe ihn zur None. Ihr beide reitet jetzt besser zurück. Falls jemand nach dem Grund deines Besuches in der Colonia fragt, verweise ihn an mich, Martius. Und wenn das noch einmal vorkommt, mein Junge, dann ziehe ich dir höchstpersönlich das Fell in Stücken über die Ohren.«

»Puh!«, sagte Cilly und lehnte sich zurück. »Auf Orthografie und Grammatik kannst du pfeifen, aber den Text habe ich. Dein Martius gefällt mir.«

»Mir gefällt die Colonia«, meinte Rose und sah von ihren Notizen auf. »War das dein eigener Beitrag?«

»Manches schon, aber die Beschreibung der Canabae habe ich aus Julians Geschichten.«

»Morgen erzähle ich weiter«, sagte Rose. »Mir ist wieder jede Menge eingefallen!«

10. Kapitel

Der Fotograf

Der nächste Tag brachte vorher aber noch eine Überraschung. Nicht unbedingt eine, die ich von Herzen begrüßte. Ich wollte am Vormittag eine Kiste Bücher aus meinem Elternhaus abholen, als mir Uschi durch den Flur zurief: »Hier ist Besuch, Anita. Kommst du bitte? Es ist ein guter Freund von dir!«

Gute Freunde besuchten mich normalerweise nicht in diesem Haus. Ich hatte mein Familienleben fein säuberlich von meinem Bekanntenkreis getrennt gehalten. Ein paar unglückliche Erfahrungen hatten mich gelehrt, dass durch die Berühmtheit meines Vaters Freundschaften mit mir abträglich waren. Deshalb betrat ich recht verwundert das Wohnzimmer und sah in das strahlend lächelnde Gesicht des goldgelockten Marc.

»Du mieser Schweinehund! Du wagst dich wahrhaftig hierher?«, entfuhr es mir, und ich merkte, wie ich vor Wut zu kochen begann.

»Aber Anita!« Uschi war die personifizierte Empörung. »Wie redest du mit deinem Retter!«

»Retter? Der? Das ist der Mistkerl, der die Fotos von mir durch die Presse geschleift hat.«

»Sei doch nicht so empfindlich, Anita. Immerhin hat er dich aus dem Feuer gezogen und dir danach geholfen, als du hilflos im Krankenhaus gelegen hast.«

»Wer hat mich denn zur Schnecke gemacht, dass die Bilder von mir überall auftauchten, zusammen mit der herzerschütternden Schwulst-Story von Caesar Kings schwerverletzter Tochter. Uschi, du bist unmöglich! Marc, verpiss dich! Ich will dich hier nicht sehen!«

»Sondern wo?«

»Nirgendwo. Mach, dass du Land gewinnst!«

»Aber Schätzchen, deine Mutter hat mich so freundlich zum Kaffee eingeladen.«

Ich verlor endgültig die Beherrschung und brüllte: »Raus!«

Marc stand auf und hob die Hand. Er war höllisch schnell mit der Kamera.

»Gibt ein hübsches Bild. Ich schick dir einen Abzug zu. Du bist sehr attraktiv, wenn du wütend bist!«

Ich hatte das Gefühl zu ersticken.

»Anita, ich finde, du solltest dich wirklich ein bisschen mehr unter Kontrolle behalten«, gab Uschi netterweise ihren Senf dazu. Ausgerechnet sie erzählte mir etwas von Kontrolle! »Komm, setz dich zu uns. Marc möchte doch nur wissen, wie es dir geht.«

»Ja, Anita. Das möchte ich. Ehrlich. Du siehst traumhaft aus. Kein Vergleich zu den beiden letzten Malen.« Seine Dreistigkeit war überwältigend. Er strahlte mich an, legte die Kamera neben die Kaffeetasse auf den Tisch und öffnete weit beide Hände. »Kein unerwarteter Überfall mehr. Versprochen!«

Er sah schon verdammt gut aus. Groß, braun gebrannt, breitschultrig, energiegeladen. Sexy. Ich holte tief Luft, und meine Wut verflüchtigte sich. Er hatte seinen Job gemacht. Skrupellos, unsensibel, unter Einsatz seines Lebens.

»Hast du mich tatsächlich aus den Trümmern geborgen?«

»Schätzchen, habe ich!«

»Nachdem du mich fotografiert hast!«

»Ich habe erst ein, zwei Kilo glühendes Metall von deiner Brust geschubst. Dann habe ich Bilder gemacht. Aber das ging schnell. Danach habe ich dich mehr oder minder fachgerecht aus dem Tohuwabohu geschleppt. Du schuldest mir ein T-Shirt. Das, was ich dort trug, hast du mir nämlich reichlich vollgeblutet.«

»Warum hast du mir das nicht im Krankenhaus erzählt?«

»Da erschienst du mir noch nicht aufnahmefähig genug für diese Feinheiten.«

»Es scheint, dass ich dir mein Leben verdanke!«

»Vielleicht, vielleicht auch nicht. Es wimmelte bald von Rettern. Aber möglicherweise sind deine Blessuren zumindest dadurch nicht noch schlimmer geworden.«

»Ein Held!«

»Ja, nicht wahr? Und? Hat ein Held es nicht verdient, dich wenigstens mal zum Essen einladen zu dürfen?«

»Okay, darfst du. Heute. Jetzt!«

Ich hoffte, dass ein derart kurzfristiger Termin ihm nicht passte, aber er nickte erfreut.

»Na, dann komm mit. Wir fahren an den Rhein.«

Uschi sah aus, als wollte sie protestieren, ließ es aber bleiben. Wahrscheinlich hatte sie gehofft, die Einladung würde sie mit einschließen. Aber auch in dieser Hinsicht war Marc augenscheinlich frei von Skrupeln. Er nahm sich, was er wollte. Und nur das.

Natürlich fuhr ein Mann wie Marc einen Porsche. Er war genau der Typ, der ausschließlich das schnellste Pferd im Stall ritt. Aber auf der Fahrt entspannte ich mich tatsächlich noch etwas mehr, Marc plauderte Belangloses über seine Reisen, ich hörte mit halbem Ohr zu. Seit Juli war es das erste Mal, dass ich überhaupt wieder mit einem Mann, der nicht zum medizinischen Personal gehörte, Kontakt hatte. Irgendwie schmeichelte es mir jetzt doch, dass er mich besucht hatte.

»Wie hast du mich gefunden, Marc?«, unterbrach ich seine Erzählung.

»Das war nicht schwer. Ein bisschen Recherche. Du bist nicht unbekannt, Anita.«

»Ich wäre es aber lieber.«

»Schön. Dann vermeide zukünftig Flugzeugabstürze. Gibt es ansonsten etwas Berichtenswertes über dich?«

»Definitiv nichts, mein Lieber!«

Mir grauste bei der Vorstellung, dass er etwas über Rose herausfinden könnte.

»Leute, die das mit einem solchen Brustton der Überzeugung behaupten, verbergen etwas. Aber ich will dich nicht drängen. Was machen die Wunden?«

»Sie heilen.«

»Dein Gesicht ist beinahe wie neu. Mit etwas geschickter Beleuchtung könnte man ein traumhaftes Portrait hinkriegen. Darf ich dich mal fotografieren? Im Studio. Mit offenen Haaren!«

»Nix da!«

»Na, man versucht's halt. Hier sind wir. Ich hoffe, du magst französische Küche.«

»Es gibt Schlimmeres!«

Er grinste und nahm mich am Arm, netterweise am unverletzten, und führte mich hinein. Der Ober am Eingang nickte ihm zu, Marc schien bekannt zu sein, er erhielt, ohne reserviert zu haben, einen Tisch am Fenster. Wahrscheinlich hatte er den Laden mal für ein Ambientemagazin fotografiert.

Wir studierten schweigend die Speisekarte, bekamen unseren Aperitif, ein paar delikate Appetithäppchen und plauderten dann Belangloses. Doch ich blieb auf der Hut. Er bemerkte es.

»Meine Güte, was kannst du zugeknöpft sein, Anita-Herzchen. Schau mal, ich will nur meine Bekanntschaft mit dir erneuern. Möglicherweise ein bisschen vertiefen. Musst du so misstrauisch sein?«

»Nimm es nicht persönlich, Marc. Ich bin einfach allen gut aussehenden Draufgängern, die mich Schätzchen, Süße oder Herzchen nennen, misstrauisch gegenüber.«

»Das war eine höchst unpersönliche verbale Ohrfeige. Ach, wenn ich nur schwören könnte, dass ich nie wieder ein zärtliches Kosewort zu dir sage. Aber ich fürchte, das wird mir auf Dauer nicht gelingen.«

»Du könntest es mit ein wenig Disziplin versuchen.«

»Und dann erzählst du mir vertrauensvoll alles aus deinem Leben!«

»Klar. Nur den Wahrheitsgehalt, den musst du selbst herausfinden.«

»Du würdest mich schamlos anlügen?«

»Ich stelle mich auf meine Gesprächspartner intensiv ein!«

»Anita-Lieb... Pardon. Sei nicht ganz so gemein zu mir. Was hast du für Pläne für die Zukunft? Deine Mama sagt, du bist ausgezogen und hast dein eigenes Heim gegründet. Wovon lebst du? Bringst du Papas Erbe durch?«

»Wie du eventuell ahnst, bin ich noch nicht wieder arbeitsfähig.«

»War doch kein Vorwurf. Aber was wirst du machen, wenn du wieder fit bist? Zurück in die Clubs, Touris animieren?«

»Ich glaube nicht. Zur Zeit denke ich noch nach.«

»Du könntest eine Surf-Schule aufmachen. Ich kenne da eine Küste in der Bretagne, wo so was noch eine Seltenheit ist. Du hättest mich sofort zum Partner.«

»Rein geschäftlich natürlich!«

»Absolut und rein geschäftlich. Zumindest tagsüber.«

»Superangebot!«, spottete ich.

»Du, ich kann nicht nur fotografieren!«

»Tatsächlich!? Windsurfen auch?«

Man brachte uns die Vorspeise, und ich nutzte es, das Gespräch, das für mich in die falsche Richtung lief, abzubrechen und kommentierte danach lediglich das Essen.

»Jetzt hast du die Läden wieder dichtgemacht!«

»Sie waren für dich nie geöffnet!«

»Für wen denn?«

Ich erlaubte mir einen kleinen Ausflug in die Schauspielkunst und sah mit traurig versonnenem Blick aus dem Fenster in den diesigen Tag.

»Meine Freunde sind in dem Flugzeug gewesen«, bemerkte ich leise.

»Tja, das ist natürlich traurig, Anita, mein Schatz. Aber du wirst mir nicht weismachen können, dass Marek oder Titus je dein kuscheliges Bettchen geteilt haben. Auch von Ben Hawkins glaube ich das nicht. Und als Lesbe gehst du nicht durch!«

»Marc!«, fauchte ich.

»Schon gut. Nur ein bisschen Recherche. Man muss doch wissen, woran man ist!«

»Was hast du denn sonst noch so herausgefunden über mich?«

»Leider unheimlich wenig. Du verstehst es gut, deine Spuren zu verwischen.«

»Langjährige Übung.«

»Vom Herrn Papa gelernt, was? Der verwischte seine Spuren auch recht gekonnt, heißt es.«

»Rate mal, warum!«

»Ihr habt was zu verbergen. Ist doch klar!«

»Ein ungestörtes Privatleben beispielsweise.«

»Ist eigentlich etwas an dem Gerücht dran, dass Papa sich in seinen jungen Jahren ein bisschen rumgetrieben hat?«

»Welcher junge Mann, lieber Marc, tut das wohl nicht?«

»Man munkelt aber, dass es nicht ohne Folgen geblieben ist!«

»Die Folge bin ich.«

»Ach, die Spätzchen auf den Dächern haben noch ganz andere Dinge gezwitschert.«

Ich zuckte mit den Schultern, gab mich ahnungslos und versuchte ein Ablenkungsmanöver.

»Lieber Marc, das Klischee verlangt, dass ein Mann, der von einer attraktiven Frau gefragt wird, wie denn so sein Leben aussieht, nicht mehr aufhört, von sich zu reden. Also, berichte mal ein bisschen von deinem Leben!«

»Ach, da gibt es nicht viel zu erzählen.«

»So fängt es angeblich immer an. Meine Ohren sind dir zugeneigt.«

Er lächelte mich an, und seine Augen sprühten. Es waren lebenslustige Augen, braun mit grünen Sprenkeln. Einige Fältchen hatten sich bereits darum gebildet, aber älter als Anfang dreißig konnte er wohl nicht sein.

»Mein Leben ist im Vergleich zu deinem geradezu lähmend langweilig verlaufen. Darum interessieren mich ja andere Leute so sehr.«

»Wie sind deine Eltern?«

»Oh, die sind ganz in Ordnung. Ma ist Fotomodell, Daddy hat sich in L.A. zur Ruhe gesetzt und betreibt jetzt einen Drugstore. Vorher war er bei den Marines.«

»Ah, ich erkenne dich als das genetisch einwandfreie Produkt beider. Ein berühmtes Fotomodell?«

»Hast du noch nie was von Mo Britten gehört?«

»Gehobene Herrenmagazine oder Vogue?«

Er lachte.

»Würde dich beeindrucken, was?«

»Nicht wirklich. Also mehr das Modell: ›Strickwaren für Mollige‹?«

»Versandhauskataloge größtenteils. Aber sie arbeitet unheimlich professionell, deswegen mangelt es ihr nie an Aufträgen. Ich habe von ihr viel gelernt.«

»Vom Daddy auch, nehme ich an.«

»Er löste sich schon in Wohlgefallen auf, als ich ein kleiner Junge war. Lassen wir das.«

»Na gut. Was für ein Projekt verfolgst du denn im Moment?«

»Das willst du ja doch nicht hören!«

Zum Glück wurde der Hauptgang serviert, was mir eine Verschnaufpause gab. Marcs Avancen begannen nämlich, mir Spaß zu machen, und so ganz leise keimte die Vorstellung in mir auf, dass er ein recht amüsanter Flirt sein könnte. Möglicherweise sogar ein klein wenig mehr. Wir setzten unser Geplänkel noch eine Weile fort, aber gegen zwei begann mein Arm wieder zu schmerzen, und ich bat ihn, mich nach Hause zu bringen. Er tat es, ohne zu murren.

»Ich würde dich gerne wieder sehen, Anita. Darf ich dich anrufen? Im Laufe der Woche? Ich bin noch ein paar Tage hier in der Gegend.«

»Nein. Gib mir deine Nummer, Marc, dann hörst du von mir!«

Er gab mir eine Visitenkarte mit seiner Adresse in Frankfurt und einer Mobil-Telefonnummer.

»Ich bin selten zu Hause, versuch es auf jeden Fall über das Handy«, meinte er und legte dann den Arm um mich. Es war ein sanfter, nicht allzu drängender Kuss.

»Ich weiß, du hast Schmerzen. Bis bald, Anita-Schätzchen.«

Diesmal störte mich das Schätzchen nicht.

Ich packte meine Bücherkiste ins Auto und fuhr in meine Wohnung. Eine Schmerztablette und zwei Stunden Verdauungsschlaf machten mich dann wieder fit für Roses Erzählung.

Der nächste Teil der Geschichte war diesmal eine Originalszene von Julian, die er ihr, wie sie sagte, vor wer weiß wie langer Zeit geschildert hatte. Er hatte mit ihr aus einem Bastelbogen eine römische Villa nachgebaut, und ich erinnerte mich daran, dass das auch einmal eine weihnachtliche Beschäftigung gewesen war, die er zu Kinderzeiten mit mir durchgeführt hatte.

11. Kapitel

Die Herrin des Hauses

Zwei Tage nach dem Besuch der Colonia stand Falco morgens in der Tür der baufälligen Hütte. Annik schob ihre Schüssel mit Bohnenbrei zur Seite und grüßte ihn mit kaum zu unterdrückender Spannung.

»Wahrhaftig kein Aufenthaltsort für dich. Pack deine Sachen, wir reiten zur Villa des Titus Valerius Corvus.«

Die drei anderen Frauen starrten Annik entsetzt an.

»Du verlässt uns?«

»Sieht ganz so aus. Ich habe eine Stelle als Töpferin bei einem Patrizier, einem Gutsherren.«

»Und was sollen wir machen, Annik?«, jammerte eine der Frauen.

»Euch um euren eigenen Hintern kümmern. Bislang habt ihr das ja noch nicht für notwendig erachtet.«

Energisch schnürte Annik ihre wenigen Habseligkeiten zusammen und war kurz darauf bereit, mit Falco der Canabae den Rücken zu kehren. Sie hoffte, dass es für alle Zeiten sein würde.

Das Gut erreichte man nach etwa zwanzig Wegmeilen auf der gut ausgebauten Straße zwischen dem Legionslager Castra Bonnensia und der Colonia. Es lag ein Stück abseits der Straße inmitten von Hirse- und Weizenfeldern und einigen Weideflächen. Umgeben war es von einer weiß verputzten Mauer, die Gemüse- und Obstgärten umschloss. An seine Westseite grenzte der dichte, dunkle Wald Germaniens. Ein gepflasterter Weg führte von dem Eingangstor zum Haupthaus, rechts und links davon befanden sich die Wirtschaftsgebäude, Scheunen und Remisen. Allenthalben herrschte Geschäftigkeit. Das erste Getreide war geerntet worden, und auf dem Dreschplatz schwangen drei Männer die Flegel. Mehrere Frauen kämpften mit den Wäschestücken, die sie im auffrischenden Wind auf eine Leine zu hängen versuchten. Ein Junge striegelte ein kleines, braunes Pferd und versuchte gleichzeitig, den harten grünen Äpfeln auszuweichen, die ein anderer Stalljunge als Wurfgeschosse verwendete. Alles in allem machte das Bild auf Annik einen beruhigenden ländlichen Eindruck.

»Da wären wir also. Ich will sehen, dass ich Charal finde, den Verwalter. Er müsste wissen, dass du kommst.«

Sie stiegen ab, und einer der Stallburschen lief herbei, um ihnen die Pferde abzunehmen. Annik sah sich um, während Falco auf das Hauptgebäude zuging. Es lag lang gestreckt vor ihr, ebenfalls weiß verputzt, das rote Ziegeldach bis auf das Peristyl heruntergezogen. Sie musste nicht lange warten, Falco war auf dem Weg zum Haus bereits einem untersetzten, kräftigen Mann in blauer Tunika und Leder-Braeces begegnet, unverkennbar ein Germane mit struppigen, rötlich blonden Haaren. Er hatte ein ruhiges, freundliches Gesicht und begrüßte Annik mit aufrichtiger Freundlichkeit.

»Willkommen, Annik. Wir sind froh, wieder eine Töpferin zu haben. Es ist erstaunlich, wie viel Geschirr in zwei Monaten zerbricht. Und ganz dringend werden Ziegel für die Unterkunft der Arbeiter benötigt. Es regnet ins Haus.«

»Nun, dann wird es mir ja an Arbeit nicht fehlen.«

Falco legte ihr die Hand auf die Schulter und gönnte ihr eines seiner seltenen Lächeln.

»Du wirst dich gut einleben, denke ich. Wenn Corvus hier ist, komme ich hin und wieder vorbei. Und wenn

Martius sich benimmt, wird er in seiner freien Zeit bestimmt ebenfalls den Weg herfinden. Mach's gut, Annik. Ich muss zurück!«

»Danke, Falco.«

»Keine Ursache!«

Falco schwang sich auf das Pferd und nahm die Stute, die Annik getragen hatte, am Zügel.

»Ich bin Charal, Annik. Ich verwalte das Gut und teile die Arbeiten ein. Komm, ich zeige dir deine Werkstatt und die Wohnung.«

Er führte sie an einem Häuschen am Rande des gepflasterten Hauptweges nahe dem Eingangstor vorbei zu einer etwas weiter abseits gelegenen Werkstatt mit einem Schuppen und dem Brennofen.

»Ist weit genug von den anderen Unterkünften entfernt, falls es einmal brennen sollte!«

Annik nickte verständnisvoll. Töpferöfen waren eine potentielle Feuerquelle. Und ihr war es ganz recht, ein wenig eigenen Raum zu haben. Die Enge in der Canabae war das, was sie nach ihren langen Jahren auf der Insel hatte am schwersten ertragen können.

Die Werkstatt war hell und aufgeräumt, es gab eine Töpferscheibe, Tonbehälter, die jetzt leer waren, Holzregale an den Wänden, auf denen trockene Töpfe und Schalen standen, Werkzeug, eine tonfleckige Lederschürze und zwei Truhen. Nebenan war das Materiallager und auf der anderen Seite der Holzschuppen. Darin, durch einen Verschlag abgetrennt, stand ein durchgelegenes Bett mit einer schmuddeligen Decke darüber.

»Na, für den Anfang wird's wohl gehen«, seufzte Annik, nicht besonders begeistert.

»Was? Das da? Unsinn, das ist Erwans Ecke. Der Alte will das so. Ach ja, Erwan ist der Ofensetzer, er hat bisher beim Befeuern geholfen, hackt Holz und macht sonst alle möglichen Handlangertätigkeiten. Sehr helle ist er nicht, aber durchaus willig. Sieh zu, dass du dich mit ihm verträgst. Er bekommt hier sozusagen sein Gnadenbrot.«

Merklich erleichtert atmete Annik auf und wurde noch zufriedener, als sie das Häuschen betrat, das ihr als Wohnung dienen sollte. Zwei Räume hatte die Hütte mit dem gestampften Lehmboden, einen Tisch, zwei Schemel und eine Bank in dem einen, ein breites Bett mit zwei sehr sauberen Decken und eine große Truhe in dem anderen. Es gab auch ausreichend Tongeschirr und häusliche Gerätschaften.

»Ursa hat hier Ordnung geschaffen. Mit ihr musst du alles besprechen, was du sonst noch brauchst. Sie ist die Hausverwalterin.«

»Und was ist mit dem Hausherrn? Sollte ich den nicht auch kennen lernen?«

»Valerius Corvus ist noch in der Colonia, Ulpia Rosina und die Kleine haben ihn begleitet. Die Domina wird aber in ein paar Tagen zurückerwartet. Ich werde ihr melden, dass du hier eingezogen bist.«

»Ich werde Ulpia Rosina das melden!«, sagte eine weibliche Stimme von der Tür her. Die Gestalt, die zu der Stimme gehörte, füllte den Eingang vollständig aus. Noch nie hatte Annik eine derart große und kräftige Frau gesehen.

»Natürlich, Ursa. Du sagst es ihr. Annik, das ist unsere Hausverwalterin. Wie du siehst, trägt sie ihren Namen mit einer gewissen Berechtigung.«

Ursa, die Bärin, war wahrhaftig von bärenhafter Gestalt. Eine Braunbärin, den wolligen braunen Haaren nach, die sich um ihren Kopf bauschten. Alles an ihr war groß, das Gesicht war breitflächig und fleischig, so dass die dunklen Augen fast drin verschwanden, der Busen wogte üppig in der braunen Tunika, die Hände sahen aus, als ob sie eine Toga ohne Probleme alleine auswringen konnten, und ihre Füße steckten in Sandalen, von der jede einzelne ein Paar für Annik ergeben hätte. Ihr Lächeln war warm und mütterlich.

»Willkommen bei uns. Charal, mach dich an deine Arbeit, ich kümmere mich um Annik. Hast du schon gegessen, Mädchen?«

»Nein, ich hatte noch keine Zeit dazu.«

»Dann komm!«

Annik brauchte nur wenige Tage, um sich in den Tagesablauf des Gutes einzugewöhnen. Diese Art Leben war ihr nicht so fremd. Sie fand schnell heraus, was zu tun war und gab Charal Anweisung, welche Art von Ton sie benötigte. Dann widmete sie sich dem Brennofen, dessen runde Kuppel hinter der Werkstatt aufragte. Der alte Töpfer war vor Wochen einer bösen Lungenkrankheit erlegen, und Erwan, der alte Ofensetzer, hatte aus eigenem Antrieb nichts an dem Ofen getan und fand auch regelmäßig Ausflüchte, um die schmutzige Arbeit nicht erledigen zu müssen. Der Brennraum war voller Asche, die Scherben der zerbrochenen Krüge waren nicht weggekehrt worden, die Brennhilfsmittel lagen unsortiert herum. An einem neblig feuchten Morgen band sich Annik also ein dunkles Tuch um die Haare und machte sich daran, die Brennkammer auszuräumen.

Sie war über und über schwarz verschmiert, und ihr Zorn auf den alten Faulpelz Erwan wurde nicht geringer, als sie sich an den Scherben die Hände blutig schnitt, so dass ihr die Axt, mit der sie ein paar hartnäckige Schamottestücke lockern wollte, aus dem Griff rutschte. Nur eine hastige Seitwärtsbewegung rettete ihren Fuß. Dabei stieß sie sich den Kopf an der Mauerkante und gab einen herzhaften Fluch in ihrer Muttersprache von sich. Sie nahm die Axt auf, krabbelte aus der Feuerkammer und brüllte nach Erwan.

Die Antwort war ein erstickter Schrei, und eine zierliche, schwarzhaarige Frau brach vor ihren Füßen zusammen. Ein halbwüchsiges Mädchen starrte sie mit weit aufgerissenen Augen an.

»Was, um Taranis willen, soll das denn nun schon wieder?«, fauchte Annik und musterte das Häuflein Weib in zarter Leinentunika am Boden.

»Das ist Ulpia Rosina«, bemerkte das Mädchen trocken und fing an zu lachen. »Und du bist die wutschnaubende Fornax, die ihr Opfer fordert, vermute ich?«

»Nein, ich bin Annik, die Töpferin! Aber warum …?«

»Nun ja, du siehst ein wenig – äh – barbarisch aus. Dein Gesicht ist ganz schwarz und voller Blut, und du hältst eine Axt in deinen blutigen Händen. Rosina hat eine empfindliche Konstitution, weißt du. Ich werde Ursa rufen!«

Das Mädchen drehte sich um und schrie nach der Haushälterin. Ursa, die bei den Wäscherinnen stand, drehte sich um und kam angelaufen.

»Was ist denn hier passiert?« Entsetzt betrachtete sie sowohl Rosa als auch Annik. »Hast du ihr etwas getan, Töpferin? Hast du die Domina erschreckt?«

Sie kniete bei Rosina nieder und richtete sie vorsichtig auf.

»Schon möglich, aber nicht mit Absicht.«

Annik legte die Axt zur Seite und begann, die wunden Hände an ihrem Kittel abzuwischen.

»Wasser!«, befahl Ursa. »Valeria Gratia, hol einen Eimer Wasser vom Brunnen.«

Das Mädchen verschwand und kam gleich darauf mit einem der Stalljungen zurück, der ein Holzschaff mit Wasser trug.

»Gratia, hör auf zu giggeln! Und du, Annik, wasch dich! Du siehst aus wie eine Erscheinung aus der Unterwelt!«

»Na, da war ich auch.«

Anniks Sinn für Komik erblühte, und sie stimmte in das Kichern des Mädchens mit ein.

Rosina kam unter Ursas rauer Massage wieder zu Bewusstsein.

»Die ist ja entsetzlich!«, flüsterte sie.

»Nein, das ist sie nicht, nur schmutzig und ein bisschen angekratzt«, sagte Gratia. »Wenn sie gewaschen ist, wird sie vermutlich wie ein ganz normaler Mensch aussehen und nicht wie eine der Lamien der Nacht.«

»Das tut sie, Domina. Kommt, steht auf.«

Ulpia Rosina gehorchte und ließ sich von den starken Armen der Haushälterin hochziehen.

»Spricht sie unsere Sprache?«, fragte sie Ursa.

»Besser als Ihr, Domina!«, gab ihr die Germanin nüchtern zu verstehen, was nicht ganz richtig war. Ihre Bemerkung bezog sich auf den weichen Akzent, den Rosina sprach und der ihre Herkunft aus einem südlichen Land verriet. Sie musterte Annik kritisch und sagte dann: »Du bist die neue Töpferin! Ich wollte dich kennen lernen. Der Herr hat dich ohne mein Wissen eingestellt!«

Verbitterung klang in diesen Worten mit.

»Ich stehe Euch gerne zur Verfügung, Domina, doch Ihr seid zu einem ungünstigen Zeitpunkt gekommen. Gebt mir die Möglichkeit, mich zu säubern und meine Wunden zu verbinden.«

»Natürlich. Kommt nach der Mittagsstunde zum Haus und fragt nach mir.«

»Gerne, Domina!«

»Komm mit, Ursa!«

Mit wiedererlangter Würde drehte Ulpia Rosina sich

um und schritt vor der Haushälterin in Richtung Villa. Gratia allerdings blieb neben dem Wassereimer stehen und betrachtete Annik eingehend.

»Ich hab dich schon mal gesehen!«

Annik wusch sich mit einem nassen Lappen Gesicht und Hände. Die Wunden brannten, und in ihrer Schläfe pochte es. Aber sie nahm sich zusammen und sah das Mädchen an.

»Ja, ich dich auch. Vor einigen Tagen in der Colonia. In Begleitung deiner Mutter.«

»Stimmt. Du hast mit einem blonden Mann gemeinsam Fladenbrote gegessen. Aber Rosina ist nicht meine Mutter. Nicht meine richtige, meine ich. Sie ist Vaters zweite Frau. Seit gerade mal zwei Jahren.«

»Entschuldige.«

»Konntest du ja nicht wissen. Woher kommst du? Wer war der Mann? Seit wann bist du hier? Wieso sprichst du unsere Sprache so gut?«

Annik musste trotz der Schmerzen lachen.

»Eins nach dem anderen. Ist mein Gesicht jetzt sauber?«

»Nein. Gib mal her!«

Gratia nahm den Lappen und wischte vorsichtig die letzten Aschespuren von Anniks Brauen.

»Hat schon aufgehört zu bluten. Aber ich schicke dir Ursa mit ihrer Salbe. Und jetzt – woher …«

»Schon gut, du kriegst deine Antworten. Ich komme aus Nordgallien, von einem Land am Meer.«

»Ist das weit weg?«

»Wir haben beinahe zwei Monde für die Reise gebraucht. Ich denke, es ist weit weg.«

Annik zog sich das staubige Tuch vom Kopf und schüttelte ihren langen Zopf frei.

»Uii, hast du schöne Haare. Du bist eine Gallierin?«

Annik nickte lächelnd.
»Eine Gallierin oder eine Keltin, wie du beliebst.«
»Es gab hier früher auch mal Gallier, sagt man. Eburonen nannten sie sich. Aber Julius Caesar hat sie niedergemetzelt und die Ubier hier angesiedelt. Jetzt wohnen nur noch ganz wenige in den Wäldern. Aber sie machen uns viel Ärger!«
Es hörte sich sehr altklug an, was Gratia da erklärte, und Annik musste sich ein Schmunzeln verkneifen.
»Nun, ich werde keinen Ärger machen.«
»Mal sehen. Jedenfalls hat Vater darauf bestanden, dass wir mit einer ganzen Eskorte zum Schutz reisen mussten, als Rosina und ich von der Colonia zurückkamen. An den Iden des Septembers ist nämlich der Senator Publius Fabius Pontanus überfallen worden. Das war vielleicht eine Sache! Hast du davon gehört?«
»Nein, wie sollte ich? Was ist denn passiert?«
»Na, der Senator soll einen Posten in der Colonia übernehmen und ist mit großem Gefolge und seinem ganzen Hausstand von Rom umgesiedelt. Bis zur Castra Bonnensia ging alles ganz gut, aber dann musste er durch die Wälder. Warst du schon mal hier im Wald?«
»Nein, dazu hatte ich bisher weder Veranlassung noch Zeit, Gratia.«
»Tu es nicht, vor allem nicht alleine. Sie sind unheimlich! Jedenfalls hat man den Senator in eine falsche Richtung gewiesen, und der Weg, den er genommen hat, führte in den dunklen, dichten Wald. Er wurde enger und enger, und als er endlich merkte, dass er nicht weiterkam, war es kaum mehr möglich zu wenden. Außerdem wurde es dunkel!« Mit sichtlichem Genuss schilderte Gratia die Geschehnisse. »Sie haben versucht, umzudrehen, aber da fiel plötzlich ein Baum hinter ihnen um und versperrte den Weg. Und vor ihnen stürzte ebenfalls ein

Baum um. Es war ansonsten ganz, ganz still im Wald, und es tat sich überhaupt nichts. Nun saßen sie in der Falle. Sie konnten erst einmal nichts anderes machen, als zu warten, bis er wieder hell wurde. Die Frau, die Tochter und die Schwester des Senators saßen in ihrem Reisewagen fest und haben sich nicht rausgetraut. Der Senator selbst hat seine Leute um sich versammelt. Sie wollten die Nacht über Wache halten, aber am Morgen war die Hälfte der Männer spurlos verschwunden. Die drei Frauen auch. Und die Wagen mit ihrem Besitztum waren leer geräumt. Der Senator hat die restlichen Männer angewiesen, die Frauen zu suchen, aber das war wohl ziemlich unklug. Sie verschwanden ebenfalls. Und er hat sich dann notgedrungen zu Fuß aufgemacht. Reichlich abgerissen kam er zu einem Bauernhof, wo man ihm dann geholfen hat.«

»Sind die Frauen und seine Leute wieder aufgetaucht?«

»Nach einigen Tagen, ja. Sie waren total verstört und wollten nicht darüber sprechen, was ihnen geschehen ist. Irgendetwas Grausiges ist ihnen im Wald begegnet. Weißt du, es gibt da alte Steingräber, in denen die Geister der ermordeten Gallier umgehen.«

Freudiges Gruseln stand in Gratias Gesicht, und Annik schüttelte ungläubig den Kopf. Geister waren es wohl nicht gewesen. Auch in ihrer Heimat gab es immer wieder einige Leute, vor allem junge Männer, die es als Schmach betrachteten, sich der Herrschaft der Römer zu unterwerfen und die jede Möglichkeit nutzten, den Besetzern üble Streiche zu spielen. Genau das war hier vermutlich passiert.

»Glaubst du das nicht?«, fragte das Mädchen.

»Ich denke, es waren keine Höhlengeister, sondern Menschen, die dem Senator und seinem Gefolge einen Schrecken eingejagt haben. Mir ist auf der Reise hierher schon aufgefallen, dass die Wälder unheimlich sein können und gute Verstecke bieten!«

»Hattest du Angst?«

»Nicht sehr. Weißt du, in meiner Begleitung waren über vierzig kampffähige Männer, und der Praefect Aurelius Falco führte sie.«

»Oh, Falco! Mit ihm zusammen hätte ich auch keine Angst. Er ist ein verdammt guter Mann, sagt mein Vater!«

»Das ist er wohl!«

»Und der blonde Mann, mit dem du in der Colonia warst? Ist der dein Mann?«

»Wie man es nimmt. Er ist in die Legion eingetreten, und Legionäre dürfen nicht verheiratet sein.«

»Aber er ist dein Freund.«

»Ja, das ist er.«

»Vermisst du ihn?«

Annik zuckte mit den Schultern. In den letzten Tagen hatte sie an Martius nicht sehr viel gedacht. Zu viel Neues war auf sie eingestürmt. Sie hatte zwar jemanden vermisst, mit dem sie darüber hätte reden können, aber ein besonders guter Zuhörer war er nie gewesen.

»Kommt er dich hier mal besuchen?«

»Vielleicht. Ich weiß nicht, wie viel freie Zeit er hat.«

»Und wo hast du unsere Sprache gelernt. Wie spricht man in Nordgallien?«

»Ich habe eure Sprache von einem römischen Lehrer gelernt, und in Nordgallien spricht man Nordgallisch, was sonst!«

Annik grinste das Mädchen an.

»Du hattest einen römischen Lehrer?«

»Hast du keinen?«

»Doch ja, sogar mehrere, aber ich bin schließlich auch die Tochter eines Patriziers!« Vom Haus her wurde nach

Gratia gerufen, und das Mädchen zog eine Grimasse. »Da haben wir schon den Salat! Meine Literaturstunde – bäh. Ich muss gehen, um diesem kleingeistigen Humilius zu lauschen, der mir den ollen Ovid und seine Metamorphosen erläutert. Wenn er sich doch bloß in eine Zimmerfliege verwandeln würde!«

»Kein sehr menschenfreundlicher Wunsch. Was gefällt dir an Ovid nicht?«

»Zu tiefsinnig!«, feixte das Mädchen. »Wenn ich wenigstens was über den gallischen Krieg lesen dürfte! Na, egal. Darf ich dich wieder besuchen, Annik?«

»Wenn die Domina und dein Vater nichts dagegen haben, gerne.«

Gratia lief mit flatternden Gewändern auf das Haus zu, und kurze Zeit darauf kam Ursa mit einer lindernden Salbe und sauberen Verbänden zu Anniks Hütte.

»Du hättest Erwan die Arbeit machen lassen sollen«, meinte sie vorwurfsvoll.

»Mit Begeisterung. Aber der alte Tunichtgut riecht es, wenn es etwas zu tun gibt und löst sich in Luft auf.«

»Er sitzt hinter dem Getreidespeicher bei den Arbeitern und würfelt. Ich zeige dir, wo du ihn findest.«

Mit festen, aber fürsorglichen Bewegungen verband die bärenhafte Haushälterin Anniks Wunden und stellte ihr dann noch einen Korb mit Leckerbissen aus dem Haupthaus auf den Tisch.

»Sind von gestern übrig geblieben!«, brummte sie.

Am frühen Nachmittag betrat Annik zum ersten Mal die Villa. Sie war durchaus schon in großen Anwesen römischer Bauart gewesen, und wenn sie auch die prachtvolle Eleganz dieses Hauses beeindruckte, war sie doch nicht atemlos vor Staunen. Zum Peristyl, dem Säulengang, führte eine Steintreppe empor. Die ganze Breite des Hauses nahm damit eine mit glatt geschliffenen Holzdielen belegte, überdachte Veranda ein. Ein paar geflochtene Korbsessel und ein dreibeiniger Tisch luden zum Verweilen im Schatten ein, und blühende Kübelpflanzen standen zwischen den weiß gestrichenen Säulen. Die Haustür stand offen und führte in einen großen Vorraum, dessen Boden mit Marmorplatten belegt war. Grünliches Licht fiel durch die verglasten Fensterscheiben und tauchte die Wandnischen in Schatten. Es war eine junge Dienerin, die Annik durch den Gang zu einem Wohnraum führte, in dem Ulpia Rosina sie erwartete. Auch hier gab es zierliche Sessel und Tischchen, einen geschnitzten Wandschrank und zwei hochlehnige Liegen. Die Wände waren in regelmäßige Rechtecke aufgeteilt und so bemalt, dass der Eindruck einer Säulenhalle entstand. Den Boden bedeckte ein schwarz-weißes Mosaik in einem geometrischen Muster.

Die Hausherrin, in einer lichtgrünen Stola, lehnte halb liegend auf der einen der Klinen. Sie war zart geschminkt, duftete nach Rosen, und um ihren Kopf bauschten sich die schwarzen Locken, die mit grünen, silberbestickten Bändern durchzogen waren.

»So etwas hast du wohl noch nicht gesehen, Barbarin, was?«, begrüßte Rosina ihre Besucherin, die mit einem schnellen Blick die Einrichtung und die Bewohnerin maß.

Der hochmütige Ton reizte Annik zu einer abfälligen Antwort, und sie sagte mit einem abschätzenden Blick: »Nun, ich habe schon auf kunstvolleren Mosaiken gestanden, und die Wandbemalung dünkt mir im oberen Bereich etwas plump. Aber die verglasten Fenster zeichnen sich durch beachtliche Transparenz aus.«

Zu ihrer Überraschung lachte Ulpia Rosina hell auf und erhob sich.

»Das habe ich wohl verdient, Töpferin Annik. Es stimmt leider, die oberen Ranken sind hier und da nachlässig gemalt, aber die Glasscheiben habe ich selbst geschliffen und poliert, und damit sind sie natürlich erheblich besser als alles, was sonst so angeboten wird.«

Jetzt war es an Annik, überrascht auszusehen.

»Ihr bearbeitet Glasscheiben?«

»Nebenher. Erzähl mir von dir, Annik. Gratia hat dich ausgefragt, ich weiß, aber mich interessiert deine Arbeit.«

Annik nahm die Einladung an, sich in einen der Sessel zu setzen. So ganz ernst nahm sie Ulpia Rosinas Interesse nicht. Aber die vornehme Patrizierin wollte freundlich sein, und darum sprach sie über das Formen von Schalen und Krügen und deren Dekorationsmöglichkeiten.

»Schön, du kannst also mehr als nur Ziegel brennen. Dann solltest du dir das Geschirr ansehen, das wir hier im Haus verwenden. Valerius Corvus hat vor Jahren arretinische Ware gekauft, und der alte Töpfer hat versucht, so etwas Ähnliches herzustellen. Na ja, sehr ähnlich ist es nicht geworden. Es wäre gut, wenn du es besser hinbekommen würdest. Arretinisches Geschirr ist hier schwer zu beschaffen.«

»Ich weiß. Wenn ich ein Beispielstück haben könnte?«

»Ich gebe dir eine Schale mit. Es muss nicht genau dasselbe Muster sein, aber gar so grob wie das seine sollte es auch nicht werden.«

»Ich werde mich bemühen, Domina, aber die Herstellung braucht Zeit, und ich benötige ganz bestimmte Materialien. Übermorgen ist da nichts fertig.«

»Ich weiß. Sag Charal, was du brauchst.« Sie ging in den Nebenraum und kam mit einer Schale zurück. »So ungefähr sollte das Muster aussehen!«

»Das ist ja Glas!« Annik streckte die Hand aus und

nahm ihr die Schale ab. Das beinahe farblose Glas war transparent und hatte eingeschliffen eine umlaufende Ranke aus Weinblättern. »So etwas habe ich noch nie gesehen. Es ist sehr schön!«

»Etwas aufwändiger als Glasscheiben zu polieren ist das schon.«

»Ihr macht auch diese Dinge selbst?«

»Ja.«

»Aber dazu …«

»… braucht man eine Werkstatt und Handwerkszeug. Du findest sie in der Ecke von der westlichen zur nördlichen Mauer.«

»Ihr seid eine Handwerkerin wie ich?«

»Ich bin eine Künstlerin. Du bist die Handwerkerin.«

Die Zurechtweisung kam sehr schnippisch.

»Verzeiht, natürlich.«

»Oder bist du auch eine Künstlerin?«

»Das zu beurteilen überlasse ich Euch, wenn Ihr meine Produkte seht«, sagte Annik und fügte dann mit einem Grinsen hinzu: »Vor allem die Ziegel!«

»Wenn sie so gut werden wie meine Fensterscheiben …!«

Als Annik etwas später zu ihrer Werkstatt zurückging, war sie sich unschlüssig, was sie von Ulpia Rosina halten sollte. Die Hausherrin schien ihr etwas unausgeglichen zu sein, aber irgendwie konnte sie ihr die gelegentlichen Ausfälligkeiten nicht übel nehmen. In gewisser Weise hatte sie sogar Mitleid mit der gepflegten, zarten Frau, die mit ihren sechsundzwanzig Jahren gleichaltrig mit ihr war. Ulpia Rosina hatte einige Worte über ihr Herkommen verloren, und so wusste Annik, dass sie erst vor drei Jahren von Tarraconensis nach Rom gekommen war und dort eine kurze Zeit bei ihrer Tante

Pompeia Plotina und Ulpius Traianus gelebt hatte. Wenig später war sie mit dem Paar in das kühle, graue Germania Inferior gezogen, in dem Traianus Statthalter war. Dort war sie mit Valerius Corvus verheiratet worden. Die Verbannung von ihrer Familie und die arrangierte Heirat rochen leicht nach Skandal, fand Annik. Was sie aber miteinander verband, war Heimweh – Anniks Heimweh nach dem Norden und Rosinas nach dem Süden.

Als sie ihre Hütte erreicht hatte, griff sie kurz entschlossen zu den festen Stiefeln, vertauschte sie mit ihren Riemensandalen, die sie gewöhnlich trug, und ging mit energischen Schritten zum Tor hinaus. Es war vielleicht Gratias Beschreibung der Wälder, die so unheimlich schienen, dass sich niemand hineintraute, die sie zu dem Entschluss brachte, dorthin zu wandern. Sie hatte das Bedürfnis, alleine zu sein, und auf dem Gelände des Gutes war das einfach nicht möglich.

In die ausgebaute Zufahrt zum Tor mündete ein Karrenweg, der zum einen hinauf zum nahe gelegenen Dorf der Einheimischen führte, das die Römer Waslicia nannten, zum anderen aber auch eine Abzweigung zum Wald hatte, der Weg, den die Holzschläger normalerweise verwendeten, um Bau- und Brennmaterial heranzuschaffen. Diesen holperigen Pfad schlug Annik ein. Die letzten Viehweiden grenzten an niedriges Gebüsch, eine verfilzte Brombeerhecke, deren Früchte eifrige Kinderhände und noch eifrigere Vogelschnäbel abgeerntet hatten. Auch die schwarzen Beerendolden des Holunders waren verschwunden, doch die Haselnüsse hingen noch grün und unreif in dem Geäst. Annik schreckte ein rotbraunes Eichhörnchen auf, das begierig diese Nüsse beguttachtete. Dann umgaben sie die hohen Stämme der Buchen und Eichen, die das Fundament der großen germanischen Wälder bildeten. Das Laubdach war dicht, die Stürme der Tagundnachtgleiche waren bisher milde ausgefallen, doch das satte Sommergrün war hier und da zu Gelb verblichen. Gelegentlich taumelten schon welke Blätter zu Boden. Dennoch, der Tag war noch warm, und zwischen den Wolken schien immer wieder die Sonne durch. Der Weg war von den schweren Pferden der Holzschläger ausgetreten und dort matschig, wo der nächtliche Regen Pfützen gebildet hatte. Aber nach und nach verzweigte sich der Pfad in kleinere, schmalere Spuren, die in die Tiefe des Waldes hineinführten. Annik verstand jetzt die Warnung, nicht alleine hier einzudringen. Wer sich nicht wirklich gut auskannte, musste sich unweigerlich verlaufen. Es war in der Tat eine andere Art von Wald als die sturmgepeitschten Gehölze ihrer Heimat, deren Bäume sich nur mühsam im kargen, steinigen Boden festkrallen konnten. Dies hier war ein fruchtbarer, wild wuchernder, uralter Wald, der aus feuchtem, sattschwarzem Humus seine Nahrung bezog.

Sorgsam achtete sie darauf, sich die Abbiegungen zu merken, die sie nahm, um wieder den Weg zurück zu finden. Eine Hand voll roter Vogelbeeren diente ihr dabei zur Markierung. Es war sehr still zwischen den Bäumen, nur leises Blätterrauschen und ein gelegentlicher Alarmruf eines Vogels waren zu hören. Sie war schon eine ganze Weile gewandert, als sich plötzlich die Bäume zu einer beinahe kreisrunden Lichtung weiteten. Weiches Gras bedeckte den Boden, und niedriges Gebüsch umgab das Rund. Ein gefallener Baumriese lag an der Ostseite, sein Stamm von Moos und fächerförmigen Pilzen bedeckt. Annik betrachtete das schöne Fleckchen mit freudigem Staunen und fand, dass der Baumstamm zum Sitzen einlud. Gerade fielen schräge Sonnenstrahlen über die Baumwipfel und ließen das Gras smaragdgrün aufleuchten. Ein Hauch von Ehrfurcht streifte Annik. Das

Meer mit seinem weiten Horizont hatte sie schon oft an die Unendlichkeit gemahnt und ihre Seele frei werden lassen. Der Glaube an das Walten der Götter, so hatte sie bisher gedacht, musste einhergehen mit der Größe des Himmels und dem offenen Blick über die endlosen Weiten des Wassers. Doch hier hatte sie nun das Gefühl, dass auch die schützende, behütende Heimeligkeit des Waldes eine Gabe der Götter war, egal, welche hier wirkten. Der Wald bot Geborgenheit, warme Mütterlichkeit, Fruchtbarkeit und Reife.

Sie ließ diese Stimmung auf sich wirken, und das erste Mal, seit sie zu Beginn des Sommers ihre Heimat verlassen hatte, löste sich die Spannung in ihr.

»Mag sein, Mutter Tekla, dass du Recht hattest. In diesem Boden kann ich vielleicht neue Wurzeln schlagen. Ich werdc geduldig warten«, sagte sie leise.

Die Sonne war weiter nach Westen gewandert und kam nun nicht mehr über die Baumwipfel. Annik mahnte sich, aufzubrechen, bevor es zu dunkel wurde, um die Wegmarken wieder zu finden. Sie fand den Weg zurück recht gut, doch als sie schon glaubte, den breiten Weg der Holzschläger erreicht zu haben, musste sie eine falsche Abbiegung genommen haben. Nach ungefähr hundert Schritten fiel ihr auf, dass sie in die verkehrte Himmelsrichtung ging. Natürlich hätte sie sofort umkehren müssen, aber die Neugier hatte sie gepackt. Der Pfad war nämlich breiter und ausgetretener als alle anderen zuvor und musste wohl zu einem bestimmten Ziel führen.

Sie fand es nach zwei Biegungen.

Ein kleiner freier Platz am Waldrand war es. Er war zwar von wilden Gewächsen bestanden, doch wirkte er seltsam gepflegt wie ein Gärtchen. Auf dem grasbewachsenen Boden stand ein behauener Stein, der ein tempelförmiges Standbild trug. Rechts von ihm rankte sich eine Heckenrose darüber, deren letzte weiße Blüte sich über den steinernen Giebel neigte. Das Laub war gelb geworden, und rote Hagebutten hingen an den schwarzen Ästchen. Links stand ein noch dunkelgrün belaubter Weißdorn mit seinen ebenfalls leuchtend roten Früchten, hinter dem Stein ragte ein Vogelbeerbaum auf. Annik wurde mit einem Mal klar, was den gepflegten Eindruck hinterließ – kein einziges herabgefallenes Blättchen lag auf dem samtigen Rasen. Doch schimmerten einige Herbstzeitlosen in ihrem durchscheinenden Violett, und die Blätter von lange verblühten Maiglöckchen bildeten eine Insel unter den Büschen.

Sie ging näher heran, um die Inschrift zu lesen und die dargestellte Szene zu betrachten. Der Altar galt den aufanischen Matronen und zeigte drei Frauen in langen, faltenreichen Gewändern, die nebeneinander saßen. Die beiden äußeren trugen die runden Hauben der Verheirateten, das Mädchen in der Mitte war mit offenen Haaren abgebildet. Zu Füßen der einen älteren Matrone lag ein kleines Tier, Hund oder Katze, die andere hielt ein Füllhorn im Schoß. Das Mädchen jedoch hatte eine leere Schale in den Händen. Leer von steinernen Gaben, doch gefüllt mit einigen goldgelben Getreidekörnern und ein paar winzigen roten Blüten.

Ein Heiligtum war es, seltsamerweise mit einer römischen Inschrift versehen, doch die Gestalten trugen die Tracht der einheimischen Frauen. Annik fiel ein, dass Martius ihr erzählt hatte, dass die Römer auch der Epona, der keltischen Pferdegöttin, opferten, und so schloss sie, dass diese Matronen den hier lebenden Germanen oder Galliern heilig waren, von den Römern aber ebenfalls verehrt wurden. Sie lächelte bei dem Gedanken über die seltsamen Wege der Götter. Die ihren waren in ihrer Heimat geblieben, dem Meer und dem Sturm verbundene Wesen. Das wurde ihr in diesem Moment bewusst und erklärte ihr endlich die Ursache für die nagende Leere in ihrer Seele. Lange betrachtete sie die drei Frauen, und plötzlich musste sie laut auflachen.

»Matronen, es war wohl kein Zufall, dass ich Euch gefunden habe. Sind nicht gerade jetzt drei Frauen in mein Leben getreten? Eine mütterliche Ältere, eine verheiratete Junge und ein Mädchen? Nun, ich will Euch morgen ebenfalls eine Gabe dafür bringen, auf dass Ihr mir wohlgesonnen seid.«

Annik sammelte sorgsam drei gelbe Blättchen auf, die während der Zeit, die sie vor dem Altar verbracht hatte, niedergefallen waren. Dann verbeugte sie sich ehrerbietig vor dem Stein und verließ die Stätte.

Was sie nicht bemerkt hatte, war, dass sich neben Heckenrose, Weißdorn und Vogelbeere auch die giftige Tollkirsche hinter dem Weihestein duckte.

12. Kapitel

Der Barde

Ende September hatte Annik das erste Mal den Töpferofen in Betrieb genommen und ihre ersten Ziegel gebrannt. Erwan, dessen Schlupflöcher sie inzwischen fast alle kannte, hatte ihr einigermaßen willig geholfen. Er war ein altes Original und weit davon entfernt, Annik die herrische Art übel zu nehmen, mit der sie ihn an die Arbeit scheuchte. Sie hatte herausgefunden, dass er ein Abkömmling der wenigen gallischen Eburonen war, die die Vertreibung und das Gemetzel der Römer überlebt hatten. Er hatte sie auch in das Dorf am Waldrand mitgenommen, wo germanische Ubierfamilien, ein paar römische Handwerker und die verbliebenen Gallier in friedlicher Nachbarschaft lebten. Dort fand alle sieben Tage ein Markt statt, den auch Charal und Ursa besuchten, um Vorräte, Werkzeug und heimische Produkte zu kaufen.

»Du kannst die Töpferware, die nicht im Haus benötigt wird, auf dem Markt auf deine eigene Rechnung verkaufen«, hatte der Hausverwalter Annik gesagt. Das hatte sie gefreut, denn nach wie vor weilte der Besitzer des Gutes in der Colonia, und sie hatte keine Gelegenheit gehabt, über ihren Lohn mit ihm zu sprechen. Da sie sich noch nicht ganz sicher mit dem Ofen war, hatte sie als Nächstes etwas einfaches Geschirr gedreht und den zweiten Brennversuch gemacht. Ein Teil der Gefäße war gesprungen, weil sie sie schlecht gestapelt hatte, aber ein gutes Dutzend Krüge, ein paar Schalen und Becher waren von so guter Qualität, dass sie sie durchaus auf dem Markt anbieten konnte. Erwan hatte den kleinen Esel-Wagen angespannt, und sie belud ihn mit den Töpferwaren, die sie in Stroh eingebettet hatte. Gemeinsam zockelten sie den Karrenweg hinunter Richtung Dorf.

Annik wurde wohlwollend von den Dorfbewohnern aufgenommen, viele der Frauen blieben an dem Karren stehen, begutachteten die Waren und schwatzten mit ihr über Alltäglichkeiten. Mit einigen war die Verständigung schwierig, die germanische Zunge war Annik fremd, und der gallische Dialekt ähnelte nur entfernt dem ihren. Aber fast alle konnten einige Brocken der römischen Sprache, und so fanden sie nach und nach zusammen. Um die Mittagszeit hatte sie über die Hälfte ihrer Waren verkauft, und die Münzen klimperten erfreulich hell in dem Lederbeutel an ihrem Gürtel. Sie ließ Erwan bei dem Wagen und machte sich auf die Suche nach einem Imbiss. Der Duft des Pastetenbäckers hatte seit geraumer Zeit ihre Nase gekitzelt, und kurz darauf biss sie in das herzhaft gewürzte und gefüllte Gebäck. Kauend machte sie einen Rundgang über den Platz und betrachtete die ausgelegten Waren. Es erinnerte sie an ihre heimischen Märkte – gackernde Hühner in Weidenkörben, braune und weiße Eier von Hühnern, Gänsen und Enten, Kohlköpfe, Zwiebeln, Äpfel, Fässer mit eingelegtem Gemüse, Töpfe mit Waldhonig, getrocknete und frische Pilze und verschiedene Käse bildeten das Lebensmittelangebot. Korbwaren, Seile, Reisigbesen und Holzlöffel zeugten von emsiger Handarbeit, grob gewebte Stoffe und dicke Filzmäntel mit Kapuzen wurden ebenso angeboten wie lederne Gamaschen und Stiefel. Sie erstand eine knielange braune Wolltunika mit langen Ärmeln, die sie an den kommenden kalten Tagen zu tragen gedachte und konnte auch einem festen Ledergürtel mit Kupferbeschlägen nicht widerstehen.

Hufgeklapper ertönte, und eine Gruppe Legionäre kam ins Dorf geritten. Sie schienen nicht in offizieller Mission da zu sein, sondern verlangten Suppe, Pasteten und Bier. Da Annik von Martius wusste, dass das Essen der Truppe zwar sättigend, aber weit davon entfernt war, ein Genuss zu sein, konnte sie durchaus verstehen, dass die Männer sich am Markttag, wenn es irgend möglich war, in den Tavernen verpflegten. Neugierig, aber vorsichtig, um ja die Aufmerksamkeit nicht auf sich zu lenken, lugte sie zu den Männern hin, um zu prüfen, ob Martius unter ihnen war. Er war tatsächlich bei ihnen, und sie überlegte, ob sie ihn auf sich aufmerksam machen sollte. Doch da lenkte sie ein neues Geräusch ab. Auf ein aufrecht stehendes Fass hatte sich ein junger Mann geschwungen und begann, eine fröhliche Weise auf einer Harfe zu zupfen. Annik, die bisher nur wenig von der Sprache der Dorfbewohner verstand, konnte nur in etwa deuten, was man ihm zurief.

»He, Cullen, sing uns ein Lied!«

»Ja, Cullen, sing von den alten Zeiten!«

»Cullen, sing auch von den heutigen Zeiten!«, kicherte ein Mädchen.

»Und denen von morgen!«, krächzte eine alte Händlerin. »Auch wenn ich sie nicht mehr erlebe!«

Der junge Mann mit den langen braunen Haaren und dem schütteren Bart lachte und schlug die Saiten lauter. Mit einer für seinen hageren Körper erstaunlich tragenden Stimme begann er, in der Sprache der Einheimischen Verse vorzutragen. Brüllendes Gelächter ertönte, und den Refrain sang die Gruppe mit, die sich um ihn geschart hatte. Auch die nächsten Strophen war ein Lacherfolg, johlend klatschten die Leute im Takt mit. Dass die Texte sich auf höchst despektierliche Weise mit den

Römern auseinander setzte, hätte selbst ein Gehörloser verstehen können. Als der letzte Refrain verklungen war, wandte sich der Barde mit lauter Stimme und in lateinischer Sprache an die Legionäre.

»Und jetzt, damit auch das verehrte und hochkultivierte Publikum aus dem mächtigen römischen Reich in den Genuss meiner Kunst kommt, will ich das Liedchen in ihrer Sprache wiederholen!«, rief er. Die Legionäre waren schon aufmerksam geworden, jetzt standen sie auf und kamen näher. Der Barde grinste die Uniformierten an und begann einen überaus frechen Vergleich zwischen den Legionären und der heimischen Tierwelt zum Besten zu geben. Die Tiere schnitten allemal besser ab. Die Legionäre machten zunächst noch einigermaßen gute Miene zu den Spottversen, doch als Reime sich auf einige jüngst erlittene schmähliche Niederlagen zu beziehen begannen, bauten sich zwei bullige Soldaten drohend vor dem Fass auf. Humor, so schien es, war nicht ihr hervorstechendster Charakterzug. Annik nutzte die Gelegenheit, sich hinter Martius zu stellen und ihn sacht am Ärmel zu zupfen.

»Annik! Was machst du denn hier?«

»Töpfe verkaufen!«

»Dann sieh zu, dass du deine Ware in Sicherheit bringst. Das riecht mir hier nach einer Keilerei!«

»Du wirst doch wohl nicht mitmachen wollen?«

»Och nein?«

»Martius! Bist du so ein eingefleischter Römer geworden, dass du dich gegen dein eigenes Volk stellst? Das hier sind auch Gallier. Und der da ist ein Barde!«

»Kommt ja nur auf die Seite an, auf die ich mich bei dem Spaß stelle, nicht?«

»Uh, Männer!«, schnaufte Annik und trat den Rückzug an. »Pass auf den Barden auf, ja?«

»Mach ich!«

Das war etwas, das die Römer nicht verstanden oder nicht verstehen wollten. Der Barde war tabu. Er war der Bewahrer der Traditionen, er brachte Nachrichten, er konnte das Geschehen deuten auf Grund seines umfassenden Wissens. Niemand durfte dem Barden Schaden zufügen, sein Rat war viel zu wertvoll. Seine Macht war die Macht des Wortes, sei es Segen oder Fluch, und darum durfte er auch die verspotten, die seinem Volk die Unabhängigkeit geraubt hatten.

Natürlich versuchten die beiden Dummköpfe von Legionären, den Barden von seinem Fass zu ziehen. Der Volkszorn kochte hoch. Krachend landete einer der Soldaten in den Körben voll Kohl, und die Besenbinderin zog ihm eins mit dem Besenstiel über. Federn stoben, als ein Korb mit Hühnern aufsprang, Eier barsten und verspritzten gelben Dotter über glänzende Brustpanzer. Es war ein überaus unfair geführter Kampf, an dem sich die Frauen genauso beteiligten wie die Männer, und ein geradezu mörderisches Gebrüll erfüllte das Dorf.

Annik sah, dass Martius den Barden hinter sich gebracht hatte und ihn geschickt zu dem Stand mit Körben drängte. Dann verlor sie ihn aus den Augen, weil einer der Legionäre, von der Besenbinderin gescheucht, über einen Korb stolperte und im freien Flug in ihren verbleibenden Töpferwaren landete. Das erboste sie, und sie trat ihm zusätzlich, als er sich aufrappelte, kräftig gegen die Brust, die von Eigelb tropfte.

»Das wirst du bezahlen, du Idiot!«, herrschte sie ihn an. Der Mann schnappte nach Luft und schielte erstaunt zu ihr auf. »Ansonsten müsste ich Praefect Aurelius Falco, einem guten Freund von mir, von dieser kleinen Schlägerei berichten, die ihr hier angezettelt habt.«

»Hä?«, sagte der Legionär.

»Grüß ihn von Annik, der Töpferin, dann wird er es dir erklären. Macht siebzehn Sesterzen, Sonderpreis für die tapfere und ruhmbekleckerte Legio Minerva!«

»Tu, was sie sagt, Strabo!«, bemerkte Martius, der hinter ihm auftauchte.

Der Legionär gönnte Annik einen giftigen Blick, aber er nestelte aus seiner Tasche ein paar Geldstücke und gab sie ihr.

»Und jetzt scheint ein geordneter Rückzug angemessen zu sein, sonst artet das hier in Lynchjustiz aus. Die Leute haben was dagegen, wenn man ihre Barden beleidigt. Das solltest du allmählich wissen!«

Auf dem Schlachtfeld kehrte nach und nach Ruhe ein. Martius gab Annik einen schnellen, harten Kuss und meinte: »Ich komm dich in den nächsten Tagen besuchen! Aber jetzt verschwinde ich besser. Der Barde ist unter den Körben, hol ihn raus, wenn die Luft rein ist.«

Kopfschüttelnd sah Annik den aufbrechenden Legionären nach und ging zu dem Haufen Körbe hinüber. Sie räumte einige kleinere zur Seite und wuchtete dann eine riesige Kiepe hoch.

»Komm heraus, Barde, die Schlacht ist geschlagen.«

»Unverschämtes Römerpack!«, murrte der junge Mann und zog seine Harfe unter einem Werfelkorb hervor. Ihr galt zunächst sein besorgtes Interesse, dann aber sah er Annik erstaunt an. In seiner eigenen Sprache sagte er etwas zu ihr, das nach Dank und Ehrerbietung klang.

Annik antwortete ihm mit einem Schulterzucken: »Tut mir Leid. Ich verstehe euren Dialekt nicht besonders gut, wir müssen uns in der Sprache der Römer unterhalten, die du ja ebenfalls ausgezeichnet beherrschst.«

»Jetzt weiß ich, wer Ihr seid! Die Gallierin, die mit den Reitern aus dem Norden kam. Ich sah Euch, wie Ihr einem Eurer Leute Weisung gabt, mich und meine Harfe zu schützen. Dafür danke ich Euch, Herrin.«

Bei diesen Worten betrachtete der Barde sie nachdenklich und mit einem weichen Lächeln, das in seinen braunen Augen leuchtete.

»Ich bin Annik, die Töpferin. Der Titel einer Herrin steht mir nicht zu. Und Martius ist Legionär, nicht einer meiner Leute.«

»Wie Ihr wünscht, Herrin.« Er verneigte sich und fuhr fort: »So bist du hier also die Töpferin. Auf Valerius' Hof, heißt es.«

»Dort, ja.«

Ein Zwinkern lag in den Augen des jungen Barden, das von einem ganz anderen Verständnis sprach.

»Ich bin Cullen und wahrscheinlich der letzte Barde meines Clans. Mögen die Götter dich beschützen, Töpferin Annik.«

»Danke, Cullen.«

Wieder sah er sie eindringlich an, und Annik hatte das Gefühl, dass er viel mehr von ihr erriet, als ihr lieb war. Seine nächsten Worte bestätigten das.

»Deine Seele schmerzt, und den Verlust, den du vor Jahren erlitten hast, konntest du bislang nicht ersetzen. Verzeih, es ist die dumme Gabe des Barden, in den Gesichtern zu lesen und die Zwischentöne der Rede zu deuten.«

»Eine sehr nützliche Gabe, Barde, so du zudem auch noch die Kunst beherrschst, deine Zunge zu zügeln.«

Anniks Ton war scharf, und Cullen sagte mit schuldbewusst niedergeschlagenen Augen: »Das habe ich verdient!«

Annik betrachtete ihn jetzt eingehend. Er war nicht sehr alt für einen Barden, wahrscheinlich zwei oder drei Jahre jünger als sie selbst. Obwohl er eindeutig begabt war, hatte er wohl keine guten Lehrer gefunden. Die Techniken der Reimkunst beherrschte er, die alten Geschichten kannte er wohl auch, aber an dem Wissen um den sorgsamen Gebrauch seiner Macht mangelte es ihm, und die Diplomatie schien nicht seine Stärke zu sein. Aber eventuell war er schlichtweg noch zu unerfahren. Besänftigend meinte sie: »Schon gut, Cullen. Du hast Recht, ich bin noch ein wenig fremd hier. Vielleicht würde es mir helfen, wenn ich etwas über die Taten eurer Vorfahren und die eurer Götter erfahren könnte. Ich suche nach Wurzeln, mag sein, dass wir gemeinsame haben.«

»Wenn du möchtest, werde ich dir davon erzählen, Annik. Darf ich dich in deiner Werkstatt auf dem Gut besuchen?«

»Ich werde mich freuen, dich zu sehen. Du weißt, wo man mich findet?«

Cullen lachte leise auf: »Das Gut des Valerius Corvus ist nicht zu übersehen. Ist Erwan noch bei ihm?«

»Er ist mein Helfer am Brennofen – mehr oder weniger!«

»Eher weniger, wie ich den Alten kenne. Ich komme bald vorbei. Danke, Herrin.«

Missbilligend schüttelte Annik den Kopf und wandte sich ab.

Erwan hatte den Wagen selbstverständlich im Stich gelassen und es nicht für nötig befunden, die Scherben aufzukehren. Annik lieh sich von der Besenbinderin einen Reisigbesen aus und machte sich selbst daran, Ordnung zu schaffen. Dann ging sie zielgerichtet zu dem Haus des Metbrauers und fand dort natürlich Erwan, der, nicht mehr ganz nüchtern, in einen Händel mit einem Zinngießer verwickelt war. Sie goss den beiden Kampfhähnen einen Krug Met über die Köpfe und befahl Erwan, sich zum Wagen zu trollen.

»Da seht ihr, wie man seit neuestem mit mir umspringt!«, murrte der Alte und erntete nur schadenfrohes Gelächter.

»Du gehst mir auf die Nerven, Erwan. Los, spann an, wenn du dazu nicht zu besoffen bist.«

»Ja, Herrin, sicher Herrin, wie die gnädige Herrin befehlen!«

Ein unsanfter Tritt in den Hintern beschleunigte Erwans Abgang in Richtung Stall, wo der Esel stand, der den Wagen ziehen sollte.

13. Kapitel

Titus Valerius Corvus

Gratia entwischte ihren Lehrern und Ursa so oft es ging und suchte Annik in der Töpferei auf. Sie hatte eindeutig eine Vorliebe für die Gallierin entwickelt, die sie mit freundlicher Duldsamkeit behandelte. Annik mochte das wissbegierige Mädchen. Ulpia Rosina hätte ihre Stieftochter gerne zu einer vornehmen jungen Frau erzogen, doch weder den Regeln der Etikette, den Schminktöpfen noch den gefältelten Kleidern konnte Gratia großen Gefallen abgewinnen. Sie liebte es, mit den Händen zu arbeiten, und zeigte durchaus Geschick darin, kleine Figuren zu modellieren. Und obwohl sie mehr Fragen stellte, als Annik zu beantworten bereit war, erfuhr sie von ihr im Gegenzug eine ganze Menge über den Patrizierhaushalt, dem sie jetzt angehörte.

An diesem Morgen kam Gratia mit einem roten Kätzchen auf dem Arm in die Werkstatt.

»Schau mal, die hat Charal im Pferdestall gefunden. Die alte Katze hat noch ein Junges bekommen und ist gestern gestorben, die Arme. Das hier ist gerade drei Monate alt, und ich will es behalten. Ist die nicht süß!«

Aus dem rotgoldenen Gesichtchen schauten zwei grüne Augen vertrauensvoll zu Annik auf, und das ganze Geschöpf schnurrte vor Wonne in der warmen Umarmung des Mädchens. Man konnte sich seinem Zauber einfach nicht entziehen.

»Sie hat dich offensichtlich als neue Mutter akzeptiert. Jetzt hast du eine große Aufgabe vor dir. Du musst ihr beibringen, wie man Mäuse jagt, sich putzt und dem Hund entkommt.«

»Das kann sie alles schon, glaube ich!«

»Bestimmt? Auf jeden Fall kann sie sich glücklich schätzen, denn ich habe den Verdacht, dass du sie mehr verwöhnen wirst als ihre eigene Katzenmutter.«

»Aber sie ist doch so niedlich.«

»Das sind kleine Katzen immer. Das ist ihre Aufgabe. Wie nennst du sie?«

»Na, ›glückliche Katze‹, wie du gesagt hast. Felis felix.«

»Ein Zungenbrecher. Feli reicht!«

»Feli Feli!«

»Na gut. Leg sie auf die Decke dort und setz dich an die Scheibe. Ich zeige dir, wie man einen Becher dreht.«

»Fein!«

Feli Feli wurde auf den Boden gesetzt, verschmähte die Decke und begann ihre Inspektion der Werkstatt. Gratia zog sich ein Leinentuch über ihr Kleid und ließ sich in die Kunst der Tonbearbeitung einweisen. Dabei plapperte sie gut gelaunt daher.

»Mein Vater kommt wahrscheinlich morgen nach Hause. Rosina hat schon wieder ihren ersten Anflug von Kopfschmerzen.«

»Liegt es an den vielen Arbeiten, die zu seinem Empfang erledigt werden müssen?«

»Sie hat Kopfschmerzen, weil sie ihn nicht mag. Ich finde sie ja blöd, denn mein Vater ist sehr gutmütig zu ihr. Er hat ihr letztes Jahr sogar die Werkstatt für ihre Glasschleiferei herrichten lassen. Und er bringt ihr regelmäßig schöne Kleider und Schmuck aus der Stadt mit.«

»Ach, Gratia, weißt du, vielleicht ist es gar nicht seinetwegen. Ich denke manchmal, die Domina sehnt sich nach ihrer Familie.«

»Sie sehnt sich nach dem griechischen Künstler, der ihr die Arbeit mit dem Glas beigebracht hat. Man sagt, sie hatte ein Verhältnis mit ihm. Und er sei ein wunderschöner junger Mann gewesen. Vater hingegen … Na, du wirst ja sehen. Er ist siebzehn Jahre älter als sie und hat zwanzig Jahre in der Legion gedient.«

»Du solltest kein Geschwätz und keine Gerüchte weitererzählen, Gratia.«

»Das ist weder Geschwätz noch Gerücht. Annik, ich mag Ulpia Rosina recht gerne, und zu mir ist sie meistens ganz lieb. Aber ich finde es nicht nett, wie sie meinen Vater behandelt. Er darf nicht mal in die Nähe ihres Schlafzimmers kommen, dann kriegt sie schon ihre Krämpfe, und Ursa muss sie mit ihren Tränken und Kräutern behandeln.« Nachdenklich fügte sie hinzu: »Na ja, Vater ist nun mal kein so prächtiger Mann wic dcin Martius.«

Annik schüttelte missbilligend den Kopf und forderte das Mädchen auf, sich auf den Tonklumpen in der Mitte der Scheibe zu konzentrieren und eine gleichmäßige Drehgeschwindigkeit beizubehalten.

Martius war wie versprochen zwei Tage nach dem Marktbesuch auf dem Gut aufgetaucht. Er war sogar offiziell unterwegs. Falco hatte ihn zum Kurierreiter zwischen dem Legionslager Castra Bonnensia und der Colonia ernannt. Da das Gut ziemlich genau auf der Hälfte der Strecke nahe der Verbindungsstraße lag, war der Besuch kein Umweg für ihn. Annik freute sich, ihn zu sehen, wenn er auch nur kurze Zeit bleiben konnte. Aber solange er den Kurierdienst übernahm, würde er häufiger die Möglichkeit haben, sie aufzusuchen. Kurz vor dem Aufbruch bat er sie, ihn zur Hausherrin zu führen, da er den Auftrag hatte, sich nach möglichen Botschaften an Valerius Corvus bei ihr zu erkundigen.

Annik brachte Martius zur Villa und hieß die Dienerin, Ulpia Rosina zu bitten, den Kurier zu empfangen. Während die Frau nach der Hausherrin suchte, verabschiedete Annik sich von Martius, denn in ihrem groben, tonverschmierten Kittel wollte sie die Villa nicht betreten. Und so erlebte sie nicht, wie ihr Freund erstarrte, als Ulpia Rosina, zart und duftend, ihn mit einem freundlichen Lächeln begrüßte. Es wunderte sie nur, dass Martius, der es doch so eilig gehabt hatte, erst bei Sonnenuntergang davon ritt.

»Schau, ist das so richtig, Annik?«

Gratia betrachtete das vor sich hintrudelnde Gefäß auf der Töpferscheibe

»Im Prinzip ja. Aber – mmh – man kann es als Kunstwerk durchgehen lassen. Als Trinkgefäß scheint es mir ein wenig zu schief geraten zu sein.«

»Wenn man es kritisch betrachtet, könntest du Recht haben. Was mache ich jetzt?«

»Den Ton wieder zusammenkneten und von vorne beginnen.«

»Na gut. Und was tust du da?«

Annik hatte eine hohe Schale aus beinahe trockenem Ton auf dem Schoß und bearbeitete die Innenseite mit einem Metallgriffel.

»Ich stelle eine Formschale her.«

»Was ist das? Wieso bringst du das Muster innen an? Das ist doch unsinnig!«

»Nein, das ist sehr sinnvoll. Denn wenn die erst einmal gebrannt ist, benutze ich sie, um darin Schalen zu drehen, die außen das Muster haben. Das, was jetzt eingekerbt ist, ist dann erhaben. So wie ein Siegelabdruck einer Gemme, weißt du?«

»Zeig mal!« Gratia beugte sich über Anniks Schulter. »Oh, das ist ja dasselbe Muster wie auf Rosinas Glasschale. Das kannst du auch? Toll!«

»Notgedrungen. Eigentlich hätte ich einen Metallstempel benötigt, damit das Muster gleichmäßig wird, aber euer Schmied hat an jeder Hand fünf linke Daumen! Wenn es nach ihm ginge, könnte ich gerade mal ein Hufeisen als Formstempel nehmen.«

Gratia kicherte und setzte sich wieder an die Drehscheibe.

»Du hast Rosina vorgestern in ihrem Sanktuarium besucht. Wie findest du das, was sie herstellt? Hat sie auch fünf linke Daumen?«

»Überhaupt nicht! Ich bin begeistert von ihren Gläsern. Sie arbeitet sehr sorgfältig und akkurat und hat ein großes künstlerisches Talent.«

»Ja, das hat sie wohl.«

»Du könntest etwas in Sorgsamkeit und Akkuratesse von ihr lernen. Das Ding sieht schon wieder bedenklich wackelig aus.«

Während Gratia den unförmigen Becher erneut zu einem Tonklumpen zusammenklatschte, dachte Annik an den Besuch bei Ulpia Rosina. Die Hausherrin hatte sie aufgefordert, sich ihre Arbeiten anzusehen. Sie hatten sich in freundschaftlichen Fachsimpeleien über ihre unterschiedlichen Werkstoffe und deren Gestaltungsmöglichkeiten ergangen, und wenn sie auch nur wenige private Worte gewechselt hatten, so war Annik doch der Meinung, dass sich zwischen ihnen ein zartes Fädchen spann, das zu einer Freundschaft führen konnte. Ulpia Rosina hatte vieles, was sie an ihr bewunderte: ihre sanfte, vornehme Art, ungekünstelt, aber wenn sie wollte, durchaus distanziert, ihre umfassende Bildung, zu der auch das Griechische gehörte, ihr künstlerisches Talent und auch die Stilsicherheit, mit der sie sich zurechtmachte und kleidete. Annik selbst fühlte sich in diesen Bereichen weit unterlegen, zwar hatte auch sie eine gute Ausbildung genossen, aber sie war auf andere Ziele gerichtet. Wenn sie selbst auch das Talent besaß, mit Ton recht geschickt umzugehen, hatte sie das nie als künstlerische Tätigkeit aufgefasst.

Und was ihre Kleidung anbelangte, so war sie, ebenso wie in allen anderen Dingen, dem Praktischen untergeordnet, nicht dem Selbstzweck. Das schöne Gewand, das Martius ihr geschenkt hatte, hatte sie noch nie getragen – genauso wie den Ring, der gut eingewickelt in dem Kleiderbündel steckte. Er war zu schade, um ihn bei der schmutzigen Arbeit anzuziehen. Trotz allem hatte sie das Gefühl, dass Ulpia Rosina gerade ihre zupackende, pragmatische Art zu schätzen wusste, an der es ihr möglicherweise etwas fehlte.

»Ist es jetzt besser? Schau, der Becher eiert nicht mehr!«

Stolz löste Gratia mit dem Schneiddraht das Gefäß und gab der Drehscheibe einen letzten, kräftigen Schwung. Der feuchte Ton glitt von der Mitte zum Rand, folgte den natürlichen Antriebskräften und flog mit einem Klatschen dem roten Kätzchen vor die Pfoten.

»Tja, jetzt eiert er wirklich nicht mehr.«

Gratia sagte ein sehr hässliches Wort.

»Meine Liebe, du vergiftest hier die Atmosphäre. Solche Sachen sagt man nicht vor den Ohren unschuldiger Katzenkinder. Heb das Zeug auf und zeig mir, dass du einen ordentlichen Becher formen kannst! Sollte er nicht ein Geschenk für deinen Vater sein?«

»Schon gut. Aber der kommt doch erst morgen!«

»Und der Ton muss erst trocknen, bevor ich ihn in den Ofen stellen kann.«

»Wann brennst du wieder?«

»In drei Tagen! Wenn Erwan sich von seinem Anfall von Gliederreißen erholt hat.«

»Ja, wenn die Tage kälter werden, ist er ständig lahm.

Vor allem, wenn er zu betrunken war, um den Weg in sein Bett zu finden und im Freien einschläft!«

»Das habe ich geahnt. Ich werde ihm persönlich einheizen, wenn er nicht auf den Beinen ist, wenn ich brennen will.«

»Darf ich zuschauen, wenn du den Ofen in Gang setzt?«

»Von mir aus gerne!«

»Ach nein, das geht ja nicht. Vater wird Gerichtstag halten. Da muss ich dabei sein. Und weißt du, vielleicht solltest du das ebenfalls. Es ist so, dass sich der ganze Haushalt versammelt, um zu hören, wie er die Fälle klärt.«

Annik nickte. Dass der Hausherr zusätzlich der Richter in seinem eigenen Bereich war, war in ihrem Lebenskreis üblich, und so manchem Gerichtstag hatte sie früher beigewohnt.

»Ist er ein guter Richter?«

»Er ist ziemlich gerecht, denke ich. Aber er kann auch harte Strafen aussprechen.«

»Welche Art von Strafen kennt ihr?«

»Meist sind es Abgaben oder zusätzliche Arbeiten zur Wiedergutmachung eines Schadens. Manchmal setzt er Auspeitschungen an, aber am schlimmsten, glaube ich, ist es für die Leute, wenn er jemanden fortschickt. Das ist nämlich unehrenhaft.«

»Ja, so kenne ich es auch.«

»Aber es wird nicht nur Recht gesprochen, ebenso werden Verträge gemacht und Pacht bezahlt. Du wirst ihm gewiss vorgestellt werden.«

»Na, ich bin gespannt auf den Pater familias. Und jetzt halte die Scheibe langsam an, mir will scheinen, dass diesmal ein wahres Meisterwerk an Becher entstanden ist.«

»O ja, ich habe gar nicht so darauf geachtet. Der ist wirklich gut geworden.«

Vorsichtig stellte Annik das kleine Gefäß auf ein Holzbord, wo es trocknen sollte.

Die erste Begegnung zwischen Annik und Titus Valerius Corvus verlief nicht zur Gänze harmonisch. Der Hausherr kam noch am selben Abend. Er ritt ohne Begleitung den Weg zu der Remise empor, als Annik gerade einen Eimer Wasser aus dem Brunnen dort hochhaspelte. Sie sah ihn auf dem hohen Rappen sitzen, ein weites Pallium um die Schultern gelegt – eine imposante Gestalt, obwohl die lockigen schwarzen Haare und der krause Bart schon von Grau durchzogen waren. Er hatte ihr die linke Seite seines Gesichts zugewandt, die von einer tiefen Narbe gespalten war. Das Lid seines Auges hing dadurch hinunter und gab ihm einen grausamen Zug. Zu ihrem eigenen Entsetzen starrte Annik ihn an und ließ das Wasser im Eimer auf ihre Füße schwappen.

»Diese und andere Wunden schlugen mir euresgleichen, Barbarin!«, herrschte er sie an. »Geh mir aus dem Weg!«

Annik nahm ihren Eimer und tat ein paar Schritte zurück. Doch sie konnte die Augen von dem Mann nicht wenden. Ein Stalljunge kam angelaufen und nahm die Zügel des Pferdes in Empfang, ein anderer nahte mit einem starken Holzstock, der am oberen Ende einen runden Elfenbeingriff hatte. Valerius Corvus schwang sich vom Pferd und griff nach dem Stock.

»Hast du dich noch nicht genug an meinem Anblick geweidet, Barbarin? Willst du mich auch noch zum Haus humpeln sehen?«

»Verzeiht, Dominus. Ich bin entsetzlich unhöflich.«

»Ungehobelt, taktlos und unkultiviert!«, raunzte er sie an.

»Eine Barbarin eben, Dominus!«

Annik musterte ihn nach wie vor unverwandt, und sie vermeinte, ein winziges Aufblitzen in seinen Augen gesehen zu haben. Zumindest blieb er stehen und fragte in einem etwas weniger rauen Ton: »Wer bist du?«

»Annik, die Töpferin.«

»Jupiter, ich vergaß! Falco sprach von einer Gallierin, die mit Ton zu matschen versteht. Gewöhn dich an meinen Anblick, so sehr er dich auch anwidern mag. Ich bleibe einige Wochen hier.«

Er wollte sich abwenden, aber Annik sagte laut und deutlich: »Ich habe schon mehr Narben gesehen und schlimmere als die Euren, Dominus. Sie widern mich nicht an!«

»Was?«

»Ich stamme aus einem Volk, Dominus, das zu kämpfen gewöhnt ist. Keiner von uns wird alt, ohne die Zeichen des Lebens empfangen zu haben. Manche sieht man deutlich, andere sind versteckt.«

Er betrachtete sie mit einem intensiven Blick, dann drehte er sich ohne ein weiteres Wort um und ging sehr aufrecht und nur mit einer kaum merklichen Steifheit seines rechten Beines zur Villa.

Annik sah den Hausherrn den nächsten und übernächsten Tag einige Male von weitem. Er schien sich intensiv um das Geschehen auf dem Gut zu kümmern und war stets in Begleitung von Charal und Ursa oder den Pächtern und Arbeitern anzutreffen. Gratia lief ihm, so oft es ihr möglich war, wie ein kleines Hündchen hinterher und ließ sich in der Töpferei nicht blicken. Dafür hatte aber Feli Feli ihr Lager in Anniks Hütte aufgeschlagen. Sie betrachtete die weiche Decke auf dem Bett als passende Unterlage für ihre Ruhezeiten. Ulpia Rosina war, so hieß es, unpässlich. Seit Annik ihren Gatten zu Gesicht bekommen hatte, verstand sie diese Reaktion ein bisschen besser. Rosina liebte die Schönheit, umgab sich mit Schönheit und schuf ihre gläserne, zerbrechliche Schönheit. Sie verabscheute die Hässlichkeit und das Ungestalte. Es mochte dumm von ihr sein, Valerius Corvus auf Grund seiner äußeren Entstellungen abzulehnen, aber auch er kam ihr wohl nicht besonders herzlich entgegen. Er hatte eine unwirsche Art, ihr das ablehnende Verhalten vorzuwerfen. Annik aber sah ihn anders als die empfindliche Hausherrin, denn es entsprach den Tatsachen, dass in ihrem kriegerischen Volk, das einer deftigen Schlägerei, einem kleinen Raubzug oder gar einer ausgewachsenen Fehde ganz und gar nicht eifrig aus dem Weg ging, die Kämpen nur zu oft mit klaffenden Wunden, ausgeschlagenen Zähnen und gebrochenen Knochen nach Hause hinkten. Narben trug jeder, und niemand würde sich angewidert abwenden. Die in einer ganz anderen Umgebung erzogene junge Patrizierin aber hatte diese Art des Lebens nicht kennen gelernt. Die Veteranen der römischen Kriege waren vor ihr verborgen gehalten worden, sie hatte in der Abgeschiedenheit der Frauengemächer und -höfe gelebt und nur die kultivierten Gäste ihrer Familie, die Lehrer und ausgesuchten Diener zu Gesicht bekommen. Bis sie mit dem von blutigen Kämpfen gezeichneten, um fast zwanzig Jahre älteren Valerius verheiratet wurde. Um seiner Karriere zu dienen, so hieß es. Denn als Ehemann der Nichte des Ulpius Traianus war Valerius Corvus mit dem voraussichtlich nächsten Caesaren des Römischen Reiches in engen familiären Beziehungen verbunden. Aber zudem, das gestand sich Annik trotz ihrer verständnisvollen Beurteilung von Valerius' Äußerem ein, musste man auch seinen Charakter in Betracht ziehen. Und zu dem wollte sie sich erst nach dem Gerichtstag ein Urteil bilden.

Sie hatten sich schon am Morgen vor dem Haus versammelt. Die Dienerschaft, die Handwerker, die Arbeiter, die Pächter, Gratias beide Hauslehrer, der Verwalter, die Haushälterin, Ulpia Rosina und Valeria Gratia. Letztere saßen rechts und links von Valerius' Sessel oben an der Treppe zum Peristyl. Der Pater familias kam, und Stille trat ein. Annik betrachtete den großen Mann, der in der weißen, purpurgesäumten Toga langsam zu seinem Sessel schritt, mit heimlicher Aufmerksamkeit. Er machte einen strengen, würdevollen Eindruck, und es war nicht anzuzweifeln, dass ihn die Aura von Macht umgab. Sie fragte sich, welche Aufgaben er sich zu anderen Zeiten in der Colonia widmete, die Leitung des Gutes schien nicht seine Hauptbeschäftigung zu sein.

Die Fälle der vergangenen Monate wurden ihm vorgetragen. Meist waren es geschäftliche Abmachungen, die seine Einwilligung erforderten, Veränderungen in den Arbeitsabläufen, kleinere Kompetenzstreitigkeiten und Pachtfestsetzungen. Ursa verlangte eine zusätzliche Hilfskraft in der Küche und bekam Gwena, die Schwester des Stallburschen zugewiesen. Charal erhielt die Erlaubnis, dem Gesindehaus einen Unterstand anbauen zu lassen, einer der Pächter wollte sich zur Ruhe setzen und bat um eine entsprechende Regelung für seinen Sohn. Aber es gab auch zwei Fälle von Diebstahl. Ein Arbeiter hatte sich einer der Weinamphoren bemächtigt, die für den herrschaftlichen Haushalt gedacht waren, und eine Dienerin hatte Ulpia Rosina ein Schmuckstück entwendet. Anklage hatte Ursa erhoben, und Valerius Corvus hörte sich die Stellungnahme der Beschuldigten an. Der Arbeiter war störrisch. Er beklagte sich über die Qualität des Weines, der ihnen zur Verfügung stand.

»Der reine Essig, das ist es, was Ihr uns zu trinken gebt!«, schloss er seine Rede.

Annik beobachtete mit Interesse, wie Valerius darauf reagierte. Im Grunde galt diese Anschuldigung nun ihm, da er als Pater familias, als Oberhaupt aller seiner Haushaltsmitglieder, nicht nur der engeren Familie, seiner Fürsorgepflicht nicht im rechten Maß nachgekommen war.

»Woher beziehen wir den Wein für die Arbeiter, Charal?«

»Von den Weinbauern südlich von Bonna. Er ist zwar leicht, aber nicht sauer. Er hat bislang zu keiner Klage Anlass gegeben.«

»Trinkst du ihn ebenfalls?«

»Gelegentlich.«

Zu dem Arbeiter gewandt, fragte Valerius: »Hast du ein Magenleiden, dass du den Wein nicht verträgst, der für euch vorgesehen ist?«

Der Mann starrte auf seine Füße.

»Antworte!«

»Nein!«

»Dann war der Grund des Diebstahls Genusssucht!«

Der Arbeiter schwieg, er fühlte sich sichtlich unbehaglich.

»Ich zahle ihm einen Lohn, nicht wahr, Charal?«

»Ja, Dominus, er erhält den üblichen Lohn in Naturalien und in Geld.«

»Deine Genusssucht kannst du mit dem Geld befriedigen, das dir gegeben wird. Du wirst die Amphore bezahlen. Und damit es sich besser einprägt, werden dich sechs Peitschenhiebe daran erinnern.«

Annik nickte zu dem Urteil. Immerhin hätte der Mann aus anderen Gründen den Wein entwenden können als nur aus reiner Gier.

Die Strafe wurde sofort vollzogen, Charal züchtigte den Mann, der unter den Hieben stoisch schwieg und dann mit grimmigem Gesicht zurücktrat.

Die Dienerin war in Tränen aufgelöst, als sie vor Valerius trat und sich rechtfertigen musste, warum sich die silberne Fibel in ihrem Besitz gefunden hatte.

»Ich wollte sie nur einmal tragen«, schnupfte sie. »Ganz bestimmt. Nur an jenen Iden des August, zum Fest der Diana.«

»Warum gerade an diesem Tag?«

»Da gibt uns die Domina frei.«

»Und zum Dank entwendest du ihr den Schmuck?«, donnerte der Pater familias sie an. Die junge Frau zuckte zusammen und sah endlich mit tränenverschmierten Wangen hoch.

»Nein, nein. Ich – ach, Ihr versteht das nicht.«

Wieder vergrub sie das Gesicht in den Händen. Es war etwas Unruhe in den Reihen entstanden, und ein stämmiger Mann drängte sich nach vorne.

»Ich glaube, ich weiß, warum sie es getan hat, Dominus.«

»Du? Du bist der Pächter des südlichen Feldes, oder?«

»Ja, Berold ist mein Name. Ich hatte mich an jenem Tag mit Mechthild im Wald verabredet. Sie… sie sah sehr hübsch aus und hatte ein neues Kleid an.«

Ein leises Kichern ging durch die Menge.

»Eitelkeit, das war der Grund, warum du die Fibel entwendet hast?«

»Ja, Dominus. Ich war eitel, ich wollte…« Mechthild biss sich auf die Lippen, sandte Berold neben sich einen verstohlenen Blick und sprach aber dann mutig weiter: »Ich wollte Berold gefallen.«

»War dazu die silberne Fibel der Domina notwendig, Berold?«

»Nein, Dominus, ganz gewiss nicht.«

Das Kichern wurde lauter, offensichtlich war die Beziehung zwischen den beiden ein offenes Geheimnis.

»Sinnlose Eitelkeit also.«

»Ja, Dominus. Und bitte, ich hätte die Fibel auch am nächsten Tag sofort zurückgelegt. Aber Ursa hat mich gesehen, als ich nach Hause kam. Und…«

»Ulpia Rosina, hast du die Fibel wiederbekommen?«

»Ja, das habe ich!«

»Ist sie unversehrt?«

»Ja, das ist sie.«

»Wie hoch setzt du die Leihgebühr für eine Nacht an?«

»Auf drei Tageslöhne.«

»Du hörst, Mechthild, was du der Domina zu zahlen hast.«

Nun, dachte Annik, das war ein verhältnismäßig gnädiges Urteil. Schließlich hatte sie ein Schmuckstück unrechtmäßig an sich gebracht. Andererseits – sie hatte eine sehr menschliche Begründung angeführt, und es sprach für sie, dass ihr Freund für sie einstand. Berold hatte den Arm um Mechthilds Schulter gelegt und führte sie in die Reihen zurück.

Der nächste Fall allerdings entwickelte sich anders, und Annik selbst wurde mit hineingezogen.

Erwan war der Beschuldigte. Er hatte sich mit einem der römischen Vorarbeiter geprügelt und dem Mann die Nase gebrochen. Der Vorfall hatte sich vor Anniks Eintreffen auf dem Gut ereignet, doch den Vorarbeiter hatte sie bereits kennen gelernt. Rufus, nicht zu Unrecht so genannt, war rothaarig, leicht erregbar und stolz auf seine Männlichkeit. Er hatte Annik mit seiner Zudringlichkeit schon zweimal kräftig verärgert. Er hatte außerdem ein giftiges Mundwerk, und sie vermutete, dass er Erwan so weit gereizt hatte, dass es zu der Schlägerei gekommen war. Andererseits hatte Erwan dem Mann eine blutige Verletzung zugefügt, und die musste bestraft werden.

Erwan, der sich von seinem Gliederreißen noch nicht erholt hatte, hinkte mühsam in den Kreis. Er hielt sich mit seiner Rechtfertigung überraschend zurück, bekannte sich schuldig und akzeptierte mit hängendem Kopf die Strafe. Sie bestand aus einer Auspeitschung. Das war der Moment, an dem Anniks Rechtsempfinden merklich gestört wurde. Sie machte ein paar Schritte vorwärts und sah zu Valerius Corvus auf.

»Es mag Euch entgangen sein, Dominus, dass Erwan, mein Ofensetzer, ein alter, kranker Mann ist, den diese Strafe für viele Tage arbeitsunfähig machen wird. Ich bitte Euch, sie zu mildern oder in eine Geldstrafe umzuwandeln!«

Ein erstauntes Murmeln lief durch die Reihen.

»Töpferin Annik, wer hat dich zum Sprechen aufgefordert?«

»Mein Sinn für Gerechtigkeit, Dominus!«

»Ach? Ist der größer als der meine?«

»Anders, würde ich sagen. Denn ich bin auf die Hilfe dieses Mannes angewiesen, wenn ich die Waren herstellen soll, die in Eurem Haushalt benötigt werden.«

»Du wirst eben selbst etwas härter arbeiten müssen, Töpferin.«

»Ich arbeite hart genug, aber einen Ofenbrand kann man nicht alleine durchführen.«

»Charal, stell einen Arbeiter zu ihrer Hilfe ab!«

Annik begehrte auf.

»Damit ist es nicht getan, Dominus. Ich brauche versierte Hilfe. Abgesehen davon mache ich Euch noch einmal darauf aufmerksam, dass Erwan ein kranker Mann ist!«

»Er ist kräftig genug, Rufus die Nase zu brechen!«

»Jemandem die Nase zu brechen, verlangt keine besondere Kraft!«

»Darin scheinst du ja wohl ausreichend Erfahrung zu haben, Barbarin!«

»Wenn man mit Römern zusammenlebt, bleibt das nicht aus!«

Einige Zuhörer sogen entsetzt die Luft ein, andere versteckten ihre erheiterten Mienen hinter den Tunika-Ärmeln.

»Ruhe!«, donnerte Valerius Corvus. Dann fuhr er Annik an: »Willst du mein Urteil in Frage stellen, Töpferin?«

»Ja, Dominus. Ich lasse es nicht zu, dass Ihr meine Leute zu Krüppeln schlagt!«

Es herrschte eine atemlose Stille. Valerius war aufgestanden und fragte mit beherrschter, leiser Stimme, die jedoch mit jedem Satz lauter wurde: »Du lässt es nicht zu? Du sprichst von deinen Leuten? Woher nimmst du, beim Hades, die Frechheit, so mit mir zu sprechen? Noch ein Wort, und du erhältst die gleiche Strafe!«

»Ihr seid ein ...«

Eine raue Hand legte sich über Anniks Mund, und der Rest ihrer Rede wurde verschluckt. Ursa stand hinter ihr und zerrte sie in die Reihe zurück.

»Halt bloß den Mund, Annik. Der Alte wollte es nicht anders. Schau genau hin, wenn Charal die Peitsche schwingt.«

Es ließ sich nicht vermeiden, dem entwürdigenden Schauspiel zuzusehen. Erwan heulte und krümmte sich unter dem zischenden Riemen, dass es selbst die Hartherzigsten hätte erweichen müssen. Annik wollte sich zornschnaubend zu ihm durchdrängen, aber Ursa hielt sie in einem eisernen Griff.

»Schau genau hin, du verrücktes Huhn!«

Sie tat es, und da wurde ihr klar, dass sich ein empörendes Schauspiel vor ihren Augen abspielte. Charal war ein Meister mit der Peitsche. Sie traf mit unweigerlicher Präzision – daneben.

»Wusste er das?«

»Erwan? Ja, natürlich.«

»Und Rufus?«

»Er wird's Maul halten, versichere ich dir. Er hat damals den Streit angefangen!«

»Das dachte ich mir. Aber Valerius Corvus wird es auch merken.«

»Er verfolgt das nicht so genau, denke ich.«

»Und woher weißt du es?«

»Wir haben darüber gesprochen. Rufus ist ein schwieriger Mann und hatte die Abreibung damals mehr als verdient. Aber Erwan hätte darauf achten müssen, dass kein Blut fließt.«

»Er hätte vor allem mir sagen müssen, dass das hier zur Sprache kommt!«, fauchte Annik, und ihre Wut galt jetzt dem alten Tunichtgut, der sie in eine unmögliche Situation gebracht hatte.

Scheinbar halb benommen blieb Erwan auf dem Boden liegen, als Charal fertig war. Annik machte sich von Ursa los und stürmte zu ihm hin.

»Steh auf, du Idiot!«, zischte sie ihn an.

»Kann nicht!«, stöhnte der Alte und zwinkerte ihr zu.

»Lass die Faxen!«

Mit einem kräftigen Ruck am Arm zerrte sie ihn auf die Füße, drückte ihm seinen Stock in die Hand und befahl ihm mitzugehen.

»Stütz mich, Herrin. Nur ein Stück. Sonst glaubt's mir keiner!«

Das sah sie ein und legte sich seinen Arm um die Schulter, um ihn zu führen. Sie wankten langsam zur Töpferei, doch auf dem Weg dahin nahm Annik eine schöne, biegsame Weidenrute aus dem Bündel mit, das zum Korbmachen bereitstand. Und als sie außer Sichtweite der anderen waren, erhielt Erwan doch noch seine verdiente Strafe.

Praefect Aurelius Falco wurde Zeuge, wie Annik ihren jaulenden und plötzlich wieder sehr beweglichen Ofensetzer um die Werkstatt prügelte. Etwas verdutzt beobachtete er das Schauspiel und ritt dann kopfschüttelnd zum Stall, um dem Jungen dort sein Pferd zu übergeben.

Gratia erschien am nächsten Morgen wieder in der Töpferei, gerade rechtzeitig, um zuzusehen, wie Annik den Ofen befüllte. Erwan, auf wundersame Weise von seinem Gliederreißen kuriert, hackte das Brennholz vor dem Schuppen.

»Du hast gestern ganz schön für Wirbel gesorgt!«, kicherte Gratia und reichte Annik die Krüge an.

»Ja, und das tut mir auch Leid. Ich werde, wenn ich hier fertig bin, deinen Vater aufsuchen und mich entschuldigen.«

»Das brauchst du nicht. Ich glaube, er versteht das schon.«

»Wie sollte er? Nein, ich habe ihn beleidigt und seine Autorität öffentlich in Frage gestellt. Hinterher ist man klüger!«, sagte Annik mit einem wütenden Blick in Richtung Erwan.

»Ich denke, er versteht es trotzdem. Falco kam nämlich gestern, und er hat dich beobachtet.«

Gratia gab Annik eine höchst farbige Schilderung dessen, was sich im Herrenhaus abgespielt hatte. Valerius Corvus hatte Falco, als er ins Haus kam, angefahren, was er ihm da für ein unbotmäßiges Weib als Töpferin angedient habe.

»Annik? Was ist vorgefallen?«, hatte Falco verwundert gefragt.

»Sie hat mir einen Vortrag darüber gehalten, wie ich

meine Strafen zu verteilen habe. Hochfahrend und anmaßend. Ich hätte nicht das Recht, ihre Leute zu Krüppeln zu schlagen. Und das wegen dieses alten Nichtsnutzes von Erwan, der Rufus die Nase gebrochen hat. Wer ist diese verdammte Barbarin, Falco?«

Der Praefect hatte die Schultern gezuckt und gemeint: »Eine Gallierin – die sind manchmal etwas aufbrausend. Aber ich hatte bisher keinen schlechten Eindruck von ihr. Sie hat sich auf der Reise ausgezeichnet um die Frauen gekümmert, und sogar die Männer sind ihr alle mit einem gewissen Respekt begegnet. Sie ist ziemlich geradeheraus, das stimmt schon. Ihr ist eine Art natürlicher Autorität eigen. Wäre sie ein Mann, hätte ich sie gerne als Offizier in meiner Truppe. Könnte es sein, dass du sie irgendwie gereizt hast, Corvus?«

Valerius Corvus hatte eines seiner seltenen, grimmigen Lächeln gezeigt.

»Ich beleidigte ihr Rechtsempfinden, da ich den alten Strolch von Erwan wegen seiner Schlägerei mit Rufus auspeitschen lassen wollte. Ich weiß, Rufus hat den Händel herausgefordert, aber Erwan ist zu weit gegangen. Trotzdem, ich bin mir sicher, Charal hat nicht sehr hart zugeschlagen. Aber ungestraft konnte ich den Vorfall nicht lassen.«

»Nein, das konntest du nicht. Und Charal hat mit Gewissheit nicht hart zugeschlagen, denn als ich eben an der Töpferei vorbeikam, konnte Erwan sich sehr flink bewegen. Er lief vor Annik davon, die ihm mit einer Weidenrute das Fell gerbte.«

»Ihm was?«

»Ihr Sinn für Gerechtigkeit, nehme ich an«, sagte Falco trocken, und Valerius Corvus brach in schallendes Gelächter aus. Als er sich beruhigt hatte, fragte er noch einmal: »Wer ist sie, Falco?«

»Na ja – sie ist mit einem der Auxiliaren liiert, der sich hervorragend mit Pferden auskennt. Martius, den ich zum Kurierreiter gemacht habe. Mit ihm ist sie hergekommen. Dort, im Norden Galliens, lebte sie alleine auf einer kleinen Insel im Meer und arbeitete tagsüber bei einem der Töpfer im Dorf. Auch sie hat eine gute Hand für Pferde, spricht unsere Sprache fließend und versteht ein bisschen etwas von der Heilkunde, wie mir scheint. Aber mehr weiß ich nicht von ihr. Sie scheint keine Familie zu haben, aber das ist nur Vermutung.«

»Eine Art Priesterin?«

»Keine Ahnung, Corvus. Ich habe sie nicht gefragt. Mich hat lediglich ihr Verhalten auf dem Marsch hierher interessiert, und das war untadelig. In der Canabae war sie fehl am Platz. Darum habe ich sie dir empfohlen. Schick sie weg, wenn sie dir nicht gefällt.«

»›Abwarten!‹, hat Vater geantwortet«, sagte Gratia und reichte Annik den von ihr gedrehten Becher mit der Geste einer Hohepriesterin. »Sei vorsichtig damit. Er ist hübsch geworden, nicht? Ich glaube nicht, dass er dir noch böse ist.«

»Der Becher oder dein Vater?«

»Äh! Vater! Er mag keine Duckmäuser. Und ich habe ihm abends zusätzlich gesagt, dass du zu mir ziemlich nett bist.«

»Oh, danke.«

»Bist du eine Priesterin? So was wie die Vestalinnen?«

»Ich bin keine Priesterin, Gratia. Ich bin Töpferin.«

»Sonst nichts?«

»Sonst nichts.«

»Und warum hast du alleine auf einer Insel gelebt?«

»Weil da mein Haus stand.«

»Ja, aber warum hast du nicht bei deiner Familie gewohnt?«

»Ich habe keine Familie.«

»Was … oh, ich merke schon, du willst darüber nichts sagen.«

»Stimmt, Gratia. Ich möchte darüber nichts sagen. Ich möchte jetzt hier leben und, wenn möglich, einigermaßen brauchbares Tongeschirr anfertigen.«

Der nächste Besucher kam, als der Ofen am Nachmittag schon brannte und keine dauernde Beaufsichtigung mehr brauchte. Erwan war zumindest darin verlässlich, er schürte das Feuer mit jahrelang erworbener Routine. Cullen, der Barde, nickte ihm kurz zu und trat dann in die Werkstatt, wo Annik eine neue Lieferung Ton in einem Bottich mit den bloßen Füßen stampfte.

»Oh, du bist es. Mit deinem Besuch habe ich schon gar nicht mehr gerechnet!«, empfing Annik ihn.

»Ich wollte früher kommen, aber manche Umstände … Nun, ich bin hier. Soll ich dir ein Lied zu deinem hübschen Tanz singen?«

»Bloß nicht. Deine Lieder schaffen nicht nur Freunde, und ich habe mich gestern gerade selbst unbeliebt gemacht.«

»Das flüsterten mir die Wälder zu!«

»Ach, so schnell geht das hier?«

»Manches schon. Auch, dass du den Matronenstein gefunden hast.«

Annik kam aus dem Bottich und säuberte sich die Füße.

»Ja, ich habe ihn gefunden. Ist es eines eurer Heiligtümer? Ich hoffe, ich habe nichts getan, um ihn zu entweihen.«

»Aber nein. Ich nehme an, die Äpfel waren von dir?«

»Ja.«

»Eine angemessene Gabe.«

»Wer sind sie?«

»Die Mütter. Sie waren unserem Stamm heilig. Die Römer haben die Menschen vernichtet, nicht aber die Götter. Und nun beten sie selbst zu ihnen. So läuft die Geschichte immer.«

»Gratia, sie ist Valerius Corvus' Tochter, hat mir …«

»Ich weiß, wer Gratia ist.«

»Aha. Nun, sie erzählte mir, dass man deine Vorfahren vertrieben hat.«

»Vertrieben?« Bitter spuckte Cullen das Wort aus. »Niedergemacht, wie Tiere abgeschlachtet, das Dorf verbrannt, dem Erdboden gleich gemacht.«

»Wann war das?«

»Als Iulius Caesar dieses Land eroberte. Vor mehr als vier Generationen. Aber die wenigen, die es überlebt haben, vergessen es nicht. Einige haben es damals geschafft, in die Wälder zu fliehen. Andere waren auf Reisen. Wie meine Familie. Sie kehrten zurück und fanden – nichts. Sogar die Asche war aufgekehrt. Ordentlich sind sie, die Römer. Diejenigen, die zurückkamen, fanden nach und nach die Überlebenden. Der Wald hat es schon immer gut mit uns gemeint. Er bot sich uns als Versteck an. Von dort haben wir beobachten können, wie sich auf dem Gebiet, wo zuvor unser Dorf stand, sich unsere Weiden und Felder befanden, die Germanen von der anderen Seite des Flusses niederließen. Die Römer haben es ihnen vorgeschlagen. Es sind keine schlechten Leute, die Ubier, arbeitsam und ehrlich. Sie bauten ihr eigenes Dorf auf, bewirtschafteten wieder die Felder, züchteten ihre Rinder, Schafe und Schweine und ließen uns unbehelligt. Die nachfolgende Generation meines Volkes wagte sich wieder aus dem Inneren der Wälder hervor. Manche verbanden sich mit den Germanen. Nie aber mit den Römern.«

»Auch unser Land haben sie besetzt, sie haben die Veneter besiegt, und so mancher Hass mag noch da und dort schwelen. Aber seit ich denken kann, haben wir in friedlicher Nachbarschaft mit ihnen gelebt.«

»Wir nicht. Vor ungefähr dreißig Jahren haben wir uns dem Aufstand der Bataver angeschlossen.« Cullen breitete die Hände aus. »Er wurde niedergeschlagen.«

Annik nickte. Es war eine traurige Wirklichkeit, dass die römischen Legionäre, gedrillt und mit strenger Disziplin geführt, letztendlich regelmäßig selbst den mutigsten Angreifern überlegen waren.

»Dein Hausherr erhielt seine Narben in jenem Kampf.«

»Ja, er sagte etwas davon, dass Barbaren wie meinesgleichen dafür verantwortlich waren.«

»Ein bitterer Geselle, nicht wahr?«

»Möglich.« Annik hatte sich zwar inzwischen einige Gedanken zu Valerius Corvus gemacht, aber sie war noch nicht so weit, sie mit jemand zu teilen. »Erzähl mir lieber von den Stammesmüttern, den Matronen, Cullen«, lenkte sie das Gespräch auf das vorherige Thema. »Ich habe meine Götter verlassen, und eventuell finde ich sie in den Matronen wieder.«

Cullen, der junge Barde mit den freundlichen braunen Augen, lächelte sie herausfordernd an und meinte: »Lass uns in die Wälder gehen, schöne Annik, dann werde ich dir von ihnen singen.«

»O nein, mein Lieber. Ich kann weder den Ofen noch Erwan alleine lassen. Es ist besser, du erzählst deine Geschichten hier. Wenn du magst, können wir uns auf die Bank vor dem Haus setzen – oder wir bleiben hier in der Werkstatt.«

»Hast du Angst, dass dein Martius davon erfährt, wenn wir uns unter den Bäumen treffen?«

»Da alle Bäume hier Ohren haben und alle Blätter wie Zungen plappern, ist das wohl nur zu wahrscheinlich.«

Cullen lachte leise und setzte sich auf einen Hocker an der Wand.

»Dann bleiben wir halt hier, wenn du glaubst, dass die Wände taubere Ohren und die Leute hier weniger wendige Zungen haben.«

»Sie werden wissen, was du mir erzählst. Also, Barde!«

Er erzählte ihr die alten Geschichten, er berichtete über die Wege der Götter und Helden, die Tore zur Anderwelt und die heiligen Stätten und religiösen Riten. Annik lauschte ihm bis fast in den Abend hinein und fand viele gemeinsame Wurzeln.

»Danke, Cullen. Du hast mir viel gegeben.«

»Wenig erst, aber wenn du willst, komme ich wieder.«

Annik sah den jungen Barden an, dessen Gesicht im schwindenden Licht leuchtete. Es war wohl nicht nur der Wunsch, ihr von den Liedern seines Volkes zu berichten. Er mochte ein wenig verliebt in sie sein. Aber das störte sie nicht, wenngleich sie seine Gefühle nicht erwiderte.

»Ja, komm wieder, Cullen. Mag sein, dass ich nicht so viel Zeit habe wie heute. Aber das, was du mir berichtet hast, hat mir Stoff zum Nachdenken gegeben. Wahrscheinlich habe ich bald viele Fragen an dich.«

»Dann will ich mich bemühen, sie zu beantworten. Und jetzt beantworte du mir eine Frage: Wie fühlst du dich hier in diesem Haus?«

»Ich bin es zufrieden. Es ist um vieles besser als in der Vorstadt.«

»Und die Leute hier? Verträgst du dich mit ihnen?«

»Nicht mit jedem, das wäre auch ungewöhnlich. Aber ich habe das Glück, dass die Domina mir wohlgesonnen ist, das Mädchen mag mich, und Ursa, die Haushälterin, lässt es sich sogar nicht nehmen, mich manchmal ein wenig zu bemuttern.«

»Triffst du den Praefecten Falco hin und wieder?«

»Warum fragst du?«

»Nun ja, ihr seid einen langen Weg gemeinsam gereist, und ich hatte den Eindruck, dass er sich um dich besonders kümmert!«

Annik vermied es, ihr leises Amüsement zu zeigen. Hörte sie einen Hauch Eifersucht aus Cullens Worten?

»Praefect Falco gibt sich nicht mit einer Barbarin wie mir ab. Er wollte Martius und die Pferde, ich bin eine mehr oder weniger lästige Draufgabe gewesen, die er jetzt passend versorgt hat.«

»Und Martius?«

»Hat recht wenig Zeit. Obwohl er seit neuestem als Kurier eingesetzt ist. Ab und zu kommt er auf einen Sprung vorbei.«

»Gib mir Bescheid, wenn er wieder hier ist, Annik. Ich möchte mich bei ihm bedanken für das, was er letzthin getan hat.«

»Wie soll ich dir Bescheid geben? Ich kann nicht ins Dorf rennen, wenn ich ihn sehe.«

»Nein, aber Erwan zum Beispiel weiß, wo ich zu finden bin. Auch wenn du mich brauchen solltest, Annik, kann er oder auch Ilan, der Stallbursche, mir Nachricht geben.«

»Auch einer deines Stammes?«

Cullen grinste zustimmend.

»Wir sind wenige, aber wir halten zusammen. Aber nun will ich gehen.«

Er verbeugte sich mit sanfter Anmut, verließ die Werkstatt und verschwand in der Dämmerung.

14. Kapitel

Ausstellung

»Schaut euch das an!«, sagte ich und legte den Stapel Blätter auf den Tisch. »Ich habe das alles mal ausgedruckt, was wir uns bisher erzählt haben.«

»Das ist ja ein halbes Buch!«, staunte Cilly. »Kein Wunder, wenn ich Hornhaut an den Fingerspitzen kriege!«

Ich lachte über ihren übertrieben besorgten Ausdruck, mit dem sie ihre grellgrün lackierten Nägel betrachtete. Und Rose drohte: »Deine Finger werden zu Stummeln abgenutzt sein, bis wir fertig sind. Denn bisher haben wir ja erst die Personen kennen gelernt. Die eigentliche Handlung kommt erst noch. Nicht wahr, Anita?«

Sie hatte Recht. Seit wir die vergangenen fünf Wochenenden damit verbracht hatten, Julians Geschichten niederzuschreiben, waren mir zunehmend weitere Szenen eingefallen, und Rose war es offensichtlich genauso gegangen.

Doch wir hatten in den letzten Wochen nicht nur in der Vergangenheit geschwelgt, sondern Rose und ich hatten zusätzlich fleißig gearbeitet. Ich hatte ein paar Fäden gezogen und mit einer ganzen Reihe Leuten über ihre Arbeiten gesprochen. Entstanden war eine erstaunliche Liste von Möglichkeiten. Sie reichte von einer professionellen Ausstellung mit festlicher Vernissage im Glasmuseum über eine Dauerausstellung in einer Kurklinik bis zur Präsentation auf einem Künstlermarkt. Ich hätte ja am liebsten das Glasmuseum für sie gewählt, aber Rose war sich nicht klar darüber, ob sie diesen Ansprüchen genügte. Die Dauerausstellung fand ich zu unpersönlich, und nach einigem Zaudern stimmte sie mir zu, dass sie sich mit ihren Kunstwerken auch selbst darstellen musste. Also würden wir ihr Debüt an dem ersten Dezember-Wochenende auf einem hochkarätigen Künstlermarkt haben. Nicht etwa einem, auf dem Hobbybastler ihre Trockenblumengestecke und bemalten Christbaumkugeln anboten, sondern auf dem ausgezeichnete Maler, Bildhauer, Schmuckdesigner und andere begabte Kunsthandwerker ihre Produkte ausstellten. Die Veranstalterin dieses Marktes hatte einen fabelhaften Ruf in der Region und wurde von der Presse geliebt. Die Künstler aus dem Umkreis hingegen rissen sich um die Möglichkeit, bei dieser Veranstaltung ausstellen zu dürfen. Glasarbeiten waren bisher noch nicht vertreten gewesen, und so hatte Rose auf mein Bestreben hin eine Einladung erhalten.

Beladen mit sorgfältig gepackten Kisten voller Glaswaren, Mengen von schwarzem Samt, Dutzenden von kleinen Strahlern, Kabeln, Steckern und allem möglichen Kleinkram machten wir uns am nächsten Tag, dem Freitag, auf den Weg zum historischen Rathaus, in dessen Räumlichkeiten die Ausstellung stattfinden sollte. Cilly war natürlich dabei und auch Roses Mutter, Sophia van Cleve, begleitete uns. Ich mochte Sophia, sie war eine herzerfrischende Frau, zupackend und geradlinig. Manchmal allerdings schien es mir, überrollte sie Rose etwas mit ihrem Pragmatismus. Vor allem, wenn meine Schwester die Dinge auf ihre manchmal feinsinnigere Art zu regeln gedachte.

Auf jeden Fall hatten wir am Ende des Tages eine ansprechend gestaltete Ecke in einem kleinen Saal mit hohen Fenstern und Stuckdecken, den wir mit einem Holzschnitzer und einer Frau teilten, die exquisite Patchwork-Arbeiten ausstellte.

»Die Rosen bringe ich euch morgen früh mit, Anita. Achte darauf, dass sie sofort ins Wasser kommen.«

»Natürlich, Sophia.«

»Und du, Rose, vergiss um Himmels willen deine Visitenkarten nicht.«

»Nein, Mama!«

»Und nimm dir etwas zu trinken mit!«

»Ja, Mama!«

»Und, Sophia – vergiss du nicht, dass du es mit einer erwachsenen Künstlerin zu tun hast!«, konnte ich mich nicht bremsen zu sagen.

Sophia sah mich verdutzt an und schüttelte den Kopf.

»Hab ich das Muttertier mal wieder raushängen lassen?«

»Ziemlich weit, Mama!«, kicherte Rose.

Sophia grinste, schnappte sich ihre Autoschlüssel, gab Rose und mir einen schnellen Kuss und verschwand.

Meine Schwester kicherte noch immer und meinte dann: »Und du hast sozusagen die Annik rausgekehrt!«

»Auweia, ja. Ich fürchte, da hat Julian eine treffliche Charakterstudie hinterlassen. Ich mische mich manchmal wirklich zu unpassender Zeit ein.«

»Stimmt. Je mehr ich dich kennen lerne, meine Schwester, desto mehr Parallelen finde ich bei dir. Mach dir aber nichts draus, meine Mutter hat das schon richtig verstanden!«

»Ja, Sophia ist in Ordnung. Dein Verhältnis zu ihr ist um Klassen besser als meins zu Uschi.«

»Tja, es gibt Mütter und Mütter.«

»Seltsam – Ursa ist der Ursprung des Namens Ursula. Und Uschi ist die Kurzform davon. Aber sie kann er wohl nicht gemeint haben, so eine Bärenmutter ist Uschi wahrhaftig nicht. Sie kann manchmal sogar eine richtige Giftspritze sein, wenn sie ihre Launen hat.«

»Anita – nicht nur du hast eine Mutter, deren Name auf Ursa zurückzuführen ist. Sophia hieß vor ihrer Ehe mit meinem Stiefvater Orsini mit Nachnamen, was verwandt mit diesem Wortstamm ist.«

Ich schüttelte den Kopf.

»Er hat uns ganz schön was zum Nachdenken gegeben. Aber nicht mehr heute. Ich bin geschafft von dieser Aufbauerei!«

»Ich auch!«, gähnte Rose.

Rose war aufgeregt, als am nächsten Tag die Ausstellung eröffnet wurde. Ich fand es eigentlich unnötig, dass sie sich so sehr darum sorgte, ob ihre Werke Anklang fanden. Schlichte Vasen mit einzelnen weißen Rosen, herrlich facettierte Windlichter, einige Schalen mit eingeschliffenen Mustern und vier größere abstrakte Skulpturen – alles in klarem, transparentem Glas – schimmerten auf dem schwarzen Samt unter dem Licht der Strahler wie Edelsteine.

Die Reaktion der Besucher gab mir Recht. Die meisten waren hingerissen, und nach zwei Stunden klebten bereits eine Menge der roten Aufkleberchen an den Stücken, die sie als verkauft kennzeichneten. Und Roses Visitenkarten gingen zur Neige.

»Rose, wenn du mit Cilly hier eine knappe Stunde alleine klarkommst, fahre ich rasch nach Hause und drucke dir noch einen Stapel Karten aus.«

»Das wäre super. Wir schaffen das hier schon.«

Ich brauchte keine halbe Stunde, um diese Aufgabe zu erledigen, doch als ich aus meiner Wohnung zum Auto ging, wurde mir plötzlich ein Arm um die Hüften gelegt. Ich zuckte zusammen und wollte mich mit einer schnellen Drehung losmachen, aber der andere Arm legte sich jetzt von hinten um meine Schultern.

»Erschrick nicht, schöne Anita. Ich bin es, der unvermeidliche Marc!«

»Du bist sehr knapp davon gekommen, mein Lieber. Ich habe meine Lektionen in Selbstverteidigung recht gut gelernt.«

»Dann sollten wir mal gemeinsam auf die Matte gehen. Ich raufe gerne mit Mädchen!«

Er ließ mich aber los, und ich drehte mich zu ihm um. Er sah hinreißend aus.

»Verrat mal, wo du warst. Es muss ein sonniger Auftrag gewesen sein.«

»In Rom, Schätzchen, dem Nabel der Welt.«

»Hast du den Papst beim Duschen fotografiert?«

»Da bringst du mich auf eine Idee. Ob er dafür Weihwasser verwendet?«

»Viel mehr interessiert mich eigentlich, wieso du mir hier auflauerst. Ich kann mich nicht erinnern, dir meine neue Adresse gegeben zu haben.«

»Nein, du nicht. Aber ich bin gut im Recherchieren. Wie du doch weißt. Übrigens wolltest du mich angerufen haben und sie mir mitteilen.«

»Ich habe dich zwei-, dreimal angerufen, aber es hat sich niemand gemeldet.«

»Wie schrecklich für dich. Hast du mich sehr vermisst?«

»Ungefähr so wie die Pocken!«

»Wie ausnehmend charmant du bist. Was hast du gerade vor?«

»Meiner… äh… Freundin Rose Visitenkarten bringen.« Verflixt, beinahe hätte ich mich verplappert. Marc würde aus der Tatsache, dass wir Schwestern waren, ein nicht unbeträchtliches Kapital schlagen. Allerdings fiel mir in diesem Zusammenhang ein, dass er uns trotzdem ungemein nützlich sein konnte.

»Darf ich dich zu deiner – äh – Freundin begleiten?«

Er hatte sogar die kleine Verzögerung bemerkt, wie lästig.

»Nur und ausschließlich unter bestimmten Bedingungen.«

»Unter welchen? Ist mein körperlicher Einsatz gefordert?«

»Du denkst nur an das eine!«

»Du nicht?«

»Ich frage mich, ob du wohl auch etwas anderes als explodierende Flugzeuge, vollgedröhnte Mitglieder renommierter Königshäuser, aktive Vulkane oder sinkende Öltanker fotografieren kannst.«

»Ich mache sehr einfühlsame Aktaufnahmen!«

»Ja, das habe ich mir gedacht. Aber wie steht es mit unbelebten Objekten?«

»Ich fotografiere nötigenfalls auch Streichholzschachteln oder Schnürsenkel, aber viel Spaß macht das nicht.«

»Ein bisschen hübscher ist es schon, und ein lebendes Objekt ist zusätzlich dabei.«

»Du?«

»Nein, Rose!«

»Ah – ›eine Rose ist eine Rose ist eine Rose …‹«

»Ein Hauch von Bildung, Marc?«

»Tiefgründige Bildung, aber wahrscheinlich auf anderen Gebieten als deine. Ich bin zu allen Abenteuern bereit.«

»Dann folge mir!«

»Zu gerne, Schätzchen!«

»Und spar dir das Schätzchen!«

Er grinste frech und ging zu seinem Wagen. Ich fuhr voran und telefonierte dabei mit Rose, um sie vorzuwarnen.

»Und lass auch Cilly schwören, dass ihr das Wort Schwester nicht über die Lippe kommt!«

»Mach ich. Und wenn du dich beeilst, wirst du hier noch einen interessanten Menschen kennen lernen!«

»Ich bemühe mich, aber mir scheint, hier sind alle Ampeln rot, und jeder Trottel sucht einen Parkplatz. Halte ihn fest, wenn du kannst.«

Es war wirklich extrem ätzend. Die Ausstellung war so gut besucht, dass ich zwei Seitenstraßen weiter erst eine Lücke fand. Marc hingegen war dreister. Er stellte sich ins Halteverbot und legte eine Marke mit dem Hinweis »Presse« auf das Armaturenbrett.

»O nein, Anita, das verlangst du nicht von mir!«, sagte er, als wir zum Eingang gingen. »Selbst bei meiner großen Liebe zu dir – handgeknüpfte Adventskränze und Mutters selbstgebackene Batikschürzen fotografiere ich nicht!«

»Du wirst erstaunt sein, was die Hausfrauen alles zwischen Bügelbrett und Kinderwagen zu produzieren in der Lage sind!«

»Nein, Anita. Ich habe einen Ruf zu wahren!«

»Quatsch. Denk dir einfach, es sind die Resultate häuslicher Katastrophen, dann bist du doch wieder in deinem Element.«

Unnachgiebig schob ich ihn in den Eingang.

»Herrgott, bist du hartnäckig!«

Er blieb stehen und sah sich um, das gebräunte Gesicht voller Widerwillen. Aber urplötzlich schmolz der dahin.

»Schätzchen, du hast mich angeschummelt!«

Ich grinste ihn an.

»Das sind keine Hausfrauen, was?«

Er begutachtete die großformatigen Kalligraphien, die einer der Künstler an der Wand dekoriert hatte.

»Fantastisch! Mit dem Mann muss ich reden!«

»Später. Erst die Arbeit, dann das Vergnügen!«

»Arbeit? Das bringt es auf den Punkt. Sag mal, was zahlst du mir eigentlich?«

»Nix. Das tust du alles aus Liebe zu mir!«

»Heute Abend?«

»Was – heute Abend?«

»Liebe mit mir!«

»Heute Abend werde ich ein ausgewrungenes Tuch sein und wortlos in mein Bett fallen. Alleine. So eine Ausstellung geht nämlich in die Knochen! So, da ist es. Der Stand mit der weißen Rose – Rose Wita.«

Marc blieb stehen, und wieder veränderte sich sein Gesichtsausdruck abrupt. Und ich fragte mich, ob es wegen der gläsernen Kunstwerke war oder ob das die zerbrechliche Schönheit meiner weiß gekleideten, goldhaarigen Schwester bewirkte.

»Halleluja. Eine Schönheit in Eis!« Er drehte sich zu mir um. »Deine – äh – Freundin Rose?«

»Rose, die Glaskünstlerin. Bilder von den Objekten, Marc. Nicht nur von ihr!«

Cilly sah uns kommen, und ihre Augen blitzten verräterisch. Ich wusste, was sie dachte und welche Vergleiche sie anstellte. So hatte sie sich Martius vorgestellt. Ehrlich gesagt – ich auch. Und Rose?

Rose sah begeistert aus und leckte sich sozusagen die Lippen. Nun ja.

Es lief nicht schlecht. Marc fotografierte tatsächlich mit Hingabe die Glasobjekte und flirtete wie der Teufel mit Rose und sogar mit Cilly. Ich war aus seinem Bewusstsein gelöscht. Aber vermutlich zeichnete gerade das seine konzentrierte Professionalität aus, die zu erstaunlichen Ergebnissen führte. Ich hatte nämlich inzwischen unter anderem einen Bildband von ihm gefunden, der doch tatsächlich Landschaftsaufnahmen zeigte. Er hatte mich beeindruckt. Marc hatte die Seele eines

Abenteurers, der für ein gutes Bild letztlich bereit war, sein Leben zu geben.

Er würde auch als Liebhaber so sein – für eine Weile unendlich faszinierend. Aber nicht zu halten, wenn neue Abenteuer lockten. Unwillkürlich fragte ich mich, ob es in seinem Leben eine Annik gegeben hatte. Eine Frau, die ihn aus einer Krise heraus eine Zeit lang an sich gebunden hatte und der seine Freundschaft und Verehrung galt. Es war schon fast so etwas wie eine Herausforderung, das zu erforschen.

Als er mit den Aufnahmen fertig war, blieb er hartnäckig an Roses Stand. Jetzt war ich für ihn auch wieder sichtbar, und er versuchte noch einmal, eine Verabredung mit mir zu treffen.

»Sorry, Marc, nicht heute, nicht morgen und nicht nächste Woche. Danach, einverstanden?«

»Ich bin noch bis Mittwoch hier, dann erst wieder in zwei Wochen.«

»Dann in zwei Wochen. Du weißt ja inzwischen, wie du mich erreichst!«

»Nun, dann leb wohl, schöne Anita. Mehr ist hier wohl nicht drin!«, meinte er dann spöttisch grinsend und beugte sich formvollendet über meine Hand, die er zum Kuss an seine Lippen ziehen wollte. Doch er hielt inne und starrte auf den Siegelring.

Mir wurde kalt.

»Was ist?«, fragte ich.

»Es … Mmh, komisch. Weißt du, was ein Déjà-vu-Erlebnis ist?«

»Ja.«

»Dieses Pferdchen – ich habe es schon einmal gesehen!«

»Nicht an mir. Es ist ein Erbstück, das ich erst vor kurzem erhalten habe.«

Er küsste mir nun doch die Hand und lachte mich wieder an.

»Ich werde alt, solch ein Spinnkram liegt mir eigentlich gar nicht. Ich melde mich, wenn ich wieder zurück bin. Ciao, ihr Schönen!«

»Der bricht über einen herein wie ein Naturereignis!«, stellte Rose fest, als er außer Hörweite war.

»Ja, man braucht Nerven wie Drahtseile bei ihm. Gibst du ihm den kleinen Finger, ist der Arm bis zum Schultergelenk weg!«

»Was wird er mit den Fotos anstellen?«

»Keine Ahnung. Wenn er uns wirklich gefallen möchte, dann schiebt er sie der Lokalpresse unter. Wenn nicht, bekommst du vermutlich die Abzüge und kannst eine wunderbare Präsentationsmappe daraus machen.«

»Sag mal, was ist eigentlich mit Cilly los? Die ist ja so ungewöhnlich schweigsam!«

Ich betrachtete das Mädchen, das mit verträumtem Blick zum Ausgang starrte.

O nein, Amors Pfeil hatte sein Opfer gefunden!

»Cilly! Aufwachen! Der ist nichts für dich!«

»Doch, Anita. Der isses!«

»Vergisses!«

»Nein. Nie!«, sagte sie mit großem Ernst und tiefer Inbrunst.

»Er ist doppelt so alt wie du!«

»Na und?«

»Okay, wir sprechen später darüber.«

Besucher kamen und gingen, wir redeten und redeten, verkauften, erklärten, verteilten Kärtchen, verschenkten weiße Rosen, bis gegen Abend der Andrang nachließ. Erschöpft räumten wir auf. Morgen war noch so ein Tag, womöglich noch ein anstrengenderer. Aber die

Zwischenbilanz war hervorragend. Als wir in Roses Wohnzimmer saßen und total kraftlos auf den Pizzaservice warteten, seufzte sie tief zufrieden: »Ich glaube, ich kann es doch!«

»Ja, du kannst es. Die nächste Ausstellung ist nur für dich!«

»Aber nicht mehr dieses Jahr.«

»Nein, das wird zu knapp.«

»Und außerdem brauchen wir die Wochenenden, um an der römischen Geschichte weiterzuarbeiten«, betonte Cilly, die in dem Ausdruck gelesen hatte. »Ich will mehr von Martius hören!«

»Sollst du, Kind, sollst du!«

15. Kapitel

Leben auf dem Gut

Ein Winter war vorübergegangen und hatte dem zarten Grün des Frühlings Platz gemacht. Annik hatte sich von dem Land verzaubern lassen, die Wiesen von blauen Sternhyazinthen, die violetten Veilchen, die seidenblättrigen Buschwindröschen, die sich in weißen Flächen unter den lichten Buchen ausbreiteten, die duftenden Maiglöckchen und die schäumenden Weißdornhecken hatten sie sehr für den Wald eingenommen. Sie war viel darin umhergestreift und hatte die verborgenen Wege, die heimeligen Lichtungen, stillen Seen und süßen Quellen entdeckt. Im frühen Sommer stand sie staunend vor den prächtigen gelben Schwertlilien, die die schmalen Wasserläufe säumten, trug rosa und weiße Heckenrosen in ihre Hütte, um sich an ihrem Duft zu erfreuen. Später hatte sie von Ursa vieles über die Wirkung der Beeren und Kräuter gelernt, die an den Rainen und Hecken wuchsen. Manche waren ihr bekannt, andere vollkommen neu. Ursa war geschickt in der Zubereitung von Salben und Tinkturen, nicht alle ihre Geheimnisse gab sie jedoch preis.

Im Großen und Ganzen fühlte Annik sich wohl auf dem Gut. Valerius Corvus war den überwiegenden Teil der Zeit in der Colonia, und sie wusste inzwischen, dass er dort das Amt eines Stadtrates einnahm. Rosina hingegen hatte sich mehr und mehr mit ihr angefreundet, und als der Sommer Einzug hielt, hatte sie begonnen, Annik an manchen Abenden in die Villa einzuladen, um dort mit ihr und Gratia zu essen und sich zu unterhalten. Das hatte bei ein paar der weniger bevorzugten Mitglieder des Haushaltes einige schiefe Blicke ausgelöst, aber nachdem es zur Gewohnheit geworden war, verstummten die spitzen Bemerkungen und Nörgeleien.

Es kam nicht von ungefähr, dass sich diese Freundschaft vertieft hatte. Ein Vorfall, von dem nur ganz wenige wussten, war der ausschlaggebende Anlass dazu.

Es war ein nebliger Frühsommerabend gewesen, als Gratia, etwas beunruhigt nach der Cena, dem abendlichen Mahl, zu Annik in ihre Hütte kam, wo diese am Saum einer groben Tunika stichelte.

»Rosina ist nicht zum Essen gekommen«, sagte sie ohne Begrüßung. »Hast du sie gesehen?«

»Sie wird in ihrer Werkstatt sein, Gratia.«

»Eben nicht.«

»Nicht? Und du bist ganz sicher, dass sie nicht im Haus ist?«

»Ganz sicher. Ich habe überall nachgeschaut. Sogar in den Vorratskellern. Der Pförtner hat sie aber nicht weggehen sehen.«

»Hast du Ursa gefragt?«

»Ursa ist nicht da. Sie ist gestern zu ihrer Familie gerufen worden. Jemand liegt im Sterben.«

»Was ist mit Mechthild, ihrer Dienerin?«

»Hat sich heute Nachmittag zu Berold hinausgeschlichen!«

»Weiß Charal etwas?«

»Ich habe ihn nicht gefragt. Ich denke, es muss nicht jeder wissen, dass sie fort ist.«

Annik nickte zustimmend und fragte: »Wann hast du sie denn zum letzten Mal gesehen?«

»So um die Mittagsstunde herum. Sie kam aus dem

Badehaus, in ihrer roten Stola. Richtig hübsch zurechtgemacht. Darum denke ich, sie ist nicht in die Werkstatt gegangen. Aber wir haben auch keinen Besuch bekommen. Also irgendwas stimmt da nicht.«

Fragen standen in den aufgerissenen Augen des Mädchens, und Annik las darin ihre eigenen Gedanken. Hatte Ulpia Rosina einen heimlichen Liebhaber? Möglich war es. Kurz ging sie alle ihr bekannten Männer durch. Von den Bewohnern des Gutes kam wohl niemand in Frage, Arbeiter, Knechte, Handwerker, Bauern... das war nicht Rosinas Stil. Aber wer wusste schon um die verborgenen Wege der Liebe und der Leidenschaft? Andererseits – einige Male hatte sie Aurelius Falco in freundlichem Gespräch mit der Domina angetroffen. Vor ihm hatte sie weitaus weniger Scheu als vor ihrem eigenen Gatten. Und auch Falcos strenges Gesicht war ihr bei diesen Begegnungen weicher erschienen als sonst. Möglich wäre es! Wenn sie sich mit ihm getroffen hätte, dann sicher nicht in der Villa.

»Ich werde nach ihr suchen, Gratia. Geh ins Haus zurück.«

»Nein, ich komme mit. Du kannst nicht alleine gehen. Es wird bald dunkel.«

»Gerade deswegen. Ich will nicht, dass du auch noch verloren gehst.«

»Wo willst du sie denn suchen?«

»Im Wald, denke ich!«

»Nein!«

Ein Ausruf des Entsetzens kam von Gratias Lippen.

»Doch, Gratia. Ich kenne mich inzwischen dort recht gut aus. Es ist nicht so unheimlich, wie du glaubst. Nun lauf! Wenn ich morgen früh nicht mit ihr zurück bin, sag Charal Bescheid und bitte Erwan, dass er den Barden Cullen benachrichtigt. Aber ich denke, dass ich sie finde.«

Widerwillig gehorchte das Mädchen, und Annik zog sich eine weitere wollene Tunika über, schnürte ihre festen Schuhe und legte sich eine Palla über Kopf und Schultern. Sie verließ das Grundstück jedoch nicht durch das Haupttor, sondern durch die nördliche Pforte, die gewöhnlich dazu diente, die Tiere auf die dahinter liegenden Weiden zu treiben. Sie ließ das Tor unversperrt und hoffte, dass Charal es nicht bemerkte.

Ein holpriger Weg durchschnitt die mit wilden Apfelbäumen bestandenen Wiesen. Dunst hatte sich in den Senken gesammelt, und hinter den Wipfeln des Waldes war die Sonne bereits untergegangen. Doch der Himmel war noch von hellem, blassem Blau, und ein weißer Vollmond stand hoch im Zenit. Es würde eine kühle Nacht werden. Von den Regenfällen der letzten Tage war der Boden aufgeweicht, und es fanden sich in der Tat Hufspuren vor dem Tor. Pferdehufe waren es, nicht die der Rinder. Ein Reiter hatte sich hier aufgehalten, genagelte Stiefelspuren zeigten ihr, dass er abgestiegen war. Aber ob Rosinas zierlichere Fußspuren in dem schlammigen Boden ebenfalls Abdrücke hinterlassen hatten, konnte Annik nicht mehr feststellen. Wenn der Reiter ihr Liebhaber war, würde er sie wohl nicht im Schmutz stehen gelassen, sondern sie auf sein Pferd gehoben haben.

Die Hufspur führte zum Waldrand. Dort aber verlor sie sich auf einem steinigen Abschnitt, und das Licht war hier zu schwach, um nach anderen Hinweisen Ausschau zu halten. Immerhin, Annik kannte inzwischen auch diesen Bereich des Waldes und wusste von der einen oder anderen verborgenen Stelle, die an so manchen Feiertagen von Liebespaaren gerne aufgesucht wurde. Sie suchte sie auf und rief nach Rosina. Doch die Wälder schwiegen. Wie es ihre Gewohnheit war, wenn sie sich tiefer zwischen die alten Bäume wagte, markierte Annik die Stellen mit Gräsern und Blüten, an denen sie die Richtung wechselte.

Es wurde dunkler, die ersten Nachtjäger huschten über den Weg, flohen vor ihren vorsichtigen Schritten. Einmal leuchteten die Augen eines Waldkaters gespenstisch über ihr von einem Ast herunter, und eine große Eule glitt lautlos vor ihr zwischen den Stämmen hindurch. Wieder blieb sie stehen und lauschte. Außer den natürlichen Lauten wie Blätterrascheln, das Knarren alter Äste, trockenes Knacken und leises Wispern war nichts zu hören. Sie ging weiter, schreckte einmal zusammen, als der Todesschrei eines Beutetieres die Stille durchschnitt. Der Dunst begann nun bis in den Wald einzudringen, und in dem fahlen Licht, das der Mond bewirkte, erschienen knorrige Baumstümpfe wie lebende Wesen, mochten sich im Unterholz die Elben verstecken, von denen nicht nur Cullen, sondern auch die Germanen zu berichten wussten. Geschöpfe, die den Menschen nicht immer wohlwollend gesonnen waren und sie gerne in die Irre führten. Annik war nicht frei von dem Glauben an diese Geister. Seit ihrer Kindheit hatte sie die Geschichten über diese heimlichen Völker gehört, auch wenn sie sie unter anderem Namen kannte. Aber sie war eine mutige Frau und wollte, wenn nötig, den Geistern trotzen. Laut rief sie erneut nach Rosina.

War da nicht ein leises Schluchzen zu hören? Oder war es der Laut eines Tieres?

Sie rief wieder. Das Schluchzen war verstummt. Ein paar Äste ordnete sie auf dem Boden zu einem Pfeil an und nahm die Richtung, aus der sie das Geräusch vermeinte, gehört zu haben. Beinahe alle fünf, sechs Schritte hinterließ sie ein Zeichen, denn der weißliche Dunst war dichter geworden. Darum kam sie nur langsam voran.

»Ulpia Rosina! Ich bin es, Annik! Wo seid Ihr?«

Ein keckerndes Lachen antwortete ihr. Sie blieb stehen, und ein kalter Schauder rann ihr über den Rücken. Mensch oder Elb? Tier oder Geist? Sie atmete tief durch.

»Rosina!«

Ein Schrei wie aus höchster Not erklang rechts von ihr. Sie drehte sich um. Es raschelte, als ob jemand mit eiligen Schritten davonlief. Leise verfluchte Annik den Umstand, dass sie nicht einmal eine Waffe mitgenommen hatte. Sie sah sich um und fand einen handlichen Knüppel. Dann ging sie den Geräuschen nach. Kurz darauf blieb sie stehen. Eine Sandale lag auf dem Boden vor ihr. Rosinas, wenn sie nicht alles täuschte. Sie lauschte, und diesmal waren es hektische Atemzüge, die sie hörte. Ganz in ihrer Nähe.

»Ulpia Rosina, Domina! Wo seid Ihr? Ich bin es, Annik, die Töpferin. Ich suche Euch. Gebt mir Antwort.«

»Annik?«

Ganz leise kam die Frage.

»Wo seid Ihr, Domina?«

»Hier. Ich kann nicht hinaus!«

Annik ging der Stimme nach und gelangte vor einen Steinhaufen. Ein alter Dolmen, halb zusammengebrochen, lag zwischen rankendem Gewächs.

»Seid Ihr da drinnen, Domina?«

»Ja, und es ist grauenvoll!« Die Stimme war zittrig, aber eindeutig die Rosinas.

»Wenn Ihr hineingekommen seid, müsst Ihr auch wieder hinauskommen!«

»Nein, nein, die Geister haben den Ausgang versperrt.«

»So kräftig sind die hiesigen Geister nicht«, sagte Annik, obwohl sie sich nicht ganz wohl bei der Aussage fühlte. »Ihr müsst durch einen Spalt geschlüpft sein, und der muss noch da sein. Sonst würde ich Euch doch nicht hören!«

»Aber es ist ganz dunkel hier!«

»Das ist es draußen auch. Tastet Euch an der Wand lang, richtet Euch nach meiner Stimme.«

»Es … es ist ekelig!«

»Sicher, aber wenn Ihr raus wollt, müsst Ihr Euch überwinden.«

Rosina blieb eine Weile still, währenddessen tastete auch Annik eilig die moosigen Steine ab und redete ununterbrochen, um der Gefangenen die Richtung zu weisen. Es gab einen Spalt, natürlich. Er war schmal, aber die zierliche Rosina würde mit einiger Anstrengung hindurchpassen.

»Hier, Domina. Hier, kommt her!«

»O ja. Wirklich. Aber da passe ich nie durch.«

»Ihr seid reingekommen, also kommt Ihr auch wieder hinaus. Die Angst hat Euch bestimmt sehr viel schmaler gemacht, als Ihr Euch vorstellen könnt. Versucht es seitlich!«

Ein Arm kam durch den Spalt, und Annik ergriff die Hand und drückte sie tröstend.

»Weiter. Sucht eine Stelle, wo Euer Kopf durchgeht, der Rest gelingt dann von alleine. Selbst wenn es ein paar Schrammen gibt!«

Rosina schien etwas Mut gefasst zu haben. Sie hörte sich nicht mehr ganz so verängstigt an.

»Ich bin sowieso völlig zerkratzt, auf einen Kratzer mehr oder weniger kommt es nicht an.«

»Das ist schon besser. Los jetzt.«

Es dauerte einige Zeit, bis Rosina sich schweigend nach und nach aus dem Dolmen gewunden hatte. Völlig verschmutzt und mit zerrissenem Gewand ließ sie sich zu Boden gleiten und lehnte sich an den Stein.

»Juno sei Dank, dass du mich gefunden hast, Annik. Aber wieso?«

»Gratia hat Euch vermisst. Sie kam zu mir.«

»Und warum hast du mich hier im Wald gesucht?«

Rosinas Stimme war voller Misstrauen, und Annik verbiss sich ein Lächeln.

»Ich dachte, Ihr wolltet vielleicht zu den Matronen. Ich weiß, dass auch Ihr ihnen manchmal Blumen bringt.«

»Du weißt von dem Weiheplatz?«

»Ich fand ihn im letzten Herbst. Er ist sehr schön.«

»Ja, ja, ich war dort. Und dann kam der Nebel, und ich muss mich verirrt haben. Es ist schrecklich hier im Wald. Es gibt Wesen … Lichter und Stimmen … Sie locken einen in die falsche Richtung.«

»Lichter und Stimmen?«

Rosina schauderte.

»Kommt, ich habe den Weg zurück gekennzeichnet. Wir wollen nach Hause gehen. Diese Sandale habt Ihr wohl verloren?«

»O ja, danke.«

Schweigend gingen sie zurück. Sorgfältig prüfte Annik dabei ihre Markierungen, denn die besagten Lichter und Stimmen hatten sie misstrauisch gemacht. In diesem Wald spukten mehr Menschen als Geister umher, und sie hatte den traurigen Verdacht, dass genau diese Ulpia Rosina einen üblen Streich gespielt hatten. Von Cullen wusste sie, dass so etwas hin und wieder passierte. Rosina war ein geeignetes Opfer. Möglicherweise hatte ihr Liebhaber sie am Waldrand verlassen, statt sie zur Pforte zurückzubringen. Und die allgegenwärtigen Augen und Ohren hatten Kunde davon gegeben.

Es war fast Mitternacht, bis sie endlich das Gut erreicht hatten. Zum Glück war die Pforte unverändert offen, und ungesehen von den Bewohnern schlichen sich die beiden Frauen hinein.

»Kommt erst einmal mit zu mir, Domina. Wenn Euch

Mechthild oder eine andere Eurer Dienerinnen so sieht, werdet Ihr Fragen beantworten müssen.«

Rosina folgte ihr in die Hütte, und als Annik die beiden Öllämpchen anzündete, seufzte sie tief auf.

»Du hast Recht gehabt. Ich sehe entsetzlich aus.«

»Hier ist eine Schüssel mit Wasser und ein Tuch. Zieht die zerrissenen Kleider aus, ich gebe Euch meines.«

Rosina zog sich ohne Scheu aus und begann, sich von Kopf bis Fuß zu waschen, kämmte sich dann die zerzausten Haare aus und flocht sie zu zwei Zöpfen. Sie sah erstaunlich jung und mädchenhaft aus in dem goldenen Licht der Lampen. Annik nahm aus ihrer Truhe die Tunika und das Gewand aus Colonia. Sie holte auch den Salbentopf, den sie sorgfältig voll gefüllt hielt, denn kleine Brand- und Schnittwunden kamen in der Töpferei oft vor.

»Lasst mich die Kratzer damit salben. Keine Angst, ich tue Euch nicht weh.«

»Das würde mir nichts ausmachen. Danke, Annik.«

Als sie den zarten Körper behandelte, fand Annik neben den Abschürfungen und blauen Flecken aber auch einige Male an Hals und Brust, die sie sehr eindeutig als Liebesbisse erkannte. Sie schwieg darüber. Als sie fertig war, reichte sie Rosina die lange Tunika und die Stola.

»Ein schönes Kleid. Ich habe dich noch nie darin gesehen, Annik!«

»Es eignet sich nicht zum Arbeiten, Domina.«

»Nein, das tut es wohl nicht. Aber hast du nie Gelegenheit… ich meine… Oh, entschuldige, nein, du hast wohl nie die Gelegenheit, an unseren Festen teilzunehmen.«

Geschickt befestigte Rosina die Bänder, mit denen die Tunika sich eng um ihre Figur schmiegte. Dann zog sie die Stola über und befestigte sie mit ihren eigenen Fibeln an der Schulter.

»Woher hast du dieses Kleid?«

»Martius hat es mir im vergangenen Jahr geschenkt. Als wir einen Tag in der Stadt verbrachten.«

»Oh!«, sagte Rosina und setzte sich auf Anniks Bett. Sie biss sich auf die Unterlippe und versank für ein paar Minuten in tiefe Gedanken.

»Was habt Ihr, Domina? Tut Euch noch etwas weh?«

»Nein, entschuldige, Annik. Du liebst – deinen Martius sehr, nicht?«

»Ach, wisst Ihr, Domina, wir kennen uns von Kindheit an. Ich weiß nicht, ob ich ihn liebe. Ich sehe ihn kaum noch, und eigentlich vermisse ich ihn auch nicht besonders.«

»Ich gebe dir das Kleid morgen sofort zurück, Annik.«

»Es eilt nicht. Und nun lasst uns zum Haus gehen, damit nicht noch mehr Leute Euch vermissen.«

»O Juno, ja! Meine Dienerinnen werden Fragen stellen. Ich muss ihnen eine Erklärung geben.«

Wieder biss Rosina sich auf die Unterlippe.

»Na ja, sagt die Wahrheit. Ihr seid bei dem Weihestein gewesen, und wenn Ihr wollt, habt Ihr mich dort getroffen und habt mit mir geplaudert und die Zeit vergessen. Über Eure Irrwege im Wald solltet Ihr schweigen.«

Rosina stand auf.

»Ja, gut, und begleite mich zur Villa.«

»Gerne, Domina.«

Sie gingen den Weg hinauf zum Haus, und als sie an die Tür klopften, öffnete ihnen Mechthild.

»Oh, Domina, endlich seid Ihr hier!«

»Ich war bei unserer Töpferin!«, beschied Rosina sie kurz. »Bring uns etwas Wein in mein Zimmer.«

»Ja, Domina!«

Annik nahm Rosinas Haltung beifällig wahr und folgte ihr die Treppe hinauf in ihr Zimmer. Es war ein ansprechender Raum, nicht groß, aber mit einer feinen Wandmalerei aus Ranken und Blüten ausgestattet, hatte ein luxuriöses Bett, ein dreibeiniges Marmortischchen und zwei weiße Korbsessel. Ein dreiflammiger Ölleuchter hing von der Decke. Eines der Flämmchen brannte schon, und Rosina entzündete auch die beiden anderen Dochte.

»Setz dich, Annik.«

Sie nahm in einem der Sessel Platz, meinte dann aber: »Ihr solltet kurz bei Gratia hineinschauen, damit sie sich keine Sorgen mehr macht.«

»Ja, das sollte ich. Warte hier, bitte.«

Sie ging in das Nebenzimmer, Mechthild kam mit zwei gläsernen Pokalen und einem Krug weißen Wein. Sie hatte Fragen in den Augen, aber Annik schickte sie ohne Antworten wieder fort. Rosina kam zurück und goss Wein für sie beide ein.

»Sie ist beruhigt. Gratia ist ein liebes Mädchen!«

»Das ist sie wirklich.«

»Du kennst dich gut in den Wäldern aus, Annik.«

Die Aussage war zu beiläufig gemacht, als dass Annik nicht daraus die Absicht hörte.

»Ich gehe oft da hin, wenn ich alleine sein will.«

»Du triffst niemand dort?«

»Doch, hin und wieder begegnen mir ein paar Menschen. Manche sammeln Beeren oder Kräuter, Holz oder Honig, Pilze oder Nüsse. Der Wald ist reich, wisst Ihr.«

»Ich habe mir nie viele Gedanken darüber gemacht. Dort, wo ich herstamme, gibt es solche Wälder nicht.«

»Auch nicht da, wo ich her bin, Domina. Aber es ist schon richtig, dass Ihr nicht wie ich darin herumstreift. Ihr seid eine Dame, eine Herrin.«

»Eine Römerin. Ja, ich verstehe. Annik, waren es Menschen, die mich in den Wald gelockt haben?«

»Möglich.«

»Warum?«

»Um Euch Angst zu machen, denke ich.«

»Um mich umzubringen«, sagte Rosina mit nüchternem Ton.

»Nein, das glaube ich nicht.«

»Oder zu vergewaltigen.«

Annik schwieg. Es hieß, dass die im vergangenen Herbst in die Irre geleiteten Frauen des Senators dieses Schicksal erlitten hatten.

»Wer sind diese Menschen, die uns das antun?«

»Nachfahren derer, die römische Legionen niedergemetzelt haben. Hat Gratia Euch das nicht erzählt?«

»Ich hielt es für übertriebenes Geplapper eines Kindes. Ist es wahr?«

»Fragt Euren Gatten. Oder Falco.«

Nachdenklich nickte Rosina und fragte dann leise: »Hält sich der Hass so lange?«

»Wenn die Tat grausam genug war«, antwortete Annik genauso leise. »Geht nicht alleine zum Wald. Nehmt immer Begleitung mit, Domina. Und – lasst Euch immer bis an das Tor zurückbringen.«

Rosina betrachtete den Wein in ihrem Glas und blieb lange stumm. Dann fragte sie noch einmal: »Warum hast du mich gesucht?«

»Weil Gratia Angst um Euch hatte. Weil ich glaubte, dass ich mich um Euch kümmern sollte. Weil ich Euch in – Gefahr – vermutete.«

Rosina trank aus und erhob sich. Auch Annik stand auf, aber zu ihrer Überraschung trat Rosina zu ihr und umarmte sie.

»Danke, Annik.« Sie schaute ihr intensiv in das Gesicht. Schließlich sagte sie: »Das ist es wohl, wozu du geboren und erzogen wurdest. Dich um deine Leute zu kümmern. Wer immer sie waren.«

Nur ein flüchtiges Senken der Augenlider verriet Rosina, dass ihr Gefühl sie nicht getrogen hatte. Und so teilten beide Frauen ihre Geheimnisse miteinander, ohne sie ausgesprochen zu haben. Dieses Wissen war es, das ihre Freundschaft begründete.

Nach jener Nacht erhielt Annik häufig die Einladung in die Villa und damit auch die Gelegenheit, ihre feinen Gewänder zu tragen. Zwei hatte sie inzwischen davon, eine Stola hatte Ulpia Rosina ihr geschenkt, eine weitere, fein gewebte Tunika hatte sie sich selbst kaufen können, denn auch die Beziehung zu dem Hausherrn hatte sich zum Besseren gestaltet, und ihr war endlich der Lohn ausgezahlt worden.

Es war einige Wochen vor jenem Ereignis gewesen, in den ersten Tagen des Frühjahrs, als Valerius Corvus, der den Winter über in der Colonia verbracht hatte, für einen längeren Aufenthalt zu seinem Gut zurückkehrte. Annik war es nicht gelungen, ihn im Herbst noch einmal zu sprechen, und so hatte sie weder ihre Entschuldigung vorbringen noch ihr Arbeitsverhältnis endgültig klären können. Dann aber, zu den Kalenden des April, war der Hausherr unangekündigt in der Töpferei erschienen. Sie war gerade dabei, eine der getrockneten Schüsseln vorsichtig aus der Form zu heben, in die sie sie gedreht hatte, und inspizierte das sich darauf abgebildete Muster aus Weinranken.

»Du leistest recht ordentliche Arbeit, Töpferin Annik!«, sagte er zu ihr, und beinahe wäre ihr die Form entglitten. Valerius Corvus in schlichter Tunika und langen Lederhosen, die Kleidung der Einheimischen, die er gewöhnlich auf dem Gut trug, wirkte zwar weniger ehrfurchtgebietend als in der Toga, doch die Ausstrahlung von Autorität konnte er nicht verleugnen. Annik begrüßte ihn respektvoll und setzte die Schüssel vorsichtig ab.

»Wo hast du die arretinische Art der Töpferei gelernt?«

»In meiner Heimat gab es einen begabten Töpfer, der in seiner Jugend in den Süden gereist war. Er lernte es dort und gab mir die Kunst weiter. Doch mit seinen Werken kann ich mich nicht messen, genauso wenig wie mit den wahren Künstlern aus Arretium.«

»Vielleicht nicht ganz. Der Glanz der dort gefertigten Ware ist größer, das Rot satter. Aber deine Muster sind sehr ansprechend.«

»Die Domina hat sie für mich entworfen. Dankt ihr dafür. Der Farbglanz jedoch ist eine Frage der Materialien.«

Er betrachtete das Muster und nickte.

»Sind diese Materialien hier nicht zu erhalten?«

»Nur gegen einen sehr hohen Preis, Dominus. Um sie zu beschaffen, fehlt es mir leider an den Mitteln.«

»Blödsinn, du kannst die teuersten Materialien kaufen, die du brauchst. Sie werden allemal billiger sein als fertige arretinische Keramik. Sag Charal, was er besorgen soll.«

»Dann gebt ihm bitte Anweisung, dass er sie auch bezahlen soll, Dominus.«

Irritiert musterte Valerius Corvus sie.

»Das tut er doch sowieso.«

»Den üblichen Ton ja, sofern ich ihn für Eure Zwecke verwende. Nicht aber den für meine eigenen Töpfe und keine außergewöhnlichen Materialien, die nicht mein Vorgänger ebenfalls verwendet hat. Macht ihm keinen

Vorwurf daraus, er handelt korrekt, sofern er keine andere Weisung von Euch hat.«

»Ah, dein Sinn für Gerechtigkeit!«

Ein Anflug von Erheiterung schwang in den Worten des Hausherrn mit.

»Ja, Dominus. Und ich bitte Euch aufrichtig um Verzeihung für meine Anmaßung am letzten Gerichtstag. Ich wusste nicht um die tieferen Zusammenhänge.«

»Vergiss es, Annik. Wie ich hörte, hat der alte Nichtsnutz ja seine Strafe in vollem Maße genossen. Nur fall mir bitte beim nächsten Mal nicht wieder in den Rücken.«

»Ich werde gewiss versuchen, mich zurückzuhalten.«

»Soweit es geht, entnehme ich deiner Formulierung. Ich verspreche dir jedoch, dass du das nächste Mal die Konsequenzen tragen wirst. Nun gut. Kommen wir zu deiner Arbeit zurück. Ich werde Charal die entsprechenden Anweisungen geben, alle von dir geforderten Werkstoffe zu beschaffen. Zeig mir, was du sonst noch fertigst.«

Annik bat ihn in den Trockenschuppen, wo die Gefäße standen, die für den nächsten Brand vorgesehen waren.

»Diese hier sind für die Küche, Ursa hat Vorratstöpfe angefordert. Hier sind zwei Pokale für Euren Tisch, sie müssen noch mit Engobe überzogen werden. Das ist die Masse, die die rötliche Färbung bewirkt. Das da sind die Versuche Eurer Tochter, Krüge mit Henkel zu formen.«

»Was unnötig ist zu bemerken. Man sieht den Unterschied. Aber wofür die großen Mengen Becher und Schalen?«

»Ich verkaufe sie auf dem Markt, Dominus. Charal sagte mir, das sei in Ordnung, sofern ich den Ton bezahle.«

»Deine Nebeneinnahme?«

»Meine Einnahme, Dominus. Aber ich verschwende

sie nicht, sondern habe bisher die besonderen Tonqualitäten und die Färbemittel davon bezahlt.«

Valerius Corvus drehte sich zu ihr herum und schaute sie an.

»Verstehe ich richtig, dass du dein Geld für die Tonwaren ausgibst, die du für meinen Haushalt herstellst?«

»Ich habe ziemlich viel ausprobieren müssen, und es hat dabei oft Bruch gegeben, Dominus. Aber ich wäre jetzt, da ich einigermaßen gute Ergebnissc erziele, schon recht froh, wenn Ihr die Kosten übernähmt.«

»Bist du mit deinem Lohn zufrieden, Töpferin Annik?«, fragte er abrupt.

»Ich habe eine angemessene Hütte und bekomme genug zu essen. Zum Jahresanfang hat die Domina mir Stoff für neue Kleider geschenkt.«

»Was sagt dein Sinn für Gerechtigkeit dazu?«

»Was soll er dazu sagen? Ich beklage mich nicht, Dominus.«

»Mein Sinn für Gerechtigkeit scheint durchaus ein anderer zu sein als deiner. Gewöhnlich bezahle ich meinen Handwerkern zusätzlich einen Lohn über Unterkunft und Verpflegung hinaus.«

Er wandte sich zum Ausgang und rief einem der Arbeiter zu, er solle Charal zu ihm schicken.

»Gehen wir in dein Haus hinüber.«

Annik wusch sich die Hände, legte die lehmverschmierte Schürze ab und ging voraus.

»Tretet ein, Dominus. Setzt Euch an den Tisch dort. Ich kann Euch leider nur den Wein anbieten, den ich gewöhnlich trinke.«

»Lass das lieber. Du hast Veränderungen vorgenommen, sehe ich.«

»Ja, ich habe mir einen Herd gebaut und etwas eigenes Geschirr angefertigt. Ich bekomme zwar das Essen aus der Küche für die Dienerschaft, aber manche Eurer Gerichte wollen mir einfach nicht munden. Darum habe ich mit Ursa abgesprochen, dass ich die Lebensmittel unzubereitet erhalte. Ich koche mir selbst meine Mahlzeiten.«

»Was schmeckt dir denn nicht?«

»Diese vergammelte Fischsoße, das Liquamen!« Annik schüttelte sich bei dem Gedanken an das salzige Gebräu aus vergorenem Fisch. »Überall gießen sie das Zeug drüber. Manche tun es sogar in den Wein. Großer Taranis! Fisch schmeckt frisch aus dem Wasser köstlich. Auch wenn er gesalzen und getrocknet wird oder im Rauch hing. Aber doch nicht verfault!«

Sie bemerkte nicht, dass ihr Hausherr nur mit Mühe ein Lachen unterdrückte bei diesem leidenschaftlich vorgebrachten Abscheu. Er antwortete ihr mit nüchterner Stimme: »Wir beziehen nur das beste Liquamen, direkt aus Rom. Annik. Du bist und bleibst eine Barbarin.«

»Ja, Dominus. So wird es sein.«

Der Verwalter stand an der Tür, und Valerius Corvus winkte ihn herein.

»Charal, wir haben es versäumt, über die Arbeitskonditionen der Töpferin zu sprechen. Ich höre, dass sie keinen Lohn erhält.«

»Es wurde bisher mit Euch nichts vereinbart, Dominus. Soll ich ihr die gleiche Summe zahlen wie dem alten Töpfer?«

»Was erhielt er?«

Charal nannte ihm die Summe, und Valerius Corvus schüttelte den Kopf.

»Sie leistet bessere Arbeit. Sagen wir, ein Drittel mehr. Und beschaff bitte zukünftig all jene Materialien, die sie für ihre Arbeit benötigt.«

»Wie Ihr wünscht, Dominus.« Charal erlaubte sich, Annik ein kleines Zwinkern zu schicken. »Die Töpferin ist seit dem Oktober des vergangenen Jahres bei uns. Ab wann soll der Lohn gezahlt werden?«

»Ab dem ersten Tag. Bist du damit einverstanden, Töpferin Annik?«

»Werde ich ein gutes Geschäft ausschlagen, wenn es mir angeboten wird? Nur regelt bitte auch, was mit den Waren geschehen soll, die ich auf dem Markt verkaufe.«

»Vorrang hat die Arbeit für meinen Haushalt, dass das klar ist!«

»Natürlich. Bisher habe ich ungefähr ein Drittel meiner Tonwaren verkauft.«

»Dann zahlst du ein Drittel des Erlöses für Ton und Brennstoff an Charal zurück. Den Rest kannst du für dich verwenden.«

»Das ist angemessen, Dominus.«

»Halte die Vereinbarung fest, Charal. Wir überprüfen sie am Ende des Jahres. Gibt es sonst noch etwas, was geregelt werden muss, Töpferin?«

»Ja, Dominus. Erwan, der Ofensetzer, ist alt, und manche Tätigkeiten fallen ihm schwer. Es wäre gut, wenn er einen Helfer hätte, den er anlernen könnte.«

»Außerdem ist er ein fauler Saufaus, der seine Zeit lieber beim Würfelspiel verbringt als bei der Arbeit.«

»Ihr füttert ihn durch, Dominus. Ich habe nur übernommen, was ich vorfand. Aber er kennt sich auf seinem Gebiet aus, und das ist viel wert.«

Valerius Corvus' zerschlagenes Gesicht zeigte ein schiefes Lächeln.

»Ja, ich füttere auch ihn durch. Wer sollte deiner Meinung nach sein Gehilfe werden?«

»Ilan, der Stallbursche, scheint recht anstellig zu sein.«

»Richtig, darum wird er bei den Pferden gebraucht.«

»Er kann dort weiter seinen Aufgaben nachkommen, aber wenn ich brenne, könnte er dabei sein und lernen.«

»Einverstanden. Charal, sieh darauf!«

»Ja, Dominus.«

»Noch etwas, Töpferin?«

Annik, die bisher sehr sachlich geblieben war, lächelte den Hausherrn bei einem plötzlichen Gedanken an.

»Ich wünschte, Ihr würdet Eurer Tochter erlauben, sich bei mir hin und wieder aufzuhalten. Sie interessiert sich für die Töpferei, aber sie – mmh – scheint manchmal ihre Stunden zu schwänzen, um herzukommen.«

»Meine Tochter wird zu einer Patrizierin erzogen, nicht zu einer Töpferin!«

»Ach? Schließt das eine das andere aus? Ulpia Rosinas Ansehen scheint es nicht zu schaden, dass sie sich mit einem Handwerk beschäftigt.«

Ein grimmiger Blick war die Antwort.

»Misch dich nicht in Dinge ein, die dich nichts angehen, Barbarin!«

»Wie Ihr wünscht, Dominus!«

Der Hausherr und der Verwalter erhoben sich. Charal verabschiedete sich mit einer knappen Verbeugung, doch Valerius Corvus blieb noch einen Moment in der Tür stehen. Er betrachtete Annik schweigend.

»Falco hat eine verdammt gute Meinung von dir.«

Er drehte sich abrupt um und ging, nur leicht gestützt auf seinen Stock.

Annik legte das Kinn in die Hände und versank in Gedanken. Ihr Bild von Valerius Corvus hatte sich inzwischen abgerundet. Da war jene erste Begegnung, die nicht so glücklich verlaufen war, manche kleinen Beobachtungen, wie die Arbeiter und Pächter ihm begegneten, Bemerkungen von Gratia, die ihren Vater trotz seiner kurz angebundenen Art sehr zu lieben schien, Rosinas verschrecktes Verhalten und jetzt seine Handhabung ihrer Forderungen. Sie lächelte. Irgendwie erinnerte er sie an ihren Vater. Wenn auch die beiden Männer völlig unterschiedlich waren, gab es eine gewisse Verbindung. Briag der Schwarze war ein Polterer gewesen, ein untersetzter, oft prahlerischer Mann, der gutes, reichhaltiges Essen liebte und seine Gäste verschwenderisch bewirtete, derbe Witze riss und herzhaft über jeden Schabernack, manchmal auch den bösartigen, seiner Leute lachen konnte. Kam ihm aber jemand in die Quere, konnte er kurz und hart reagieren. Dennoch wurde er von jedermann geachtet, von vielen sogar geliebt. Er hatte die seltene Art, den anderen sein Gesicht wahren zu lassen, selbst wenn er ihn bestrafen musste. Und ganz versteckt und unter vielen rauen Gesten verborgen, hatte Annik gewusst, dass er gütig und großzügig war. Sie hatte ihn geliebt und war hinter ihm hergelaufen wie Gratia hinter Valerius Corvus. Und sie hatte viel von ihm gelernt.

16. Kapitel

Katzentatzen

Der Sommer war heiß und trocken gewesen, doch mit Ende August kamen kräftige Gewitter auf, die die Bauern zur Eile antrieben, um die Ernte rechtzeitig einzubringen. Ein heftiger Sturm hatte einen Teil der Ziegel vom Haupthaus abgedeckt. Sie waren auf dem Boden zerschlagen. Darum war Anniks dringendste Aufgabe in jenen Tagen das Fertigen neuer Dachziegel. Sie hatte bereits eine ganze Lage geformt und zum Trocknen auf den Boden vor der Werkstatt in die Sonne gelegt. Sie beaufsichtigte gerade das Abladen einer neuen Fuhre Ziegelton, als ein grelles Kreischen und hysterisches Kläffen sie ablenkte.

Wie ein roter Blitz schoss Feli an ihr vorbei, gefolgt von dem Hofhund, der mit fliegenden Ohren hinter ihr herjagte.

»Feli, Canis!«, rief Annik, aber da war es schon passiert. Über die feuchten Ziegel zog sich eine Spur von Katzenpfötchen und Hundetatzen. Sie erwischte Feli gerade eben noch, bevor sie in den halb befüllten Ofen springen konnte und dort weitere Katastrophen verursachte. Doch besonders dankbar war die Katze ihr dafür nicht. Sie kreischte und wand sich und schlug mit den Krallen nach der Frau, die sie fest im Genick hielt. Annik verspürte einen brennenden Schmerz im Gesicht und warf Feli mit Schwung in den Wassertrog, den sie für die Tonaufbereitung gefüllt hatte. Zumindest hatte sich der Hofhund verzogen und betrachtete aus gebührender Entfernung, wie die tropfnasse Katze beleidigt aus dem Trog sprang, sich schüttelte und anfing, sich leidenschaftlich zu putzen. Annik beschimpfte sie dazu auf das Herzhafteste, während Ilan, der Junge, sich vor Lachen krümmte.

»Du siehst mal wieder wie eine Gossenschlampe aus und fluchst wie eine Barbarin, Annik. Man sollte meinen, wo du doch jetzt im Herrenhaus empfangen wirst, dass du etwas mehr auf dein Benehmen achten würdest.« Ursa war hinzugekommen und nahm Annik an den Schultern, um sie anzusehen »Ein scheußlicher Kratzer, knapp am Auge vorbei. Komm mit, ich habe eine besonders frische Salbe aus Schafgarbe und anderen Dingen hergestellt.«

»Danke, Ursa, aber es geht schon.«

»Nein, es geht nicht. Du willst doch keine Narben im Gesicht haben wie unser Herr!«

»Na, so schlimm ist es nun doch nicht. Es ist eine Katzenkralle gewesen kein Messer.«

»Mh«, brummte Ursa. »Es war ein Schwert. Und es hat weit mehr getroffen als nur sein Gesicht.«

»Sein Bein, nehme ich an.«

»Nein, das kam später.«

Ursa führte Annik durch den hinteren Eingang zu ihrer Küche, wo sie ihre Heilmittel herstellte. Ein Topf mit ausgelassenem Fett stand auf dem Herd und erstarrte langsam.

»Reines Schweinefett, beste Grundlage für diese Salben«, murmelte Ursa. »Es muss ganz weiß sein.«

»Ja, ist mir bekannt.«

Annik wischte sich das Gesicht und den zerkratzten Arm mit einem nassen Lappen ab. Ihre Neugier aber ließ sie den Schmerz vergessen. Ursa schien in einer ihrer wenigen gesprächigen Launen zu sein, und sie wollte die Gunst des Augenblicks nutzen, um etwas mehr über den Herrn des Hauses zu erfahren.

»Wie wurde der Herr verwundet, Ursa? Cullen sagte, es war schon vor bald dreißig Jahren.«

»Ja, als die Bataver gegen die Römer kämpften. Ich weiß auch nicht viel darüber. Damals war ich noch eine junge Frau, viel jünger als du jetzt. Damals nannte Titus Valerius sich auch noch nicht Corvus. Er war gerade erst in die Legion eingetreten und als blutjunger Offizier nach Germanien beordert worden. Er war in Vetera stationiert, weiter im Norden, den Rhein hinauf. Dort gab es ein großes Lager. Es wurde von den Aufständischen eingeschlossen und zur Übergabe gezwungen und das Lager den Flammen übergeben. Unser Hausherr war bei diesem Kampf zwar nur verwundet worden, doch er sah aus wie tot. Ein Schwert hatte sein Gesicht, seine Schulter und seine Brust getroffen. Mit diesen klaffenden Wunden war es ihm dennoch gelungen, sich aus dem Lager zu schleppen und in einem Gebüsch zu verstecken. Sonst wäre er trotz allem das Opfer der Flammen geworden. Wir fanden ihn nur deshalb, weil die Raben über ihm kreisten.«

»Ihr?«

»Meine Familie stammt von dort. Wir nahmen ihn mit und verbanden seine Wunden.«

»Einen Römer, euren Feind?«

»Meine Mutter war eine Heilerin. Sie half jedem, und er war fast noch ein Junge. Außerdem – nicht alle von uns fanden es richtig, die Männer zu töten, die sich ergeben hatten.«

Annik konnte sich allerdings noch andere Motive vorstellen.

»Außerdem war euch seine Gegenwart Schutz, als die Vergeltung kam, nehme ich an. So, wie ich die Römer kenne, hat sie nicht lange auf sich warten lassen.«

»Im Februar fanden wir ihn, im Juli schlug Cerialis

den Führer der Aufständischen, Civilis, genau an der Stelle, wo das Lager niedergebrannt worden war. Titus Valerius war zwar noch schwach, denn seine Wunden heilten nur langsam. Immerhin wurden wir jedoch durch seine Fürsprache geschont. Die Legion nahm ihn in ihre Obhut. Ich verlor ihn aus den Augen. Aber das Leben ist seltsam, Annik. Einige Jahre später begegnete er mir wieder, und da nannten sie ihn Corvus, den Raben, denn er hatte allen die Geschichte seiner Rettung erzählt.«

»Wie bist du hier in diese Gegend gekommen, Ursa?«

»Ich folgte meinem Mann.«

Ursa schloss demonstrativ den Deckel des Salbentopfes. Annik wertete es völlig richtig als ein Zeichen dafür, dass sowohl ihre Behandlung als auch die Auskunftsfreude beendet waren.

»Danke, Ursa. Deine Salben sind wirklich gut.«

Die Haushälterin brummte etwas, kramte in dem Vorratsregal herum und drückte Annik dann einen in ein feuchtes Tuch eingeschlagenen Käse in die Hand.

»Der wird dir schmecken. Heb ihn noch zwei, drei Tage auf. Und nun geh zu deinem Ton zurück, wer weiß, welchen Unfug Ilan ansonsten anstellt.«

Als Annik zur Töpferei zurückkam, war nicht nur der Ton abgeladen, er war auch in die richtigen Bottiche verteilt, und Ilan war gemeinsam mit Erwan dabei, ihn für die Ziegelfabrikation vorzubereiten. In der Werkstatt aber saß Cullen, der Barde, und auf seinem Schoß hatte sich Feli eingekringelt und ließ sich durch sein sanftes Streicheln von der erfahrenen Demütigung trösten.

»Ich hörte, dass diese Katze seit neuestem auch ihr Siegel auf die Tonwaren setzt«, begrüßte Cullen sie. »Sie hat hübsche kleine Katzentatzen hinterlassen.«

»Sie siegelte nicht nur die Ziegel, sondern auch mein Gesicht, wie du siehst, junger Barde!«

»Oh, oh, so gleichst du schon fast unserem edlen Valerius Corvus. Wo ist der Pater familias eigentlich zur Zeit?«

»Ich denke, er ist noch in der Colonia. Rosina hat sicher mehr Nachrichten als ich, aber sie pflegt mir nicht jede Botschaft mitzuteilen, die sie von ihm erhält. Außerdem, was geht es dich an?«

»Nichts, Annik. Außer dass ich an allen Neuigkeiten interessiert bin. Aber das weißt du ja!«

»Ja, das weiß ich. Was gibt es Neues?«

Cullen lachte. Er erzählte ihr gerne von dem Klatsch und Tratsch, der ins Dorf kam. Er wusste zudem erstaunlich viel über das zu berichten, was sich in dem Legionslager abspielte, und so erfuhr sie von Martius und Falco mehr, als die beiden wohl ahnten. Martius war in diesem Sommer lediglich zwei Mal bei ihr gewesen, und das jeweils nur für wenige Stunden. Annik trug es mit Fassung. Er hatte seinen eigenen Weg eingeschlagen, wie sie es erwartet hatte, und seine Besuche waren halt freundschaftliche Gesten geworden. Er fehlte ihr glücklicherweise nicht, es gab, wenn sie nur wollte, andere Männer, die liebend gerne eine Nacht in ihrer Hütte verbringen wollten. Einer davon war Charal. Der Gutsverwalter war ihr von Anfang an freundlich begegnet, doch als die ausgelassenen Maifeiern stattfanden, hatte er sich mehr als auffällig oft an ihrer Seite befunden und andere Männer höflich, aber bestimmt entmutigt. Annik hatte sich nicht dagegen gewehrt. Es machte die Sache einfacher, und Charal war ihr nicht unsympathisch. Als die Maifeuer niedergebrannt waren, hatte sie in seinen Armen gelegen. Auch später hatten sie noch ein paar Male das Lager miteinander geteilt. Doch enger wollte sie die Geschichte nicht werden lassen, obwohl Charal behutsame Andeutungen gemacht hatte, dass man vielleicht den Knoten knüpfen könnte. Sie blieben zumindest gute Freunde.

Anders war es bei Rufus, der mehr als zudringlich geworden war. Ihn hatte sie mit einigen herben Worten abgefertigt, aber erst Charals demonstrative Besitzerhaltung hatte ihn endlich eines Bessern belehrt. Annik ließ ihn in dem Glauben, dass der Verwalter sich nicht scheuen würde, seine Rechte zu verteidigen.

Und dann war da natürlich noch Cullen. Seine Aufmerksamkeiten waren nicht zudringlich, aber er war beharrlich in seiner Art. Etwa einmal im Monat kam er vorbei, erzählte neue und alte Geschichten, brachte manchmal auch eine kleine Harfe mit, zu der er ihr die Lieder seines Volkes und seine eigenen, bissigen Spottlieder vortrug. Es stahl sich auch dann und wann ein Liebeslied darunter, aber sie waren zu schön und zu zärtlich, als dass Annik sie ihm verbieten konnte. Als Gegengabe für seine Geschichten erzählte Annik ihm manchmal von den Gebräuchen und den Göttern ihres Volkes. Seine neugierigen Fragen aber nach dem Klatsch auf dem Gut beantwortete sie gar nicht oder ausweichend. Dennoch war sie sich sicher, dass Erwan und Ilan ihn ausreichend mit all dem versorgten, was er wissen wollte.

»Martius verrichtet wieder Kurierdienste, wusstest du das?«, sagte er jetzt und kraulte die schnurrende Feli sacht an den Ohren.

»Ich dachte, er müsse die neuen Pferde zureiten. Nun, dann werde ich ihn möglicherweise wieder häufiger sehen.«

»Kann sein. Ich traf ihn vor drei Tagen. Wir haben ein paar Becher Met miteinander getrunken.«

»Und du hast ihn nach Neuigkeiten ausgehorcht?«

»Natürlich. Und auch nach dir. Aber da klappt er immer

ganz schnell den Mund zu. Egal, wie viel Met er getrunken hat.« Cullen lächelte sie an. »Er ist erstaunlich loyal in diesen Dingen.«

»Das sollte er auch. Ich hoffe, er ist es Falco und seinen anderen Befehlshabern gegenüber ebenfalls.«

»Er bemüht sich.«

»Aber du erfährst dennoch von ihm, was du wissen willst.«

Cullens Augen funkelten.

»Eine Kohorte mit Nachschub aus Rom ist eingetroffen, manche von ihnen haben das Lager verfehlt.«

»Sie irren jetzt im Wald umher und müssen sich von Beeren und Pilzen ernähren, nehme ich an.«

»Es wird ihnen zu tieferen Einsichten verhelfen, meinst du nicht? Du selbst hast ja auch viel gelernt bei deinen Streifzügen durch den Wald.«

»O ja, Cullen, das habe ich. Und glaube nicht, dass ich alles, was ich gesehen und erlebt habe, gutheiße.«

Annik hatte ihn, nachdem Rosina in die Irre geführt worden war, sehr ernst zur Rede gestellt. Cullen hatte nicht geleugnet, dass Leute seines Stammes an dieser Aktion beteiligt gewesen waren. Sie hatte ihn darum gebeten – mehr, wusste sie, konnte sie nicht tun –, die Angehörigen des Haushaltes von derartigen Streichen zu verschonen. Er hatte es ihr nicht versprochen, sondern nur stumm zugehört. Aber zumindest waren bisher keine weiteren Dinge dieser Art geschehen.

»Nein, du findest nicht alles gut, was im Wald geschieht. Aber findest du alles richtig, was die Römer tun? Ihre Tributforderungen, die Zwangsrekrutierung der jungen Männer, die Inbesitznahme des Landes, das Abholzen unserer Wälder, damit sie ihre Befestigungen bauen können …?«

Annik seufzte.

»Können wir es ändern?«

»Vielleicht.«

»Ich weiß nicht, Cullen. Ich habe gelernt, dass man friedlich mit ihnen zusammenleben kann. Sie sind nicht so schwarz, wie du sie malst. Sie lassen euch eure Götter, eure Bräuche, eure Höfe. Sie kaufen eure Waren, beschäftigen eure Handwerker, ihr reist auf ihren Straßen, was sehr bequem ist, und trinkt ihren Wein.«

»Den Wein halte ich ihnen zugute, einverstanden. Und wahrscheinlich hast du Recht damit, dass wir nicht viel ändern können. Du hast dich damit abgefunden. Aber einige von uns können das nicht, und die Ohnmacht macht wütend, verstehst du.«

»Ja, ich verstehe das. Aber Gewalt zeugt wieder Gewalt, und ihr könnt froh sein, dass bislang noch keine Vergeltungsmaßnahmen ergriffen worden sind. Praefect Falco ist ein besonnener Mann.«

Cullen setzte die rote Katze achtsam auf den Boden und stand auf.

»Ich muss gehen, Annik. Und – ach ja, Valerius Corvus wird zum Fest des Jupiter herkommen, um die Opfer zu bringen. Dieses Jahr wirst du sicher daran teilnehmen. Berichte mir über die römischen Riten. Sie interessieren mich.«

»Ich frage dich jetzt besser nicht, woher du das weißt.«

»Richtig. Mach es gut, Annik.«

Cullen trat auf sie zu und strich ihr vorsichtig über die unverletzte Wange.

»Du bist so schön.«

»Geh, Cullen.«

»Natürlich.«

17. Kapitel

Ein Bad und ein Fest

Cullen behielt natürlich Recht. Die Iden des Septembers brachten Valerius Corvus zurück zum Gut. Gratia kam aufgeregt in die Töpferei gerannt und berichtete Annik, dass ein Fest stattfinden würde, an dem auch sie teilnehmen solle.

»Ulpia Rosina hat meinen Vater darum gebeten, und er hat gesagt, er ist einverstanden, wenn du dich benimmst.«

»Wie soll ich mich denn seiner Meinung nach benehmen, Gratia?«

Das Mädchen kicherte.

»Barbarisch!«

»Dann ersäuft er mich in der Pferdetränke!«

»Oder opfert Jupiter deinen Zopf.«

»So grausame Riten habt ihr?«

»Ach, nein, nein, eigentlich nicht. Du brauchst keine Angst zu haben. Außerdem glaube ich, weißt du ganz gut, wie du dich zu benehmen hast. Bei den Riten musst du nur still sein. Anschließend gibt es ein Gelage mit wunderbarem Essen, und ich werde das erste Mal eine Frauenstola tragen. Vater hat mir eine aus der Colonia mitgebracht. In Safrangelb, mit einer gestickten Borte. Was ziehst du an?«

»Die Auswahl wird mir schwer fallen, bei den zwei Gewändern, die ich habe!«

»Das blaue steht dir besonders gut, Annik. Wenn du willst, borge ich dir ein paar goldbestickte Bänder dazu.«

»Dann will ich das blaue anziehen, wenn ich dir darin gefalle. Und die Bänder nehme ich gerne.«

»Außerdem kannst du vorher mit ins Badehaus kommen, wenn du Lust hast.«

Auch diese Vergünstigung hatte sich in den vergangenen Monaten ergeben. Rosina hatte Annik erlaubt, mit den Hausangestellten zusammen die Bäder zu nutzen. Sie nahm diesen Luxus jedoch nicht oft in Anspruch. Ihre Zeit ließ das häufig nicht zu, und das kalte Bad in dem Bottich in ihrer Hütte musste meistens reichen. Aber vor dem Fest würde sie gerne ein gründliches, heißes Bad nehmen, sich salben und parfümieren und sich vor allem in aller Muße die langen Haare waschen.

Am späten Nachmittag, nachdem sie Ordnung in der Werkstatt und ihrem Haus geschaffen hatte, machte sich Annik für das Bad bereit. Sie öffnete die Truhe, in der sie ihre Habseligkeiten aufbewahrte, und entnahm ihr eine dünne Leinentunika, die blaue Stola sowie Brustband und Schurz, die Kleidungsstücke, die gewöhnlich unter den Gewändern getragen wurden. Sie wickelte alles in ihre Palla und überlegte dann. Ein feierlicher Anlass verlangte auch Schmuck, und der einzige, den sie besaß, steckte in einem Lederbeutelchen. Der Siegelring mit dem Pferdchen sollte heute ihre Hand zieren, beschloss sie. Den Lederbeutel, eingewickelt in alte Lumpen mit jenem anderen kostbaren Ring, berührte sie nicht einmal. Es stand ihr nicht an, ihn zu tragen. Sie schloss die Truhe mit einer entschiedenen Bewegung.

Mit ihrem Kleiderbündel unter dem Arm betrat sie kurz darauf den Umkleideraum am Eingang des Badehauses. Als sie die Sandalen auszog, merkte sie, dass der Fußboden warm war. Durch das Hypocaustum zog die heiße Luft, die auch die Bäder beheizte.

»Hab ich mir doch gedacht, dass du erst spät kommst!«

Gratia, ebenfalls barfuß und nur mit einem kurzen Hemd bekleidet, kam aus dem Gymnastikraum nebenan.

»Ich wollte niemandem im Weg sein.«

»Na, mir bist du nicht im Weg. Ich habe meine Übungen gemacht, und jetzt will ich mir die Haare waschen. Hilfst du mir?«

»Gerne. Ich will meine ebenfalls waschen.«

»Dabei helfe ich dir genauso. Komm mit ins Caldarium, ich habe den Dienern gesagt, sie sollen noch einen Kessel mit heißem Wasser bereitstellen. Das Schwitzbad ist inzwischen eh schon kalt geworden.«

Annik zog sich aus und folgte dem Mädchen in den warmen Baderaum, der hauptsächlich von einer gewaltigen Wanne aus schwarzem Marmor beherrscht wurde. Ein Mosaik schmückte den Boden, die Wände waren hellblau grundiert und zeigten Muster von Fischen und seltsamen Wasserpflanzen. Auf den Wandborden standen Glasfläschchen mit duftenden Ölen, Tiegel mit feinen Salben, Parfümflakons und andere Kosmetikartikel. Auch ein bronzener Handspiegel war da, und Annik warf einen kritischen Blick hinein. Von der Kratzspur war nichts mehr zu sehen, die Wunde war sauber abgeheilt. Gratia war schon dabei, sich einzuölen, um anschließend mit dem Schaber die Haut zu säubern. Annik fand diese Art der Körperreinigung ungewöhnlich, sie hätte das Waschen mit Wasser vorgezogen. Aber auch sie griff zu Ölbehälter und Schaber.

»Ursa hat Rosenduft hinzugemischt. Schön, nicht?«, sagte Gratia und wischte sich die Hände ab. »Und aus Colonia haben wir hier eine Balsam-Mischung mit Amber und Myrrhe. Das ist mir aber zu schwer. Rosina wird es mögen.«

»Dann soll sie es für sich behalten, mir ist es auch zu

süß. So, und jetzt mach deine Haare auf, damit ich sie dir waschen kann.«

Gratia ging zu dem kleinen Becken in der Ecke des Raumes und beugte sich darüber. Ihre Haare waren lang, schwer, dunkelbraun und glatt und reichten ihr bis fast zur Taille. Es brauchte seine Zeit, sie vollständig zu waschen, auszuspülen und anschließend zu entwirren. Während Annik sie ihr auskämmte, brachte eine Dienerin mehrere Kannen heißes Wasser herein und befüllte damit die Wanne. Dann wusch Annik sich mit Gratias Hilfe die Haare und gemeinsam stiegen sie in das dampfend heiße Bad. Träge genossen sie die Hitze und schwiegen. Als das Wasser langsam kühler wurde, schüttelte Gratia ihre Haare aus, steckte sie mit zwei Haarnadeln auf dem Kopf fest und fragte: »Hast du dir die Haare überhaupt jemals geschnitten, Annik?«

»Nein. Oder doch – als ich ein Kind war. Ich war ziemlich wild, weißt du, und einmal habe ich mir so heftig den Kopf angeschlagen, dass sie durch das Blut ganz verklebt waren. Damals hat meine Mutter sie mir abgeschnitten. Aber seither wachsen sie einfach.«

»Wenn wir in der Colonia sind, Rosina und ich, dann suchen wir regelmäßig einen der römischen Haarkünstler auf. Er schneidet sie mir gewöhnlich ein Stück ab, er sagt, dann wachsen sie dichter. Aber ich hätte sie gerne so lang wie du.«

Annik hob die blonde Masse, die über den Wannenrand hing, mit einem Arm hoch und prüfte, ob sie schon trocken war. Sie waren es und fielen, als sie aufstand, in Wellen bis zu den Oberschenkeln. Sie wollte nach dem Handtuch greifen, um sich abzutrocknen, doch als sie sich umdrehte, sah sie Valerius Corvus in der Tür stehen. Er war nur mit einem Leinenschurz bekleidet und hatte offensichtlich vor, sein Bad zu nehmen. Zum ersten Mal sah Annik die anderen Narben, die sich quer über seine breite Brust zogen. Sie wollte den Blick senken, um ihn nicht wieder unhöflich anzustarren, doch diesmal war er es, der seine Augen nicht von ihr wendete. Er betrachtete sie schweigend. Dann wandte er sich mit einem Ruck um und verließ den Raum.

»Oh, war das Vater?«

»Ja, das war dein Vater. Ich hoffe, er nimmt es mir nicht übel, dass ich euer Bad benutze.«

»Nein, das wird er nicht. Rosina hat es ja erlaubt.«

Gratia war aus der Wanne gestiegen und hatte sich in ihr Handtuch gehüllt. Annik tat es ihr gleich.

»Annik?«

»Ja?«

»Magst du ihn?«

Annik sah das Mädchen an.

»Warum fragst du mich das?«

»Weil … weil es gut wäre.« Energisch zog sie an ihrem Tuch und sagte mit ganz anderer Stimme: »Ist auch egal, gehen wir uns im Umkleideraum anziehen. Ich habe die Bänder für dich dabei.«

Annik hätte gerne über die Bemerkung nachgedacht, aber Gratia plapperte und verlangte ihre Meinung zu modischen und kosmetischen Dingen, und so schob sie ihre Gedanken zur Seite. Während sie sich mit dem Mädchen unterhielt, legte sie den Hüftschurz und die Brustbinde an und zog die lange, gefältelte Tunika aus dünnem, weißen Leinen darüber. Gratia half ihr, sie unter der Brust und in der Taille hochzubinden, dann legte sie das blaue Gewand und die Stola an und befestigte sie mit den mit blauen Glasperlen verzierten Bronzefibeln, die sie von einem Händler auf dem Markt erstanden hatte. Mit Gratias Bändern umwand sie ihre Taille, flocht ihre langen Haare zu einem Zopf und steckte ihn, wie üblich, zu einem dicken Knoten im Nacken auf.

»Was hast du hier drin?« Gratia hob das Lederbeutelchen hoch, das bei Anniks Kleidern lag.

»Schmuck, den ich heute tragen möchte.«

»Oh, zeig mal.«

Annik holte den Siegelring heraus und reichte ihn Gratia.

»Ach, ist der hübsch. Ein Pferdchen! Und was steht da drin? Warte mal, das heißt: ›AD PERPETUAM MEMORIAM‹ – Zum immerwährenden Gedenken. An wen sollst du denken?«

»An einen Tag in Colonia. Ich bekam ihn an dem Tag, an dem Falco mir vorschlug, hier als Töpferin zu arbeiten.«

»Oh, ich weiß. Den hat dir Falco geschenkt?«

»Nein. Martius.«

»Ach ja, dein Freund. Der ist schon lange nicht mehr hier gewesen. Oder trefft ihr euch heimlich?«

»Er ist schon lange nicht mehr hier gewesen. So, und nun lass uns gehen. Irgendwann will dein Vater in Ruhe das Bad benutzen und nicht von uns zwei Schnattergänsen gestört werden.«

Sie legte sich die Palla um und verließ das Badehaus.

Die Riten zu Ehren Jupiters, seiner Gemahlin Juno und seiner klugen Tochter Minerva fanden im Lararium des Hauses statt, einer Halle im Eingangsbereich, in der in den Wandnischen die Hausgötter, die Laren, standen. Heute war der ansonsten leere Altar mit einer Feuerschale mit glühender Kohle und Blumengirlanden hergerichtet. Alle Mitglieder des Haushaltes hatten sich dort versammelt. Rosina nickte Annik zu, blieb aber an ihrem Platz in der Nähe des Altars stehen, Annik selbst hielt sich im Hintergrund zwischen Ursa und Mechthild. Sie warteten schweigend auf den Hausherrn, der die Zeremonie leiten würde.

Valerius Corvus trat ein, ihn umgab der reiche Faltenwurf seiner purpurgesäumten Toga, doch anders als am Gerichtstag hatte er heute sein Haupt verhüllt. Er blieb einen Moment still vor dem Altar stehen, dann hob er die Hände und grüßte die Hausgötter. Es gab ritualisierte Antworten, die von allen gesprochen wurden. Doch Annik, die sie nicht kannte, blieb stumm. Dennoch berührte sie die schlichte Zeremonie. Valerius Corvus hatte eine tiefe, tragende Stimme, und die Gebete, die er sprach, seine ruhigen Gesten und Handlungen zogen sie in ihren Bann. Er huldigte den Göttern, die er und sein Haushalt verehrten, mit Ernst und Hingabe. Das Opfer, das er ihnen brachte, bestand aus Weihrauch und Wein, und bald zogen duftende Rauchschwaden durch das Lararium. Es herrschte andächtige Stille, kaum eine Bewegung war zu spüren. Annik fiel allerdings auf, dass Ursa neben ihr nervös die Hände bewegte. Es irritierte sie ein wenig, doch dann wurde sie von der Haushälterin abgelenkt. Der Pater familias drehte sich zu den Anwesenden um, und das Licht der Öllampen beleuchtete sein Gesicht unter dem verhüllenden Tuch der Toga. Er hatte Annik seine unversehrte Seite zugewendet, und es durchfuhr sie wie ein schmerzhafter Stich. Hätte das Schwert ihn nicht getroffen, Valerius Corvus wäre ein schöner Mann gewesen.

Noch einmal hob er die Hände, um Jupiter, Juno und Minerva zu ehren, sprach abschließende Worte, zog den Stoff tiefer über sein Gesicht und drehte sich dem Altar zu.

Leise und mit gesenkten Blicken verließen die Teilnehmer des Rituals den Raum. Annik, die ziemlich weit hinten gestanden hatte, blieb, bis alle, auch der Hausherr, gegangen waren. Und so fand sie den kleinen, zerdrückten Eibenzweig, der auf dem Boden lag. Sie bückte sich danach, und ein unbehagliches Gefühl beschlich sie. Die Eibe war ein magischer Baum für sie, wahrscheinlich auch für andere. Er diente der Bannung und dem Schutz. War es Ursa gewesen, die ihn in der Hand gehalten hatte? Sie erinnerte sich an deren nervöse Handbewegungen. Warum hatte die Haushälterin es für nötig gefunden, sich bei einer Zeremonie zu Ehren der römischen Götter mit einem Eibenzweig zu schützen? Einen Moment lang betrachtete sie unschlüssig den Zweig mit den roten, giftigen Beeren. Dann zog sie resolut die Palla über ihren Kopf und trat vor den Altar, auf dem die Glut im Kohlebecken noch immer kirschrot leuchtete. Mit einigen vertrauten Worten ihrer eigenen Sprache legte sie das Ästchen auf die Kohlen, und als der Rauch aufstieg, bat sie die Götter, die ihren und die des Hauses, Ärger und Bedrohung abzuwenden und das Unheil zu bannen. Denn das war die Aufgabe der Eibe, wie sie sie kannte.

»Annik, das darfst du nicht!«, flüsterte es scharf hinter ihr. Gratia war zurückgekehrt, wohl um sie zu holen.

»Doch, Gratia, das darf ich.«

Im Halbdunkel starrte das Mädchen sie an.

»Dann bist du doch eine Priesterin?«

»Nein, aber es gibt einfache Gebete, die jeder sprechen kann, und einfache Handlungen, um den Segen auf ein Haus zu ziehen. Ich bin dankbar, Gratia, dass ich hier sein kann. Und darum habe ich mit den Göttern gesprochen.«

»Oh… Ja, wenn das so ist, dann wird das wohl in Ordnung sein. Aber jetzt komm, das Essen ist aufgetragen.«

Es waren eine Reihe von Gästen anwesend, die sich im

Wohnraum und im angrenzenden Esszimmer versammelt hatten. Die Geachtetsten unter ihnen lagen auf den Klinen und hatten Tischchen mit Speisen und Getränken vor sich, andere suchten sich ihren Platz auf den langen Bänken und Tischen, die für sie aufgestellt worden waren. Charal hatte Annik einen Platz freigehalten, und sie nahm dankbar neben ihm Platz. Die Stimmung war inzwischen weit entfernt von der ernsten Andacht, es wurde lebhaft geschwatzt, gegessen und getrunken. Annik beteiligte sich dennoch wenig an den Gesprächen und Scherzen. Sie beobachtete lieber die Gäste. Falco war gekommen, begleitet von zwei anderen Männern von eindeutig militärischem Gebaren, auch wenn sie die Toga trugen. Rosina unterhielt sich mit einigen Frauen, deren hochelegante Kleidung die Städterinnen auswiesen und die zu gewichtig auftretenden Herren gehörten. Gratia, stolz in ihrer neuen Stola, versuchte sich ebenfalls in erwachsener Konversation.

Das Essen, vor allem aber der Wein, dunkel, schwer und stark gewürzt, lockerte die Zungen mehr und mehr. Man stand auf, wandelte umher, neue Gruppen fanden sich zu Gesprächen. Und so kam auch Falco nach einiger Zeit zu Annik. Sie grüßte ihn freundlich, und er erkundigte sich nach ihrem Leben in der Villa.

»Du siehst, ich bin im Haus gelitten. Die Domina ist mir wohl gesonnen.«

»Sie ist eine einsame Frau, Corvus verbringt viel Zeit in der Colonia.«

»Du meinst, sonst würde ich mich ihrer Gunst nicht erfreuen?«

»Das wollte ich damit nicht gesagt haben. Du hast deinen eigenen Wert. Im Übrigen hörte ich, dass du ihr im Sommer einen Dienst erwiesen hast.«

»Darüber sollte nicht gesprochen werden, Falco.«

»Keine Sorge, sie hat es mir selbst erzählt. Aber ich will dich warnen, Annik. Die Wälder sind gefährlich.«

»Für wen, Falco?«

Valerius Corvus und Rosina waren dazugestoßen, er nickte Annik zu, unterbrach die Unterhaltung jedoch nicht.

»Für alle, die dort herumstreifen, würde ich sagen. Es sind Leute vom Nachschub dort hineingelockt worden. Zwei von ihnen haben wir erschlagen aufgefunden. Das sollte dir Warnung genug sein.«

Annik sah ihn ausdruckslos an, aber in ihren Gedanken tauchte Cullens Bemerkung über die irregeführten Legionäre auf. Sie fragte sich, ob er gewusst hatte, dass die Männer umgebracht worden waren.

»Ja, es gibt eine Bande, die uns andauernd Schwierigkeiten macht«, sagte jetzt auch Valerius Corvus. »Sie werden zunehmend dreister. Gelegentliche derbe Streiche kann man ja noch tolerieren, aber Vergewaltigung, Raub und Mord sind etwas anderes. Wir haben bereits über Maßnahmen gesprochen. Doch es ist genauso schwer festzustellen, wer sie genau sind, noch woher sie ihre Informationen haben. Solange wir das nicht wissen, ist es schwierig einzugreifen. Ich halte nichts davon, pauschale Vergeltungsmaßnahmen durchzuführen, auch wenn Senator Publius Fabius Pontanus darauf drängt.«

»Nein, das sollte man nicht. Aber sie sind erstaunlich gut über all unsere Bewegungen unterrichtet«, stimmte Falco zu. »Ich frage mich, ob wir in unseren eigenen Reihen Verräter haben.«

»Möglich, Falco. Ihr habt viele Fremde in der Ala. Gallier, wie die Eburonen, die hier in den Wäldern ihr Unwesen treiben.«

»Du hast die Gallier im Verdacht, Corvus?«

»Hauptsächlich. Aber wie du weißt, haben die sich

schon mehrmals auch mit den anderen Stämmen verbündet. Und die Einheimischen haben viele Möglichkeiten, uns auszuhorchen. Selbst hier im Haus wird oft recht freimütig über Politik und militärische Vorhaben gesprochen. Wer weiß, wer alles zuhört und es weitergibt. Man kann nicht auf jedes Wort achten, das man sagt.«

»Und dann besucht dieser junge Barde Annik häufig in ihrer Töpferei!«, sagte Rosina mit einem vergnügten Augenzwinkern. Ihr Versuch, sie mit ihrem jungen Anbeter zu necken, schlug allerdings völlig daneben. Valerius Corvus fixierte Annik scharf und fragte: »Welcher Barde? Was erzählst du ihm, Töpferin?«

»Vornehmlich höre ich ihm zu, Dominus. Er berichtet mir von den Traditionen und den alten Geschichten seines Volkes. Ich hingegen berichte ihm dann und wann von denen meines Volkes. Wir haben gemeinsame Wurzeln, auch wenn sie weit zurückzuliegen scheinen. Über das, was ich auf dem Gut höre, spreche ich nicht mit ihm!«

»Und das soll ich dir glauben? Du lebst auf dem Gut und scheinst sogar hier im Haus ein und aus zu gehen. Du hast genug Möglichkeiten zu lauschen, Barbarin!«

»Ich habe keinen Anlass, Euch Übles zu wollen, Dominus. Ich lausche nicht, und selbst wenn ich etwas mitbekomme, das nicht für mich bestimmt ist, spreche ich nicht darüber.«

»Corvus, bitte! Ich wollte Annik nicht beschuldigen. Der Junge ist in sie verliebt, darum besucht er sie. Das sieht man ihm doch an.«

»Dein neuer Freund, Annik?«, fragte nun auch Falco.

»Ich habe gesagt, dass wir uns unterhalten. Ich wiederhole es nicht noch einmal.«

»Falco, Corvus, hört auf, ihr beiden. Annik ist keine

Verräterin, und ihre privaten Angelegenheiten gehen euch nichts an.«

Barsch wies Valerius Corvus seine Frau zurecht: »Sie gehen uns verdammt viel an, wenn sie diejenige ist, die dazu beiträgt, dass unsere Leute ermordet werden!«

Rosina zuckte zusammen, zog sich mit einer trotzigen Geste die Palla über den Kopf und verließ den Raum.

»Das war nicht nötig, Corvus«, sagte Falco.

»Sie ist naiv. Schon gut, ich werde mit ihr darüber später reden. Mit dir, Töpferin, werde ich ebenfalls noch ein paar Worte zu wechseln haben. Ich will Antworten und kein anmaßendes Gerede.«

»Ihr bekommt Antworten auf Eure Fragen, Dominus.«

»Lügen und Ausflüchte, vermutlich!«

»Soweit ich bereit bin, Euch Auskunft zu geben, Dominus, wird es die Wahrheit sein.«

»Soweit du bereit bist! Barbarin, du gehst ziemlich weit in deinem Hochmut! Wir sprechen uns morgen!«

Der Hausherr wandte sich ab, und Falco schüttelte den Kopf.

»Du ärgerst ihn, Annik. Er hat Recht, wenn er dich zur Rede stellt. Dieser Barde ist gefährlich.«

»Ja, er singt gefährliche Spottlieder auf euch Römer. So gefährlich, dass die tapferen Legionäre völlig kopflos in den Wald rennen und sich erschlagen lassen.«

»Großer Jupiter, du hast genauso eine giftige Zunge wie dieser Junge. Du weißt ganz genau, dass er die Leute aufwiegelt.«

»Ja, das tut er. Aber ich unterstütze ihn nicht darin. Mag Valerius Corvus mit mir reden, mehr habe ich nicht zu dem Thema zu sagen.«

»Vielleicht solltest du bedenken, wenn du mit ihm sprichst, dass auch er zweimal von den Aufständischen auf den Tod verwundet wurde.«

»Ja, Ursa hat mir von Vetera erzählt. Und von der Vergeltung der Römer.«

»Ursa, die Germanin. Hat sie dir auch erzählt, wie Vetera vernichtet wurde? Hat sie dir gesagt, dass es Friedensverhandlungen gab? Dass die belagerten Legionäre freiwillig ihre Waffen abgegeben hatten? Und dass sie dennoch anschließend heimtückisch niedergemacht wurden? Dass die Bataver das Lager niederbrannten, mit allen, die sich darin aufhielten? Corvus war beinahe der Einzige, der lebend entkam. Kaum mehr lebend.«

»Sie hat ihn gesund gepflegt.«

»Sie – oder besser ihre Familie – hat Lösegeld für ihn verlangt.«

Annik senkte den Kopf.

»Es gibt wohl immer zwei Seiten, wie man eine Geschichte erzählen kann. Wann wurde er das zweite Mal verwundet? Auch von Einheimischen?«

»Bei dem Saturninus-Aufstand vor acht Jahren. Er war Quaestor bei der Legio Minerva und hat die Versorgung organisiert. Es war ein Hinterhalt, bei dem er und seine Begleiter überfallen wurden. Nur er und ein junger Bursche überlebten. Knapp. Er trug eine tiefe Wunde an seinem Bein davon. Er war kaum genesen, da starb im selben Jahr seine erste Frau, Aemilia Sophia, bei der Geburt ihres zweiten Kindes. Er verließ danach die Legion und zog sich hier auf das Gut zurück. So viel solltest du zumindest wissen.«

»Du willst damit andeuten, dass ich auf seine Verbitterung Rücksicht nehmen und mir deshalb seine Anschuldigungen gefallen lassen soll?«

»Er ist dein Herr hier. Du wirst ihm gehorchen.« Falco sah sie streng an, doch dann milderte ein weicherer Ausdruck seine Züge. Versöhnlicher sagte er: »Sein Leben war nicht einfach, Annik.«

»Meines auch nicht!«

»Nein, das habe ich schon vermutet. Dennoch – fordere nicht ständig seinen Unmut heraus.«

»Schon gut, Falco. Ich werde mich bemühen.«

»Tu das. Hat Martius dir erzählt, dass er jetzt wieder als Meldereiter eingesetzt ist? Er hat ausgezeichnete Arbeit bei den neuen Pferden geleistet. Aber ich habe den Eindruck, dass ihm Kurierwesen mehr Freude macht.«

»Ich habe es erfahren, und vermutlich liegt es daran, dass er als Kurier mehr Freiheiten hat.« Annik grinste Falco plötzlich an. »Wir sind eben ein freiheitsliebendes Völkchen, weißt du!«

»O ja, das merke ich jeden Tag bei meinen Auxiliaren!«

18. Kapitel

Der Auftrag

Zunächst war es Ulpia Rosina, die Annik am folgenden Tag aufsuchte.

»Ich habe dich in Verlegenheit gebracht, Annik. Das tut mir Leid.«

»Es ist nicht weiter schlimm. Ich werde Eurem Gatten alle Fragen beantworten, die er mir stellt. Ich habe mir nichts vorzuwerfen, Domina.«

»Ich weiß. Er kann nur so entsetzlich hart sein.« Sie seufzte und setzte sich auf einen Schemel neben dem Trockenbord. »Aber du lässt dir nichts von ihm gefallen, verstehst du. Wenn er dir Strafe androht, gib mir Bescheid.«

»Er wird keinen Anlass haben, mir zu drohen, Domina. Warum warnt Ihr mich? Droht er Euch denn?«

»Nein, nie. Nur – er… er schweigt. Und sein Schweigen sagt ungeheuer viel. Er verachtet mich, weil ich ihm nicht die Frau sein kann, die er sich wünscht.«

»Dann seid ihm doch die Frau, die er sich wünscht!«, schlug Annik mit einem leisen Lächeln vor.

Ulpia Rosina wurde steif und verkrampfte Hände die.

»Das kann ich nicht. Ich bin halt nicht Aemilia Sophia.«

»Seine erste Frau, Gratias Mutter. Ich weiß.«

»Es heißt, sie war ziemlich hässlich. Er mochte sie trotzdem, hat man mir gesagt. Sie war wohl sehr klug.«

»Grämt Euch nicht unnötig. Ihr führt hier, soweit ich es sehen kann, kein schlechtes Leben. Aber vielleicht sollltet Ihr Valerius Corvus häufiger in die Colonia begleiten. Dort werdet Ihr Abwechslung und Freunde finden.«

»Es gibt Gründe für mich, mich nicht zu oft in der Colonia sehen zu lassen. Und im Grunde hast du Recht. So schlecht ist es hier nicht.«

Ein Hauch von Erröten erinnerte Annik daran, dass es ja auch noch einen heimlichen Liebsten gab, der Ulpia Rosina das Leben auf dem Lande versüßte.

Die Hausherrin war aufgestanden, hatte sich noch ein paar der langsam trocknenden Tonwaren angesehen, hatte über Nebensächlichkeiten geplaudert und war dann gegangen. Annik setzte sich wieder an die Töpferscheiben, und während sich unter ihren Fingern der Ton zu einer anmutigen Vase formte, dachte sie über die Verwicklungen nach, in die sie geraten war. Ihr Kontakt zu dem Barden mochte wirklich zu Misstrauen Anlass geben. Sie würde ihm das nächste Mal sagen, dass er sie nicht mehr auf dem Gut aufsuchen durfte. Wenn sie sich im Dorf oder auf dem Markt trafen, würde er leichter auf Distanz zu halten sein. Das war ihr auch ganz recht. Sie war nicht besonders erbaut darüber, dass er ihr den Anschlag auf das Leben der Legionäre verschwiegen hatte. Sie glaubte inzwischen nicht mehr, dass er nichts davon gewusst hatte. Er mochte nicht der Kopf der Verschwörer sein, aber er war zumindest insoweit daran beteiligt, dass er Nachrichten weitergab. Und was Valerius Corvus anbelangte, so würde sie zumindest versuchen, ihn nicht wieder zu reizen. Obwohl sie sich nicht ganz sicher war, ob es ihr wirklich gelingen würde. Ein Lächeln stahl sich dabei in ihre Augenwinkel, und die Vase erhielt einen besonders eleganten Kragen.

Er kam am nächsten Tag in der Abenddämmerung, als Annik ihr Essen zubereitete. Auf ihrem Herd schmorte in einem tönernen Topf das Schweinefleisch, das sie von Ursa erhalten hatte, zusammen mit dünnen Zwiebelringen. Sie hatte die Champignons, die sie auf der Weide gefunden hatte, in Stücke geschnitten und zupfte gerade Blättchen von Weinraute und Majoran, die hinter ihrer Werkstatt in dichten Büscheln wuchsen. Frisch gebackene Brotfladen lagen auf dem Tisch, Töpfe mit Salz, Essig und Honig standen zum Würzen bereit.

»Dein barbarisches Abendmahl, Töpferin Annik?«, begrüßte der Hausherr sie.

»Wollt Ihr es probieren, Dominus? Es wird für zwei reichen.«

»Gesteht es meiner Neugierde zu – ja, ich will es probieren.«

Zufrieden, ihn in so gelassener Laune anzutreffen, stellte Annik Becher und Weinkrug auf den Tisch.

»Nehmt Platz, Dominus. Es ist gleich fertig. Nur der Wein ...«

»Warte, Annik.«

Valerius Corvus rief nach einem der Jungen und schickte ihn um einen Krug des roten Weines, den er bevorzugte. Dann kam er in das Haus zurück und setzte sich auf die Bank am Tisch.

»Erzählst du mir von deiner Bekanntschaft mit dem Barden?«

»Natürlich.«

Annik berichtete, wie sie den spöttischen jungen Mann vor einem Jahr auf dem Markt kennen gelernt hatte, und versuchte ihm dabei zu erklären, welche Rolle der Barde für ihr Volk spielte.

»Sie sind ungemein wichtige Leute für die Gemeinschaft, sie sind Berater der Fürsten und Führer, Dominus. Sie kennen die Geschichte und können die Gegenwart, manchmal sogar die Zukunft daraus deuten. Denn nichts ist neu, alles wiederholt sich, und die Fehler der Vergangenheit sollte man nicht wiederholen.«

»Eine weise Einstellung!«

»Sie verbringen Jahre damit, die alten Lieder und Sagen zu lernen. Cullen hat sie von seinem Großvater beigebracht bekommen. Sie werden traditionsgemäß mündlich weitergegeben, denn nur damit bleiben sie lebendig und können den neuen Gegebenheiten angepasst werden.«

»Aber damit schleichen sich auch Fehler ein, sollte man meinen. Das Gedächtnis der Menschen ist unberechenbar.«

»Fehler – nein, ich glaube nicht. Andere Ansichten oder Sichtweisen, das ja. Aber genau das meine ich damit, dass sich die Geschichten anpassen. Was geschrieben ist, bleibt ewig gleich. Wenn jemand es viele Jahre später oder auch nur an anderer Stelle liest, dann versteht er wahrscheinlich den Zusammenhang der Handlungen nicht mehr, weil er unter anderen Bedingungen lebt. Die alten Lieder meines Volkes zum Beispiel handeln vom Meer, die der Hiesigen von den Wäldern. Wer das Meer nicht kennt, sondern nur die Wälder, der erkennt vielleicht den tieferen Sinn darin nicht. Doch wenn derjenige, der diesen Sinn verstanden hat, die darin verwendeten Bilder, die Sprache und die Vergleiche den jeweiligen Umständen anpasst, dann kann er auch die erreichen, die aus einer anderen Gegend kommen oder in einer anderen Zeit leben. Die grundlegende Erkenntnis, die damit verbunden ist, bleibt jedoch unverändert. Sie ist es, die die Barden bewahren und die es ihnen möglich macht, anderen zu erklären, welche Folgen ihr Handeln hat.«

Annik gab die Kräuter in den Topf und würzte den Inhalt mit einem Löffel Honig.

»Und alles das kann dein Freund Cullen?«

»Nun ja, er ist noch jung. Er hat ein ungeheures Wissen, er beherrscht die Technik des Liedermachens und hat eine schöne Stimme. Doch wollte ich einen Rat, so wäre mir ein älterer seiner Art lieber.«

»Du fragst ihn nicht um Rat?«

»Nein. Das, was ich zu tun habe, bedarf seines Rates nicht. Ich bin Töpferin, Dominus.«

»Und Köchin. Ich muss gestehen, es riecht nicht halb so schlecht, wie ich es befürchtet habe.«

»Dann gebt mir den Brotfladen, ich will ihn für Euch füllen.«

Sie aßen in schweigender Eintracht, und als sie das Mahl beendet hatten, nahm Valerius Corvus einen tiefen Schluck aus seinem Becher.

»Wenn du seinen Rat nicht brauchst, Annik, warum triffst du dich dann mit dem Barden? Ist er dein Liebhaber?«, knüpfte er an das vorherige Gespräch an.

»Ich könnte sagen, dass Euch das nichts angeht. Aber – nein – er ist nicht mein Liebhaber. Ich habe Euch gestern die Wahrheit gesagt. Mich interessieren unsere gemeinsamen Wurzeln.« Sie richtete sich ein wenig auf und atmete tief durch. »Dominus, ich habe das Land verlassen, in dem ich aufgewachsen bin. Das Meer, die Dünen, den wilden Wind, die einsamen Steine der Uralten. Ich bin – ein wenig einsam gewesen.«

»Jetzt bist du es nicht mehr?«

»Ich habe mich zurechtgefunden.«

Annik trank ebenfalls von dem Wein und fand ihn ungewöhnlich schwer. Ihr Gast aber schien ihn gewöhnt zu sein und schenkte sich den nächsten Becher voll.

»Würdest du mir den Gehorsam verweigern, wenn ich dir verbieten würde, ihn wieder zu treffen?«

»Nein, Dominus. Ich habe selbst schon erwogen, ihm

zu untersagen, mich hier aufzusuchen. Ich werde es aber nicht vermeiden können, ihm im Dorf zu begegnen.«

»Oder im Wald?«

»Oder im Wald. Denn ich werde mir nicht verbieten lassen, dort umherzuwandern.«

»Du bist aufsässig!«

»Ja, Dominus. In diesem Fall bin ich es. Ich sammele dort Pilze und Beeren und auch Kräuter. Ich habe dort einen heiligen Platz gefunden, an dem ich zu meinen Göttern sprechen kann. Wollt Ihr mir das wirklich untersagen?«

»Es scheint, dass ich kaum dazu in der Lage bin. Aber dennoch. Ein Vorwurf steht im Raum, Töpferin Annik, und wir müssen darüber sprechen. Mag sein, dass ich vorgestern zu hastig geurteilt habe. Ich will deine Meinung hören. Also – was kannst du gegen den Vorwurf vorbringen, dass du Informationen an die Gallier weitergibst?«

»Nichts, Dominus. Ich kann ihn nicht entkräften, sondern nur bestätigen.«

»Zünde noch eine Lampe an. Ich will dein Gesicht sehen, wenn du derartige Antworten gibst!«

Annik entzündete eine weitere Öllampe und stellte sie auf den Tisch zwischen sie.

»Und nun sprich!«

»Ich bin eine Keltin, eine Gallierin, die unter römischer Herrschaft aufgewachsen ist. Auch mein Volk ist besiegt und geschlagen worden. Ich weiß, welches Unrecht hier geschehen ist, ich kann verstehen, dass es Aufstand und Unmut gibt.«

»Ja, das glaube ich dir. Weiter.«

»Ich habe einen Ofensetzer und einen Gehilfen, beide stammen aus dem gallischen Volk, haben Familien und Verwandte hier in der Gegend. Es ist leicht für mich, ihnen Botschaften mitzugeben. Cullen besucht mich regelmäßig, und auch ihm kann ich alles erzählen, was ich höre.«

»Die Möglichkeit hast du.«

»Ulpia Rosina ist so großzügig, mir ihr Vertrauen zu schenken. Ich bin häufig ihr Gast in der Villa, wenn Ihr in der Colonia weilt.«

»So ist das also!«

»Ja, Dominus, so ist das. Wir unterhalten uns über viele Dinge des Haushalts, manchmal sind jedoch auch Gäste da, die darüber sprechen, wer in die Colonia kommt oder wer sie verlässt. Wir hören von den Vorhaben der Legion, von dem Bau der Wasserleitung, den neuen Befestigungsanlagen und vieles mehr. Genauso ist Caesar Nervas Nachfolge eines der Themen, über die gesprochen wird. Man sagt, dass Ulpia Rosinas Verwandter, Traianus, der Statthalter von Niedergermanien, von ihm adoptiert werden soll.«

»Du bist gut informiert für eine Töpferin.«

»Ja, ich informiere mich. Und ich habe mehr als eine Gelegenheit, mein Wissen weiterzugeben. Ihr seht, ich kann Euren Vorwurf nicht entkräften.«

Über die gelbliche Flamme hinweg sah Valerius Corvus sie nachdenklich an. Dann leerte er seinen Becher.

»Gieß mir noch Wein ein, Barbarin. Und trinkt auch selbst davon.«

»Er ist schwerer, als ich ihn gewöhnt bin. Verzeiht, wenn ich ihn mit Wasser verdünne.«

»Du bist also eine Verräterin. Ein kluger Zug von dir, es so darzustellen. Du zwingst mich, dich entweder mit Schimpf und Schande zu vertreiben oder Gegenargumente zu suchen, um deine Unschuld zu beweisen.«

»Tut, wie Ihr wünscht, Dominus.«

»Ich habe den Verdacht, dass du womöglich bei einem

Barden die Wortklauberei gelernt hast. Mit deiner verdammten Nachgiebigkeit setzt du mich ins Unrecht!« Er funkelte sie an, aber seine schroffen Worte wurden durch ein kurz aufblitzendes, anerkennendes Lächeln gemildert. »Dann will ich also für deine Unschuld sprechen. Nun ja, Falco stellt dir einen guten Leumund aus. Er ist ein Mann, der Menschen beurteilen kann, und ich achte seine Meinung darin hoch. Dazu haben wir deinen Sinn für Gerechtigkeit, den ich ja persönlich kennen gelernt habe. Er mag mich geärgert haben, spricht aber im Grunde für dich, denn du hast versucht, den alten Mann zu schützen, der für dich arbeitet. Der alte Erwan und der junge Ilan achten dich ebenfalls und sprechen gut von dir. Das wird nicht nur darauf zurückzuführen sein, dass du eine Barbarin wie sie bist und sie mit Nachrichten aus dem Haus versorgst. Charal bestätigt mir, dass du fleißig, pünktlich und genau in deiner Arbeit bist und gewissenhaft mit ihm abrechnest. Aber das sind nur äußerliche Beschreibungen deines Charakters, dahinter kann sich trotzdem eine Verräterin verbergen. Stimmst du mir zu?«

»Ja, Dominus.«

»Es gibt aber noch einen anderen Fall. Du scheinst Ulpia Rosina einen nicht unbeträchtlichen Dienst erwiesen zu haben, richtig?«

»Sie wollte nicht, dass Ihr es erfahrt.«

»Ich hätte nicht davon gehört, wenn mir Falco es nicht erzählt hätte. Er hielt es für wichtig, und das ist es auch.« Er sah ihr in die Augen, und sie hielt seinem Blick ruhig stand. »Du bist ihre Freundin und Vertraute geworden, Annik. Es ehrt dich, dass du sie nicht verraten willst. Dennoch, ich denke, wir beide wissen, warum sie in den Wald ging. Verlass dich darauf, dass ich es ihr nicht zum Vorwurf machen werde.«

Annik senkte ihren Blick. Das, was Valerius Corvus gesagt hatte, war ein ungewöhnliches Eingeständnis.

»Als letztes Argument will ich noch hinzufügen, dass meine Tochter Gratia dich sehr zu lieben scheint. Ich habe festgestellt, dass junge Menschen ein gutes Gefühl für Aufrichtigkeit haben. Und Gratia ist ein kluges und feinfühliges Mädchen.«

Er leerte seinen Becher und schenkte sich sofort nach.

»So kommt Ihr zu dem Schluss, dass ich nicht die Verräterin bin, die ich scheine?«

»Ja, zu diesem Schluss bin ich gekommen. Du zeichnest dich durch ungewöhnliche Loyalität zu meinem Haus aus, scheint mir. Und darum habe ich jetzt einige Bitten an dich, Töpferin Annik.«

»Nennt sie mir. Ich will sehen, dass ich ihnen nachkommen kann.«

»Finde heraus, wer von meinen Leuten Verbindungen zu den Aufrührern und Unruhestiftern hat. Es müssen einer oder mehrere sein, sonst hätte sich der Vorfall mit Ulpia Rosina nicht ereignen können. Ich bin zu selten hier, um ein Auge darauf zu haben. Du aber bist in Kontakt nicht nur mit dem Gesinde, sondern auch mit den Hausbewohnern und Gästen.«

»Spitzeldienste?«

»Ja, Spitzeldienste, wenn du so willst. Um der Sicherheit meiner Tochter und meiner Gattin willen, Annik.«

»Ich verstehe. Ja, ich werde für Euch die Augen offen halten und die Ohren spitzen. Aber an wen soll ich mich wenden, wenn ich etwas herausgefunden habe?«

»An mich oder Falco. Kannst du lesen und schreiben?«

»Natürlich!«

»Dann wirst du mir Nachricht schicken können, wenn es notwendig ist. Aber ich werde in den nächsten Monaten häufiger herkommen.«

»Gut, Eure nächste Bitte?«

»Achte ein wenig auf meine Tochter. Gratia ist in einem Alter, in dem sie besonders gefährdet ist. Sie ist noch unerfahren, eine Jungfrau, meine einzige Erbin. Und so wie es aussieht, wird sie das auch bleiben«, fügte er mit einem schiefen Lächeln hinzu. Annik sah in die Glut im Herd. Sie erwiderte nichts, und er fuhr fort: »Gratia entwächst allmählich ihren Lehrern und Kinderfrauen. Zu dir hat sie Vertrauen.«

»Dann gestattet ihr, dass sie bei mir das Töpferhandwerk lernt. Das würde es mir erleichtern, diese Bitte zu erfüllen.«

»Ich werde es ihr erlauben.«

»Habt Ihr noch eine Bitte, Dominus?«

Er langte zu dem Becher, betrachtete die dunkle Flüssigkeit und trank ihn in einem Zug aus. Doch er schwieg. Nach einer Weile griff er wieder zu dem Weinkrug und schenkte den Becher voll.

»Eine schwere Bitte, Dominus?«

Ruhig, aber mit einem Lächeln in der Stimme fragte Annik ihn das. Er wollte wieder den Becher an die Lippen setzen, doch sie berührte sacht den Rand des Trinkgefäßes. Er stellte es vor sich auf den Tisch. Seinen Gesichtsausdruck konnte sie nicht deuten, aber sie wartete geduldig, und in ihrem Blick lag Zärtlichkeit.

Heiser sagte er plötzlich: »Löse deine Haare für mich, Barbarin.«

Wortlos griff Annik in den Nacken und zog die beiden Haarnadeln heraus. Der lange Zopf fiel ihr über die Schulter, und mit geübten Fingern entflocht sie ihn. Es dauerte eine Weile, bis sie ihre langen Haare freischütteln konnte. Er sah ihr zu, bewegungslos, stumm. Das flackernde Licht der Öllampe ließ goldene Reflexe in dem Blond aufleuchten, und sie wusste um diese Wirkung. Ein wenig neigte sie den Kopf zur Seite und sah ihn mit einem Blick halb unter den Wimpern verborgen an.

Er schwieg noch immer, aber stand, gestützt auf seinen Stock, auf. Sie erhob sich ebenfalls. Mit zwei Schritten war er an ihrer Seite. Beinahe einen Kopf überragte er sie und schaute auf sie herab.

»Habt Ihr noch eine Bitte, Titus Valerius Corvus?«, fragte Annik sehr leise.

Er hob die Hand, als wollte er ihre Haare berühren, zog sie aber zurück, drehte sich um und verließ das Haus. Sie sah ihm nach, wie er sehr aufrecht und kaum hinkend zur Villa ging.

Den letzten Becher Wein trank Annik dann unverdünnt aus, und nur deshalb war ihr Schlaf in dieser Nacht tief und traumlos.

19. Kapitel

Amokfahrt

Cilly ließ die Hände von den Tasten gleiten und sah mich mit großen Augen an.

»Was für eine Bitte meint Annik?«

Ich musste lächeln. »Cilly, er begehrt sie.«

»Ja – und?«

»Und er weiß, dass er tiefe Narben auf seinem Körper trägt. Rosina fühlt sich von ihm abgestoßen.«

»Und darum traut er sich nicht, sie zu fragen, ob sie mit ihm ins Bett will. Ich verstehe. Sag mal«, sie sah mich höchst neugierig an. »Hast du schon mal einen Mann wie Valerius Corvus getroffen, Anita?«

»Nein, bisher noch nicht.«

»Und wenn du ihn treffen würdest?«

»Dann würde er mich wahrscheinlich tief beeindrucken. Julian hat mir da ein hohes Ideal mitgegeben.«

Rose nickte, und Cilly fragte: »Würdest du dich in ihn verlieben?«

»Ich glaube, in einen solchen Mann verliebt man sich nicht.«

Nein, dachte ich, sagte es aber nicht – einem solchen Mann verfällt man. Und eine unerklärliche Sehnsucht legte sich um mein Herz.

»Nee, nicht? Der wäre viel zu alt für dich. Meine Güte, der war ja schon …«, sie rechnete mit gekrauster Nase nach. »Der war ja schon sechsundvierzig!«

»Vielleicht solltest du bedenken, dass dein Schwarm Marc auch ungefähr sechzehn Jahre älter ist als du!«

»Das ist doch was ganz anderes!«, schnaufte sie empört. »Er ist noch jung!«

Rose und ich brachen in schallendes Gelächter aus.

Marc hatte seinen Job gut gemacht, wie wir in der Woche nach der Ausstellung in den Zeitungen sahen. Wie er es geschafft hatte, allen seine Bilder unterzujubeln, blieb mir unklar. Aber Rose und ihre schimmernden Glasobjekte waren der Glanzpunkt der Ausstellung. Und die Anfragen häuften sich, und wir hatten ungeheuer viel zu tun. Außerdem hatte ich mein Versprechen wahr gemacht und Marc angerufen, um mich zu bedanken. Wir hatten uns darauf geeinigt, dass wir uns am ersten Dezemberwochenende treffen wollten. Es kam zwei Tage früher dazu.

Denn für meine Schwester war die Publicity ein Segen – für meine Mutter ein Fluch, wie sich herausstellte!

Es war ein eisig kalter Donnerstagabend, ich hatte mich schon abgeschminkt und wollte zu Bett gehen, als das Telefon klingelte. Ich meldete mich ein wenig mürrisch und wurde noch ungehaltener, als sich mein Gesprächspartner nur mit einem Stöhnen meldete. Solche Anrufe konnte ich nun wirklich nicht gebrauchen.

»Wer sind Sie!«, fauchte ich in den Hörer.

Ein Schniefen antwortete mir, dann ein unverständliches Genuschel. Mir schwante Schlimmes.

»Uschi, bist du das?«

»Du erkennst deine eigene Mutter nicht mehr«, kam es weinerlich, aber einigermaßen verständlich bei mir an.

»Nur an einem Schnupfen und Schnaufen natürlich nicht!«, versuchte ich munter zu antworten. »Was gibt es?«

»Ach, nichts!«

»Uschi, wegen nichts rufst du mich doch kurz vor Mitternacht nicht an. Was ist los?«

»Ich bin so einsam, Anita. Niemand kümmert sich um mich.«

»Ach, Uschi, das kann ich nicht glauben. Du hast so viele Freunde. Komm, geh zu Bett und schlaf dich aus. Ich besuche dich morgen Nachmittag, einverstanden?«

»Das versprechen alle. Aber niemand kommt zu mir. Du schon gar nicht. Du bist ja nur mit dieser Rose zusammen. Ununterbrochen. Die ganze Zeit. Und jetzt prostituiert sie sich auch noch in der Öffentlichkeit, diese Schlampe.«

Hoppla, dachte ich. Uschis Stimme hatte jegliches Nuscheln verloren und war ätzend scharf geworden. Zumindest hatte sie mit einer Sache Recht – ich hatte mich in den letzten Wochen wirklich nicht um sie gekümmert, meine Zeit war vollständig durch Julians Geschichte und Roses Arbeit in Anspruch genommen worden. Und wenn ich ehrlich war, hatte ich es auch als Ausrede für mich benutzt, mich nicht mir ihr zu treffen und mir ihre Tiraden anzuhören.

»Gib es zu, Anita! Sie ist dir wichtiger als ich. Dieses Kind der Schande!«

»Uschi, Uschi!«

Wider Willen musste ich über diese dramatische Formulierung lachen.

»Ja, lach du nur darüber. Du hast ja kein Gefühl dafür, was es bedeutet, hintergangen zu werden.«

Wieder schniefte sie, und ich riss mich zusammen, um ihr geduldig zu antworten.

»Niemand hintergeht dich. Wir haben eine Ausstellung organisiert, das hat viel Zeit gefordert. Jetzt ist das vorbei, und ich werde wieder häufiger bei dir vorbeischauen.«

»Vorbeischauen. Ja, das wirst du. Kurz hereinkommen,

ein paar Worte wechseln und wieder verschwinden. Niemand kümmert sich wirklich um mich. Seit dein Vater von uns gegangen ist, übersehen mich alle!«

»Ich werde es einrichten, dass ich bald ein ganzes Wochenende bei dir bin, Uschi. Wir gehen ins Theater oder irgendwo schön essen. Oder legen uns Musik auf und tanzen. Das könnte ich mal wieder gebrauchen. Einverstanden?«

»Tanzen? Wie kannst du von Tanzen sprechen. Ich trauere!!«

»Entschuldige. Ich dachte nur, weil du …«

»Du denkst überhaupt nicht. Du bist völlig gefühllos!«

Sie heulte jetzt richtig, und mir ging ihr triefendes Selbstmitleid mehr und mehr auf die Nerven.

»Uschi, ich bin nicht gefühllos. Ich trauere um Julian genauso wie du und vermisse ihn schmerzlich. Aber das Leben geht nun mal weiter.«

»Nein!«, schrie sie. »Nein, es geht nicht weiter.«

»Himmel, Uschi, reiß dich zusammen!«

Meine Geduld war mal wieder in die Brüche gegangen. Mit der entsetzlichen Folge, dass mir meine Mutter mitteilte, sie wolle nun ins Auto steigen und dorthin fahren, wo mein Vater verunglückt war.

Panik stieg in mir auf.

»Tu das nicht, Uschi. Es ist kalt und wird wahrscheinlich frieren. Bleib zu Hause. Bitte. Wenn du willst, komme ich sogar heute Nacht noch zu dir.«

»Brauchst du nicht, Anita«, sagte sie mit plötzlicher Entschlossenheit. »Du brauchst überhaupt nicht mehr zu kommen. Ich gehe zu deinem Vater!«

»Uschi!«

Jetzt war ich es, die schrie. Aber sie hatte schon aufgelegt.

Meine Gedanken rasten. Sie brachte es wahrhaftig fertig, in dieser eisigen Winternacht über die Autobahn zu donnern, und das, wenn mich nicht alles täuschte, voll mit irgendwelchen Tabletten und wahrscheinlich auch einer gehörigen Portion Alkohol im Blut. Wenn das schon nicht ein geplanter Selbstmord war, dann war es zumindest ein selbstmörderisches Verhalten. Was sollte ich nur tun?

Während ich nachdachte, zog ich mir bereits einen weiteren warmen Pullover über und suchte meine Winterstiefel. Ich musste zu ihr hinfahren und versuchen, sie davon abzuhalten. Auf leeren Straßen brauchte ich höchstens zwanzig Minuten. Hoffentlich wartete sie so lange.

Ich sah in den Spiegel, in meinem blassen, ungeschminkten Gesicht trat die Narbe deutlich hervor.

»Tu es nicht alleine, Anita!«, sagte ich mir und hoffte, dass Marc eventuell schon in der Gegend war. Ich tippte seine Nummer ein.

»Hallo!«, meldete er sich nach dem ersten Klingeln, und ich atmete auf.

»Ich bin's, Anita. Bist du irgendwo in meiner Nähe?«

»Kannst du hellsehen? Da vorne ist die Abfahrt. Soll ich zu dir kommen?«

»Ja, bitte!«

»Aber mit dem größten Vergnügen!«

Er legte auf, ich griff zu meiner dicken Jacke und schnappte mir den Schlüsselbund. Als ich aus dem Haus trat, fielen die ersten Schneeflocken. Vereinzelt nur und klebrig feucht. Aber der Boden war kalt, und es würde glatt werden.

Ich brauchte nicht lange zu warten. Scheinwerfer beleuchteten die Hecken, Marcs Porsche hielt am Straßenrand. Ich riss die Beifahrertür auf und setzte mich neben ihn.

»Meine Mutter ist auf dem Weg zu der Stelle, wo mein Vater umgekommen ist. Autobahn nach Koblenz. Sie ist mit Tabletten vollgedröhnt.«

»Wann?«

»Vor fünf Minuten hat sie aufgelegt.«

Er startete den Wagen und fuhr los. Dann reichte er mir sein Handy.

»Okay. Ruf die Polizei an.«

»Was soll ich denen sagen?«

»Suizidgefährdete Frau auf der Autobahn. Richtung, Fahrzeug, Kennzeichen, wenn du es weißt.«

Es war beruhigend, ihn bei mir zu haben. Meine Finger zitterten nur ganz wenig, als ich den Notruf wählte, und ich war in der Lage, nüchterne Angaben zu machen.

»Willst du gleich auf die Autobahn, Anita?«

»Nein. Zu ihr. Noch habe ich die Hoffnung, dass wir sie vielleicht erwischen, bevor sie losfährt. Oder dass sie es sich anders überlegt hat.«

»Ja, das macht Sinn. Übernächste Abfahrt?«

»Ich lotse dich.«

Die Schneeflocken tanzten im grellen Licht vor uns. Marc fuhr schnell, aber er hatte den Wagen im Griff. Ich hatte den Eindruck, dass er die Situation genoss. Ich nicht, aber trotzdem war es besser, dass er fuhr und nicht ich.

»Danke, Marc.«

»Schon gut. Was hat deine Mutter?«

»Sie verkraftet Julians Tod nicht. Sie ist labil, und da ich jetzt ausgezogen bin und meinen eigenen Angelegenheiten nachgehe, gibt sie mir die Schuld an ihrer Einsamkeit.«

»Du bist erwachsen, was will sie noch von dir?«

»Ungeteilte Aufmerksamkeit.«

»Darauf hat kein Mensch ein Recht.«

»Das versteht sie jetzt aber nicht.«

»Sie gehört in Behandlung!«

»Ist sie ja. Daher diese verdammten Tabletten! Da vorne rechts, Marc!«

Wir fuhren in den Ort hinein, in dem Uschi wohnte. Es war menschenleer um diese Zeit, und auf den geparkten Autos sammelte sich eine weiße Schneedecke. Wir bogen in die Seitenstraße ein, als uns der große Wagen entgegenkam.

»Verdammt, das ist sie!«, rief ich aus, und Marc trat auf die Bremse. Das Fahrzeug schlitterte etwas und kam knapp vor einem Laternenpfahl zum Stehen.

»Okay, noch einmal die Polizei. Ich versuche, hinter ihr zu bleiben.«

Es war nicht ganz einfach, auf der schneeglatten, ansteigenden und engen Straße zu wenden, und als wir endlich die Hauptstraße wieder erreicht hatten, war Uschis Wagen nicht mehr zu sehen.

»Autobahnzubringer!«

»Natürlich!«

Meine eiskalten Hände verkrampfen sich zu Fäusten. Ich hatte meine Handschuhe vergessen, aber gegen die innere Kälte hätten auch die vermutlich nichts genützt. Marc fuhr konzentriert und schnell und unter Missachtung aller gängigen Verkehrsregeln. Wir kamen zur Autobahnauffahrt. Hier waren dunkle Spuren in der matschigen Schneedecke, vereinzelte Fahrzeuge rauschten auf der Gegenfahrbahn vorbei. Vor uns waren nur die roten Rücklichter eines einzigen Wagens zu sehen. Marc beschleunigte derart, dass ich in den Sitz gepresst wurde.

»Was tust du?«

»Das wird sie sein. Da vorne. Siehst du, wie unsicher der Wagen die Spur hält?«

Er hatte Recht. Das Auto schlingerte auf der Fahrspur, manchmal kam es den Leitplanken gefährlich nahe.

»Was können wir tun?«

»Versuchen, sie auszubremsen. Hoffentlich bleibt die Strecke so ruhig!«

»Du riskierst deinen Wagen.«

»Sicher.«

»Und unser Leben!«

»Das nun doch nicht!«

Er grinste. Es machte ihm wirklich Spaß.

Uschi fuhr zwar unsicher, aber erschreckend schnell. Marc holte nur langsam auf. Dann aber kam uns allen das Schicksal in die Quere. In Form eines Streufahrzeugs, das langsam auf der rechten Spur vorankroch. Uschi sah das gelbe Blinken wahrscheinlich viel zu spät. Die Bremsleuchten flammten auf, der Wagen wurde nach links verrissen, prallte an die Leitplanke des Mittelstreifens, drehte sich, rutschte uns entgegen.

Marc riss ebenfalls das Lenkrad herum, wich um Haaresbreite dem Zusammenstoß aus, drehte sich ebenfalls quer zur Fahrbahn. Er riss die Gänge herunter, wollte wieder in Fahrtrichtung wenden, als Uschi – sie war es, ich erkannte ihr Gesicht hinter der Windschutzscheibe – in die entgegengesetzte Richtung durchstartete.

»O Gott, nein!«

»Nein, da mache ich nicht mit«, sagte Marc, fuhr an den Randstreifen und stellte die Warnblinkanlage an. »Es ist auch nicht mehr nötig. Schau!«

Die Autobahn leuchtete in zuckendem Blaulicht.

»Die müssen kurz hinter uns gewesen sein.«

»Vermutlich. Gehen wir.«

Uschi war nicht weit gekommen. Vielleicht dreihundert Meter entfernt blockierten die Streifenwagen die Straße. Uschis demolierter Wagen stand davor, und zwei

Uniformierte hielten sich an der Fahrertür auf. Ein dritter kam auf uns zu. Er stellte sich förmlich vor und fragte dann, ob wir Zeuge des Vorfalls seien.

»Ich habe Sie angerufen. Meine Mutter!« Ich wies auf Uschi, die heulend und fluchend auf die Polizisten einschimpfte. »Sie hatte angedroht – ach, was weiß ich. Vielleicht wollte sie wirklich nur zu der Stelle, an der mein Vater verunglückte. Aber sie schien mir nicht ganz Herr ihrer Sinne zu sein, als sie mich vorhin anrief!«

»Sie hat getrunken.«

»Vermutlich.«

»Wir werden sie ins Krankenhaus bringen lassen müssen.«

»Das wäre mir sehr recht. Sagen Sie mir nur, in welches.«

»Die Sanitäter werden gleich hier sein. Die werden Ihnen das sagen können.«

Er sah mich mit einem Anflug von Mitleid an.

Wir machten die geforderten Angaben, warteten, bis der Krankenwagen und der Abschleppdienst eintrafen, und schließlich nahm mich Marc am Arm.

»Komm, mehr kannst du jetzt nicht tun. Ich bringe dich nach Hause. Du bist weiß wie der Schnee.«

Den ganzen Rückweg schwieg ich und starrte aus dem Fenster in das dichter werdende Schneetreiben. Marc nahm mir den Haustürschlüssel aus der Hand, öffnete die Tür und half mir die Treppen hoch.

»Ich bleibe jetzt bei dir, ob du willst oder nicht.«

»Schon gut, Marc. Danke. Ich mache uns einen Tee oder so. Mir ist so kalt, als hätte ich den ganzen Winter draußen verbracht.«

»Geh ins Bett, Anita. Den Tee werde ich schon hinbekommen.«

Folgsam zog ich die Schuhe, die bis zu den Knien

feuchten Jeans und die klammen Socken aus, schlüpfte in eine alte Jogginghose, aber die beiden dicken Pullover behielt ich an. So kroch ich unter die Decke.

»Beuteltee, schwarz, mit Zucker und dem kostbaren Rest von Calvados. Trink bitte, ohne zu murren!«

Es schmeckte scheußlich, aber es wärmte. Marc hatte unterdessen die Heizung hochgedreht, zog sich ebenfalls bis auf Shorts und T-Shirt aus und schaltete das Licht im Zimmer aus.

»Rutsch ein Stück. Keine Angst, ich geh dir nicht an deinen zarten Leib. Ich will dich nur festhalten.«

Ich war misstrauisch, aber er hatte wirklich nichts anderes im Sinn, als mich in die Arme zu nehmen und an sich gedrückt zu halten. Und nun löste sich meine Verkrampfung, und ich fing hemmungslos an zu zittern.

»Ist ja gut, Anita. Schon gut. Alles ist gut gegangen.«

Solche und ähnliche Dinge murmelte er in mein Haar, bis ich schließlich ruhiger wurde und die Wärme langsam in meine Glieder zurückkehrte. Irgendwann musste ich dann wohl eingeschlafen sein. Ich träumte von blühenden Wiesen und uralten, flechtenbedeckten Steinen, von einem weiten, halbmondförmigen Strand und einem glitzernden blauen Meer. Ich saß auf einer Mole aus rundgeschliffenen Steinen und wartete auf meinen Geliebten. Und als er kam, schmiegte ich mich an seine Schulter.

»Valerius!«, flüsterte ich voller Freude. »Valerius. Ich habe so lange auf dich gewartet!«

Jemand streichelte mein Gesicht, aber die Stimme war eine andere als die, die ich erwartet hatte.

»Tut mir furchtbar Leid, aber ich bin nur Marc. Nicht Valerius.«

Ich fuhr zurück, vollkommen durcheinander. Marc, hier? In meinem Bett?

»Ruhig, Schätzchen. Es hat alles seine Richtigkeit.«

Er machte die Lampe über dem Bett an und sank wieder in die Kissen. Winternacht, Autofahrt, Angst und Aufregung.

»Ja, schon gut.«

Mir war es jetzt viel zu warm, und ich zerrte an meinen Pullovern.

»Nicht so hastig! Langsam ist es viel schöner«, meinte Marc mit einem Lachen in der Stimme und half mir aus den verdrehten Ärmeln.

»Mach dir keine falschen Hoffnungen! Das T-Shirt bleibt an.«

»Das stört auch nicht.«

»Marc, ehrlich. Ich kann nicht. Auch wenn du einer der attraktivsten Männer bist, die je unter meiner Decke gesteckt haben.«

»Nein, du willst nicht mit mir schlafen. Da ist ja Valerius, nicht wahr?«

»Was? Wer?«

»Du hast mich mit diesem Namen angeredet, als du aufgewacht bist. Und es hat sich unsäglich sehnsuchtsvoll angehört. Diesen Mann in deinem Leben hast du mir in der Tat bisher erfolgreich verschwiegen. Ich verspüre den brennenden Stich der Eifersucht!«

»Mach das Licht aus, du brauchst keine Befragung dritten Grades durchzuführen. Ich sage dir auch so die Wahrheit – es gibt keinen Valerius in meinem Leben«, sagte ich und legte mich wieder so, dass mein Kopf an seiner Schulter ruhte.

»Dann hat es einen gegeben.«

»Nein, noch nicht einmal das. Nur einen Traum.«

»Aber einen sehr intensiven. Wer ist dieser Traummann?«

Ich lachte ein bisschen über mich selbst. Ich wünschte

mir doch tatsächlich, dass für mich ein Valerius existierte, wie er für Annik existiert hatte.

»Marc, du bist gut im Recherchieren, hast du behauptet. Sag, wie findet man einen Mann, von dem man nur weiß, dass er so ähnlich wie Valerius, der Rabe heißt? Ich sage dir gleich, ich habe keine Ahnung, wo er lebt, wie er heute aussieht, ob er Manager oder Penner, Staatsmann oder Bauer ist.«

»Bisschen vage, die Angaben. Aber im ersten Ansatz würde ich mal das örtliche Telefonbuch aufschlagen und schauen, ob es einen Eintrag unter Rabe gibt. Und alle, die Valerius oder so ähnlich oder nur V. heißen, einfach anrufen.«

Das wirklich Bezaubernde an Marc war, dass er Lösungen anbot und keine Fragen stellte. Im Augenblick. Das mochte sich bei nächster Gelegenheit ganz hurtig wieder ändern. Der Vorschlag mit dem Telefonbuch war gut, sein nächster galt dem Internet. Und ich wusste, dass ich verrückt genug sein würde, um mich genau auf diese Weise auf die Suche zu machen. Denn die Stunde der Ehrlichkeit war gekommen. Julians Saat war aufgegangen.

Ich sehnte mich nach einem Mann, wie er ihn in der Gestalt des Titus Valerius Corvus beschrieben hatte. Einem Mann, der Prüfungen bestanden hatte und daraus stark hervorgegangen war. Ein Mann, dessen Macht aus ihm selbst kam, der gerecht, geradlinig und bestimmend auftrat, es aber an Fürsorge nicht mangeln ließ. Ein Mann, dessen innere Unabhängigkeit ihm Großzügigkeit erlaubte und der über seine Fehler lachen konnte. Ein seltenes Exemplar Mensch, sicher. Ich fragte mich, ob Julian sich womöglich sogar selbst damit idealisiert hatte. Er war unabhängig, großzügig, humorvoll – ja, diese Eigenschaften hatte ich an ihm von klein auf bewundert. Aber er hatte mit seiner übertriebenen Rücksichtnahme und dem daraus resultierenden Verschweigen mancher Dinge auch Probleme geschaffen. Nein, er musste einen anderen Mann meinen, von dem er glaubte, dass er für mich bestimmt war. Einen, der über mehr Willensstärke und Durchsetzungskraft als er verfügte. Würde ich mit so einem Menschen zurechtkommen? Mit einem derart starken Mann würde es höllische Auseinandersetzungen geben, denn ich war ganz und gar nicht frei von einem tief verwurzelten Unabhängigkeitsdrang. Aber dann musste ich lächeln. Viel schlimmer als höllische Auseinandersetzungen mit einem willensstarken Mann wäre einer, der ununterbrochen selbstlos, rücksichtsvoll und sanft auf mich reagieren würde. Der arme Kerl würde bei mir schlichtweg vor die Hunde gehen.

Marc war eingeschlafen, seine Brust hob und senkte sich in ruhigen Rhythmen. Marc, mein Retter. Mein Ritter. Ja, er hatte wirklich viel von Martius. Und genau wie er war er manipulierbar, brauchte eine feste Hand, die ihn lenkte, sonst war er auf und davon. Ich mochte ihn inzwischen. Ich empfand eine warme, dankbare Freundschaft für ihn, aber weder liebte noch begehrte ich ihn.

Trotzdem schlief ich den Rest der Nacht unendlich getröstet in seinen Armen.

»Ich fliege am Sonntag nach Brasilien. Komm mit, Anita!«

Ich lachte, als Marc mit nassen Haaren aus der Dusche kam und sich an den Esstisch setzte. Er goss sich Kaffee ein und grinste mich an. Ich betrachtete das schwarze Gebräu, das er da aufgegossen hatte und entschied mich, die Hälfte meiner Tasse mit Milch zu füllen, um mir nicht einen Kreislaufkollaps zuzuziehen.

»Das ist schon ein verlockendes Angebot, der Kälte

und Dunkelheit hier zu entfliehen. Aber ich fürchte, deine Unternehmungen haben nicht gerade den Erholungswert eines Wellness-Urlaubs. Was für ein Projekt verfolgst du?«

»Erholsam – wie man's nimmt. Ich will mal ein wenig im Urwald herumfotografieren, solange es noch Bäume dort gibt.«

»Ah, siehst du, ich kann zwar mit der Rosenschere ganz hübsch umgehen, aber die Machete liegt mir zu schwer in der Hand. Wann kommst du wieder?«

»Ach, frag nicht. Wer weiß, was sich ergibt!«

»Na, meine Adresse kennst du jetzt ja. Schick mir ein Kärtchen.«

»Hey, du machst mir keine Szene, nicht?«

»Nein, auch wenn du es noch so gerne hättest.«

»Schade. Übrigens, die Fotos von den Glasdingern habe ich dir auf eine CD gebrannt. Kannst du deiner – äh – Freundin geben.«

»Danke. Ich vermute, du wirst von ihr eins dieser Glasdinger bekommen. Behandle sie mit Achtung, die frühen Werke einer Künstlerin haben gewöhnlich nach ein paar Jahren Seltenheitswert und könnten ein Vermögen darstellen.«

»Was macht dich da so sicher?«

»Mein Instinkt.«

»Diese Rose, die ist mehr als eine Freundin, nicht wahr?«

»Marc, wenn du jemals in deinem Leben Kapital daraus schlägst, dann sind wir auf ewig geschiedene Leute.«

»Soll ich mir mit dem Buttermesser die Pulsader aufritzen und ein großes Indianerehrenwort schwören?«

»Nein, ein Blick aus deinen aufrichtigen blauen Augen genügt mir. Schwöre!«

Er sah mich an, aber das Glitzern in seinen Augen war

unübersehbar. Er würde es verwenden, wenn sich eine Gelegenheit gab. Konnte man nur hoffen, dass es nicht zu unserem Schaden war.

»Rose ist meine Schwester. Julian hatte zur selben Zeit, als er mit Uschi ging, noch eine weitere Freundin. Wir sind im Abstand von drei Tagen auf die Welt gekommen. Uschi und ich haben von ihrer Existenz aber erst nach seinem Tod erfahren.«

»Fleißig, fleißig, der Caesar. Ein König und ein Kaiser im Bett!«

»Tja, wenn man erwachsen wird, lernt man so einige seltsame Seiten an seinen Eltern kennen.«

»Wirft auch ein interessantes Licht auf das Verhalten deiner Mutter.«

»Gott, ja. Es ist ein zusätzlicher Stachel in ihrer Seele. Ich werde heute Mittag ins Krankenhaus fahren und sehen, ob ich irgendwas tun kann.«

»Du wirst mir verzeihen, wenn ich dich auf diesem schweren Gang nicht begleiten werde.«

»Aber gewiss. Pack du dein Köfferchen und mach dich für die schönen Sambatänzerinnen bereit.«

»Und wenn ich nun von einem Hai gefressen werde?«

»Dann werde ich eine Portion Sashimi zu deinem Gedenken essen. Oder eine Haifischflossensuppe!«

»Eine köstliche Idee.«

Der Besuch bei Uschi war alles andere als erquicklich, und ziemlich angeschlagen kam ich gegen Abend in meine Wohnung zurück. Ich hatte mit dem Arzt gesprochen, sie würde zumindest von ihm keine weiteren Medikamente mehr erhalten. Aber sie musste sich einer Therapie unterziehen, daran führte kein Weg vorbei. Natürlich wehrte Uschi sich mit Händen und Füßen dagegen.

Rose hatte mehrfach versucht, mich zu erreichen, sie hatte drei Nachrichten auf dem Anrufbeantworter hinterlassen. Ich gab ihr nur eine kurze Zusammenfassung und entschuldigte mich dann, dass ich an diesem Tag alleine sein wollte.

»Ist in Ordnung, Anita. Komm, wenn die Wellen sich wieder gelegt haben.«

»Na ja, am Samstag wie üblich, und wir können an der Geschichte weiterbasteln. Durch das ganze Drama ist mir nämlich eine ziemlich aufregende Episode eingefallen.«

20. Kapitel

In den Wäldern

Das Haus lag außerhalb des Dorfes, schon verborgen hinter den ersten Eichen und Buchen und nur über einen schmalen, ausgetretenen Pfad erreichbar. Doch es störte seinen Bewohner nicht, abseits von dem geselligen Getriebe zu leben. Ja, es war für ihn sogar notwendig. Denn hier fand er die Ruhe, seine Gesänge zu dichten. Hier konnte er den Fäden seiner Gedanken in Muße folgen und aus ihnen seine Muster weben. Er erhielt viele Nachrichten, hörte tausenderlei Geschwätz und flüchtige Gerüchte. Nichtiges und Wichtiges vereinten sich in diesen stillen Zeiten zu einem Bild, in dem Menschen und Geschicke sich über Raum und Zeit vereinten. Und da er auch die alten Sagen kannte, fand er immer wieder die Ähnlichkeiten in den Verhaltensweisen und konnte manches vorhersagen, was geschehen würde. Er hatte einen guten Lehrer gehabt, der ihm das geheime Wissen seines fast untergegangenen Volkes anvertraut hatte, und er hätte ein kluger Ratgeber für die sein können, die ihm vertrauten.

Doch der Lehrer war tot, geblieben war eine Frau. Und die sah nicht die Heiligkeit seines Tuns, sondern den Nutzen, den man daraus ziehen konnte. Sie war es, die dem nüchternen Bild, das der Barde schuf, die Farben hinzufügte. Sie tat es unmerklich für ihn. Sie tat es auf eine hinterhältige Weise, denn sie weckte die Gefühle in ihm. Darum konnte er nicht mehr Abstand halten zu den Fäden, die er gesponnen hatte, er nahm teil und wurde Teil des Netzes. Kein Lehrer war da, um ihn zu warnen und in seine Grenzen zu weisen.

So wurde er ehrgeizig. Er nutzte sein Wissen nicht nur, um Rat zu erteilen, sondern gleichzeitig, um das Muster zu verändern, das er sah.

Manchmal tat er das, indem er andere zum Handeln bewegte, manchmal tat er es, indem er andere nicht vom Handeln abhielt. Er hatte nicht eingegriffen, als er die beiden Jungen beobachtete, die die Herrin der Villa tiefer und tiefer in den Wald lockten, und er tat es auch diesmal nicht, sondern handelte, wie von ihm erwartet wurde.

»Welchen Weg nimmt Valerius Corvus, wenn er von der Colonia zum Gut reitet?«, fragte sein Besucher, ein langgliedriger, zäher Mann mit scharfen Augen.

»Du bist vertrauter mit den Wäldern als ich, warum findest du es nicht selbst heraus?«

»Ich bin vertraut damit, die Wege des Wildes zu verfolgen, nicht die der Menschen.«

»So gilt dein Pfeil dem Herren der Villa?«

Der Mann zog kaum merklich die Schultern hoch.

»Er hat sie beleidigt, sie wünscht es, und sie zahlt. Nach dem Weg soll ich dich fragen.«

Der Barde beschrieb ihn dem Schützen.

21. Kapitel

Hinterhalt

Der Herr des Hauses war bald nach dem Jupiterfest wieder abgereist, und auch die anderen Gäste verließen mit ihm die Villa. Es kehrte Ruhe ein, und die Arbeiten auf dem Gut nahmen ihren gewohnten Gang. Es wurde geerntet, gejagt, geschlachtet, Vorräte geschaffen für den Winter, und Charal war stolz auf seine erste Weinlese. Es war ein Experiment gewesen, so weit oben im Norden noch Weinstöcke zu pflanzen, aber Valerius Corvus hatte sie geordert und vor einigen Jahren in den Boden setzen lassen. Bisher war die Ausbeute mager gewesen, doch in diesem Jahr, nach einem warmen, feuchten Sommer hatte es einige Fässer Traubenmost gegeben, der für die Weinbereitung bereitstand.

Gratia kam jetzt regelmäßig am Nachmittag zu Annik in die Töpferei. Sie war glücklich darüber, dass ihr Vater es ihr endlich erlaubt hatte, den Umgang mit dem Ton zu lernen. Mit Ulpia Rosina war sich Annik auch einig geworden, die Domina war durchaus bereit, ihrer Stieftochter diese Freiheit zu lassen, solange sie ihre anderen Stunden nicht vernachlässigte.

»Sie mag das im Winter bis zum Frühjahr nächsten Jahres machen, aber dann wird es Zeit, dass sie sich ihren gesellschaftlichen Aufgaben widmet. Ich habe mit Pompeia Plotina vereinbart, dass sie den Sommer bei ihr in der Colonia verbringt.«

»Wird Eure Tante denn noch so lange hier verweilen?«

»Solange Traianus Statthalter ist, wird sie bei ihm

bleiben. Und sie freut sich darauf, ein junges Mädchen in das Gesellschaftsleben einzuführen, da sie ja zu ihrem größten Bedauern keine eigenen Kinder hat. Kaum jemand ist besser geeignet, Gratia gute Verbindungen zu schaffen.«

»Ja, die hat sie wohl. Es wird auch Eurem Gatten dienen, wenn Gratia eine kluge Heirat eingeht.«

»Das wird es wohl. Aber ich habe Valerius Corvus sehr deutlich klar gemacht, dass ich gegen eine erzwungene Ehe bin. Wenn Gratia eine Abneigung gegen jemanden hat, braucht sie ihn nicht zu heiraten. Und wenn es der Caesar selber ist!«

»Der ist schon verheiratet«, stellte Annik trocken fest.

»Ja, er – und auch Traianus. Aber sein Schützling nicht. Hadrian ist einundzwanzig.«

»Das ist doch kein schlechtes Alter. Wenn er Gratia gefällt …«

Rosina lächelte.

»Er ist ein netter Junge. Und Pompeia Plotina hat so ihren Ehrgeiz. Allerdings gibt es da die Vibia Sabina, die eine bessere Partie für ihn wäre als eine bloße Valeria Gratia. Aber man wird sehen. Wenn Gratia niemand findet, kann sie ja noch immer als Töpferin ihren Lebensunterhalt verdienen.«

»Eben!« Annik grinste, aber dann fragte sie: »Wollt Ihr nicht selbst mit Eurer Tochter in die Colonia ziehen?«

»Pompeia Plotina wird erheblich nützlicher für sie sein als ich. Mein Ruf, du weißt, Annik, hat etwas gelitten, und es ist für mich besser, in der Provinz zu leben.« Sie lächelte jedoch bei dieser Aussage, und Annik, die so nach und nach von ihr erfahren hatte, was geschehen war, nickte zustimmend. Es war nicht so unakzeptabel für eine verheiratete Frau, sich einen Liebhaber zu nehmen. Da Ehen gerade in den Führungsschichten beinahe ausschließlich unter dem Gesichtspunkt der politisch und wirtschaftlich vorteilhaften familiären Bande geschlossen wurden und nur selten etwas mit gegenseitiger Zuneigung zu tun hatten, führte das zwangsläufig dazu, dass die Ehepartner sich anderweitig nach Gefühlsbindungen umsahen.

Doch völlig unmöglich war es für unverheiratete Mädchen, sich in eine solche Beziehung verwickeln zu lassen. Aber genau das hatte Ulpia Rosina getan. Noch dazu mit einem absolut unstandesgemäßen Mann. Er mochte ja ein hervorragender Handwerker, ein intelligenter und gebildeter Künstler gewesen sein und sogar von hoher Abstammung, aber er war ein Sklave, ein Grieche. Ulpia Rosina hatte sich mit sechzehn in ihn verliebt, ihre Verbindung war lange unentdeckt geblieben, aber mit neunzehn war sie schwanger geworden. Ihre Eltern waren entsetzt, der Sklave wurde bestraft und verkauft, Rosina musste sich in die Hände einer kundigen Hebamme begeben, das Kind wurde abgetrieben.

Die Heimlichkeit konnte nicht gewahrt werden, Gerüchte sickerten durch, die gute Gesellschaft in Italica flüsterte und maß sie mit schrägen Blicken. Ein Jahr hielt sie es durch, dann war sie froh, als ihre Eltern sie Pompeia Plotina in Obhut geben konnten. Mit ihnen kam sie, als sie zweiundzwanzig war, in die Colonia. Auch hier wurde getratscht, und es war schwer für ihre Tante, einen akzeptablen Ehemann für sie zu finden. Dann aber erschien Valerius Corvus, ein entstellter, siebzehn Jahre älterer, verbitterter Mann, der es in Kauf nahm, beschädigte Ware gegen gute Beziehungen zum künftigen Machthaber zu tauschen. Ulpia Rosina hatte keine Wahl. Sie musste ihn heiraten. Aber es wurde ihr nahe gelegt, sich möglichst wenig in der Gesellschaft der

Colonia zu zeigen, denn es wäre besser, wenn man einfach vergäße, welchen Handel Valerius Corvus, ein viel versprechender Mann in der Politik, geschlossen hatte.

»Ich für meinen Teil würde gerne noch mal die Stadt besuchen«, seufzte Annik.

»Dann wirst du Gratia dorthin begleiten. Wir werden sehen, was sich machen lässt.«

Doch zunächst war nicht daran zu denken, derartige Ausflüge zu unternehmen. Es wurden Krüge und Töpfe benötigt, um die Vorräte darin zu lagern, ein Teil des Hypocaustums war baufällig geworden, und die notwendigen Ziegel für die Stützsäulen des Fußbodens mussten gebrannt werden. Charal wünschte sich außerdem kleinere Amphoren für seinen neuen Wein als die handelsüblichen. Gratia stellte sich zwar geschickt an, aber eine Hilfe war sie noch nicht. Sie lernte mit Begeisterung, den Ton vorzubereiten, Engobe zu mischen und einfache Gefäße zu drehen, aber sie brauchte Aufsicht, und bei dem Brennvorgang war sie vor allem den dreien, Erwan, Ilan und Annik, im Weg.

Die Tage vergingen, das Herbst-Äquinox brachte einen Wetterumschwung. Es wurde kühl und windig, Regen fiel. Es gab wenige Besucher, auch Cullen hatte sich nicht mehr blicken lassen, und da Annik keine Zeit hatte, Waren für den Markt herzustellen, traf sie ihn auch im Dorf nicht. Immerhin verfolgte sie ihre Aufgabe gewissenhaft und versuchte herauszufinden, wer mit wem in Kontakt stand.

Ilan, der fünfzehnjährige Stallbursche und ihr zeitweiliger Gehilfe, war ein pfiffiger Bursche, der Wissen und Neuigkeiten wie ein Schwamm aufsaugte. Aber er hatte wenig direkten Zugang zu den Gesprächen in der Villa. Doch seine Schwester Gwena, die gelegentlich in der Küche aushalf, mochte ihm den Klatsch dort weitergeben. Zudem betreute er die Pferde der Gäste und könnte aus ihren Gesprächen das eine oder andere erfahren. Aber er schien nicht sehr stark daran interessiert zu sein. Die Katzbalgereien mit seinen gleichaltrigen Gefährten waren ihm wichtiger, und noch wichtiger war es ihm, sein Ansehen bei den Mädchen zu sichern. Er war ein hübscher Junge, hatte eine gewandte Zunge und immer ein Lachen in den Augen, so dass es ihm an Aufmerksamkeit selten fehlte. Derzeit umschwänzelte er eine der sehr jungen Mägde, die in der Frauengruppe um Annik zusammen ins Rheinland gezogen war und nun auf einem der Pachthöfe diente.

Erwan hingegen schätzte seine Bequemlichkeit über alles. Er mochte bei seinen Würfelspielen und Saufgelagen mit den Arbeitern das eine oder andere aufschnappen, aber er schien bei weitem zu träge zu sein, über die Zusammenhänge nachzudenken oder gar gezielte Botschaften weiterzugeben.

Mechthild und die anderen Dienerinnen im Haus hörten viel, aber Annik schienen sie einfach zu dumm zu sein, daraus brauchbare Hinweise abzuleiten. Charal und Ursa waren schon lange im Haus, und beide hielt sie für absolut loyal. Vor allem Ursa kümmerte sich mütterlich um Ulpia Rosina, wenn ihr Gebaren auch manchmal rau erschien. Dass sie vielleicht um den heimlichen Liebhaber wusste, hielt Annik nicht für ausgeschlossen, dass sie aber ihre Herrin in Gefahr brachte, das glaubte sie nicht. Außerdem waren sie und Charal Germanen. Die Römer hatten den Ubiern einige Vorteile verschafft, so dass der schwelende Hass, der bei den Galliern noch vorhanden war, sich bei ihnen nicht fand.

Es ereignete sich auch kein weiterer Zwischenfall, der ihr Möglichkeit gegeben hätte, die Quelle der Informationen dazu ausfindig zu machen.

Bis zu der Nacht zu den fünften Iden des Oktobers, dem Tag vor den Meditrinalia.

Annik war spät zu Bett gegangen, sie hatte beim Schein der Öllampen noch ihre Abrechnungen auf den Wachstäfelchen vermerkt und ihr Häuschen aufgeräumt. Feli war hereingeschlüpft, wie sie es an kühleren Tagen gerne tat, und sich gemütlich auf dem Bett zusammengerollt. Annik hatte sie gestreichelt, bis sie vor Schnurren und Wohlbefinden zu schielen begann, dann hatten sie sich gütlich über die Benutzung des Bettes geeinigt. Für eine Weile ging das ganz gut, doch gegen Mitternacht, als das Mondlicht durch die Läden fiel, befand Feli, dass es einer Katze unwürdig war, die wichtigste Jagdzeit zu verschlafen. Sie stand auf und bemühte sich, ihre menschliche Bettgenossin zu überreden, ebenfalls an den nächtlichen Vergnügungen teilzunehmen. Ihr Erfolg war mäßig. Annik wurde zwar wach, murrte aber darüber, dass ihr heftig an den Haaren gezerrt wurde. Maunzend sprang Feli vom Bett und forderte eine geöffnete Tür.

»Quälgeist!«, sagte Annik, stand auf und stolperte zitternd in der kühlen Nachtluft zur Tür. Sie öffnete sie einen Spalt, Feli schlüpfte hinaus und verschmolz mit den Schatten des Hauses. Annik wollte die Tür sofort wieder schließen, als ein fernes Geräusch ihre Aufmerksamkeit weckte. Ein Pferd näherte sich der Villa, und kurz darauf rief eine barsche Stimme am Tor nach dem Pförtner. Der aber schien zu tief zu schlafen, als dass er davon geweckt werden konnte. Annik drehte sich um und tastete nach ihren Sandalen. Sie hatte die Stimme erkannt, und wenn sie sich auch wunderte, dass Valerius Corvus zu so später Stunde und offensichtlich alleine und unangekündigt eingetroffen war, so hatte sie doch keine Bedenken, ihm das Tor zu öffnen. Sie legte die Palla über ihre kurze Tunika, in der sie an kalten Tagen schlief, und eilte zur Hauptpforte. Der Riegel war schwer, aber sie bekam ihn hoch. Als der Torflügel aufschwang, ritt der Hausherr hinein, verhielt aber sein Pferd und starrte auf sie herab.

»Töpferin Annik, wen hast du erwartet, dass du so bereitwillig das Tor in der Nacht öffnest? Wo ist dieser verfluchte Pförtner? Was ist hier vorgefallen?«

Annik blieb ruhig trotz der wütend hervorgestoßenen Worte.

»Ich öffnete Euch, weil ich Eure Stimme erkannte, Dominus. Der Pförtner scheint zu trunken zu sein, um durch Euer Rufen wach zu werden. Und vorgefallen ist hier nichts.«

Valerius Corvus brummte und stöhnte dann plötzlich auf.

»Doch, es ist etwas vorgefallen. Siehst du dies hier?«

Er deutete auf seinen Oberschenkel. Entsetzt erkannte Annik, dass der Schaft eines Pfeiles daraus hervorragte.

»Ihr seid verwundet! Kann ich Euch helfen, Dominus?«

»Weiß ich nicht. Bist du kräftig genug, um mir von diesem elenden Gaul zu helfen?«

»Gewiss. Stützt Euch auf meine Schulter, Dominus. Könnt Ihr das Pferd ruhig halten?«

Ein vernichtender Blick traf sie, aber das unruhige Tier wurde von starker Hand gebändigt. Valerius Corvus schwang das unverletzte Bein über seinen Rücken, stöhnte noch einmal vor Schmerzen auf und glitt hinunter. Annik war an seiner Seite, half ihm, Stand zu finden, und forderte ihn auf, seinen Arm um ihre Schulter zu legen.

»Schafft Ihr es bis zu meinem Haus? Ihr könnt Euch dort auf die Bank setzen, während ich das Pferd versorge.

Anschließend kümmere ich mich um Eure Wunde. Oder soll ich Ursa wecken?«

»Das hier braucht niemand außer dir zu erfahren«, knurrte er. »Zur Bank!«

»Natürlich.«

Sie führte ihn die wenigen Schritte und half ihm, sich niederzusetzen.

»Zäumt es ab und bringt das Tier auf die Wiese hinter der Hütte.«

Annik tat, wie er es gefordert hatte, und kam nach kurzer Zeit zu ihm zurück. Er hatte sich nicht gerührt, sondern saß mit geschlossenen Augen an die Hauswand gelehnt. Feli rieb ihren Kopf an seinem unverletzten Bein.

»Dominus?«

Er schlug die Augen auf.

»Was ist geschehen?«

»Was wohl? Das war kein Fehlschuss eines Jägers.«

»Wann und wo?«

»Nicht weit von hier. Hinter dem Matronenschrein.«

»Oh, Ihr kennt den auch?«

»Natürlich, Barbarin. Und nun tu, was du versprochen hast.«

»Sofort. Ich muss nur noch etwas richten. Ich helfe Euch gleich ins Haus.«

Annik nahm die Pferdedecke und das Zaumzeug mit hinein, zog die Laken auf ihrem Bett zurecht und legte ein trockenes Holzscheit auf die Glut in ihrem Herd.

Valerius Corvus ließ sich von ihr und mit Hilfe seines Stockes zu ihrem Bett führen und lehnte sich dann an die Polster, die sie ihm in den Rücken schob.

»Kannst du den Pfeil herausziehen?«

»Sicher.« Sie holte die Lampe und begutachtete den Schaft. »Ein germanischer Jagdpfeil, vermute ich. Hoffentlich hat er keine Widerhaken. Ihr wollt kein Aufhebens darum machen, aber – erwartet Euch jemand in der Villa?«

»Nein.«

»Wenn Ihr nicht die Diener wecken möchtet oder mit – äh – bloßem Gesäß ins Haus gehen wollt, dann müssen wir Eure Beinkleider retten. Ich kann sie nicht zerschneiden. Also werde ich den Pfeil entfernen, aber dann müsst Ihr sie ausziehen, damit ich einen Verband anlegen kann.«

»Ich bin nicht schamhaft, Barbarin!«, brummte Valerius Corvus.

Sie lachte leise und ging, um ihren Kupferkessel mit Wasser zu füllen und auf den Herd zu stellen. Auch den Weinkrug rückte sie in die Nähe des Feuers und gab Honig und Kräuter hinein. Dann öffnete sie ihre Truhe, entnahm ihr die dünne Leinentunika und ein Bündel. Als sie es öffnete, sah er, dass es einen Dolch enthielt.

»Was hast du mit dem Kleid und dem Messer vor?«

»Mit dem Messer das Kleid in Streifen schneiden, um Verbandstoff zu haben und dann – nun, ich werde vermutlich die Eintrittstelle des Pfeiles erweitern müssen, um ihn herauszubekommen. Ich möchte vermeiden, dass der Schaft abbricht.«

Sie nahm den Salbentopf vom Bord, zog einen Schemel an das Bett, legte darauf, was sie benötigte, dann füllte sie den warmen, gesüßten Wein in einen Becher und reichte ihn Valerius Corvus.

»Ich weiß, Ihr schätzt den schweren Roten, aber ich habe den hier gewürzt.«

»Lass das! Ich bin Schmerzen gewöhnt.«

»Na gut.«

Sie nahm den Dolch und erweiterte den Riss im Stoff der Hose über dem Oberschenkel.

»Ich flicke sie Euch nachher. Es ist bisher noch nicht viel Blut geflossen, aber das wird leider gleich geschehen.«

Sie inspizierte die Wunde und dann den Mann, der halb sitzend vor ihr an den Polstern lehnte. Sie schüttelte den Kopf, als sie seine geballten Fäuste bemerkte und legte das Messer zur Seite. Sie beugte sich über ihn, legte ihre Wange an sein vernarbtes Gesicht und drückte sich leicht an ihn. Er zuckte vor Überraschung zusammen, schwieg aber.

»Ruhig, ganz ruhig. Es ist gleich vorbei, Dominus. Es wird Euch nur noch kurz wehtun, dann ist es besser! Ich weiß schon, was ich tue!«, flüsterte sie ihm ins Ohr und blieb einen kleinen Moment so liegen. Als sie zurückglitt, hatte er die Hände entspannt und die Augen geschlossen. Sie arbeitete so schnell sie konnte, er stöhnte einmal auf, als sie in das wunde Fleisch schnitt und noch einmal, als sie mit einem kräftigen Ruck den Pfeil herauszog. Das Blut quoll hervor, und sie presste einen Stoffballen auf das Bein.

»Könnt Ihr den Bausch für mich halten, Dominus?«

Er öffnete die Augen und sah zu seinem Bein hin.

»Ja, natürlich.«

Er übernahm den Stoff und hielt ihn fest, während Annik die Riemen seiner Stiefel löste.

»Wenn die Blutung etwas nachgelassen hat, wasche ich die Wunde aus und lege den Verband an. Bewegt Euch jetzt so wenig wie möglich, wenn ich Euch die Stiefel ausziehe.«

Er nickte und ließ sie ihre Aufgabe durchführen.

»Du ziehst einem Mann nicht das erste Mal die Stiefel aus, was, Barbarin?«, fragte er mit einem leichten Grinsen.

»Ich ziehe auch nicht den ersten Pfeil aus dem Fleisch,

Dominus. Ihr wisst doch, mein Volk scheut sich vor keiner zünftigen Auseinandersetzung!«

»Das war keine zünftige Auseinandersetzung, das war ein heimtückischer Angriff.«

»Wahrscheinlich. Aber darüber reden wir später. Lasst sehen!«

Sie nahm ihm den Stoffballen ab und prüfte die Wunde.

»Bringen wir es hinter uns. Verzeiht, wenn ich Euch zu nahe trete, Dominus, aber es muss sein.«

Sie nestelte die Bänder auf, die die Hose in seiner Taille hielten, und er erlaubte sich ein weiteres Grinsen.

»Scheint auch nicht die erste Hose zu sein, die du einem Mann ausziehst!«

»Nein, auch das nicht!«

Sie grinste zurück.

Sie war vorsichtig, aber trotzdem bereitete sie ihm Schmerzen, und das Lächeln auf seinem Gesicht erlosch. Als sie das zerrissene, blutige Kleidungsstück zur Seite gelegt hatte, betrachtete sie das Bein. Eine erschreckende, wulstige Narbe zog sich von der Hüfte bis zum Knie. Annik wurde klar, welche furchtbare Verletzung das gewesen war. Dagegen war die jetzige Pfeilwunde nahezu als gering zu betrachten. Was ihr ebenfalls bewusst wurde war, dass Valerius Corvus, der zweimal so ernsthaft verwundet worden war, die Hilflosigkeit kennen gelernt hatte, die Abhängigkeit von Helfern, das Fieber, die Schmerzen und die Unfähigkeit, den eigenen Körper beherrschen zu können. Einen so willensstarken Mann musste das hart angekommen sein. Seine ruhige Bereitwilligkeit, sich ihr anzuvertrauen, ließ sie vermuten, dass er in jener Zeit Demut gelernt hatte. Demütigung genauso, und die wollte sie ihm, so gut es ging, ersparen. Darum sprach sie mit so nüchterner Stimme wie möglich.

»Die Wunde ist tief, aber nicht sehr groß. Der Pfeil hat keine wichtige Ader getroffen, denn es blutet nicht sehr stark. Es besteht vielleicht die Gefahr, dass die Pfeilspitze vergiftet war. Manche Krieger verwenden Eibensaft oder Eisenhut. Aber ich denke, dann müsstet Ihr jetzt schon etwas davon bemerken. Es lähmt nämlich. Trotzdem ist es besser, wenn das Blut noch eine Weile fließt, bevor ich den Verband darüber lege. Ich werde die Wunde reinigen und eine Salbe verwenden, die Schafgarbe enthält. Sie hat bisher bei den Verletzungen, die wir uns in der Töpferei ab und zu beibringen, stets gut gewirkt.«

»Verbinde es so fest wie möglich. Ich muss gleich gehen können.«

»Nicht heute Nacht, Dominus. Ihr werdet hier liegen bleiben und, wenn möglich, schlafen.« Sie nahm ein weiteres Stoffstück und tauchte es in das warme Wasser. »Haltet es auf die Wunde. Ich will sehen, was ich mit dem zerrissenen Hosenbein machen kann. Aber erwartet nicht zu viel, Dominus. Nähen ist nicht meine Stärke. Außerdem ist die Hose blutig, und Ihr solltet sie, wenn Ihr im Haus seid, rasch verschwinden lassen, wenn Ihr nicht wollt, dass Eure Diener Fragen stellen.«

»Sie werden auch Fragen stellen, wenn bekannt wird, dass ich die Nacht bei dir verbracht habe.«

»Wäre das so ungewöhnlich, Dominus?«

Er antwortete nicht, und sie nahm das Lämpchen mit, um bei seinem Schein den Riss zu flicken. Als sie sich ihm wieder zuwandte, hatte er die Augen geschlossen, und sein Gesicht sah müde und erschöpft aus. Doch seine Hand mit dem Bausch hielt er nach wie vor auf die Wunde gepresst.

»Ihr könnt loslassen, Dominus. Ich werde jetzt den Verband anlegen.«

Er öffnete die Augen wieder und gab ihr den blutigen

Bausch. Sie wischte noch einmal die Wunde ab, legte dann den mit Salbe bestrichenen Verband darüber und wickelte ihn fest. Dann zog sie ihre Decke über seine Beine und nahm noch einmal den Becher mit Wein vom Herd.

»Trinkt ihn, selbst wenn er Euch nicht schmeckt. Und esst auch einen Honigkuchen. Ursa hat mir welche gegeben. Sie sind mit Walnüssen und Mandeln gemacht. Ihr müsst hungrig sein.«

»Ja, das bin ich wohl. Aber derzeit überwiegt ein anderes Bedürfnis. Hilf mir auf, Barbarin, ich will zur Latrine.«

»O nein! Ihr bleibt, wo Ihr seid. Ihr werdet mit dem Nachttopf vorlieb nehmen.«

»Was bist du für ein herrschsüchtiges Geschöpf.«

Sie zuckte mit den Schultern, brachte ihm, was er benötigte, und beschäftigte sich angelegentlich damit, die benutzten Stoffballen im Herdfeuer zu verbrennen und ihre Hilfsmittel wegzuräumen. Sie brachte ihm eine Schüssel mit Wasser, damit er sich waschen konnte, und bot ihm erneut den Wein und den Kuchen an.

Er nahm einen Bissen von dem Kuchen und hielt dann inne.

»Ich habe noch etwas zu erledigen, bevor ich essen und trinken kann. Ich werde doch aufstehen. Gib mir meine Hose.«

Er schob die Decke von den Beinen.

»Nein!« Sie zog die Decke wieder hoch und stellte sich neben das Bett. »Was immer Ihr erledigen wollt, kann warten oder ich tue es für Euch.«

»Es kann weder warten, noch kannst du es für mich tun. Es ist der Grund, warum ich überhaupt hier bin.«

»Und der wäre?«

»Es ist der Tag der Meditrinalia. Und ich habe vor langer Zeit den Göttern geschworen, sollte ich je wieder genesen, ihnen in dieser Nacht zu opfern.«

»Was opfern?«

»Das, unwissende Barbarin, was man an den Meditrinalia opfert. Alten und jungen Wein um der Heilung von alten und neuen Leiden willen.«

»Danke für die Belehrung, Dominus. Ich habe Traubenmost von Euren Reben hier, und dies ist Wein vom letzten Jahr. Welchen Göttern wollt Ihr ihn zum Opfer bringen?«

»Jupiter opfert man ihn gewöhnlich, aber ich ziehe es vor, ihn meinen Hausgöttern darzubringen. Das ist es, was ich heute Nacht wollte.«

»Ihr könnt jetzt nicht ins Haus und Riten vollziehen, Dominus.«

»Sei nicht so starrköpfig und lass mich aufstehen, verdammt noch mal!«

»Ihr bleibt liegen. Ihr könnt das Bein nicht belasten, die Wunde würde wieder anfangen zu bluten! Glaubt Ihr denn wirklich, Eure Götter sind so durstig, dass sie nicht noch bis morgen warten können?«

»Ich habe es geschworen!«

»Dann gehe ich für Euch ins Haus und bringe ihnen den Wein!«

»Nein.«

»Nein? Nun, Ihr geht auch nicht.«

Er funkelte sie wütend an und richtete sich auf.

Annik setzte sich auf die Bettkante und sagte besänftigend: »Heilung von alten und neuen Leiden – wie passend, Dominus. Hört, an meinem Herdfeuer wachen die Matronen. Sie… sie sind so etwas wie meine Hausgötter geworden. Glaubt Ihr nicht, dass auch sie durch das Trankopfer geneigt gemacht werden könnten, Euch bei Eurer Heilung beizustehen?«

»Du verehrst die Matronen?«

»Warum nicht? Sie sind den Göttinnen, die ich kannte, nicht unähnlich. Und sie scheinen hier schon lange zu wirken. Ich hörte, dass auch die Römer zu ihnen beten.«

»Ja, das tun wir.«

»Und dieses Haus ist ebenso das Eure wie die Villa.«

»Auch das stimmt. Worauf willst du hinaus?«

»Lasst mich hier für Euch das Opfer bringen, Dominus.«

»Bist du doch eine Priesterin?«

»Nein, das bin ich nicht. Aber ich denke, in einem Fall wie diesem kann auch ein anderer den Ritus für Euch vollziehen.«

»Du bist eine seltsame Frau, Annik«, sagte Valerius Corvus und lehnte sich wieder zurück. »Mische den Most und den alten Wein in einem Becher. Bedecke dein Haupt und bitte die Götter, deine Matronen, den Wein anzunehmen. Gib einen Teil davon in das Herdfeuer. Bitte sie um Heilung von alten und neuen Leiden. Für dich und für mich. Trink dann den Rest. Es ist eine einfache Zeremonie.«

»Ja, aber sehr schön.«

Annik ging wieder zu ihrer Truhe und holte die zweite Tunika hervor. Sie war aus feiner, weißer Wolle.

»Was hast du vor?«

»Ein passenderes Gewand anzuziehen und meinen Kopf zu bedecken.« Sie lächelte ihm zu. »Ihr braucht nicht rot zu werden, auch ich bin nicht schamhaft.«

Aber er drehte das Gesicht zur Wand, während sie rasch das Hemd abstreifte und in das lange Gewand schlüpfte. Sie hatte inzwischen gelernt, geschickt die Bänder und Fibeln zu befestigen und legte sich die Palla so um, dass ihr Kopf bedeckt war.

»Ihr könnt Euch wieder umdrehen.«

Valerius Corvus tat es und beobachtete dann, wie seine barbarische Töpferin mit ruhiger Anmut das kleine Ritual vollzog.

»War es recht so, Dominus?«

»Ja, Annik, es war recht so. Danke.«

»Dann werdet Ihr jetzt auch endlich essen und trinken?«

»Ja, das werde ich.«

Er nahm den Becher mit Wein entgegen und aß von dem Kuchen. Annik legte noch einen Scheit in das Herdfeuer und trank ebenfalls einen Becher Wein.

»Ihr Barbaren seid schon ein wenig verrückt«, sagte Valerius Corvus, als er seine Mahlzeit beendet hatte. »Eure Männer verstehen es hervorragend, blutige Wunden zu schlagen, und eure Frauen verstehen sich darauf, sie wieder zu flicken.«

»Falsch, Dominus. Wir Frauen verstehen es genauso, blutige Wunden zu verursachen.«

Sie deutete mit einem Seitenblick auf den Dolch, der noch neben dem Pfeil auf dem Schemel lag.

»Damit kannst du also auch umgehen?«

»Ich verwende ihn nicht nur dazu, meine Kleider zu zerschneiden, wisst Ihr.« Sie hob den Rest ihrer Leinentunika hoch und schnitt eine Grimasse. »Ein bisschen sehr kurz!«

»Du bekommst eine neue.«

»Dafür wäre ich Euch dankbar. Seltsam, ich hätte nicht gedacht, dass ich die feinen römischen Kleider einmal mögen würde. Das ist Ulpia Rosinas zivilisierender Einfluss, glaube ich. So, und nun schlaft, Dominus. Auch das wird die Heilung fördern.«

»Ich muss aber in den Morgenstunden …«

»Ja, ja, ja. Ich wecke Euch, wenn dieser blödsinnige

gallische Hahn sein Gezeter anstimmt. Die Leute sind dann noch verschlafen, und vielleicht merkt niemand, dass Ihr die Nacht hier verbracht habt.«

Er zuckte mit den Schultern.

»Ich bin kaum in der Lage, das zu tun, was sie denken könnten. Aber wo schläfst du?«

»In einer Decke vor dem Herd. Da ist es warm genug. Doch eines der Polster in Eurem Rücken könntet Ihr mir überlassen.«

»Nimm es.«

Sie half ihm, sich bequemer zu legen und zog die Decke bis über seine Brust.

»Du hast eindeutig einen mütterlichen Zug, Töpferin Annik.« Er lächelte sie an und griff dann nach ihrer Hand. »Du wirst mir morgen noch eine Frage beantworten müssen.«

»Nein, ich muss gar nichts. Nun schlaft, Titus Valerius Corvus.«

Sie folgte ihrem Impuls und beugte sich noch einmal über ihn. Mit einem federleichten Kuss streifte sie seine Wange, dann machte sie sich los, nahm Polster und Decke, löschte die Lampe und rollte sich vor der Herdglut auf dem Boden zusammen.

Annik erwachte vor dem Hahn, denn ihr Lager war hart und kalt. Es war noch dunkel draußen, aber im Osten wurde der bewölkte Himmel schon fahlgrau. Müde lockerte sie ihre verkrampften Muskeln und blies in die Glut, um sie zu neuem Leben zu erwecken. Ein paar Tannenzapfen halfen, das Feuer auflodern zu lassen. Sie zog ihre Arbeitskleider an und stellte den Kessel auf das Feuer. Dann ging sie zu dem Bett, in dem Valerius Corvus ruhig atmend schlief. Er schien kein Fieber zu haben.

»Wacht auf, Dominus. Der Morgen graut«, sagte sie leise.

Er schlug die Augen auf und sah sie etwas verwirrt an.

»Der Pfeil, die Wunde an Eurem Bein…«

»Ja, ich weiß.«

»Lasst mich noch einmal nach dem Verband sehen, dann helfe ich Euch beim Anziehen und bringe Euch hinaus.«

Der Verband war trocken, die Blutung offensichtlich gestillt. Auch die Schmerzen, sagte er, waren erträglich. Doch es brauchte eine ganze Weile, bis er mit seinem steif gewordenen Bein aufstehen konnte. Sehr langsam gingen sie den Weg hinauf zur Villa, und Annik befürchtete pausenlos, dass ein Frühaufsteher sie entdecken würde. Aber alles lag noch in tiefem Schlaf. Vor der Eingangstür blieb sie stehen und meinte: »Da Ihr die Nacht in Gebeten verbracht und anschließend einen langen Ritt absolviert habt, solltet Ihr Euch den heutigen Tag in Eure Zimmer zurückziehen und ruhen! Ich bringe jetzt noch Euer Pferd in die Ställe und sage dort das Gleiche.«

»Ich werde dir sogar gehorchen, Barbarin. Ich muss nämlich morgen wieder in die Colonia zurückkehren.«

»Kommt auf jeden Fall heute Abend noch einmal bei mir vorbei, damit ich den Verband wechseln kann. Es ist wichtig, Dominus! Vor allem, wenn Ihr wieder reiten wollt.«

»Ich komme nach der Cena.«

»Und denkt inzwischen darüber nach, wer von Eurem Kommen gewusst haben könnte.«

»Das habe ich schon getan. Ich weiß es nicht.«

»Dann überlegen wir später gemeinsam.«

In der Abenddämmerung sahen einige Gutsbewohner, dass ihr Herr das Haus der Töpferin aufsuchte, und zwei, drei Zungen wetzten sich an unziemlichen Vermutungen über seine Absichten.

Annik hatte ihn erwartet.

»Ihr seht besser aus als heute Morgen.«

»Ich habe deinen Rat befolgt und den Tag über geruht. Das Bein ist zwar etwas steif, aber gehen kann ich mit dem Stock ganz gut.«

»Trotzdem, Dominus – der Verband gehört gewechselt.«

Die Operation war einigermaßen schnell erledigt, Annik war zufrieden mit der Entwicklung der Heilung. Es gab zwar eine gerötete Schwellung, aber keine Anzeichen einer übermäßigen Entzündung.

»Sucht auf jeden Fall einen Arzt auf, wenn Ihr in der Colonia seid.« Sie zwinkerte ihm zu. »Am besten einen gallischen. Er wird beurteilen können, was ich getan habe.«

»Die gallischen Heiler sind mir zu rechthaberisch!«

»Ach ja? Das sind sie eigentlich nur zu störrischen römischen Patienten.«

»Ich werde die Sanftmut selbst sein, Barbarin!«

»Kann ein schwarzer Rabe sein Gefieder weiß färben?«

»Erscheine ich dir so unverbesserlich?«

»Nein, Dominus. Eigentlich nicht. Und nun wollen wir über den Vorfall reden. Denn mir sind einige Ungereimtheiten aufgefallen.«

»So? Lass hören.«

»Wieso seid Ihr nicht über die ausgebaute Straße gekommen? Ihr wisst doch, dass es im Wald gefährlich ist!«

»Natürlich habe ich die Straße benutzt, aber nach dem Steinbruch führt ein Weg zum Waldrand. Es ist eine Abkürzung. Ich nehme sie gewöhnlich.«

»Auf diesem Weg hat Euch der Pfeil getroffen.«

»Ja, unweit des Weihesteins.«

»Führt der Weg am Waldrand entlang oder durch die Bäume? Ich bin so weit noch nicht in diese Richtung gewandert.«

»Durch die Bäume, doch nicht tief durch den Wald.«

»Dominus, der Schuss muss aus kurzer Entfernung abgegeben worden sein, meint Ihr nicht auch? Es war dunkel, und zwischen Bäumen und Gehölz ist es schwer, ein bewegliches Ziel weit entfernt zu treffen.«

»Ich stimme dir zu. Und ich vermute sogar, dass der Schütze in einem Baum gesessen hat, denn der Pfeil kam von oben.«

»Die Einheimischen sind ausgezeichnete Schützen. Ich frage mich, warum nur Euer Bein getroffen wurde. Hätte man Euch umbringen wollen, wäre es sehr einfach gewesen, Euch den Pfeil in den Rücken zu schießen.«

Valerius Corvus sah sie mit Achtung an.

»In der Tat. Das Ziel wäre größer gewesen. Aber welchen Sinn kann es haben, mich zu verwunden?«

»Welchen Sinn konnte es haben, Ulpia Rosina zu erschrecken? Habt Ihr Euch persönliche Feinde gemacht?«

»Man könnte es fast meinen. Aber wir haben wenig Kontakt zu den Einheimischen, und ich kann mich nicht erinnern, mit einem von ihnen im Streit zu liegen.«

»Die Pächter?«

»Möglich, aber soweit ich es beurteilen kann, haben sie wenig Grund zur Klage.«

Annik nickte. Von Charal wusste sie, dass Valerius Corvus mit ihnen großzügige Verträge abgeschlossen hatte.

»Wer weiß alles, dass Ihr die Abkürzung nehmt?«

»Jeder, der mich dort schon hat lang reiten sehen.«

»Gut, das sind beliebig viele. Wer wusste, dass Ihr in jener Nacht zur Villa kommen wolltet?«

»Niemand. Ich habe keine Botschaft geschickt und mit keinem Menschen darüber gesprochen.«

»Auch in der Colonia nicht? Mit Euren Dienern, mit Bekannten, Freunden?«

»Du hast Recht, Cosimo, mein Leibdiener, wusste es. Aber…«

»Ihm vertraut Ihr!«

»Ja, ihm vertraue ich. Vielleicht sollte ich es nicht. Aber er ist schon seit der Schlacht von Vetera bei mir.«

»Damals habt Ihr den Schwur getan, an diesem Tag den Göttern zu opfern. Wer weiß davon?«

»Die Götter!«

»O nein, davon wissen auch die Menschen, denn Eure Gebete und Opfer werden nicht unbemerkt geblieben sein, auch wenn Ihr sie nachts in Eurem Lararium vollzieht. Oder vor allem, weil Ihr sie nachts vollzieht.«

»Stimmt. Aemilia Sophia wusste es.«

»Und welche Frau noch?«

»Glaubst du denn, dass es noch Frauen für mich gibt, die die Nächte mit mir verbringen?«

»Natürlich.«

Valerius Corvus erlaubte sich ein bitteres Lächeln.

»Ja, manche Barbarinnen fürchten sich nicht vor einem verunstalteten Körper, und andere schätzen das Gold, das ich ihnen zahle, so hoch, dass sie ihren Ekel überwinden.«

»Ihr habt derzeit eine Konkubine in der Colonia?«

»Ja, Gerlind.« Er zuckte mit den Schultern. »Sie weiß nichts von meinem Leben, es interessiert sie nur das Gold und der Schmuck, den ich ihr gebe.«

»Und hier?«

»Was bist du neugierig, Töpferin!«

»Wir wollen etwas herausfinden, Dominus! Erinnert Euch.«

»Schon gut. Ursa war für eine Weile meine Bettgefährtin gewesen. Als ich Rosina heiratete, habe ich das beendet.« Er schüttelte den Kopf. »Als ich das letzte Mal hier war, hat sie mir angeboten, diese Dienste wieder aufzunehmen. Vermutlich weiß auch sie, dass Rosina einen Liebhaber hat.«

»Ursa ist eine gutmütige Frau, und ich denke, sie mag Euch.«

»Ihre Anziehungskraft auf mich ist erloschen. Ich habe ihr Angebot abgelehnt. Sie hat es mir nicht übel genommen, glaube ich.«

»Immerhin weiß sie vermutlich von Eurem Schwur. Sie hat mir erzählt, dass sie Euch damals schon gepflegt hat.«

»Ja, nach Vetera. Ihre Mutter hat mich gepflegt, sie war noch ein sehr junges Mädchen. Groß und hübsch auf ihre Art. Sie hat bald danach einen Mann aus dieser Gegend geheiratet, doch der starb anscheinend recht früh. Ich traf sie wieder, als ich das Gut hier übernahm. Sie lebte im Dorf, in ziemlich ärmlichen Verhältnissen. Ich stellte sie als Hausverwalterin an und habe das nie bereut. Es ist denkbar, dass sie wirklich von dem Schwur weiß, entweder hat sie es schon damals, als ich verwundet war, mitbekommen, oder sie bemerkte es hier im Haus.«

»Wenn sie selbst nicht die Anstifterin zu dem Überfall war, so könnte sie es ungewollt an jemanden verraten haben.«

»Könnte sie, aber sie ist nicht sehr gesprächig, und zu den Leuten im Dorf hat sie keine freundschaftlichen Kontakte. Aber möglich wäre es im Prinzip.«

»Bleibt noch eine letzte Quelle, Dominus. Könnte es Eure Gemahlin wissen?«

»Ulpia Rosina? Nein. Sie interessiert sich nicht sonderlich für mich und schon erst recht nicht für meine nächtlichen Umtriebe. Wir haben noch nie eine Nacht gemeinsam verbracht.«

»Dennoch könnte sie es von Ursa erfahren haben.«

Annik sah Valerius Corvus an und zögerte. Der Verdacht lag nahe, aber ihn auszusprechen, fiel ihr schwer. Er hingegen schien ihre Gedanken zu lesen.

»O natürlich. Aber dann hätte der Pfeil mich wohl besser ins Herz getroffen, nicht wahr? Dann wäre der Weg frei für sie und ihren Liebhaber.«

»Ein stichhaltiges Argument.«

»Dennoch, Annik – weißt du, wer ihr Geliebter ist?«

»Nein, und selbst wenn ich es wüsste, würde ich es Euch nicht sagen.«

»Eine treue Freundin!«

»Ja.«

»Wer ist es?«

»Ich weiß es nicht.«

»Annik, du hast eine Vermutung. Man kann es in deinem Gesicht lesen. Und die Vermutung ist dir unangenehm. Aber es ist wichtig, wenn wir herausfinden wollen, wer mich angegriffen hat.«

Annik wandte sich ab und holte den Weinkrug.

»Gib mir Antwort, Annik!«

Sie stellte den Krug ab, setzte sich wieder und stützte das Kinn in die Hände.

»Ich habe nur wenig Anhaltspunkte, Dominus. Es muss jemand von außerhalb sein, er kommt zu Pferd, und ich spioniere meiner Herrin nicht nach.«

»Und doch könntest du einen Namen nennen, nicht wahr?«

Sie sah ihn an, und ihre Augen wurden traurig.

»Falco«, sagte sie leise.

Und Valerius Corvus lachte schallend auf.

»Nein, der wirklich nicht. Er hat mir selbst erzählt, dass es jemanden gibt, aber auch er weiß nicht, wer es ist.«

»Oh…«

»Aber, Barbarin, deine Beobachtungsgabe ist gut. Falco mag Ulpia Rosina, und wenn ich nicht wäre – wer weiß?«

»Nun ja, Dominus, dann kann ich Euch wahrhaftig an dieser Stelle nicht weiterhelfen.«

»Nein, wir kommen so nicht viel weiter. Du hast vermutlich ansonsten ebenso wenig darüber herausgefunden, wer die Gallier oder andere Aufrührer mit Nachrichten versorgt?«

»Nein, es ist überhaupt nichts weiter vorgefallen. Den Barden habe ich auch schon lange nicht mehr gesehen.«

»Ja, es ist ruhig geworden, aber ich glaube nicht, dass es so bleibt. Diese Sache hier… ob sie mit den Überfällen auf die Legionäre oder die anderen Reisenden etwas zu tun hat, möchte ich beinahe bezweifeln.«

»Ich auch. Wie gesagt, es sieht nach einer persönlichen Rache aus. Dominus, wenn Ihr morgen zur Colonia reitet, nehmt jemanden zum Schutz mit.«

Erstaunt fragte Valerius Corvus: »Machst du dir Gedanken um mich?«

»Ja, Dominus. Ihr seid mein Herr, und ich habe Euer Bein und Eure Hose geflickt. Gibt mir das nicht das Recht, mich um Euer Wohlergehen zu sorgen?«

Er stand auf, stützte sich auf seinen Stock und humpelte zu ihr hin.

»Wenn du es willst, Barbarin, dann hast du das Recht dazu.« Sein Gesichtsausdruck wurde ungewöhnlich weich, als er dann sagte: »Ich habe bislang vergessen, dir zu danken. Du hast mir sehr geholfen. Ich werde es dir vergelten, das verspreche ich dir.«

»Es ist schon gut, Dominus.«

»Dein Freund Martius und zwei weitere Legionäre werden mich morgen begleiten. Das sollte Schutz genug sein, denke ich.«

»Ja, das sollte es.«

»Und dann habe ich noch eine Bitte an dich.«

»Ja, Dominus?«

Er zog ein schmales Stilett aus dem Gürtel und legte es auf den Tisch vor sie hin.

»Du kannst damit umgehen. Bring es Ulpia Rosina bei. Sie soll es immer bei sich tragen.«

»Sie wird es nicht gerne tun. Sie ist anders als ich.«

»Ich weiß. Versuch es dennoch.«

»Ja, Dominus.« Er stand nahe vor ihr, und Annik sah zu ihm hoch. Sanft fragte sie: »Habt Ihr noch eine Bitte?«

Er senkte die Lider, aber schwieg. Und sie nahm die beiden Nadeln aus dem Haar, die den schweren Flechtenknoten in ihrem Nacken hielten. Der blonde Zopf rollte wie eine lebende Schlange über ihre Schultern. Doch als sie das Lederbändchen an seinem Ende abstreifen wollte, sagte er: »Nein!« Stattdessen nahm er die Flechte in seine Hand und ließ sie durch die Finger laufen.

»Goldene, warme Seide. Leb wohl, Annik. Ich muss ins Haus zurück, und morgen früh reite ich. Ich komme erst im November wieder her.«

Ohne ein weiteres Wort ließ er sie alleine.

22. Kapitel

Besuch des Matronentempels

Drei prächtige Legionäre warteten am nächsten Morgen am Pförtnertor, als der Hausherr sich zum Aufbruch bereitmachte. Das Licht glänzte auf ihren Brustpanzern und Helmen, und die Metallbeschläge ihrer Uniformen funkelten. Martius stieg ab, als er Annik aus ihrer Hütte treten sah und ging auf sie zu, um sie zu begrüßen.

»Ich habe dich lange nicht mehr zu Gesicht bekommen, Rayan.«

»Martius.«

»Schön – Martius. Unsere Heimat scheint zunehmend ferner zu rücken, nicht wahr?«

»Ich denke kaum noch daran. Es gibt hier viel mehr Möglichkeiten. Dir geht es doch auch ganz gut, oder?«

»Doch, ja. Es ist erträglich.«

Er nickte ihr zu und sah dann, wie Valerius Corvus auf seinen Stock gestützt aus dem Haus kam. Annik wies leicht mit dem Kopf zu ihm hin.

»Martius, pass ein wenig auf ihn auf. Es braucht zwar nicht jeder zu wissen, aber er hat eine frische Pfeilwunde im Bein. Er wird es zwar nicht zeigen, aber sie wird ihn sehr schmerzen.«

»Und woher weißt du, dass er diese Wunde hat?«

»Weil ich ihm den Pfeil herausgezogen habe.«

Martius sah mit einem schiefen Grinsen zu ihr hinunter.

»Du hast dich nicht sehr verändert, scheint mir. Nach wie vor bereit, dich um jeden lahmen Hund zu kümmern.«

»Er ist kein lahmer Hund!«, antwortete Annik mit Schärfe.

Er lächelte und schüttelte den Kopf. »Nein, das ist er nicht. Ich bezog es auf mich, Annik. Du hast mich damals, als ich meine Eltern und mein Heim verloren habe, auch umsorgt. Er…«, sein Blick wanderte zu Valerius Corvus, » – er ist der bessere Mann für dich.«

»Wie kommst du darauf, dass er ein Mann für mich ist?«

»Er ist ein Patrizier, war ein hoher Offizier, ist Ratsherr einer der größten Städte, ein Mächtiger in der römischen Politik.«

»Und ich bin eine barbarische Töpferin.«

»Nein, Annik, das bist du nicht. Und wärst du in unserer Heimat geblieben…«

»Ich bin aber hier, und er ist mein Herr und Arbeitgeber. So sind nun mal unsere Rollen festgelegt.«

»Du betrügst dich selbst, Annik. Hast du das Bett schon mit ihm geteilt?«

»Glaubst du, dass dich das etwas angeht, Martius?«

»Nein, nicht mehr, denke ich. Trotzdem, Annik. Ich mag dich sehr.«

Nun sah sie ihn liebevoller als vorher an, denn sie erinnerte sich an den langen Weg, den sie gemeinsam gegangen waren.

»Ja, Martius. Wir wollen Freunde bleiben.«

Er beugte sich vor und küsste sie auf die Wange.

»Ich werde bald etwas Zeit finden, dann besuche ich dich. Und nun werde ich sehen, dass ich auf mein Pferd komme, sonst versengt mir dein Herr mit seinen Blicken den Pelz. Leb wohl, Annik!«

Zwei Tage nach Valerius Corvus' Abreise kam Ulpia Rosina in Anniks Werkstatt. Sie betrachtete die Gegenstände, die am Morgen aus dem Ofen geholt worden waren, mit fachmännischem Interesse.

»Du hast etwas Neues probiert, sehe ich!«

»Ja, ich habe mit unterschiedlichen Farben gearbeitet. Aber es sieht nach dem Brennen anders aus als im getrockneten Zustand. Das Feuer verändert alles. Immerhin, das Rot ist schön geworden.«

»Ich habe beinahe klares Glas erhalten. Das solltest du dir auch ansehen.«

Die beiden Frauen verbrachten eine genussvolle Zeit mit dem Fachsimpeln über ihre jeweiligen Handwerkskünste, aber Annik dachte beständig daran, dass sie Valerius Corvus' Bitte noch zu folgen hatte.

»Domina, ich werde gerne die neuen Stücke betrachten, die Ihr gefertigt habt, aber darf ich zuvor noch auf eine andere Sache zu sprechen kommen?«

»Annik, was ist los? Du siehst so ernst aus.«

»Es ist auch ernst, Domina. Und ich weiß nicht recht, wie ich anfangen soll. Es – ich mische mich nicht gerne in Euer privates Leben ein.«

Ulpia Rosina lachte leise auf.

»Du weißt vermutlich von meinem so genannten privaten Leben mehr als alle anderen. Geht es um meinen Gatten?«

»Zum Teil – ja.«

»Er hat vor drei Tagen die Nacht bei dir verbracht.«

»Er hat Euch nicht gesagt, warum?«

»Nun, das ist doch wohl nicht nötig.«

»Es wäre besser gewesen, er hätte Euch den Grund genannt. So aber müsst Ihr wohl annehmen, was die Gerüchte flüstern. Ich kann es Euch, wenn er geschwiegen hat, auch nicht sagen.«

Ulpia Rosina setzte sich auf einen Hocker und schlang ihre Palla etwas fester um die Schultern.

»Du bist eine aufrichtige Frau, Annik. Ich weiß das zu schätzen. Wenn er einen Grund hatte – einen anderen als den, der auf der Hand liegt –, dann wirst du ihn wirklich besser für dich behalten. Aber was ist es dann, was du mir so schonend beibringen willst? Du hast mich neugierig gemacht.«

»Wartet einen kleinen Moment.«

Annik ging in ihre Hütte und holte das Stilett, das in einer schlichten Lederscheide steckte. Sie reichte es Ulpia Rosina, die es verwundert betrachtete.

»Was ist das? Ein Dolch? Wem gehört er? Ist etwas geschehen?«

»Eins nach dem anderen. Ja, es ist ein Stilett, es gehört jetzt Euch, und was geschehen ist, wisst Ihr selbst recht gut. Im Wald, erinnert Ihr Euch?«

»Hat Falco dir das gegeben?«

»Nein, der Dominus. Er hat mich gebeten, Euch im Gebrauch damit zu unterweisen.«

»Große Minerva! Hat er etwa erfahren …?«

»Er hat erfahren, dass Ihr in den Wald gelockt worden seid.«

»Hast du es ihm gesagt?«

»Nein.«

»Dann muss es Falco gewesen ein. Oh, verdammt!«

Ulpia Rosina war aufgesprungen, und Annik staunte etwas über ihre Heftigkeit.

»Beruhigt Euch, Domina.«

»Sollst du mich in dem Gebrauch unterweisen, wie ich es mir am besten ins Herz stoße?«

»Aber nein, Domina. Ihr sollt lernen, wie Ihr einen Angreifer damit kampfunfähig macht.«

Mit ungläubigen Augen starrte Ulpia Rosina Annik an.

»Du meinst, er weiß nicht …«

»Ich denke, er weiß, und er sorgt sich um Euch. Domina, tut mir den Gefallen und lernt, wie man mit dem Stilett umgeht. Es ist schließlich nicht möglich, Euch auf Schritt und Tritt von einem Leibwächter begleiten zu lassen, nicht wahr?«

Ulpia Rosina ging einige Male in der Werkstatt auf und ab. Sie hatte sichtlich Probleme damit, das Gehörte zu verarbeiten. Annik schwieg. Schließlich blieb ihre Herrin vor ihr stehen.

»Ja, ich verstehe. Mein Leben ist kostbar für ihn. Gut, zeig mir, wie ich jemanden töten kann. Das kannst du doch, nicht wahr?«

Annik seufzte tief auf und nickte.

»Notgedrungen – ja. Aber wir wollen diese Übungen nicht hier beginnen, wo uns viel zu viele neugierige Augen beobachten. Wir werden morgen in die Scheune gehen, wenn die Leute draußen auf den Feldern sind.«

»Ja, ist in Ordnung.«

»Ihr werdet ein paar blaue Flecken bekommen.«

»Wundervolle Aussichten!«

Ulpia Rosina hatte zuweilen einen trockenen Sinn für Humor, stellte Annik wieder einmal fest. Die zarte, so zerbrechlich wirkende Frau besaß eine verborgene Zähigkeit, wenn es darum ging, ihre eigenen Interessen zu verfolgen. Und ihr größtes Interesse schien derzeit ihrem heimlichen Liebhaber zu gelten.

Ulpia Rosina übte also pflichtgetreu mit Annik den Gebrauch ihrer Waffe, aber es kostete sie ständig aufs Neue Überwindung. Sie hatte eine lebhafte Fantasie und stellte sich bei jedem Stich, bei jedem Hieb vor, welche Wunden sie mit dem Messer hervorrufen konnte. Nach fünf Tagen gab Annik es auf, ihr mehr beizubringen als die einfachsten Techniken. Sie hoffte, dass Rosina, sollte sie je in Gefahr geraten, sich daran erinnern würde. Aber groß war ihr Vertrauen darin nicht. Zumindest hatte sie ihr versprochen, das Stilett bei sich zu tragen, wenn sie das Gut verließ.

Die Tage wurden kürzer, der Oktober neigte sich dem Ende entgegen. Das bunte Laub fiel von den Bäumen, als die ersten heftigen Winde durch das Rheintal rauschten. Es kamen häufig Besucher, manchmal aus der Colonia, einige weiter aus dem Norden oder aus dem Süden, die der Gattin des einflussreichen Valerius Corvus ihre Aufwartung machten. Der Skandal von einst schien allmählich aus dem Gedächtnis der Leute verschwunden zu sein, andere hatten nie etwas davon gehört. Annik hatte kurz nach der Abreise des Hausherrn durch einen Boten ein dickes Bündel erhalten, das ohne eine Nachricht bei ihr abgeliefert wurde. Aber als sie es öffnete, wusste sie, wer der Absender war. Zwei weiße Tuniken, eine aus Seide und eine aus feinstem Leinen, hatte es enthalten. So war sie in der Lage, die Einladungen ins Haus in angemessener Kleidung wahrzunehmen.

Es bereitete ihr Freude, den Fremden zuzuhören, die über die Ereignisse im Land sprachen, sich aber auch über philosophische Themen stritten oder gesellschaftlichen Klatsch austauschten. Sie beobachtete dabei sorgfältig, wer von den Dienern dabei war und besonders aufmerksam lauschte, wenn über brisante Themen gesprochen wurde. Eines davon war sicherlich die Nachricht, die von einem Besucher erwähnt wurde, der aus Rom gekommen war und auf der Durchreise an die Nordküste bei ihnen Halt gemacht hatte. Er war ein entfernter Verwandter der Hausherrin und überbrachte ihr vor allem Neuigkeiten aus der Familie. Er erzählte, dass Caesar Nervas beschlossen hatte, am sechsten Tag vor den Kalenden des Novembers Rosinas Onkel

Ulpius Traianus offiziell zu seinem Adoptivsohn zu ernennen.

»Und dieser Tag, liebe Ulpia Rosina, ist heute!«

»So steht also jetzt fest, dass Traianus sein Nachfolger wird. Meine Tante wird sich freuen.«

»Nicht nur sein Nachfolger, Ulpia Rosina. Er ist sogar schon zum Mitregenten ausgerufen worden.«

Rosina erhob sich und drehte sich zu der Haushälterin um, die in der Tür erschienen war.

»Ursa, bring uns von dem Wein aus Galizien. Es ist ein würdiger Anlass, meine Freunde und Verwandten, dass wir auf das Wohl meines Onkels trinken.«

»Ja, trinken wir auf sein Wohlergehen. Wenn es auch ein wenig verfrüht ist. Denn ein kaiserlicher Gesandter wird sich heute erst mit der Urkunde auf den Weg machen, um die Nachricht offiziell dem Statthalter zu überbringen.«

Annik schlürfte ebenfalls den schweren roten Wein, aber sie war beunruhigt, dass beinahe das gesamte Gesinde davon erfahren hatte, dass wichtige Botschaften aus Rom erwartet wurden. Es wäre nicht der erste Kurier, der in den Wäldern verschwunden war. Sie beschloss, dass es notwendig war, Falco eine Nachricht zu überbringen. Aber auf welche Weise sie das durchführen konnte, ohne bemerkt zu werden, das wusste sie nicht. Zumindest hatte sie noch etwas Zeit, denn wenn der Kurier heute von Rom aufbrach, würde er mindestens zwei Wochen brauchen, bis er in diese Gegend kam.

Es ergab sich zufällig vier Tage später eine Möglichkeit.

Der letzte Tag des Oktobers war einer der wichtigsten Feiertage für die Gallier, sowohl in ihrer Heimat als auch hier, weiter im Süden. Samain, das Ende des Jahres, die

Zeit, um Bilanz zu ziehen, vor allem aber auch der Tag, an dem es möglich war, durch die Schleier in die andere Welt zu schauen und mit denen, die dort weilten, Kontakt aufzunehmen. Es gab Rituale bei den Einheimischen, aber ihnen schloss Annik sich nicht an. Deren Ahnen waren nicht die ihren, und sie wollte den Tag lieber für sich selbst verbringen. Sie hatte Ulpia Rosina von den Bräuchen erzählt und die Erlaubnis erhalten, über ihre Zeit verfügen zu dürfen, wie sie es für richtig empfand. Darum hatte sie sich von Charal den Schlüssel zur hinteren Pforte geben lassen. In der abendlichen Dämmerung verließ sie das Gut durch dieses Törchen, und als sie hinter sich abschloss, bemerkte sie erneut Hufspuren. Dabei fiel ihr zufällig auf, dass das Pferd ein Hufeisen mit einem seltsam ausgebrochenen Rand hatte. Annik lächelte. Ulpia Rosina hatte wieder Besuch, schien es, denn auch in der Werkstatt flackerte ein schwaches Lichtchen. Besser hier auf dem umzäunten Gutsgelände als draußen im Wald, dachte sie.

Es war zwar kühl und der Boden feucht, aber noch regnete es nicht, als sie die kleine Lichtung erreichte, um an dem Weihestein ihre Gebete zu sprechen und ihre Opfer darzubringen. Ein Eichhörnchenpaar saß davor und knabberte an den Nüssen, die in der Schale lagen. Auch Weizenkörner, Blütenblätter und ein paar Beeren zeugten davon, dass schon andere vor ihr der Toten gedacht hatten. Der Platz aber war wie üblich sehr ordentlich, das gefallene Laub und abgebrochene Ästchen sorgsam entfernt und das Gras um den Altar geschnitten. Annik hatte eine tönerne Öllampe mitgebracht und stellte sie auf einen flachen Stein vor den Matronenstein. Ihre kleine Flamme hüllte ihn und seine nächste Umgebung in tanzendes, gelbes Licht. In ihrem Korb hatte sie auch die Küchlein mitgebracht, die sie im Laufe des Tages gebacken hatte und einen kleinen Krug Wein. Einen der Kekse und einige Tropfen Wein gab sie als Opfer den drei Matronen, der jungen in der Mitte und den beiden älteren in den runden Hauben rechts und links davon. Dann ließ sie sich in ihren weiten Kapuzenmantel gehüllt im Gras nieder und rief die Geister der Vergangenheit, um mit ihnen Zwiesprache zu halten, wie sie es gewohnt war.

Es war kein einseitiges Gespräch, Annik wusste genau, wen sie treffen würde, wenn sich für sie die Nebel zwischen den Welten hoben. Sie hatte auch keine Angst vor dem, was sie sehen würde. Denn es waren ihre Familie, ihre Verwandten, ihr Volk, die nun in der Anderwelt ihr neues Leben lebten. Briag der Schwarze, ihr Vater, hieß sie willkommen, und neben ihm stand Deneza, ihre Mutter, genauso blond wie sie selbst, eine beherzte und mutige Frau, die es lachend mit allen Schwierigkeiten aufgenommen hatte, die das Leben an der Seite eines raubeinigen Mannes mit sich brachten. Ihre beiden jüngeren Schwestern, eine schwarz und wild wie ihr Vater, die andere dunkler blond und nachdenklich, tauchten vor ihren inneren Augen auf und eilten in ihre Umarmung.

Annik berichtete ihren Eltern und Schwestern von ihrem Leben in den vergangenen zwölf Monaten, lauschte auf ihren Rat, ihren Tadel und ihre billigenden Worte. Als sie schließlich im Nebel verschwanden, lag leise Trauer auf Anniks Seele, und sie wurde noch stärker, als Jord auftauchte, der Mann, dem sie angetraut gewesen war und dessen Sohn sie geboren hatte. Er war, wie alle, die in der Anderwelt lebten, nicht gealtert, er war ein junger Mann mit klaren, sehr klugen Augen. Der Sohn eines Druiden, der selbst die Gesetze und die Weisheitslehren ihres Volkes studiert hatte und der bestimmt war zu einem der wichtigsten Ratgeber der Herrschenden. Sie hatte ihn geliebt, auch wenn die Ehe mit ihm arrangiert worden war. Und er hatte ihr warme Freundschaft und Zärtlichkeit entgegengebracht, wenn auch vielleicht nicht die tiefe Liebe, die sie als sehr junges Mädchen sich gewünscht hatte.

Die Kehle allerdings schnürte sich ihr zu, als sie das Kind auf sich zulaufen sah. Den Sohn, den sie verloren hatte, der nie näher kam, der nie ganz die Nebel durchschritt und doch immer die Arme nach ihr ausstreckte. Sie hatte keine Worte, die sie dem Mann und dem Kind zuflüstern konnte, doch es schien, dass die Geister der Verstorbenen sie auch so verstanden, denn nach einer Weile fühlte sie warmen Trost in sich aufsteigen. Viele andere mehr tauchten in den Nebeln auf, manche flüchtig, nur zu einem Gruß, andere verweilten länger. Viele, so viele waren in jener Sturmnacht ums Leben gekommen, zu jung, viel zu früh, auf entsetzliche Weise.

Ihrer gedachte Annik, die außer Rayan die einzige Überlebende ihres Stammes war, und die Stille der Nacht senkte sich über sie.

Ein Käuzchen schrie, und Annik erwachte aus ihrer Versunkenheit. Nicht nur der nachtjagende Vogel hatte sie zurückgerufen, auch andere Laute gab es. Rascheln, aufgescheuchtes Geflatter – Hufschlag. Sie tastete nach dem Dolch, den sie am Gürtel trug, doch beunruhigt war sie eigentlich nicht. Es zeigte sich, dass ihre Gelassenheit berechtigt war, denn der Mann, der von dem Lichtschein angelockt worden war, rief erstaunt aus: »Annik!«, und sprang vom Pferd.

»Martius! So spät noch unterwegs?«

Martius räusperte sich und sagte betont lässig: »Dienstlich. Botschaften können nicht warten.«

»O ja, natürlich. Kommst du oder gehst du?«

»Ich reite zum Quartier zurück. Aber was machst du hier mitten im Wald um diese Zeit?«

»O Martius, du aufrechter Römer! Hast du sogar schon vergessen, dass heute Samain ist?«

Sie deutete auf die Opfergaben vor dem Weihestein.

»Die alten Götter – nun, ich habe sie zurückgelassen. Ich bin Mitglied eines anderen Kultes geworden und verehre jetzt Mithras. Wie beinahe alle meine Freunde.«

Annik nickte verstehend. Ja, natürlich würde Martius nicht den alten Traditionen treu bleiben, es gab keine Priester, die ihn erinnerten und keine heiligen Orte für ihn, die er aufsuchen konnte. Aber bevor sie mit ihm darüber sprechen konnte, wollte sie zuallererst ihre Nachricht an Falco an ihn weitergeben.

»Siehst du den Praefecten heute noch, Martius?«

»Möglicherweise. Auf jeden Fall aber morgen früh, denn ich habe Botschaften für ihn.«

»Dann füg eine weitere von mir hinzu.«

»Von dir?«

»Ja, Martius. Und zwar eine sehr vertrauliche und wichtige.«

»Na dann los!«

Sie erzählte ihm in kurzen Worten von dem Besuch, der über Traians Adoption berichtet hatte und den erwarteten kaiserlichen Gesandten.

»Wenn es einen Informanten auf dem Gut gibt, dann werden es diejenigen, die hier Unruhe stiften, erfahren haben. Der Verwandte von Ulpia Rosina kam von Confluencia mit dem Schiff, er blieb nur eine Nacht und ritt am Morgen weiter. Ich glaube nicht, dass er diese Neuigkeit auf dem Markt ausgestreut hat.«

»Und was soll Falco tun?«

»Den Kurier mit der kaiserlichen Urkunde wenn möglich schützen. Jemanden wie ihn zu überfallen, das ist genau der Streich, den sie gerne spielen.«

»So wie sie auch Valerius Corvus überfallen haben?«

»Möglich. Ich weiß es nicht.«

»Aber du weißt, wer sie sind?«

Annik zuckte mit den Schultern und meinte: »Du doch auch.«

»Ja.« Martius sah in dem spärlichen Licht des Lämpchens zweifelnd zu Annik hin. »Du weißt, was das bedeutet, wenn ich Falco berichte, dass auch die hiesigen Gallier von dem Gesandten wissen?«

»Er soll den Mann und sein Gefolge schützen, einen Überfall verhindern und nicht die Einheimischen angreifen. Er ist ein besonnener Mann, dem an Ruhe und Ordnung liegt. Oder zumindest hatte ich bisher diesen Eindruck!«

»Er schon, aber mein Decurio hat eine andere Auffassung von Ruhe und Ordnung.«

»Und wer hat das Sagen bei euch? Der Decurio oder der Praefect?«

»Schon gut, ich werde Falco deine Botschaft überbringen. Ich habe ja auch deinen Herrn sicher in die Stadt geleitet, wie du mir aufgetragen hast. Er ist wirklich ein harter Brocken, dieser Valerius Corvus. Wir mussten sogar eine Ausrede erfinden, um zwischendurch Rast zu machen.«

»Danke.«

»Keine Ursache. Wo hat man ihn denn überfallen?«

»Hier in der Nähe. Ein einzelner Baumschütze, würde ich sagen.«

»Hässlich. Er hätte ihn umbringen können.«

»Das hätte er.«

»Also absichtlich nur verletzt?«

»Das vermute ich. Es gab – andere Störungen dieser Art.«

»Welche?«

»Oh, eher harmlos. Meine Herrin wurde einmal in den Wald gelockt und geängstigt.«

Martius drehte sich abrupt zu dem Weihestein um, so dass Annik sein Gesicht nicht sehen konnte. Aber es schien ihr ein Hauch von Entsetzen in seiner Stimme zu klingen, als er sagte: »Rosi …. äh – Ulpia Rosina?«

»Ja, Ulpia Rosina. Du hast dir ihren Namen gut gemerkt.«

»Warum auch nicht. Valerius Corvus hat mir schon mehrmals Botschaften an sie mitgegeben. Sie ist eine hübsche, kleine Frau, die man durchaus im Kopf behalten kann.«

»Ja, das ist sie.«

Annik beschloss, nicht weiter nachzuhaken, aber über Martius Reaktion später nachzudenken. Es gab auch keine Gelegenheit mehr, weitere vertrauliche Fragen zu stellen, denn ein Rascheln gab Auskunft darüber, dass sich jemand näherte. Annik und Martius drehten sich mit einer schnellen Bewegung um.

»Erstecht mich nicht, erschlagt mich nicht, schießt nicht mit giftigen Pfeilen auf mich, sonst kommt der Fluch meiner Ahnen über euch und wird euch jede Nacht mit misstönenden Liedern wach halten!«

»Cullen!«

»Barde!«

»Habe ich euch bei euren Samain-Riten gestört?«

»Nein, Cullen. Ich habe meine Gebete beendet. Und dann kam Martius vorbei.«

»Und der hat auch den Matronen geopfert?

Martius straffte sich und meinte mit überheblichem Ton: »Ich habe andere Feste zu feiern.«

»Mir scheint, du hast dich von den alten Göttern abgewendet?«

»Sie nützen mir in meinem jetzigen Leben nicht mehr viel.«

Mit mildem Spott in der Stimme fragte der Barde: »Welcher nützt dir denn was? Der von Frieden und Feindesliebe säuselnde Christus dieser neuen Sekte doch bestimmt nicht!«

»Wer? Nein, so einer gewiss nicht. Mithras ist es, der sonnengeborene Sieger!«

»Der Stiertöter, aha. Und, hast du die sieben Weihestufen zum Pater durchlaufen?«

»Woher weißt du denn davon, Cullen? Bist du auch …?«

»Aber nicht doch, Martius. Doch so geheim ist das Geheimwissen der Magi auch wieder nicht, dass ein in den Traditionen bewanderter Barde nicht das eine oder andere erfährt. Was bist du? Leo oder Persa?«

Cullens Tonfall war noch immer ein wenig spöttisch, aber Martius beantwortete die Frage mit der Ernsthaftigkeit eines frisch Bekehrten.

»Du schätzt mich zu hoch ein. Noch nennt man mich einen Raben.«

»Wie passend für einen Kurier. Der Bote der Götter! Und doch, vergiss die Alten nicht, auch wenn du deinem neuen Gott den Stier opferst. Denn sie vergessen dich gewiss nicht.«

»Woher willst du das wissen? Mithras der Unbesiegbare steht über ihnen! Er ist es, der den endlosen Kampf gegen das Böse aufgenommen hat und es überwinden wird.«

»Natürlich. Er wird die Welt von allen Übeln erlösen. Das sagen die Christen von ihrem Gott auch. Sag mal, Martius, wovor hast du eigentlich so viel Angst?«

Annik mischte sich ein, denn sie befürchtete, dass der

respektlose Barde Martius zu heftigen Reaktionen verleiten würde.

»Cullen, wo bleibt deine Toleranz?«

»Oh, überall. Ich verbreite sie weit um mich herum. Ich verstehe mich mit Römern und Germanen, griechischen Händlern und nordgallischen Barbarenfürstinnen. Ich bin nicht heikel. Trotzdem frage ich mich oft mit großem Erstaunen, was die Menschen dazu treibt, Göttern zu dienen, die ihnen versprechen, das Böse in der Welt zu besiegen. Dieser Christus ist auch so einer, den sie als Erlöser feiern. Wie Mithras. Und mir scheint, es sind regelmäßig solche Menschen, die große Angst vor irgendetwas haben, die sich diesen Göttern anschließen.«

»Ich habe vor nichts Angst, du Dummkopf. Was glaubst du denn, was in den Initiationen, den Einweihungsriten meines Glaubens, von uns gefordert wird? Wer da Angst hat, der kann gleich vor dem Tempel sitzen bleiben und um Almosen bitten!«

»Ja, sie treiben euch die Angst vor dem Tod aus. Seltsam, Gallier, dass du das nötig hast. Denn die Weisen sagen, dass der Tod nur der Übergang in die andere Welt ist. Und diese Welt, Martius, ist uns an Tagen wie heute zugänglich. Warum feierst du Samain nicht mehr?«

»Die Vergangenheit liegt hinter mir. Ich schaue nach vorne, nicht zurück auf die vermoderten Knochen meiner Vorfahren.«

»Ja, Martius, das tust du.«

Erstaunlicherweise klang Cullen betrübt, und Annik sagte: »Ich habe ebenfalls meine eigene Form gefunden, mit den Göttern zu sprechen, Cullen. Du weißt, wir sind Fremde in diesem Land, und ich hoffe, die Matronen eures Stammes sind meinen Opfern und Gebeten wohlgesonnen.«

»Solange deine Bitten aufrichtig sind und aus deinem Herzen kommen, werden sie das sein. Du hast Recht gehabt, mir fehlende Toleranz vorzuwerfen, Annik. Verzeih mir, Martius, wenn ich dich gereizt habe. Ich habe dir einige ersparte Prügel zu verdanken, die ich mit meinem losen Mundwerk provoziert habe.«

»Ach, schon gut, Cullen.« Martius grinste den schmächtigen jungen Mann an. »So viel werde ich die Traditionen stets achten, dass ich zu verhindern weiß, dass ein Barde den Hintern versohlt bekommt!«

»Gut, mein Freund! Dann nimm auch noch einen Rat von mir an. Gegen Ende des Monats wird ein römischer Kurier mit einer Botschaft Caesars nach Colonia reisen. Du solltest dich an diesem Tag nicht unbedingt zum Patrouillendienst in den Wäldern melden.«

Annik gab sich erstaunter, als sie war, und fragte: »Sag mal, Cullen, woher weißt du etwas über römische Kuriere?«

»Die Bäume, Annik, flüstern!«

»Ich weiß nicht, Cullen. Ich denke, Menschen flüstern. Du machst mich langsam neugierig, warum du immer so gut informiert bist.«

»Ich habe ein Huhn geschlachtet und in seinen Eingeweiden gelesen, wenn du es ganz genau wissen willst.«

»Ah ja, natürlich. Und wer hat dir das Huhn gebracht?«

Cullen lachte vergnügt auf.

»Du bist nicht schlecht darin, die Methoden eines Barden zu durchschauen. Aber ich habe meinen geheimnisvollen Ruf zu wahren. Also forsche lieber nicht weiter.«

»Dann beantworte mir doch wenigstens die Frage, was den armen Römerkurier erwartet?«

»Ach nein, auch das soll eine Überraschung werden, Martius.«

Annik sah Cullen kopfschüttelnd an: »Ich habe dir schon einmal gesagt, dass ich es nicht gut finde, wenn ihr Streit mit den Römern anfangt. Gewalt zeugt Gewalt.«

»Ja, Annik, Gewalt zeugt Gewalt. Und wer hat begonnen?«

»Ihr weisen Götter! Das ist Generationen her. Warum nährt ihr den Hass so?«

»Generationen? Annik, es ist keine Generation her, dass die Römer meinen Vater getötet haben!«

»Oh, das wusste ich nicht.«

»Nein, ich erzähle es auch nicht jedem. Aber vielleicht solltest du es wissen. Sie haben ihn umgebracht, vorher haben sie ihn gefoltert und misshandelt. Und weißt du, warum? Er hat sich geweigert, ihren Göttern und Gottkaisern zu dienen. Er wollte bei seinem alten Glauben bleiben. So wie ich!«

Das Öllämpchen verlosch mit einem letzten Aufflackern, und so blieb Annik das verbitterte Gesicht in Erinnerung, mit dem der Barde sich umdrehte und lautlos im Wald verschwand.

»O Schande!«, sagte Martius leise.

»Ja. Sieh ihm seine Bemerkungen nach, Martius. Er ist noch sehr jung. Bringst du mich nach Hause? Es ist schon sehr spät, und es fängt an zu nieseln.«

»Ja, natürlich.«

Sie schwang sich hinter Martius auf das Pferd und dirigierte ihn zu der rückwärtigen Pforte. Sie verabschiedeten sich in Freundschaft voneinander, und Annik schloss sorgsam die Tür hinter sich.

Erst am nächsten Morgen bemerkte sie, dass sie ihren Korb am Matronenstein vergessen hatte. Es war ihr unangenehm, denn es konnte als Entweihung des heiligen Ortes gedeutet werden. Darum benutzte sie noch einmal den Schlüssel, um durch die Pforte in den Wald zu gehen.

Doch als sie vor der Mauer stand, stutzte sie. Die Hufspuren von der Nacht zuvor waren noch deutlich sichtbar im feuchten Lehm zu erkennen. Das Pferd hatte ein Hufeisen, das am Rand ein wenig ausgebrochen war.

»Darum also hast du so wenig Zeit, um mich zu besuchen, Martius!«, flüsterte Annik.

23. Kapitel

Überfall

Gratia nieste. Sie hatte eine rote Nase und verquollene Augen. Schnupfen, hatte Ursa festgestellt, und ihr geraten, im Haus zu bleiben. Aber das Mädchen war ihr entwischt und hatte sich bei Annik in der Werkstatt eingefunden.

»Schon gut, das ist keine so gefährliche Krankheit. Das geht in ein paar Tagen vorbei. Aber bleib im Warmen und überlass das Arbeiten mit dem feuchten Ton Ilan. Ich muss ein paar neue Lämpchen machen und brauche die Drehscheibe. Du kannst ja mal versuchen, ob du aus Ton eine Katze formen kannst.«

Feli kam bereitwillig zu Gratia und legte sich als vollendeter Kringel auf die alte Decke zu ihren Füßen. Die Figur, die Gratia nach einer Weile vorzuweisen hatte, verblüffte durch ihre Ähnlichkeit mit dem Modell.

»Das ist hübsch geworden, nicht wahr, Annik? Wirst du sie mir brennen?«

»Natürlich. Aber vielleicht willst du sie noch bemalen, wenn sie trocken ist.«

Kritisch beäugte Gratia die Form und schüttelte dann den Kopf.

»Nein, sie bleibt besser so. Kannst du auch Figuren herstellen?«

Annik schob die letzte Lampe zur Seite und lächelte.

»Ja, ein bisschen kann ich das auch.«

Sie nahm einen getrockneten Krug mit schlankem Hals, brach den Henkel ab, stellte ihn umgedreht auf die

Scheibe und begann, Ton um ihn herum aufzubauen. Schon nach kurzer Zeit war eine Zopffrisur zu erkennen, so wie Gratia sie an diesem Tag trug, dann formte sie Nase und Kinn, während das Mädchen fasziniert zuschaute. Das Gesicht wurde dem ihren immer ähnlicher.

»Nein, nicht!«, quietschte sie, als Annik zusätzlich etwas Ton auf die Nase platzierte. »Du kannst mich nicht mit so einer dicken Nase abbilden.«

»Nein? Nun, ich finde es sehr realistisch!«

»Annik! Dann mache ich ein Portrait von dir, wie du in zwanzig Jahren aussiehst. Hohlwangig, mit schiefem Mund und tiefen Augenringen und ganz struppigen Haaren!«

»Überredet. Ich mache dich wieder schmalnasig. Recht so?«

Zufrieden nickte Gratia.

»Darf ich den Kopf haben, wenn er gebrannt ist?«

»Was willst du mit deinem eigenen Abbild? Dich von morgens bis abends bewundern?«

»Nein, so eitel bin ich nicht. Ich könnte ihn ... jemandem schenken.«

»Damit er dich von morgens bis abends bewundert?«

»Ach, mmh – ja.«

»Und wer wäre der glückliche Beschenkte?«

Gratias gerötete Nase wurde noch dunkler rot.

»Kannst du mich ein bisschen erwachsener machen?«

»Natürlich nicht, das wird die Natur für dich erledigen müssen.«

»Nein, ich meine doch das Portrait.«

»Zwanzig, dreißig Jahre? Hohlwangig, eingesunkene Augen, zahnloses Grinsen?«

»Nein, ach, du nimmst mich auf den Arm!«

»Gratia? Du willst deinen Kopf jemand schenken, der älter ist als du. Hast du deinen Kopf verloren?«

Gratia kicherte ein bisschen verlegen.

»Nein, eher wohl mein Herz, denke ich. Ich meine, ich habe es erst vor kurzem gemerkt. Es ist... du, ich habe das niemandem bisher gesagt. Bitte sprich nicht darüber, Annik. Auch nicht mit Rosina.«

»Nein, natürlich nicht. Aber sei ein wenig vorsichtig, Gratia. Du wirst in wenigen Monaten in die Colonia gehen und dort in die Gesellschaft eingeführt werden. Du wirst eine ganze Reihe junger Männer kennen lernen, die dich bestimmt sehr bewundern werden.«

»Ja, das muss ich über mich ergehen lassen. Aber mein Entschluss, wen ich heiraten will, steht eigentlich schon fest.«

Annik unterdrückte ihre Befürchtungen und versuchte, so gleichmütig wie möglich zu bleiben. Sie hoffte, dass Gratia nicht Rosinas Fehler wiederholte und mit einem der Arbeiter oder Pächter eine Affäre begonnen hatte.

»Weiß denn der Betroffene schon von seinem Glück?«

»Nein. Leider nicht!«

Etwas erleichtert atmete Annik auf.

»Dann wird das mit der Eheschließung wohl etwas schwierig?«

»Vielleicht wird es das. Aber wenn du dieses Bild hier so machst, als ob ich so vier, fünf Jahre älter wäre, würde er möglicherweise erkennen, dass ich kein Kind mehr bin.«

»Und sich in dich verlieben, hoffst du.«

»Ja. Mach mich schöner als Ulpia Rosina, Annik!«

Annik ließ die Hände sinken und sah Gratia an.

»Hast du dich in Martius verguckt?«

»Deinen schönen Freund? O nein, keine Angst, der ist mir zu barbarisch!« Dann schwieg sie überrascht, und Annik biss sich vor Ärger auf die Lippen. Gratia war ein

Mädchen von flinkem Verstand. »Oh, ich verstehe«, sagte sie und kicherte noch mal. »Er hat sich in Rosina verliebt und – och – hat er dich deswegen sitzen gelassen?«

»Die Wege von Martius und mir haben sich so nach und nach getrennt. Es ist nichts Schlimmes daran, und wir sind nach wie vor gute Freunde. Alles andere, Gratia, ist nicht deine Angelegenheit.«

»Nein, ich sollte es wohl am besten nicht gehört haben. Aber wenn man einmal so etwas weiß, ist es schwer zu vergessen. Ich verspreche dir jedenfalls, den Mund darüber zu halten.«

»Danke, Gratia. Aber für wen willst du denn schöner als Ulpia Rosina sein?«

»Aber Annik – hast du denn keine Augen im Kopf?«

Annik strich nachdenklich über den weichen Ton, gab ihm hier noch eine glattere Rundung, da noch eine stärkere Kontur, dort noch eine tieferen Ausdruck. Es war gar nicht so schwer, ihr Gesicht reifer werden zu lassen, wenn sie sich Valerius Corvus' unversehrte Gesichtshälfte vorstellte. Gratia ähnelte ihrem Vater in gewisser Weise. Eine liebliche Schönheit würde sie daher nie werden. Ihre Nase war zu scharf geschnitten und ihr Kinn zu trotzig. Immerhin, es mochte auch ein Ausdruck ihres starken Charakters sein, und den würde sie brauchen können. Denn das Herz dieses jungen Mädchens schlug für Lucius Aurelius Falco, dem Praefecten, der viele Jahre älter war als sie und der die Frau seines väterlichen Freundes verehrte. Einen leichten Weg hatte Gratia nicht gewählt. Aber Annik war weit davon entfernt, ihr Vorhaltungen zu machen.

»Doch, ich habe Augen im Kopf. Schau her – ich weiß natürlich nicht genau, wie du mit siebzehn oder achtzehn aussehen wirst, aber manche kindlichen Züge werden verschwunden sein, manche andere Linie deutlicher werden. Aber was ich nicht abbilden kann, Gratia, sind die Erfahrungen, die dein Gesicht formen werden. Wie sich Schmerz und Trauer darin niederschlagen oder Sehnsucht, Leidenschaft und Hingabe.«

»Ich hoffe, diese Erfahrungen werden mir so gut stehen wie dir, Annik!«, sagte Gratia leise, nachdem sie ihre ältere Freundin lange angesehen hatte.

»Du bist eine liebe junge Frau, Gratia, und ich wünsche dir, dass dir die Weisheit deines Herzens ewig erhalten bleibt.«

Annik verbesserte noch etwas an der Frisur und hob dann das Portrait vorsichtig von der Scheibe, um es auf das Bord zum Trocknen zu stellen.

»Dachte ich es mir doch, dass du hier zu finden bist, Gratia!« Ulpia Rosina war in die Werkstatt gekommen und betrachtete ihre Stieftochter missbilligend. »Ursa sagt, du bist krank, und sorgt sich um dich.«

»Es ist nur ein Schnupfen!«, schnüffelte Gratia und wischte sich mit einem weichen Tuch die Nase.

»Domina, es ist keine gefährliche Krankheit, und Gratia hat sich hier nicht überanstrengt.«

»Nein, Rosina. Ich habe nur Modell gesessen. Siehst du den Kopf dort?«

Rosina war sofort interessiert und betrachtete das Bildnis.

»Das ist erstaunlich gut geworden, Annik. Ich habe auch schon einmal versucht, Portraits in Glas zu schneiden, aber mir liegen offensichtlich florale Muster mehr. Eine solche Ähnlichkeit gelänge mir nicht.«

»Mach auch so ein Portrait von Rosina, Annik. Komm schon!«, forderte Gratia, aber Annik schüttelte lachend den Kopf und wehrte ihren Eifer ab, ihr einen passenden Krug zu suchen. Doch Rosina unterstützte sie.

»Ja, Annik. Ich würde dir gerne zusehen.«

»Na gut. Aber erspart mir die Peitsche, wenn mir das Bild misslingt!«

»Sie wird dich hohläugig und unfrisiert darstellen, vielleicht sogar mit einer dicken Backe!«, kicherte Gratia.

Rosinas Lieblichkeit war leicht zu formen, und sie und Gratia waren zufrieden mit ihren Plastiken. Annik versprach, sie bei dem nächsten Brand in den Ofen zu stellen. Doch als das Mädchen und die Herrin des Hauses gegangen waren, machte sich Annik an ein drittes Bildnis. Sie formte es aus dem Gedächtnis, und als der vollkommene Männerkopf fertig war, versank sie für eine Weile in seinem edlen Ausdruck. Dann aber nahm die Schöpferin mit dem Ausdruck tiefen Bedauerns ein Messer in die Hand und zerstörte ihr Werk, indem sie über die linke Wange einen Schnitt durch den weichen Ton zog und die Narbe nachformte, die sich dort gebildet hatte.

Fünf Tage später waren genügend Tonwaren getrocknet, so dass ein Ofen gefüllt werden konnte. Ilan und Erwan hatten Holz gehackt und das Feuer einen ganzen Tag unterhalten. Aber gegen Abend waren die beiden verschwunden, und Annik musste leise fluchend ihre Arbeit mit erledigen. Rußig und verschwitzt kam sie erst spät in der Nacht dazu, in ihr Bett zu kriechen, und so überhörte sie am Morgen auch das Krähen des Hahns. Erst als die blasse Herbstsonne schon hoch am Himmel stand, erwachte sie und sprang vom Lager auf. Sie rief nach Ilan, der ihr einen Eimer Wasser bringen sollte, bekam aber keine Antwort. Mürrisch und ärgerlich über ihre Helfer, die sie im Verdacht hatte, den Abend bei einer fröhlichen Zecherei verbracht zu haben, warf sie sich ihren Wollumhang über und stapfte selbst mit dem leeren Eimer zum Brunnen. Das kalte Wasser belebte sie und reinigte sie zwar von Schmutz und Asche, aber nicht von ihrem Zorn. Sie ging in den Holzschuppen hinüber, um Erwan mit einem derben Weckruf Beine zu machen. Doch als sie hinter den Bretterverschlag spähte, musste sie vor Entsetzen die Luft anhalten. Erwan lag da und auch Ilan. Doch die alten Decken, die ihm als Lager dienten, waren zerrissen und starrten vor Blut.

»Erwan! Ilan!«, rief sie und kniete bei dem alten und dem jungen Mann nieder. »Was ist euch passiert?«

Ilan rührte sich als Erster. Mühsam öffnete er ein verquollenes Auge, das sich rundherum blau verfärbt hatte.

»Oh, du bist es, Annik!«, krächzte er über aufgeplatzte Lippen und entblößte dabei eine blutige Lücke, wo einst ein Schneidezahn gesessen hatte.

»Seid ihr in eine Schlägerei geraten?«

»So könnte man sagen!«

»Bei Taranis – mit wem?«

»Mit ein paar gut bewaffneten Römern!«

»Verdammte Scheiße!«, fauchte Annik. »Ihr hirnlosen Idioten. Wo wart ihr heute Nacht?«

Ilan zuckte unter dem schneidenden Tonfall zurück und murmelte kleinlaut: »In den Wäldern.«

»Das hätte ich mir denken können!«, knurrte Annik, doch dann überwog ihre Sorge beim Anblick der blutigen Fetzen. »Was ist mit Erwan? Ist er schwer verletzt?«

»Hat ihn an der Schulter erwischt. Speerstich.«

»Und du?«

»Hab bloß prächtig Prügel eingesteckt.« Der Junge grinste schon wieder. »Der Römer aber auch!«

»Ihr seid dümmer als ein Sack Gerste! Steh auf und lass dich ansehen!«

Einigermaßen gehorsam erhob sich Ilan und zeigte seine Blessuren vor. Überwiegend waren es Beulen und

Prellungen, einige Schürfwunden und vielleicht ein paar angeknackste Rippen.

»Geh dich waschen! Aber gründlich!«

»Och, Annik ... Muss das wirklich sein!«

»Das muss sein. Und zum Brunnen gehst du selbst. Einen Eimer Wasser habe ich schon geschleppt! Bring auch einen zweiten für Erwan mit.«

Der alte Mann war inzwischen ebenfalls wach geworden und stöhnte leise.

»Alter Trottel!«

»Ja, Annik!«

»Kannst du dich aufsetzen?«

»Will's versuchen.«

Er hustete heftig, aber gemeinsam schafften sie es, ihn in eine sitzende Position zu bringen, und Annik entfernte vorsichtig die notdürftigen Verbände. Die Wunde sah nicht schön aus.

»Holt Ursa, die versteht was davon«, murmelte er.

Aber das hatte Ilan schon getan, der der Haushälterin am Brunnen über den Weg gelaufen war. Sie trug den zweiten Wassereimer, als sie in den Schuppen kam. Gwena, die Küchenmagd, eilte hinter ihr her und umarmte mit einem Ausruf des Mitleids ihren Bruder, der unter ihrer Behandlung zu Boden sank. Ursa hingegen stellte resolut den Wassereimer ab, und ein weiterer Schwall Schimpfworte übergoss die beiden angeschlagenen Kämpen.

»Nützt nichts, Ursa! Es ist passiert, und wir werden sie als Erstes einmal ordentlich verbinden müssen.«

»Mmh. Gwena, hol Leinen und Salbe!«

Höchst ungern ließ in der Zwischenzeit Erwan die rauen Reinigungsmaßnahmen über sich ergehen, die Annik und Ursa für notwendig hielten.

»Und jetzt los – was ist passiert?«

»Nur eine kleine Keilerei!«

»Unsinn. Wieso habt ihr euch mit den Römern angelegt?«

»Wollten wir doch gar nicht. Wir sind verraten worden.«

»Was hattet ihr vor? Erwan – ihr wolltet jemanden überfallen, ist es das?«

Der alte Gnom wurde erneut von einem Hustenanfall geschüttelt und druckste dann vor sich hin, bis Annik ihn derb anfuhr und ihm mit der Haselgerte drohte. Da endlich war er so weit, dass er erzählte, was vorgefallen war. Wie sie geahnt hatte, handelte es sich um einen Angriff auf den kaiserlichen Gesandten, der an jenem Nachmittag die Gegend erreicht hatte. Mit der Begründung, dass umgestürzte Bäume die Straße blockierten, hatten einige Gallier ihn und seine Gefolgschaft auf einen Nebenweg gelotst und von dort immer tiefer in den Wald gelockt. Es wurde dunkel, als sie ihn und seine Leute umzingelten, doch zu einem tätlichen Angriff auf den kaiserlichen Kurier kam es nicht, denn wie durch Zauberei – so Ilan – tauchte plötzlich eine Unmenge bewaffneter Legionäre auf, die über die Gallier herfielen. Es wäre wohl bei einer Prügelei geblieben, wenn nicht einer der Soldaten durch eine hinterrücks geschwungene Axt erschlagen worden wäre. Der Decurio sah rot, und der Kampf wurde blutig.

Gwena war mit Verbandsmaterial und Salbentopf zurückgekommen und half, ihren Bruder zu versorgen.

»Es hat Tote gegeben?«, fragte Ursa.

»Ja. Mindestens vier oder fünf unserer Männer sind ermordet worden. Fast jeder trug eine Verletzung davon.«

Annik seufzte. Es war genauso eskaliert, wie sie befürchtet hatte.

»Und Römer?«

»Nur der eine, glaube ich. Aber genau weiß ich es nicht. Es war ein hässliches Durcheinander. Euer schöner Freund hat sich aber sauber rausgehalten. Das habe ich zumindest mitgekriegt!«

»Martius war auch dabei?«

»Klar. Bruder gegen Bruder, was?«

»Ich dachte, er hätte sich rausgehalten.«

»Er hat versucht, sich an den Barden heranzumachen!«

»Ist Cullen etwas geschehen?«

Ursas Stimme überschlug sich beinahe, und sie ließ einen Topf mit Salbe fallen.

»Nein, beruhige dich. Cullen kann sich unsichtbar machen. Er stand im Schutz der Büsche und beobachtete den Kampf! Es wird ein schönes, neues Lied geben, denke ich.«

»Und er hat nicht versucht einzugreifen?«, fragte Annik. »Es wäre seine Aufgabe gewesen, Frieden zu stiften.«

Erwan lachte trocken auf und begann wieder zu husten.

»Cullen? Den schmächtigen Hänfling hätten sie in Stücke zerrissen, bevor er nur seinen Mund aufgemacht hätte!«

»Er hat die Macht des Wortes. Er hätte es tun können!«, erwiderte Annik, aber der Alte schüttelte nur den Kopf. »Kann sein, dass er es auch gar nicht wollte.«

»Ja, das kann natürlich sein!«

Erbittert wrang Annik einen Lappen aus.

»Cullen hat seine eigenen Gründe«, sagte Ursa, wieder gefasst und nüchtern. Sie wickelte mit geschickten Griffen den Verband fest um Erwans Oberkörper.

»Ich lasse Annik eine Phiole mit Tropfen hier, die dir schlafen helfen. Du wirst ziemliche Schmerzen haben.

Ich bringe auch ein paar neue Decken. Dieser Schweinestall sieht ja grauenvoll aus. Als hätte man eine Sau geschlachtet!«

Sie raffte die zerrissenen und blutgetränkten Decken zusammen und verließ den Verschlag.

Annik nahm das Fläschchen an sich und fragte: »War sonst noch jemand vom Gut dabei?«

»Nein, nur Ilan und ich.«

»Wie habt ihr, angeschlagen wie ihr wart, es eigentlich hierher geschafft?«

»Der Korbhändler hat uns in seinem Wagen mitgenommen. Die Körbe sind schön groß…«

»Ja, ja. Also hat euch niemand sonst hier gesehen?

»Nein, ich glaube nicht.«

»Dann haltet den Mund darüber.«

»Geht in Ordnung!«

»Woher wusstet ihr von dem geplanten Überfall?«

Erwan grinste sie an: »Die Blätter der Bäume haben so seltsam geraschelt!«

Sie schnaufte verzweifelt. Mehr Antworten würde sie nicht erhalten, das wusste sie. Darum schickte sie sich drein und sagte: »Schön, ihr zwei. Und wer macht jetzt eure Arbeit?«

»Der Ofen muss doch sowieso noch einen Tag auskühlen! Morgen kann Ilan Euch helfen, ihn auszuräumen.«

Der Junge verzog unwillig das Gesicht, ließ sich aber dann von Annik ein Strohlager aufschütten und legte sich dankbar hinein.

»Meinst du, ich könnte einen Teller Brei bekommen?«, fragte er dann vorsichtig. »Ich hab nämlich seit gestern Mittag nichts mehr zu essen bekommen.«

»Helden!«, grollte Annik und schickte Gwena in die Küche, um den beiden Brei, Brot und Wein zu holen.

Sie hatte viel zu tun in den folgenden Tagen, aber vor allem beschäftigte sie dabei die Frage, wie sie sich ihrem Herrn gegenüber verhalten sollte. Die Beteiligung ihrer beiden Helfer an dem Überfall musste Konsequenzen haben. Aber sollte man den alten Mann, der auf dem Gut sein Gnadenbrot bekam, einfach rauswerfen? Sollte man einen vierzehnjährigen Jungen, der zum Heldenmut verführt wurde, dafür bis aufs Blut auspeitschen und davonjagen? Sie war von diesen Maßnahmen nicht überzeugt. Erwan würde vielleicht irgendwo Unterschlupf finden, aber seine Tage waren sowieso gezählt. Der Junge würde von den Aufrührern aufgenommen werden und weder die Niederlage noch die Strafe vergessen, die er durch die Römer erfahren hatte. Sie würden seinen Stolz brechen, und daraus entstanden lebenslange Feindschaften. Vielleicht war es besser, Valerius Corvus die unrühmliche Tat der beiden zu verschweigen und sich mit dieser Haltung ihr Vertrauen zu erkaufen. Möglicherweise erfuhr sie dadurch irgendwann, wer der Verräter im Hause war.

24. Kapitel

Valerius' Besuch

Valerius Corvus kam zwei Tage später aus der Colonia zurück, Falco begleitete ihn. Beide kamen am Nachmittag zu ihr in die Werkstatt. Valerius Corvus nickte ihr freundlich zu, und Falco kam ohne Umschweife zur Sache.

»Lass uns in deine Hütte gehen, hier gibt es zu viele Zuhörer!«

Sie begleitete ihren Hausherrn und den Praefecten in ihr Häuschen und schloss die Tür hinter sich. Die Männer nahmen auf der Bank hinter dem Tisch Platz, und Annik zog sich einen Schemel herbei.

»Deine Nachricht war hilfreich, Annik.«

»Sie hat fünf Männern das Leben gekostet.«

»Sieben. Zwei meiner Leute sind ebenfalls umgekommen bei dem Geplänkel.«

»Es wäre nicht notwendig gewesen.«

»Verdammt, wäre es denn notwendig gewesen, den Gesandten zu überfallen?«

»Nein, natürlich nicht. Ach, schon gut.«

»Wer in meinem Haus hat die Information weitergegeben?«

»Ich weiß es nicht, Dominus. An dem Abend, als Ulpia Rosinas Verwandter zu Gast war, war das Hausgesinde vollzählig anwesend. Man hätte es vielleicht einschränken können, hätte die Domina nicht unglückseligerweise Ursa um den besten Wein geschickt und auf die Adoption ihres Onkels einen Trinkspruch ausgebracht. Es standen alle im Raum, als der Besucher von dem kaiserlichen Gesandten mit der offiziellen Urkunde sprach.«

»Misslich!«, sagte Falco.

»Ja, wirklich.«

»Und vier Tage später wusste der Barde davon.«

»Wahrscheinlich wusste er es schon am nächsten Morgen. Aber vier Tage später hatte er bereits Kenntnis davon, dass ein Überfall geplant war.«

»Oder hat ihn gar selber geplant.«

»Auch das ist möglich. Dominus, was wisst Ihr über Cullens Vater?«

»Nichts, Annik. Sollte ich?«

»Ich weiß nicht. Du, Falco?«

»Ich weiß noch nicht einmal, wie er heißt. Warum?«

»Er ist vor Jahren von Römern gefoltert und umgebracht worden. Wegen seines Glaubens, so heißt es.«

Falco meinte trocken: »Unsinn.«

Aber Valerius Corvus sah nachdenklich aus.

»Du bist noch nicht lange genug hier, Falco. Nach dem Saturninus-Aufstand ist eine Reihe Rebellen hingerichtet worden. Nicht wegen ihres Glaubens, das allerdings ist Unsinn. Es ist aber gut möglich, dass Cullens Vater einer von ihnen war. Und ich muss auch gestehen, besonders menschlich ist man mit den Gefangenen damals nicht umgegangen. Stammt da sein Hass her?«

»Ja, ich glaube schon. Zumindest sagt er das, Dominus.«

»Der Aufstand des Saturninus war vor – lasst mich nachdenken –, vor gut sieben Jahren. Falco, es könnte sein, dass du noch Aufzeichnungen über die Hinrichtungen findest.«

»Wart Ihr daran beteiligt, Dominus?«, fragte Annik mit tonloser Stimme.

»Nein, du rachsüchtige Töpferin. Ich war in jener Zeit zu keinen großen Taten fähig. Du kennst die Narbe.«

Betreten senkte Annik den Kopf. Ja, sie kannte die Narbe an seinem Bein. Als sie wieder aufschaute, traf sie Falcos äußerst intensiver Blick. Er sagte zu ihr gewandt: »Corvus war zu jener Zeit Quaestor, Annik. Und soweit ich weiß, hat er sich bisher stets darum bemüht, dass Gefangene zumindest ordentlich verpflegt wurden.« Und zu Valerius Corvus: »Es wird schwierig werden, einen Mann zu finden, dessen Namen wir noch nicht einmal kennen. Kennt jemand von deinen Leuten diesen Barden näher?«

»Keine Ahnung. Annik, finde das heraus!«

»Ihr habt mir untersagt, mich mit dem Barden zu treffen. Sonst könnte ich ihn selbst fragen.«

»Richtest du dich denn nach meinen Verboten?«

»Wenn es mir passt!«

Valerius Corvus begann zu lachen.

»Stimmt! Aber Jupiter möge mir beistehen, wenn es dir mal nicht passt!«

Falco hingegen beteiligte sich nicht an der Heiterkeit, die seinen Freund erfasst hatte, sondern schien nachzugrübeln.

»Auch wir wussten von dem Gesandten schon zu einem frühen Zeitpunkt!«, sagte er dann. »Es muss die Information nicht unbedingt aus deinem Haus stammen, Corvus. Es ist zwar eine Nachricht gewesen, die nur wir Offiziere erhalten haben, aber ich kann mich nicht dafür verbürgen, dass nicht doch der eine oder andere der Soldaten davon Kenntnis hatte. Und die Gallier aus dem Norden sind den hiesigen recht freundschaftlich gesinnt.«

Doch bevor Valerius Corvus darauf antworten konnte, gab es auf dem Weg vor dem Haus Rufe und Gepolter.

»Entschuldige mich einen Augenblick, Falco. Mein

Weinhändler ist eingetroffen, und ich muss mich kurz um ihn kümmern.« Er grinste. »Seine Weinlieferung lässt man als Herr des Hauses nicht von dem Verwalter abnehmen. Ich komme gleich zurück.«

Er verließ die Hütte und ging ohne Hilfe seines Stockes auf den mit Fässern beladenen Wagen zu. Falco stand auf und ging in der Hütte auf und ab, um seine Gedanken zu ordnen. Vor der Truhe, auf der Annik die drei Tonköpfe gestellt hatte, blieb er plötzlich stehen.

»Darf ich die in die Hand nehmen?«

»Natürlich. Sie sind gebrannt.«

»Ulpia Rosina – sehr gut getroffen«, bemerkte er beifällig und stellte die Plastik wieder hin, um Gratias Portrait aufzuheben. Annik sprach zu den Matronen ein kleines Gebet, während er mit zunehmend größer werdendem Staunen das Gesicht betrachtete.

»Valeria Gratia – ich wusste gar nicht, dass sie so aussehen kann!«

»Sie wird einmal so aussehen, Falco. Ich habe ein wenig über sie nachgedacht, als ich dieses Bild von ihr machte. Sie wird eine warmherzige und kluge Frau werden. Möglicherweise keine große Schönheit, aber bestimmt eine wertvolle Freundin.«

»Ich habe in ihr bisher nur das Kind gesehen. Aber du hast Recht. Sie wird erwachsen.«

»Sie wird vierzehn. Und im Frühjahr wird sie in die Colonia gehen, zu Pompeia Plotina.«

»Dann wird sie bald verheiratet.«

»Vielleicht. Wenn sich eine gute Partie findet.«

»Daran wird es ihr mit Corvus als Vater nicht mangeln. Da jetzt Traians Adoption offiziell ist, hat er Aussichten auf einen hervorragenden Posten in der Provinzverwaltung, möglicherweise erhält er sogar die Consularswürde, wenn Traian Caesar wird.«

»Und das alles, weil er mit seiner Nichte verheiratet ist?«

»Aber nein, Annik. Corvus ist mit Ulpia Rosina verheiratet, weil er ein alter Freund von Traian ist.«

»Oh, ich dachte … Man hat es mir anders dargestellt.«

»Ja, das kann ich mir vorstellen. Frauengeschwätz. Aber es gibt Dinge, die sogar schwerer wiegen als Familienbeziehungen. Corvus und Traian sind ungefähr gleichaltrig und waren zu Beginn ihrer Militärzeit gemeinsam Militärtribunen hier im Rheinland. Sie haben sich damals schon angefreundet, und sie schätzen einander sehr. Corvus gehört zu dem Kreis der engsten Vertrauten um den zukünftigen Kaiser.«

Annik nickte nur und sah dann, wie Falco das Portrait des Mannes in die Hand nahm, über den er soeben gesprochen hatte. Er betrachtete auch das sehr eingehend.

»Ein echter Künstler würde ihn nie so darstellen, das weißt du sicher?«

»Ich bin ja auch kein Künstler. Die Köpfe entstanden aus einer Laune heraus, weil Gratia und Rosina mich darum gebeten hatten.«

»Ich habe keine Kritik an dir geübt, Annik. Sie sind alle drei sehr gut. Aber das hier …« Er stellte Valerius' Kopf vorsichtig zurück auf die Truhe und drehte sich zu ihr herum. »Du verträgst dich jetzt besser mit ihm, Annik?«

»Manchmal.«

Falco setzte sich wieder an den Tisch und betrachtete Annik eine Weile. Sie ließ sich die Musterung mit einem kleinen, spöttischen Lächeln gefallen.

»Es trifft sich, dass wir einen Augenblick alleine miteinander sprechen können. Ich möchte dich um etwas bitten.«

»Und das wäre, Falco?«

»Martius – er verstößt ein bisschen zu oft gegen das Reglement. Ich habe in der Vergangenheit oft ein Auge zugedrückt, wenn er sich nicht pünktlich zu den Appellen einfand. Aber er übertreibt. Du solltest etwas auf ihn einwirken, sonst bringt er sich wirklich in ernsthafte Schwierigkeiten.«

»Ich? Wie könnte ich das?«

»Indem du ihn – äh – etwas früher aus dem Bett wirfst.«

»Entschuldige, ich kann dir nicht ganz folgen, Falco. In meinem Bett findest du keinen Martius.«

»Ich wollte dich nicht beleidigen, Annik, aber …«

»Du glaubst, Martius verbringt die Nächte hier bei mir?«

»Er hat es mir so dargestellt. Oder – nein, ich will ehrlich sein, es war wohl eine Annahme von mir, der er nicht widersprochen hat. Darum habe ich ja nichts weiter unternommen. Du bist doch mehr oder weniger seine Frau.«

»Aber nein, Falco. Noch nicht einmal nach den Gesetzen meines Volkes bin ich das.«

»Das wusste ich nicht. Aber wenn er nicht hier ist –«

»– dann genießt er seine Freuden irgendwo anders. Aber ich kann dir nicht sagen, wo.« Und ich werde dir auch nicht sagen, mit wem, fügte Annik in Gedanken hinzu. Denn diese Wahrheit würde alle Beteiligten nur schmerzen und in Schwierigkeiten bringen. »Halte ihm eine gebührende Strafpredigt, wenn er wieder ohne Erlaubnis fortbleibt. Oder bestrafe ihn so, wie er es verdient. Aber lass mich aus dem Spiel.«

Er nickte nur, und dann öffnete sich die Tür wieder. Valerius Corvus trat ein, einen Weinkrug in der Hand.

»Ich habe uns eine Kostprobe mitgebracht von dem Wein, den der alte Pantscher da angeliefert hat. Annik, drei Becher!«

»Gar nicht ganz schlecht!«, urteilte Falco nach dem ersten Schluck, und Annik beschloss, nur sehr vorsichtig an dem schweren Getränk zu nippen.

»So, und nun, Falco, spinn deinen Gedankengang, den du vorhin angefangen hast, aus«, forderte Valerius Corvus.

Doch Falco schwieg, und Annik wusste, dass er nun einen völlig neuen Verdacht hatte. Einen, der ihm eine bittere Enttäuschung bereitete, denn er hatte Martius vertraut, und vor allem hatte er selbst ihn als Kurierreiter eingesetzt. Martius hatte Zugang zu einer ganzen Menge brisanter Informationen!

»Tut mir Leid, Corvus. Ich bin zu voreilig gewesen. Ich muss noch etwas nachprüfen. Und ich werde mich um die alten Aufzeichnungen kümmern. Es ist besser, wenn ich mich auf den Weg mache. Annik, danke für deine Hilfe. Lebt wohl!«

Als er die Tür hinter sich geschlossen hatte, fragte Valerius Corvus: »Was ist zwischen euch beiden vorgefallen, Annik?«

»Nichts, Dominus. Ich glaube nur, es fällt ihm nicht leicht, seine Leute des Verrates zu bezichtigen.«

»Nein, das fällt ihm bestimmt nicht leicht, da hast du Recht. Aber es ist tatsächlich eine Möglichkeit. Die Auxiliaren verbringen oft ihre Zeit in den Schenken der Einheimischen. Da wird dauernd getratscht.«

»Er wird es herausfinden, wenn es so ist, Dominus.«

Nachdenklich trank der Hausherr seinen Wein, dann fragte er unerwartet: »Wer von meinen Leuten war an dem Überfall beteiligt?«

Annik war einen Moment aus dem Konzept gebracht, und er bemerkte ihr Zögern.

»Na los, Barbarin. Sag es mir!«

Sie schüttelte unwillig den Kopf, aber er stellte mit einer heftigen Bewegung den Becher auf den Tisch.

»Sei nicht störrisch. Es hat keinen Sinn zu schweigen, ich bekomme es sowieso heraus.«

»Dominus – es wäre besser, Ihr wüsstet es nicht.«

»Für wen? Für die Leute? Du fühlst dich mal wieder verantwortlich, was? Der alte Idiot von Erwan war dabei, nicht wahr?«

Sie seufzte. Irgendwie war es ihr immer weniger möglich, Valerius Corvus etwas zu verschweigen.

»Ja, er und Ilan. Beide sind verletzt. Dominus, ich habe Gründe, warum ich sie nicht Eurer Strafe aussetzen möchte.«

»So, möchtest du nicht. Es gefällt meiner Töpferin in ihrer Gnade, meine Autorität zu opfern für ein paar gallische Halunken, die das Brot nicht wert sind, das ich ihnen zu essen gebe!«

»Ja, Dominus, wie Ihr sagt!«

»Hör auf, mich mit deiner sanften Stimme herauszufordern.«

»Gerne, Dominus!«, sagte Annik und schlug demütig die Augen nieder.

Valerius Corvus gab einen grollenden Laut von sich, der zwar drohend klingen sollte, jedoch auch ein unterdrücktes Lachen sein konnte. Dann sagte er mit Fassung: »Und jetzt sag mir, was du dir dabei gedacht hast!«

Annik tat es, und er hörte schweigend zu. Dann nickte er.

»Wahrscheinlich hast du Recht. Es würde mehr schaden als nutzen, würde ich sie bestrafen und des Hofes verweisen. Ich werde sie übersehen, wenn sie mir über den Weg humpeln. Sind sie schwer verletzt?«

»Ilan hat nicht mehr als die ihm zustehende Prügel bezogen, aber Erwan hat eine Speerwunde in der Schulter, die nur langsam heilt. Außerdem leidet er an einem starken Husten. Ich fürchte, der Winter wird ihm nicht gut tun.«

»Ja, er ist alt, beinahe siebzig oder sogar schon darüber. Seine Zeit ist wohl bald abgelaufen. Soll er seine letzte Dummheit ungestraft vollbracht haben. Ich nehme an, du hast die Wunden der beiden in bewährter Form behandelt?«

»Ursa und ich haben es getan.«

»So weiß Ursa ebenfalls davon?«

»Es ließ sich nicht vermeiden.«

»Das ist jetzt wohl auch egal. Zumindest gibt es dir eine eigenartige Stellung in meinem Haus. Nun ja, auf jeden Fall sind deine ärztlichen Kenntnisse von einem Fachmann gutgeheißen worden, soweit sie mich betrafen!«

»Ihr habt einen Arzt aufgesucht?«

»Wie du mir geraten hast, einen gallischen Heiler. Ein schroffer Geselle mit eigensinnigen Vorstellungen.«

»Kurzum, Ihr habt Euch gut verstanden.«

Er schmunzelte anerkennend.

»So gut, dass ich jetzt sogar einige Schritte ohne den Stock gehen kann. Er bestand darauf, dass ich das Bein nicht schone, sondern belaste, und sparte nicht mit herben Bemerkungen über verweichlichte Römer. Aber Viatronix ist ein gebildeter Mann, und wir haben uns lange miteinander unterhalten. Von ihm habe ich vieles über die gallischen Barbaren erfahren.«

»So, habt Ihr das? Und sind wir dadurch in Eurer Achtung gesunken oder gestiegen?«

»Es mag seltsam für dich klingen, aber ich bin durchaus in der Lage anzuerkennen, dass es neben der römischen Lebensart auch andere Formen der Zivilisation gibt. Wir unterhielten uns ein bisschen über die ärztliche Kunst, wesentlich mehr aber über das Rechtswesen und die Philosophie.«

»Er muss seine Ausbildung bei den Druiden erhalten haben.«

Valerius Corvus lehnte sich bequem auf der Bank zurück und setzte seinen Fuß auf die Sitzfläche. An seinem Stiefel klebte Lehm und etwas Stroh. Er griff nach dem Krug und schenkte sich den Becher erneut voll.

»Trink noch etwas, Annik!«

Sie füllte ihren Becher auf und musterte seinen schmutzigen Stiefel.

»Ich benehme mich mal wieder völlig daneben, wenn ich deinen Blick richtig deute!«

»Ach, es macht nichts, wenn Ihr meine Möbel beschmutzt. So benehmen sich die Herren eben auf dem Land. Die Mägde werden den Saal nachher putzen.«

»Nur dass es weder ein Saal ist noch du über eine Schar Mägde gebietest. Entschuldige. Aber um deine Frage zu beantworten, ja, der Mann hat bei den Weisen seines Volkes gelernt, und nicht nur die Heilkunde. Er hat mir ein paar bemerkenswerte Dinge geschildert, über die ich lange nachgedacht habe. Annik, hast du Angst vor dem Tod?«

»Nein, Dominus. Ich habe keine Angst vor dem Tod. Wir glauben, dass es in der anderen Welt ein weiteres Leben in einem anderen Körper gibt und dass wir, wenn wir dort sterben, zurück in diese Welt kommen.«

»Und darum seid ihr auch so todesmutig im Kampf. Weil ihr erwartet, in jener anderen Welt als Helden wiedergeboren zu werden. Wir hingegen sehnen den Tod nicht herbei.«

»Weil Ihr nicht an ein Weiterleben glaubt?«

»Unsere Priester sagen, dass die Seelen der Verstorbenen in den Hades eingehen, wo sie für alle Ewigkeit ihr Schattendasein führen. Nicht sehr erquicklich, diese Vorstellung. Mir gefällt die gallische Anderwelt besser.

Dennoch bin ich weit davon entfernt, sterben zu wollen.«

»Vor dem Tod keine Angst zu haben, Dominus, ist die eine Seite. Vor dem Sterben allerdings haben auch wir, wie alle lebenden Wesen, Angst. Krankheit, Schmerz und Hilflosigkeit säumen den Weg in die Anderwelt.«

»Viatronix sagte, dass es Menschen gibt, die sogar zu ihren Lebzeiten in dieser Welt die Fähigkeit haben, Einblick in die andere Welt zu nehmen.«

»Ja, es gibt solche, die das können. Und es ist – in gewissem Maße – sogar jedem von uns möglich, zu bestimmten Zeiten einen Blick hinter die Schleier zu werfen. An Samain, dem Tag vor den Kalenden des Novembers, treffen wir uns traditionsgemäß mit unseren Ahnen, die in jener Welt leben. Doch Wanderungen in jener Welt, das ist eine ganz andere Sache. Aber es gibt für gewöhnliche Sterbliche diese Möglichkeit, und ich glaube, Ihr selbst habt sie schon kennen gelernt.«

»Ja, so erklärte mir Viatronix meine Erlebnisse, die ich in jener Zeit, vor achtundzwanzig Jahren hatte, als ich zwischen Leben und Tod schwebte. Ich wanderte in der Tat in einer anderen Welt. Und ich habe mich oft gefragt, wer das war, dem ich dort begegnet bin.«

»Wem seid Ihr begegnet?«

»Königen und Bettlern, Kriegern und Sängern.«

»Den Dieben und den Richtern, den Törichten und den Weisen.«

»Den keuschen Jungfrauen und der Verführerin, der liebenden Mutter und der Verräterin. Ja, Annik all diesen bin ich begegnet. Und es hat sich so tief eingeprägt, dass ich ihnen alle nun in dieser Welt wieder zu begegnen scheine.«

»So habt Ihr denn einen kleinen Einblick in das Wissen der Druiden erhalten, die dort aus freiem Willen wandern und ihr unergründliches Wissen herbeziehen.«

»Und woher, keltische Töpferin, weißt du das alles?«

»Von Jord, einem Druiden.«

»Deinem Vater?«

»Nein.«

»Sondern?«

»Meinem Gatten.«

»Du bist verheiratet?«

»Er starb.«

»Verzeih, Annik.«

»Es gibt nichts, weshalb Ihr um Verzeihung bitten müsst. Aber fragt nicht zu viel nach meiner Vergangenheit. Es gibt manches, an das ich nicht mehr rühren möchte.«

»Ja, ich verstehe. Doch es gibt dennoch etwas, wofür ich um Verzeihung bitten sollte. Denn ich nenne dich oft eine Barbarin, und das bist du nicht.«

»Seid da nicht so sicher, Dominus. Der Hauch der Zivilisation, der mich umgibt, ist so dünn wie das seidene Hemd, das Ihr mir geschickt habt, und meine wahre Natur kann ich nur mühsam bändigen.«

Annik lächelte ihm mit einem Zwinkern zu. Er aber nahm einen weiteren Schluck seines Weines und sah sich im Zimmer um. So entdeckte er die drei Köpfe aus gebranntem Ton. Er stand auf und nahm sie nacheinander in die Hand. Als er sein Abbild betrachtete, wurde sein Gesicht hart.

»Falco hat mir schon gesagt, dass ein wahrer Künstler Euch nicht so dargestellt hätte, Dominus. Aber es ist nur Ton. Lasst ihn fallen, dann sind es lediglich Scherben.«

Sehr vorsichtig stellte Valerius Corvus die Plastik wieder auf die Truhe.

»Barbarin!«, sagte er leise und ging auf sie zu. Sie stand

auf und sah ihm in die Augen. Er griff in ihren Nacken und zog die Haarnadeln heraus. Als der Zopf sich löste, entflocht sie ihn mit flinken Fingern. Er sah ihr wortlos zu, und als die blonden Haare in weichen Wellen über ihre Schultern flossen, berührte er sie sanft. Dann packte er sie mit festem Griff und zog Annik nahe zu sich heran. Ihre Körper berührten sich. Sie ahnte, wie seine nächste Bitte lauten würde, und sagte leise, bevor er sie aussprechen konnte: »Gerne, Dominus.«

»Gerne, Barbarin?«

»Ja, gerne, Dominus.«

Sie hob die Arme, um sie ihm auf die Schultern zu legen, da flog die Tür zu ihrem Häuschen auf. Charal stand in der Öffnung, ein wenig atemlos.

»Dominus, der Senator Publius Fabius Pontanus ist an der Pforte und will Euch dringend sprechen!«

Valerius Corvus ließ Annik los und gab einen zornigen Laut von sich.

»Der alte Simpel will sich wieder als Held beweisen. Zum Hades mit ihm!«

»Der kaiserliche Gesandte ist bei ihm.«

»Mir bleibt aber auch nichts erspart. Ich werde ihn empfangen. Annik, sieh zu, dass die beiden gallischen Strohköpfe ihnen nicht über den Weg stolpern.«

Er ging an Charal vorbei nach draußen. Der Verwalter hingegen blieb in der Tür stehen und betrachtete Annik mit einem traurigen Blick.

»Für mich hast du deine Haare nie gelöst.«

Sie senkte den Kopf und begann, die blonden Strähnen wieder zu flechten.

»Charal, ich habe dir nie etwas versprochen.«

»Nein, das hast du nicht. Es war wohl meine eigene Dummheit, dass ich mir Hoffnungen gemacht habe. Er ist eben der Herr des Hauses.«

»Es hat damit nichts zu tun, Charal.«

»Nicht? Ich weiß nicht, Annik.«

Er klang verbittert und drehte sich um.

»Charal!«

»Lass es gut sein«, sagte er über die Schulter hin.

Annik lehnte eine Weile bewegungslos am Türrahmen, als er gegangen war. Sie wusste, dass ihre Situation zunehmend schwieriger wurde. Vor allem, weil sie über ihre eigenen Gefühle nicht im Klaren war. Es gab inzwischen einige, die annahmen, dass sie Valerius Corvus' Geliebte war. Martius glaubte es, Charal, vermutlich auch Falco. Und sicher einige andere aus dem Gesinde und unter den Arbeitern. Ihre Sonderstellung auf dem Hof war nicht zu übersehen. Das Gerücht würde zur Tatsache werden, das wusste sie, seit sie sein Gesicht in Ton geformt hatte. Wenn er es wünschte, dann würde sie ihm gewähren, um was er bat. Aber sie war sich nicht sicher, warum. Und sie fürchtete sich davor, über die Folgen nachzudenken. Sie wäre gerne zum Matronenstein gegangen, um mit den weisen Göttinnen eine stumme Zwiesprache zu führen. Aber sie musste auf dem Gut bleiben, um nach Ilan und Erwan zu schauen.

Beide hielten sich noch im Schuppen auf, Ilan hatte sich schon wieder einigermaßen erholt und hinkte oftmals zu seinen Freunden in den Pferdestall hinüber, aber Erwan brauchte Pflege. Sie brachte beiden etwas später Essen und Getränke und berichtete von dem Besuch des Senators.

»Bleibt hier drinnen, solange er sich auf dem Hof aufhält. Und am besten kommt ihr auch dem Hausherrn nicht unter die Augen.«

»Was hat er mit uns vor, Annik?«, fragte Ilan, der schon ein paar Mal wegen kleinerer Vergehen am Gerichtstag zitiert worden war und wusste, wie die Peitsche schmeckte.

»Er wird euer blödsinniges Verhalten, so hoffe ich, einfach nicht zur Kenntnis nehmen.«

Erwan räusperte sich und sagte mit heiserer Stimme: »Ihr müsst uns nicht in Schutz nehmen, Annik. Ihr wisst, dann trifft Euch sein Zorn.«

»Schon gut, Erwan. Seid nur einfach so klug und rührt euch hier nicht heraus.«

»Ihr seid gut zu uns!«

»Ich frage mich manchmal, warum. Denn ihr verhaltet euch reichlich idiotisch. Ihr schadet denen, gegen die wir loyal sein sollten. Was haben euch beiden die Römer getan?«

»Sie haben unseren Stamm vernichtet.«

»Lange selbst vor deiner Geburt, Erwan. Seither hast du von ihnen nur profitiert – oder nicht? Würdest du irgendwo anders ein solch reiches Gnadenbrot erhalten wie hier?«

Erwan zuckte mit der gesunden Schulter und gab mürrisch zu: »Nein, natürlich nicht. Valerius Corvus ist halt anders.«

»Anders? Er ist ein Römer, er war Offizier in der Legion, er bestimmt jetzt die Geschicke mit, die euer Leben beeinflussen. Wer von euch Schwachköpfen hat vorigen Monat auf ihn den Pfeil abgeschossen?«

Erwan sah sie mit ehrlichem Erstaunen im Gesicht an.

»Ich weiß nichts von Pfeilen. Ist etwas passiert?«

»Ja. Hätte ich sonst gefragt?«

»Ich wusste wirklich nichts davon. Ich schwöre es, Annik.«

»Aber du wusstest von dem Überfall auf den Gesandten.«

»Das wussten wir alle.«

»Woher?«

»Annik, ich bin nicht taub!«

»Und ich bin nicht blöd!«, fauchte sie. »Zwischen einem Gerücht und einer gut durchgeführten Planung ist ein gewaltiger Unterschied. Irgendwer wird euch gesagt haben, wann und wo der Überfall stattfinden sollte und welche Rolle ihr dabei spielen solltet.«

Erwan bekam einen Hustenanfall, der länger dauerte als gewöhnlich, aber Annik blieb hartnäckig bei ihm sitzen. Als er schwer atmend aufhörte, fragte sie: »So, wer hat euch informiert und eingeteilt?«

»Warum wollt Ihr das wissen? Wollt Ihr denjenigen ans Messer liefern?«

»Ich will mit ihm reden.«

»Ihr werdet nichts erreichen.«

»Erinnerst du dich noch an den Aufstand vor sieben Jahren?«

»Ich hatte damit nichts zu tun!«

»Aber jemand, den du kanntest?«

Erwan drehte das Gesicht zur Wand und stellte sich stur. Ilan hatte schweigend zugehört und sagte dann: »Ich war noch sehr jung, als dieser Aufstand begann, aber ich weiß, dass er hier, etwas südlicher am Rhein, niedergeschlagen wurde. Es waren nur sechs Männer aus unserem Dorf daran beteiligt, Annik. Und die sind jetzt alle tot. Aber ihre Familien hassen die römischen Soldaten und versuchen, ihnen Schaden zuzufügen. Trotzdem, du hast Recht, die Römer behandeln uns eigentlich nicht schlecht. Ich werde an solchen Überfällen nicht mehr teilnehmen. Aber ich werde dir dennoch nicht verraten, wer die Anführer sind.«

»Ich verstehe, Ilan. Ich verstehe euch beide im Grunde sogar sehr gut.«

»Ja, Annik. Denn du hast uns auch nicht verraten, obwohl der Dominus dein Gel …«

»Ilan!«

»Ist er nicht?«, fragte der Junge mit blitzenden Augen. »Aber dieser Martius, Annik. Der hat uns an die Soldaten verraten. Denn er wusste, dass wir etwas vorhatten. Cullen hat es selbst gesagt.«

Jetzt war es an Annik, betroffen zu sein, denn es war ihr nur zu bewusst, dass sie inzwischen tief in die Sache mit verstrickt war. Sie verließ die beiden, nachdem sie Erwan ein paar Tropfen von Ursas Schlaftinktur verabreicht hatte. Viel hatte sie zwar nicht erreicht, fand sie. Aber das, was die beiden nicht gesagt hatten, machte ebenfalls einen Sinn, und vielleicht war es möglich, mit Falcos Hilfe die Steinchen des Mosaiks zu einem sinnvollen Muster zu ordnen.

Es war in den kalten, frühen Morgenstunden. Annik lag in tiefem Schlaf, Feli war unter ihre Decke gekrochen, um sich an ihr zu wärmen und schnaufte leise im Schlaf. Als die Tür knarrte, maunzte sie unwillig und grub ihrer Bettgefährtin die Krallen in die Schulter. Annik wachte auf und erstarrte.

»Nicht erschrecken, Annik, ich bin es.«

»Dominus? Ist etwas passiert?«

»Nein, aber ich muss mit dir sprechen.«

»Zündet eine Lampe an, Dominus, neben dem Ofen steht eine, und es ist noch Glut im Herd.«

Er brachte die Öllampe mit zu ihrem Bett und setzte sich mit einem Seufzer auf die Kante. Feli funkelte ihn unwillig an und rollte sich wieder zusammen, um keine Wärme zu verlieren. Annik streichelte sie und sah in Valerius Corvus' Gesicht. Er sah müde aus.

»Anstrengender Besuch?«

»Überaus anstrengend. Dieser Senator ist ein hohlköpfiger Esel. Er will, dass wir das Dorf niederbrennen, um den Unruheherd endlich auszulöschen, wie er sich ausdrückt. Er schert alle Einheimischen über einen Kamm, und am liebsten würde er wahrscheinlich sogar das Gut hier dem Erdboden gleichmachen.«

Das entsetzliche Bild eines verwüsteten Dorfes tauchte in Anniks Erinnerung auf. Sturm und Wasser hatten es vernichtet. Diesem hier drohte nun das Feuer. Sie schauderte.

Valerius Corvus seufzte: »Er hat zwar persönlich Schaden genommen ...«

»Ja, ich weiß, Dominus. Aber es sind schon schlimmere Dinge passiert als die Vergewaltigung einer bleichnasigen Senatorsgattin und ihrer Begleiterin.«

»Wenn sie überhaupt vergewaltigt wurden. Auf keinen Fall rechtfertigt es diese drastischen Schritte. Den Gesandten konnte ich einigermaßen überzeugen, aber den Senator nicht. Also muss ich morgen – oder besser heute – mit ihm zusammen in die Colonia reiten. Er will sich nur Traians Meinung beugen.«

»Und wie wird der Statthalter entscheiden?«

»Er will den Frieden wahren, solange es geht. Aber das glaubt mir dieser senatorische Trottel ja nicht.«

Annik war inzwischen vollkommen wach geworden und hatte sich aufgesetzt.

»Dominus, sagt, warum seid Ihr hergekommen? Ich kann Euch doch dabei gar nicht helfen.«

»Ich habe dich schon wieder um deinen Schlaf gebracht, nicht wahr?«

»Das ist mir egal. Nur – was kann ich tun?«

Er stützte die Ellenbogen auf die Oberschenkel und drückte die Stirn in die Hände.

»Ich wollte wahrscheinlich nur mit einem vernünftigen Menschen sprechen.«

»Dann will ich Euch zuhören, Dominus.«

»Du hast es schon getan. Und vielleicht kannst du sogar etwas tun, Töpferin. Es scheint, dass manche Leute auf dich hören. Das Wichtigste ist jetzt, dass es nicht zu irgendwelchen Vorfällen kommt. Der elende Senator wird den Winter über hier bleiben und erst im März nach Rom zurückkehren. Gibt es in der Zeit nur den kleinsten Zwischenfall, kann niemand ihn mehr bremsen. Zumal der Legationslegat der Minerva einer seiner Speichellecker ist.«

»Ihr lastet mir eine ganz schöne Bürde auf, Dominus!«

»Ich weiß – Töpferin. Ich weiß auch, wie wenig du tun kannst, falls die Dinge außer Kontrolle geraten. Aber vielleicht hilft es, wenn du den Barden etwas bearbeitest. Du sagst doch, er habe großen Einfluss auf die Leute.«

»Ich werde es versuchen, Dominus.«

Er rieb sich mit beiden Händen das Gesicht.

»Selten habe ich an einem Abend so viel guten Wein vergeudet wie heute. Zu allem Überfluss säuft der Hohlkopf auch noch wie ein Loch.«

»Mit irgendwas muss er ja wohl seinen hohlen Kopf auffüllen.«

»Aber doch nicht mit meinem besten galizischen Rotwein.«

»Hättet Ihr ihm Essig eingeschenkt …«

»… stände jetzt schon der halbe Wald in Flammen. Schlaf noch etwas, Annik. Ich breche morgen früh auf, bevor meine Gäste ihren Rausch ausgeschlafen haben, und versuche, schon mal mit Traian zu sprechen.«

Er blieb noch einen Moment sitzen und betrachtete Annik im flackernden Licht, das das Öllämpchen spendete.

»Heute Nachmittag, Annik …«

»Ja, Dominus?«

Aber er schüttelte den Kopf und sagte leise: »Ich verlange, wie immer, zu viel. Schlaf, schöne Barbarin.«

»Schlafen? Jetzt wahrscheinlich nicht mehr. Dominus?«

»Ja?«

»Wann kommt Ihr wieder zurück?«

Er sah sie eindringlich an. Seine müden Züge wurden sanft, und Hoffnung schimmerte in seinen Augen.

»So bald ich kann.« Dann drehte er sich zu der Truhe um und wies auf die dort stehenden Plastiken. »Darf ich den mitnehmen?«

»Euer Kopf gehört Euch!«

Wieder ging er sehr rasch und ohne Abschiedsgruß.

Und wie erwartet fand Annik keinen Schlaf.

25. Kapitel

In den Wäldern

»Warum hast du diesen Martius nur gewarnt? Da siehst du, was dabei herauskommt, wenn man sich mit Legionären einlässt!«

Der junge Barde ließ die Schultern hängen. Seine Mutter hatte die Bitternis aufgewühlt, die ihn seit dem Überfall quälte. Er hatte sich selbst schon einen Narren genannt, dass er an Samain die Warnung ausgesprochen hatte. Aber sich einen Fehler einzugestehen war nicht seine Stärke. Doch nun bekam er zusätzlich Vorwürfe von dieser Seite. Er verteidigte sich wenig überzeugend: »Er war bislang ein guter Freund. Er muss es nicht gewesen sein. Selbst in jener Nacht hat er versucht, mich zu schützen.«

»Natürlich. Er wird ja auch weiter dein Freund bleiben wollen, wenn er seine Spitzeldienste richtig betreiben will. Aber seinetwegen starben Kemo und sein Bruder, dein Vetter und zwei halbwüchsige Jungen in diesem Kampf. Darum trau ihm nicht.«

»Er war für uns einige Male hilfreich. Sehr hilfreich sogar. Wenn man ihn richtig behandelt, gibt er eine Menge Informationen preis.«

»Dann lad ihn weiter in dein Haus ein und gib ihm Met zu trinken. Schmier ihm Honig um den Mund und bewundere seinen Heldenmut. Aber trau ihm nicht!«

»Es gab auch andere, die von dem Überfall wussten und Kontakt zu den Legionären hatten.«

»Hör auf, dir etwas vorzugaukeln! Er ist ein Verräter.

Und du bist ein Dummkopf. Hat er dir nicht sogar gesagt, er habe sogar den Göttern abgeschworen und bete jetzt zu dem Soldatengott?«

»Was hat denn sein Glauben damit zu tun?«

»Es hätte dir eine Warnung sein müssen, was seine Gesinnung anbelangt. Darum trau ihm nicht!«

»Er kann glauben, was er will.«

»Er ist ein Opportunist. Er wendet sich dahin, wo er den größten Nutzen hat und das größte Vergnügen für sich findet. In seiner Loyalität, in seinem Glauben und in der Liebe. Er hat ein Verhältnis mit Ulpia Rosina. Direkt vor der Nase dieser Töpferin, die ihm hierher gefolgt ist. Trau ihm nicht!«

»Er betrügt Annik?«

»Seit Anfang des Jahres schon. Was meinst du wohl, warum er so häufig abends an deinem Haus vorbeireitet? Sie treffen sich auf der Weißdornlichtung.«

Als seine Mutter gegangen war, betrachtete der Barde das Netz aus Nachrichten, Vermutungen und Gefühlen, das er gewebt hatte. Er fand die Verbindungen zu den alten Weisen, die sich stets wiederholenden Muster, in denen Treue zu Verrat, Glauben zu Zweifel und Liebe zu Hass wurde. Und er sah sich mitten darin, ein Opfer des launischen Geschicks.

26. Kapitel

Das Stilett

»Annik, Rosina hat gesagt, wir sollen sie in ihrer Werkstatt besuchen, sie hat etwas ganz Besonderes gemacht.«

Gratias Schnupfen war abgeklungen, sie hielt Feli auf dem Arm, die mit ihren Pfoten Strähnen aus den aufgesteckten Zöpfen tatzte.

»Schön, wenn die Domina es wünscht.« Etwas unwillig ließ Annik ihre Töpferscheibe im Stich und wischte sich die tonverschmierten Hände an einem Lappen ab. »Große Gala lege ich aber nicht an.«

»Brauchst du auch nicht. Sie sitzt genau wie du in der Schürze herum, inmitten von Splittern und Staub.«

Es war ein kühler Tag Anfang Dezember, der Himmel war bedeckt, und es schien nie richtig hell werden zu wollen. In Rosinas Werkstatt brannten alle von der Decke hängenden Öllampen, die Gläser auf den Borden und die Splitter und Scherben auf dem Tisch glitzerten. Rosina saß auf einem Schemel davor und bearbeitete den Rand einer Schale aus leuchtend blauem Glas mit einer kleinen Feile.

»Ach, Annik! Schön, dass du kommst!«

Sie sah auf, als sie sie begrüßte, und Annik erschrak über ihr Aussehen. Ulpia Rosina hatte tiefe Ringe unter den Augen und schien blasser als gewöhnlich. Als sie die Feile hinlegte, wirkten ihre Handbewegungen fahrig.

»Gratia sagt, Ihr habt etwas Neues hergestellt.«

»O ja, deine Tonplastiken haben mir keine Ruhe gelassen, und darum habe ich versucht, so etwas Ähnliches in Glas abzubilden. Es ist mir nicht gleich gelungen, aber so allmählich komme ich dahinter. Ich habe mir Glaskugeln gießen lassen, und daraus ist dann das hier entstanden.«

Sie reichte Annik in der hohlen Hand ein Köpfchen aus milchigem, grünlichem Glas. Ein sanftes Frauengesicht, sehr ebenmäßig und fein geformt, sah sie an, um die lockige Frisur wand sich ein Kranz aus Blüten, Blättern und Ähren.

»Ceres!«, flüsterte Gratia andächtig. »Oh, ist die hübsch geworden!«

»Ceres?«, fragte Annik.

»Die Göttin der Feldfrüchte. Sie sorgt für gute Ernten. Du solltest sie ins Lararium stellen, Rosina!«

»Ja, das könnte ich. Und dies hier vielleicht ebenso.«

Ein weiterer Frauenkopf, strenger, hoheitsvoller, lag in Anniks Hand.

»Minerva, Jupiters Gattin«, erklärte Gratia. »Komisch, sie sieht dir ein bisschen ähnlich, Annik.«

»Na, ich weiß nicht. So würdevoll sehe ich nun wirklich nicht aus.«

»Och doch, manchmal schon. Wenn du mit jemandem grollst, zum Beispiel.«

»Grollt Minerva?«

»Des Öfteren. Über Jupiter. Wenn der wieder mit den Nymphen …«

»Ist dieses Wissen das Resultat deiner Literaturstudien, Gratia?«, fragte Ulpia Rosina.

»Natürlich, das Leben der Götter und Helden ist sehr lehrreich, findet Humilius. Wir lesen die Anaeis von Vergil.«

»Ja dann.«

Feli war von Gratias Schulter auf den Boden gesprungen und schnupperte nach neugieriger Katzenart die

Ecken der Werkstatt ab. Aber in dem sauberen, aufgeräumten Raum gab es wenig Interessantes für sie. Dagegen schienen sie die in den flackernden Lichtern aufblitzenden Glasscherben auf dem Tisch zu faszinieren. Keine der drei Frauen bemerkte, dass sie in sprungbereiter Stellung darauf lauerte, jene blitzenden Objekte zu fangen. Und dann passierte es. Feli machte einen Satz, landete elegant auf dem Tisch, spürte den scharfen Splitter in ihrer Pfote und stieß gegen die blaue Schale. Es klirrte, als sie vom Tisch auf die Steinplatten des Bodens fiel.

Feli schrie vor Schmerz und Schreck.

Ulpia Rosina schrie ebenfalls. »Nein. Nicht die Schale! Du verdammtes Vieh!«

Sie packte die verdutzte Katze im Genick, drückte sie auf den Tisch und hatte plötzlich das Stilett in der rechten Hand.

Gratia schrie nun ebenfalls: »Nein! Rosina, lass sie!«

Doch Rosina in besinnungsloser Wut holte zum Stich aus.

Annik reagierte schneller, als sie es selbst für möglich gehalten hatte. Sie schlug Rosina auf das Handgelenk, das Stilett wirbelte durch den Raum und fiel mit einem leisen Klappern zu Boden. Sie bückte sich danach und steckte es in das Taillenband ihrer Lederschürze.

Ulpia Rosina hatte vor Überraschung die Katze losgelassen, die verschreckt vom Tisch sprang und sich unter der Bank an der Wand verkroch. Ihre zerschnittenen Pfoten hinterließen blutige Abdrücke.

»Wie konntest du, Rosina!«, schluchzte Gratia auf und kniete vor der Bank nieder.

Rosina aber war auf ihrem Hocker zusammengesunken und vergrub den Kopf in den zitternden Händen.

»Domina, es war nur ein Glas. Mag sein, dass es ein

Kunstwerk geworden wäre, aber Ihr seid in der Lage, andere herzustellen.«

Sie rührte sich nicht, und Annik hob die beiden größten Bruchstücke auf und betrachtete sie. Die Künstlerin hatte das Glas wie eine Gemme bearbeitet, vertieft in das glatte blaue Material war ein Gesicht geschnitten, und als sie die beiden Stücke zusammenfügte, erkannte sie, wen es darstellte. Es erklärte Rosinas heftige Reaktion.

»Gratia, nimm Feli und bring sie zu Ursa. Sie wird wissen, wie man die wunden Pfoten behandeln muss.«

Das Mädchen warf einen fragenden Blick auf ihre Stiefmutter, packte dann kommentarlos die Katze und verschwand.

Annik zog sich einen zweiten Schemel herbei und setzte sich neben Ulpia Rosina. Mit leiser Stimme begann sie zu erzählen. Sie berichtete von zerbrochenen Schalen und misslungenen Bränden, über ihre ersten Versuche, arretinische Keramik herzustellen, die sie bei ihrem Töpfermeister in der Heimat gemacht hatte. Sie erzählte von ihrem Häuschen auf der Insel, den Stränden und dem Meer. Rosina schien nicht zuzuhören, aber ihre Stimme mochte wohl beruhigend wirken.

»Martius, den wir damals noch Rayan nannten, besuchte mich hin und wieder auf meiner Insel. Aber er war schon von klein auf ein unabhängiger Geist, und ich wusste nie, wann er kommen und wie lange er bleiben würde. Wie oft habe ich ohne Botschaft von ihm vergeblich gewartet. Hier wurden seine Besuche sogar noch seltener. Und jetzt wird er zwei oder drei Monate lang überhaupt nicht mehr vorbeischauen. Falco hat ihn mit zwei anderen aus seiner Reitertruppe nach Novaesium gesandt. Dort brauchen sie ihn beim Zureiten der neuen Pferde. Er ist eben nicht nur ein Kurierreiter, sondern kann mit den Tieren besonders gut umgehen. Nun ja, ich habe schon vor Beginn meiner Reise nach Germanien gewusst, dass es so kommen würde. Wir sind nicht füreinander bestimmt. Ich liebe meine Unabhängigkeit genauso wie er. Und ich bin froh, hier auf Eurem Gut eine so freundliche Aufnahme gefunden zu haben, Domina.«

Ulpia Rosina hob den Kopf und wischte sich über die feuchten Wangen.

»Er kommt wieder?«

»Wenn der Winter vorüber ist, denke ich. Der Praefect gibt einen so begabten Zureiter nicht für lange aus seiner Verfügungsgewalt.«

»Danke«, flüsterte sie und richtete sich dann gerade auf. »Du hast Recht, es war nur eine Glasschale. Ich werde eine neue machen. Tut mir Leid, dass ich euch so erschreckt habe. Ich mag Gratias Katze eigentlich sehr.«

»Ja, sie ist ein lustiges Tierchen. Nachts kommt sie manchmal in meine Hütte und schläft in meinem Bett.«

»Tja, Katzen und Kater sind wohl so…« Schon huschte ein winziges Lächeln über Rosinas verquollenes Gesicht. Dann schien ihr eine Idee zu kommen, die ihre Züge weiter erhellte. »Annik, du hast vor ein paar Tagen gesagt, dass du gerne die Stadt besuchen würdest. Falco wird übermorgen mit einigen wichtigen Urkunden zu Valerius Corvus reiten. Was hältst du davon, wenn du ihn begleitest?«

»Und meine Arbeit hier?«

»Wird mal ein paar Tage ruhen können. Es sind keine schadhaften Ziegel auf dem Dach, und genügend Geschirr ist auch im Haus. Du kannst in der Villa dort wohnen, wenn du magst. Sie ist riesig, sie hat genügend Zimmer und Gesinde, das sich um dich kümmern kann.«

»Das ist ein sehr großzügiges Angebot, Domina.«

»Nein, ein sehr praktisches.«

»Aber was wird Dominus Valerius Corvus dazu sagen, wenn seine Töpferin dort plötzlich auftaucht?«

»Das wirst du schon selbst herausfinden müssen, Annik. Nimm deine Tuniken und Stolen mit, besuche das Theater und die Rennbahn, geh bummeln und kaufe dir –«, sie lächelte jetzt noch heiterer, »– Schminke und Kämme. Dann gehst du eventuell sogar als zivilisierte Dame durch!«

Annik lächelte sie nachdenklich an. Dann gab sie zu: »Der Gedanke ist verlockend. Ja, Domina, ich werde Falco für einen Tag begleiten. Darf ich eines der Pferde benutzen?«

»Natürlich. Du kannst ja mit ihnen umgehen. Und jetzt will ich die Scherben aufkehren und danach ein Bad nehmen.«

Annik ging mit gemischten Gefühlen zu ihrer Werkstatt zurück, doch sie kam nicht dazu, das Angebot näher zu überdenken, denn der Barde lehnte an der Tür zum Verschlag und unterhielt sich mit Erwan.

»Singst du dem alten Nichtsnutz Lieder zur Unterhaltung vor, Cullen?«

»Annik, sei gegrüßt. Nein, ich habe mich nur nach seiner Verletzung erkundigt. Du scheinst dich gut um ihn zu kümmern.«

»Hast du gedacht, ich lasse ihn zur Strafe Holz hacken? Das wird er erst morgen wieder tun müssen!«

Erwan grinste sie von seinem Lager her an, musste aber gleich wieder husten.

»Die ist schon in Ordnung, Cullen! Und nun lass mich allein«, keuchte er und wedelte ihn fort.

»Komm in die Werkstatt, da ist es wärmer«, lud Annik den jungen Mann ein.

»Schau mich nicht so grimmig an, Annik. Ich kann nichts dafür, dass er verletzt wurde.«

»So? Kannst du nicht? Wer hat denn den Überfall auf den Gesandten angezettelt?«

»Ich nicht.«

»Wenn ich das glauben könnte!«

»Du kannst es ruhig glauben. Ich bin ein Barde, kein Krieger.«

»Eben. Und wenn du ihn schon nicht geplant hast, dann hättest du, gerade du, ihn verhindern können!«

»Warum sollte ich? Ich wusste nur, dass man den Boten und sein Gefolge in die Irre führen wollte. Dass die Römer uns dafür erschlagen würden, konnte ich doch nicht ahnen.«

»Nur in die Irre führen! Bei solchen Streichen sind schon zahlreiche Menschen ums Leben gekommen.«

»Wenn sie uns angreifen, müssen wir uns wehren!«

»Ihr fordert diese Angriffe heraus!«

Cullen lächelte sie an.

»Du bist sehr schön, wenn du so wütend bist, Annik. Man ist sehr geneigt, dir bedingungslos zu gehorchen.«

»Dann tu das doch mal, Barde!«

»Man, sagte ich, nicht ich. Barden gehorchen nicht. Niemandem, wie du weißt.«

»Man würde auf dich hören, Barde. Und darum solltest du jetzt wissen, dass es das Ende deines Clans sein wird, und auch das Ende eurer germanischen Freunde, wenn nur der kleinste Zwischenfall noch passiert. Der Senator war hier, und er wollte drastische Vergeltungsmaßnahmen einleiten. Sei froh, dass Valerius Corvus viel daran liegt, Frieden zu halten!«

»Liegt ihm tatsächlich daran? Oder will er nur Karriere machen? Traian legt Wert darauf, seine Grenzen zu sichern und die Stadt mit allem Luxus zu versehen. Im Moment ist es ihm wichtiger, seine Legionäre zum Bau von Wasserleitungen und Palisaden einzusetzen, statt uns zu vertreiben. Aber das kann sich schnell ändern, und dann hängt auch dein Valerius Corvus sein Fähnchen nach dem neuen Wind.«

»Was macht dich so zynisch, Cullen?«

»Das Leben, Annik.«

Sie setzte sich kopfschüttelnd an die Drehscheibe, und dabei fiel das Stilett aus ihrer Schürze. Cullen hob es auf, betrachtete es neugierig und reichte es ihr mit dem Heft voraus.

»Hast du so große Angst vor einem Angriff, dass du jetzt schon bewaffnet an die Töpferscheibe gehst?«

Sie nahm es und legte es auf das Wandbord hinter sich zwischen zwei trocknende Schalen.

»Es ist nicht meines. Ulpia Rosina trägt es, und du weißt vermutlich sehr gut, warum.«

»Niemand zwingt sie, alleine in den Wald zu gehen.«

»Wer war es, Cullen?«

»Zwei übermütige Jungen. Sie sind jetzt tot. Von den Römern erschlagen.«

»Sie hätten sich nicht an dem Überfall beteiligen müssen.«

»Wir drehen uns im Kreis.«

»Ja, denn du bist uneinsichtig.«

»Das bin ich nicht. Ich habe verstanden, was du gesagt hast. Ich werde denen, die von Verlust und Trauer betroffen sind, versuchen, deutlich zu machen, dass sie sich ruhig verhalten müssen. Dass sie hinnehmen müssen, was immer die Römer ihnen antun.«

»Du hast die Macht des Wortes, Cullen. Es dürfte dir nicht allzu schwer fallen.«

»Diese Macht, Annik, scheint mir manchmal sehr gering. Hätte ich sie, würdest du mir geneigter sein. Ich habe versucht, mit meinen Liedern einen Bann über dich zu legen, aber dein Herz lässt sich nicht rühren. Du hast es mit einem Panzer umgeben, den meine Worte nicht durchdringen können. Und seien sie noch so süß und zauberkräftig.«

Plötzlich sah Annik in ihm wieder den Jungen, der zu früh seinen Lehrer verloren hatte, der zu wenig von den Auswirkungen seiner Macht wusste, und hatte Mitleid mit ihm.

»Du hättest deinem Großvater sorglicher lauschen sollen. Mag sein, dass es Feinheiten in den Liebeszaubern gibt, die dir entgangen sind. Versuch es doch erst einmal bei einem jüngeren, weniger erfahrenen Mädchen.«

»Dann binde ich meine Kraft und kann sie nicht mehr für dich einsetzen. Nein, nein, schöne Annik. Das tue ich nicht.«

Sie lächelte ihn freundlicher an und fragte: »Wer war eigentlich dein Großvater? Ich kenne jetzt schon einige aus dem Dorf, aber ich weiß nicht, zu welcher Familie du gehörst.«

»Familie – sie gibt es eigentlich gar nicht mehr. Mein Großvater hieß Gaelix, Sohn des Gael. Er gehörte, wie Erwan, zu den ganz wenigen, die von jenen abstammen, die das große Schlachten überlebt haben. Ach, Annik, lassen wir die Vergangenheit ruhen. Sag mir lieber, warum du deiner Domina das Messer abgenommen hast. Wollte sie dir die Wange aufschlitzen, weil deine Krüge schief geraten sind?«

»Viel schlimmer. Sie wollte Gratias Katze ermorden. Sie hatte eine gläserne Schale vom Tisch geschubst. Nun ja, es war die etwas überzogene Reaktion einer empfindlichen Künstlerin.«

Sie unterhielten sich noch eine Weile auf freundschaftliche Art, aber bald bat Annik den Barden, sie alleine zu lassen. Sie war froh, als er endlich gegangen war, denn ihre Rolle in den Verwicklungen behagte ihr nicht. Sie wusste zu viel, und sie hatte zu viel Respekt vor denjenigen, die das alte Wissen beherrschten, um nicht doch eine gewisse Angst davor zu haben, durchschaut zu werden.

»Vielleicht ist es ganz gut, ein oder zwei Tage von hier fortzukommen«, sagte sie zu den Matronen an ihrem Herd, als sie sich das Abendessen richtete.

27. Kapitel

Gewährte Bitte

Falco klopfte zwei Tage später am frühen Nachmittag an ihre Tür.

»Ulpia Rosina hat mich gebeten, dich mit in die Colonia zu nehmen, Annik. Hast du Lust dazu?«

»Ich habe sogar schon mein Bündel geschnürt.«

»Bestens, dann können wir gleich aufbrechen. Ich bleibe bis morgen Abend oder übermorgen früh und soll dich zu Corvus' Haus bringen.«

»Gut. Lass uns zum Stall gehen. Die Domina gestattet mir, eines der Pferde zu nehmen.«

Als er sah, welches sie ausgewählt hatte, nickte er anerkennend.

»Ein feuriges Tier, ich kenne es. Corvus reitet den Hengst gewöhnlich selbst.«

»Ich hoffe, er erlaubt es.«

»Es könnte keinen besseren Reiter haben. Auf geht's, Annik!«

Es war noch kälter geworden, und der Boden war gefroren. Aber der Himmel war klar, und eine blasse Wintersonne erhellte die frostige Welt. Sie erreichten bald die breite, gepflasterte Straße. Sie benutzten den daneben liegenden Grasstreifen für die Reiter, und voller Übermut trieb Annik ihr Pferd an. Es war eines der wenigen Male, die sie den ansonsten so ernsthaften Falco fröhlich erlebte. Er lieferte ihr ein prächtiges Rennen.

»Ich erinnere mich noch, wie ich dich das erste Mal am Strand habe entlangreiten sehen!«, sagte er, als er sie eingeholt hatte und sie beide einträchtig nebeneinander in Schritt verfielen. »Damals glaubte ich, eine der legendären Amazonen auf mich zukommen zu sehen.«

»Ja, das freie Ausreiten vermisse ich hier manchmal.«

»Wenn du Corvus fragst, wird er dir sicher erlauben, die Pferde zu benutzen.«

»Vielleicht. Aber ich habe schon so viele Vergünstigungen erhalten, dass ich meine Stellung nicht überstrapazieren möchte.«

»Das mag klug sein. Und alleine auszureiten ist vermutlich nicht ganz ungefährlich. Übrigens habe ich eine Liste der hingerichteten Rebellen anfertigen lassen. Ich gebe sie dir nachher für Corvus mit.«

»Gut. Und ich habe dem Barden ins Gewissen geredet. Aber ob es etwas bewirkt, wage ich zu bezweifeln. Er ist sehr eigensinnig, dieser Cullen. Dass er selbst hinter den ganzen Aktionen steckt, glaube ich fast nicht mehr. Aber, Falco, ich möchte jetzt zwei Tage Ferien haben. Lass uns von anderen Dingen reden.«

»Tun wir das. Zum Beispiel müssen wir uns noch etwas ausdenken, wie wir dich dem Verwalter in Corvus' Haus vorstellen.«

»O ja. Wir können ihm wohl kaum sagen, dass die Töpferin vom Gut bitte eines der besten Schlafzimmer zu beziehen wünscht.«

»Schwerlich.«

»Wie wäre es, wenn du mich als Ulpia Rosinas Freundin vorstellst? Das ist zumindest die Wahrheit.«

»Das ginge wohl.«

»Oder deine?«

»Das ginge auch. Es ist wahrscheinlich sogar glaubwürdiger, denn die Leute wissen, dass Rosina kaum das Gut verlässt. Eine gallische Barbarin zählt da eher weniger zu ihren Freundinnen.«

Annik lachte: »Na, dann nimm du diese Diskriminierung auf dich!«

»Mache ich. Und wie möchtest du angeredet werden?«

»Ich bin Annik!«

»Ich lege Wert auf Bekanntschaften von Rang. Und die tragen vollständige Namen.«

»Angeber!«

»Klar, bin ich. Na komm, wie soll ich dich vorstellen?«

»Lass dir etwas einfallen.«

»Annik, wie würden dich die Menschen deiner Heimat anreden?«

Sie grinste ihn an.

»Anna, Tochter der Deneza.«

»Ach ja? Ihr verfolgt die mütterliche Linie?«

»In einigen Familien.«

Er trabte eine Weile, ohne etwas zu sagen, neben ihr her, dann sagte er: »In einigen, ja. Gut, ich werde dich als Anna Denezia vorstellen.«

»Einverstanden. Und jetzt, Praefect Lucius Aurelius Falco, werden wir noch einmal sehen, wer von uns zuerst die Stadtmauer erreicht!«

Sie schlug ihn um eine halbe Pferdelänge.

Sehr viel gesitteter ritten sie dann durch die Straßen der Stadt und hielten an einem lang gestreckten Haus mit einer weißen Säulenfront in der Nähe des Kapitols.

»Hier ist das Stadthaus der Valeria. Ich muss dich aber gleich alleine lassen, denn ich habe wichtige Verabredungen einzuhalten.«

Falco betätigte den Türklopfer, und ein würdevoller Bediensteter öffnete ihm. Der Mann grüßte sie ehrerbietig und schickte sofort zwei Jungen, die sich um die Pferde kümmerten.

»Praefect Aurelius Falco, willkommen. Der Ratsherr ist noch im Praetorium, aber wir können ihm Nachricht von Eurem Kommen schicken.«

»Keine Umstände, Gerardus. Ich muss sofort wieder aufbrechen. Aber ich möchte, dass du dich meiner Bekannten annimmst, die den Ratsherrn zu besuchen wünscht. Hier – die Dame Anna Denezia. Sie bleibt bis morgen oder übermorgen in der Stadt. Lass ihr ein Zimmer richten.«

Höflich verbeugte sich Gerardus und übersah geflissentlich die grobe, staubige Reitkleidung, die Annik trug.

Es war ein prachtvolles Haus, bei weitem eleganter eingerichtet als die Villa auf dem Land. Die Mosaikböden, warm geheizt durch das Hypocaustum, zeigten Szenen aus den römischen Mythen, die Wände waren so kunstvoll bemalt, dass der Eindruck entstand, durch weite Säulenhallen zu gehen. Auch hier gab es die von Rosina zu spiegelnder Transparenz polierten Glasscheiben in den Fenstern. Die Treppe, die in die oberen Schlafräume führte, war aus schön gemasertem Holz, das Zimmer, das Annik erhielt, war mit einer breiten, weich gepolsterten Liege und zierlichen Sitzmöbeln eingerichtet.

»Die Baderäume sind geheizt, Domina, und Helgard, meine Frau, wird Euch gerne behilflich sein. Eure Kleider sind hier in der Truhe.«

»Danke, Gerardus. Ja, schickt Helgard, ich würde gerne den Staub des Rittes abwaschen und mich – mmh – präsentabler kleiden.«

Der Luxus des Bades war beeindruckend, auch wenn die Anlage als solche kleiner war als die des Gutes. Helgard zeigte ihr die verschiedenen warmen und kalten Wannen, brachte ihr gewürzten Wein und kleine, ausgefallene Leckereien und schickte dann ihre Tochter

Frikka, ein hübsches, sanftäugiges Mädchen, das ihr beim Waschen der Haare half. Außerdem erwies sie sich als geschickte Masseurin, die sie mit warmen, duftenden Ölen einrieb. Unter ihren kundigen Händen döste Annik vor sich hin. Valerius Corvus schien sich wirklich jede Annehmlichkeit zu gönnen. Ein prachtvolles Haus, aufmerksame Diener, hervorragende Weine, eine anspruchsvolle Küche und eine junge Frau, die vielleicht nicht nur für seine körperlichen Bedürfnisse im Bad sorgte.

Es war bereits dunkel geworden, als Annik die Baderäume verließ. Mit Hilfe des Mädchens Frikka hatte sie ihre Haare zu einer kunstvollen Frisur aufgesteckt und die vorhandenen kosmetischen Mittel verwendet, um Augen und Lippen leicht zu schminken. Das Rosenöl war tief in ihre Poren eingezogen, und sie genoss den süßen, warmen Duft. Die seidene Tunika streichelte ihre Haut, das blaue Übergewand, die Stola, hatte sie mit den goldbestickten Bändern gebunden, die Gratia ihr geschenkt hatte. Annik fühlte sich schön.

Sie wurde in ein weiteres prächtiges Zimmer geführt, einen Wohnraum mit kunstvoll geschnitzten Liegebänken an den Wänden, zierlichen Tischchen und hohen Truhen.

»Der Ratsherr wird zum Essen zurückerwartet, Domina Anna Denezia. Wollt Ihr so lange hier warten?«

»Ja, Gerardus.«

Sie schritt gemächlich durch den Raum und bewunderte auch hier die Bemalung der Wände. Dann entdeckte sie die beiden seltsamen Pergamentstapel. Sie hatte davon gehört, aber gesehen hatte sie diese moderne Form der Gestaltung von Schriftstücken noch nie. Gewöhnlich waren es Rollen, die zum Lesen auseinander gezogen wurden, ein Codex jedoch bestand aus rechteckig geschnittenen Bögen, die an einer Seite zusammengeheftet waren und so zum Lesen einfach umgeblättert werden konnten. Sie schlug das obere Buch auf und stellte fest, dass es sich um ein Gesetzeswerk handelte. Sicher von großer Wichtigkeit und voll tief schürfendem Wissen. Ihr stand allerdings nicht der Sinn nach derart trockener Lektüre. Offensichtlich fand sie darin eine geistige Verwandtschaft mit dem Hausherrn, der sehr wohl dieses Werk studierte, aber dazu ein Bedürfnis nach leichterer Unterhaltung hegte. Der zweite Codex beinhaltete ein Werk des Dichters Ovid, und mit der Beschreibung über die Kunst des Liebens legte sich Annik auf eine der Polsterbänke und schlug mit einem kleinen Lächeln die ersten Seiten auf.

Lange konnte sie sich nicht in das Werk vertiefen, denn aus dem Eingangsbereich hörte sie Stimmen. Der Herr des Hauses war heimgekehrt, und seine Frage klang durch die Tür: »Die Dame Anna Denezia. Nun, wenn du sagst, dass Falco sie hergebracht hat, werde ich sie wohl begrüßen müssen.«

Überaus erfreut war Valerius Corvus offensichtlich nicht über das Eindringen einer unbekannten Dame. Gerardus öffnete die Tür, Annik richtete sich auf und legte den Codex zur Seite. Valerius Corvus trug seine weiße Toga und stützte sich auf einen polierten Stock. Er sah imposant aus und füllte mit seiner Größe die Türöffnung.

»Dame Anna Denezia?«

»Dominus Valerius Corvus!«

Es war nur ein winziger Moment, den Valerius Corvus brauchte, um seine Überraschung zu verbergen, er hatte seine Miene umgehend wieder unter Kontrolle. Nüchtern und höflich fiel seine Begrüßung aus.

»Willkommen in meinem Heim. Ich habe dem Praefecten Falco für die große Ehre zu danken, dass er Euch zu mir gebracht hat.«

»Ich hoffe, es ist Euch nicht unangenehm, dass ich so ohne Ankündigung bei Euch eingedrungen bin. Ich bleibe nur bis morgen und werde Euch nicht stören.«

»Gerardus, richte mein Bad.«

Mit einer Handbewegung scheuchte er seinen Verwalter aus dem Raum und schloss die Tür hinter sich.

»Eine ganz hübsche Verwandlung von einer schmuddeligen Töpferin in eine vornehme Dame. Du birgst erstaunliche Überraschungen, Annik.«

»Seid Ihr ungehalten, dass ich hergekommen bin, Dominus? Ulpia Rosina schlug vor, hier zu wohnen, als ich einmal den Wunsch geäußert habe, mir die Stadt ansehen zu wollen.«

»Ich bin nicht ungehalten. Schließlich bin ich in dein Heim auch schon einige Male unangekündigt eingebrochen und habe immer warme Gastfreundschaft gefunden. Die soll dir ebenfalls hier gewährt werden.«

»Danke, Dominus!«

Er setzte sich in einen Sessel und betrachtete sie mit einem nachdenklichen Blick.

»Anna Denezia, dir fehlt ein gewisser gesellschaftlicher Schliff. Eine Dame wie du sollte mich nicht Dominus nennen. Das könnte zu falschen Schlüssen führen.«

Die Dame Anna konnte ein kleines Kichern nicht unterdrücken. Sie wusste sehr wohl, was er meinte. Frauen ihres Ranges würden die Anrede Dominus nur verwenden, wenn sie damit ihren Geliebten meinten.

»Ah, ich sehe, du verstehst doch.«

»Die Barbarin hat ein wenig Erziehung erhalten. Wie wünscht Ihr denn, dass ich Euch anrede, Titus Valerius Corvus?«

»Nun, das hängt von der Rolle ab, die du hier zu spielen gedenkst. Verwandte und mütterliche Freundinnen würden mich Titus nennen.«

»Ihr habt mir zwar in einer gewissen Situation einmal einen mütterlichen Zug unterstellt, aber dergestalt sind meine Gefühle für Euch nun wirklich nicht.«

»Ich muss geistig verwirrt gewesen sein, als ich der herrschsüchtigen Töpferin einen derartigen Charakter unterstellte. Nun, gute Freunde, Kameraden und – mmh – gewisse andere Freundinnen reden mich mit Corvus an.«

»Gerlind, vermute ich, genießt dieses Vorrecht.«

»Gerlind? Oh – sie genießt überhaupt kein Vorrecht mehr. Sie übertrieb ein wenig ihre Forderungen an den Krüppel, dem sie die Freuden ihres weichen Körpers anbot.«

»Dann möchte ich mich mit ihr nicht gemein machen.«

»Also, Barbarin, bleiben nur jene, die noch einen Hauch von Respekt vor mir haben. Sie verwenden den nom gentile.«

»Nun, Valerius, dann werde ich Euch meinen Respekt erweisen.«

»Ein unerwartetes Zugeständnis, Dame Anna. Erlaubt Ihr, dass ich mein Bad nehme und gebt Ihr mir die Ehre, anschließend mit mir zu speisen?«

»Gerne, Valerius. Solange Euer Koch sich mit dem Liquamen zurückhält.«

»Ich bewirte zwar äußerst selten derart anspruchsvolle Gäste, aber eventuell wird es sich machen lassen, ohne dass er anschließend den Freitod wählt.«

Valerius Corvus verbeugte sich mit einer knappen spöttischen Geste und verließ den Raum.

Der Hausherr hatte sein Bad offensichtlich stark verkürzt, er kam bald zurück, nun aber ohne die wallende Toga, sondern in der üblichen Kleidung, die er auf dem Land trug, wenn auch in erheblich feinerer Qualität –

eine gegürtete Wolltunika über einer dünneren aus Leinen und Bracae, die barbarischen Hosen. Seine Haare waren noch feucht und ringelten sich, genauso wie sein gekräuselter Bart, in kurzen Locken. Auf seinen Stock hatte er verzichtet.

»Hat der Koch es überlebt?«

»Er drohte, mich zu verlassen und aus der Küche ein Trümmerfeld zu machen. Aber nein, Dame Anna, er ist halbbarbarischer Herkunft und versteht solch ausgefallene Wünsche. Womit habt Ihr Euch die Zeit vertrieben?«

Er wies auf den Codex, den sie nun auf den Tisch gelegt hat.

»Mit der Kunst des Liebens, Dom … Valerius!«

»Ein angemessener Zeitvertreib für eine schöne Frau.«

Gerardus bat sie in das Esszimmer und flüsterte seinem Herrn etwas ins Ohr.

»Sag ihm ab, ich habe heute anderweitige Verpflichtungen!«, antwortete er.

»Ich hoffe, Ihr lehnt nicht meinetwegen Eure Einladungen ab, Valerius.«

»Doch, das tue ich. Es wird schon nicht mein Ruin sein, wenn ich einen Abend lang die Gelage im Hause des Imperators versäume.«

»Ihr hattet eine Einladung von Traian?«

»Nicht die erste und nicht die letzte. Setzt Euch, Dame Anna, und kostet die Speisen, die für Euch bereitet wurden.«

Sie nahmen auf den Liegen vor den niedrigen Tischen Platz und ließen sich den Wein reichen. Ihre Unterhaltung war leicht, aber förmlich und galt allgemeinen Dingen. Annik lernte eine neue Seite an Valerius Corvus kennen. Hier war er nicht der Gutsherr, manchmal barsch und kurz angebunden, sondern ein gewandter Redner von umfassender Bildung, ein versierter Kenner der politischen Lage, ein geistreicher Mann von hintergründigem Humor. Sie genoss das Gespräch mit ihm und das ausgezeichnete Mahl. Diener kamen und gingen, brachten mit Koriander gewürztes Huhn auf Lauch und Datteln, ein Frikassee mit getrockneten Aprikosen, knuspriges Brot und süße Mandelkuchen, gebackene Äpfel und in Honig kandierte Früchte. Erst als die Schalen und Schüsseln abgeräumt waren und die Diener sich zurückgezogen hatten, wechselte Valerius Corvus zu einem ernsteren Thema über.

»Falco hat mir die Liste überbracht.«

»Ich weiß, er sagte es mir. Habt Ihr sie schon durchgesehen?«

»Ja, flüchtig. Ich fand keinen Hinweis darin. Aber vielleicht kannst du mehr daraus ersehen.«

»Ein klein wenig mehr habe ich inzwischen sogar herausgefunden. Gebt sie mir auf jeden Fall.«

»Morgen. Aber verwende nicht zu viel Zeit darauf. Ich nehme an, du bist hier in der Stadt, um dich zu vergnügen.«

»Ja. Ich möchte mir die Häuser, die Märkte und die Tempel ansehen, die Läden und vielleicht das Theater.«

»Du kannst nicht alleine durch die Straßen streifen. Das gehört sich nicht.«

»Auch nicht, wenn ich wieder zur schmuddeligen Töpferin werde? Ich muss nicht unbedingt in feiner Gewandung die Dame Anna spielen.«

»Erst recht nicht als schmuddelige Töpferin. Du bringst wahrhaft Schande über mein Haus!«

»Ja, Dominus!«

Er stand auf und ging zu ihr.

»Nenn mich hier nicht Dominus!«

»Nein, Dominus.«

»Und nicht in diesem Ton!«

Sie sah zu ihm auf und erhob sich dann ebenfalls.

»Nicht?«

»Tu es nicht, Annik. Du weißt nicht, was du damit anrichtest!«

»Glaubt Ihr?«

Sie sah ihm in die Augen, und er hob die Hand zu ihrem Kopf.

»Frikka hat sich große Mühe gegeben, sie aufzustecken.«

»Ja, das sehe ich.«

Er drehte sich um und griff zu seinem Weinpokal.

»Ich werde sie nicht alleine lösen können, Dominus!«, sagte sie sanft.

Er wandte sich ihr wieder zu, ohne getrunken zu haben.

»Ich werde Eure Hilfe brauchen.«

»Annik?«

»Dominus.«

»Komm mit.«

Es klang barsch, aber sie lächelte ihn an und sagte: »Gerne.«

Das Zimmer war warm, in zwei Bronzebecken glomm rote Glut. Eine dreiflammige Lampe brannte an der Wand, eine dicke Wachskerze in einem hohen Halter. Über das breite Lager waren Pelzdecken geworfen, und eine gläserne Karaffe mit Wein, ein Korb mit Früchten und Backwaren standen auf dem kleinen, dreibeinigen Tisch.

Valerius Corvus schloss die Tür und nahm Anniks Hand. Er zog sie zu sich und legte ihr den Arm um die Hüften. Mit der anderen Hand griff er in ihre Haare und zog die Nadeln und Kämme heraus. Sie fielen achtlos zu Boden.

»Gerne, Annik?«

»Warum glaubt Ihr mir nicht?«

»Weil ich nicht der Mann bin, mit dem eine Frau gerne das Lager teilt.«

»Ich habe Euch vor langer Zeit schon einmal gesagt, dass Narben für mich keine Rolle spielen. Und – Valerius – Ihr habt doch ansonsten keine Wunden davon getragen, die Euch daran hindern, nicht wahr?«

»Nein, das habe ich nicht.«

»Oder scheut Ihr womöglich doch vor der schmuddeligen Töpferin zurück?«

Er fasste mit der Hand unter ihre Haare und hob ihren Kopf hoch. Seine Lippen trafen die ihren mit ungestümer Begierde. Sie atmete heftig, als er sich von ihr löste, ließ aber ihre Arme um seinen Nacken gelegt.

»Ich begehre dich.«

Langsam nahm sie die Arme zurück und begann, die Fibeln auf ihrer Schulter zu lösen. Er zog die Bänder auf, die ihr Gewand hielten, und es glitt zu Boden. Sie trug nur noch das Brustband und den Leinenschurz ihrer üblichen Unterkleidung. Er legte nun seine Wolltunika ab und zog sie auf das pelzbedeckte Lager. Im Halbdunkel erforschten seine Hände ihren Körper, strichen über ihre Arme, erfühlten die Rundung ihrer Brüste, ihren flachen, straffen Bauch. Sein Mund folgte seinen Händen, und ungeduldig schob er das Brustband zur Seite. Als er ihren Busen streichelte, stöhnte sie und bog ihm ihren Leib entgegen.

»Valerius, legt das Hemd ab. Ich will Eure Haut auf der meinen fühlen.«

»Annik, nein.«

»Doch. Tut es, ich weiß, was mich erwartet.«

Er zögerte, zog aber letztlich die dünne Tunika mit einem Ruck über den Kopf. Die lange, wulstige Narbe erstreckte sich von der Schulter bis zur Hüfte. Zum Teil verschwand sie unter den dunklen Locken auf seiner Brust, aber sie war ein beredtes Zeugnis für eine entsetzliche Wunde. Annik strich fest mit ihrer Hand darüber und zog ihn an sich.

»Eure Haut, Dominus, will ich spüren.«

Er strich ihr sacht mit dem Finger über die Unterlippe, und sie schloss die Augen. Sein Atem ging schneller, und sie fühlte seinen Herzschlag unter ihren Händen. Dann küsste er sie, lange, erst sanft, dann härter. Er verließ ihre Lippen, liebkoste ihre Halsgrube. Sie fühlte seine Hände über ihren Köper streichen, fest und begierig. Er presste ihre Brüste hoch, und als sein Mund ihre Brustwarzen umfasste, schrie sie leise auf.

»Etwas sanfter, Dominus.«

»Ja, etwas sanfter, Dame Anna.«

Und so war es dann auch, sanfter, aber nicht sanft. Sie begehrten einander zu heftig, und Valerius Corvus war ein kraftvoller Mann. Er war beherrscht, aber fordernd, und sie erwartete ihn mit der Leidenschaft, geboren aus langem Verzicht und starkem Verlangen.

Als die Wogen der Lust verebbt waren, lag sie zitternd in seinen Armen, und er hielt sie fest, eng an sich gepresst und schwer atmend. Als sie ruhiger wurde, strich er über ihre Haare, und jetzt waren seine Hände zärtlich. Die Fingerspitze, die ihren Mund nachzeichnete, fühlte sich an wie ein Hauch. Sie zog sie mit ihren Lippen sacht zu sich.

»Annik«, murmelte er, und sie antwortete ihm, wie er es sich wünschte.

»Dominus – Geliebter.«

»Bin ich das?«

»Ich fühle so, Valerius.«

»Ich will dich in meinen Armen halten, mein Herz. Es ist schöner, als ich es mir je erträumt habe.«

»Habt Ihr geträumt?«

»Manchmal. Ja, Annik, ich habe schon lange davon geträumt.«

Sie strich noch einmal über seine Brust und legte danach ihren Kopf wieder an seine Schulter. So schliefen sie ein.

Es war ein kurzer Schlaf, zu wenig waren sie es beide gewöhnt, mit einem anderen Menschen eng zusammenzuliegen. Die Nacht war still in der Stadt, als Annik in der Dunkelheit erwachte. Die Lampen waren ausgebrannt, und nur die Kerzenflamme auf dem Tisch schimmerte noch golden im Raum. Valerius Corvus bewegte sich, als sie ihren Arm in eine bequemere Position zu ziehen versuchte.

»Habe ich dich geweckt, Annik?«

»Nein, Dominus. Aber ich brauche etwas Bewegungsfreiheit.«

Er lachte leise auf.

»Ja, die brauchen wir beide, nicht wahr?«

Er stand auf und ging zum Tisch, um ihnen zwei Pokale Wein einzuschenken.

»Mit Wasser vermischt, wie du ihn magst.«

»Danke!«

Annik hatte sich aufgesetzt und die Pelzdecke um sich gezogen. Die langen Strähnen ihrer Haare lagen ein wenig wirr auf dem Fell, und er glättete sie mit seinen Fingern.

»Meine schöne Barbarin! Erlaubst du mir eine Frage?«

»Aber natürlich.«

»Aus welcher Gegend von Nordgallien stammst du?«

»Aus der nördlichsten, Valerius. Dem Land am Meer. Wir nennen es Armorica, die Römer haben einen weniger schmeichelhaften Namen dafür gefunden. Sie nennen es Finis Terra, das Ende der Welt.«

»Ja, von diesem Land habe ich gehört. Rau und wild

soll es sein, aber den Gerüchten darf man wohl nicht immer glauben, nicht wahr?«

»Nein, nicht immer. Es gibt Gegenden, die rau und wild sind, doch das Meer und das Land haben ebenfalls ihre lieblichen, manchmal Ehrfurcht gebietenden Seiten. Es gibt lang gestreckte Strände, grüne Inseln liegen davor, Dünen aus weißem Sand begrenzen sie, und der Blick zum Horizont scheint in die Unendlichkeit zu reichen. Dort, wo die Gezeiten auf das Ufer treffen, sind die Felsen rund geschliffen, an anderen Stellen jedoch sind sie schroff und fallen jäh in die Tiefe ab. Aber gerade dort trifft man verborgene Buchten, die den Fischern häufig Schutz bieten, wenn die Stürme über das Meer fegen. An anderen Stellen sind es Wälder, nicht so üppig und dicht wie hier, doch sie ziehen sich an den Mündungen der Bäche und Flüsse entlang und bergen unsere heiligen Quellen.«

»Du liebst dein Land, und so wie du es beschreibst, muss es deinem Charakter sehr ähnlich sein.«

»Wegen der schroffen Klippen?«

»Wegen der schützenden Buchten und der geheimnisvollen Quellen.«

»Dominus, Ihr seid ein Dichter.«

»Nein, das bin ich gewiss nicht. Und, Annik, warum redest du nach wie vor so förmlich mit mir? Du bist mir näher gekommen als viele andere Menschen.«

»Vielleicht, Valerius. Aber diese Nähe wird nur zu bald wieder Distanz werden. Wenn der Tag anbricht und Eure Diener, Eure Freunde und möglicherweise auch Feinde zwischen uns treten, dann ist es besser, wenn Ihr nicht zu vertraut mit Eurer Töpferin seid.«

Er legte ihre langen, jetzt glatten Haare über ihre bloßen Schultern und betrachtete sie. Der matte Kerzenschein zeigte ihr seine dunkle, unversehrte Gesichtshälfte. Nicht mehr jung, doch energisch und willensstark, in deren Zügen jetzt nicht mehr Verlangen, sondern stille Freundlichkeit lag.

»Für eine Weile magst du Recht haben, Annik. Aber nicht für ewig. Die Dame Anna Denezia ist mehr als nur eine gute Handwerkerin. Oder täusche ich mich da?«

»Anna, die Tochter der Deneza und die Erbin von Briag dem Schwarzen, hat alle ihre Ansprüche aufgegeben, Valerius.«

»Ansprüche, die dich zu weit mehr gemacht hätten als zur Herrin der Insel?«

»Woher wisst Ihr von diesem Titel?«

»Falco erwähnte ihn. Die Männer und Frauen, die mit dir gereist sind, nannten dich so. Wirst du mir erklären, was es damit auf sich hat?«

Annik seufzte leise.

»Ich bin es Euch wohl schuldig, Valerius.«

Sie erzählte ihm von der großen Flut, dem gewaltigen Sturm, dem ihr Clan, ihre Eltern, ihre Schwestern, ihr Mann, ihr Sohn und schließlich sogar noch das ungeborene Kind in ihrem Leib zum Opfer gefallen waren.

»Danach, Valerius, hatte ich lange Zeit keine Kraft mehr, mein Erbe anzutreten, und so übernahm ein entfernter Vetter die Führung meines Volkes. Er bot mir an, mich zu heiraten, an seiner Seite hätte ich zumindest meinen Stand wahren können. Es war ein großzügiges Angebot, aber ich lehnte es ab. Für mich war mehr zerbrochen als die Mauern und Firste meiner Häuser. Ich baute mir mit Hilfe einiger Leute aus der Nachbarschaft ein kleines Haus auf dem Flecken, auf dem zuvor mein Elternhaus gestanden hatte. Die Fluten hatten diesen Teil vom Land abgetrennt und eine kleine Insel vor der Küste gebildet. Zur Flutzeit liegt eine breite Wasserfläche davor, aber wenn die Ebbe kommt, kann man trockenen Fußes zum Dorf gehen. Dorf!«, sagte sie und schüttelte traurig den Kopf. »Ein paar Familien aus dem Hinterland hatten sich dort angesiedelt, Fischer, Handwerker, ein Töpfer. Er war ein gütiger Mann, der mich, als ich wieder einmal ziellos am Ufer entlangwanderte, in seine Werkstatt brachte und mir die Arbeit mit dem Ton, der weichen, formbaren Erde, zeigte. Diese Arbeit half mir, wieder zu mir zu finden. Sie, und meine Fürsorge für Rayan – Martius –, dem Einzigen, der wie ich an jenen schlimmen Sturmtagen nicht am Meer, sondern im Landesinneren gewesen war, um einem reichen römischen Gutsbesitzer die Pferde zu bringen, die seine Familie züchtete.«

Sie trank von dem süßen, leichten Wein. Ihr Gesicht trug Spuren von Trauer und Schmerz, die Valerius Corvus tief berührten.

»Jetzt verstehe ich, warum dir meine Narben nichts bedeuten«, sagte er leise. »Du trägst genauso tiefe wie ich.«

»Vielleicht. Nicht alle Narben liegen auf der Haut. Aber die Zeit lässt die Schmerzen der inneren wie der äußeren Wunden langsam schwinden. Ich habe meine Wurzeln zwar verloren, aber die Reise in dieses Land trat ich an in der Hoffnung, neue zu finden. Nicht so tiefe, aber solche, die mir wieder ein wenig Halt geben. Mutter Tekla, die Seherin, hat gesagt, dass es möglich wäre.«

»Und, hat sie richtig gesehen?«

Annik sah ihn an und lächelte: »Unsere Seherinnen täuschen sich nie. Ja, Valerius, ich fühle mich nicht mehr fremd hier, und meine Arbeit mit der Erde dieses Landes verbindet mich mit ihr.«

»Du kannst aber doch nicht auf Dauer Töpferin bleiben, Annik. Du wärest die Führerin deines Clans gewesen.«

»Die Führerin meines Stammes sogar, der Osismi, des Volkes am Ende der Welt.«

»Sie hätten dich Fürstin genannt oder Königin, nicht wahr?«

»Gelegentlich, wenn ich meine Macht auszuüben hätte. Aber groß wäre diese Macht nicht mehr gewesen, die Römer haben die Verwaltung unseres Landes übernommen. Vielleicht ist es nicht so schlimm, dass ich darauf verzichtet habe. Ich bin nämlich, wie Ihr schon gemerkt habt, eine sehr herrschsüchtige Person und hätte bestimmt häufig Streit mit den fremden Machthabern angefangen.«

»Ach ja, ich erinnere mich an deinen Gerechtigkeitssinn!«

Sie lachte leise und stellte den geleerten Pokal auf den Boden. Dabei musste sie sich über Valerius' Brust beugen und fühlte seinen warmen Körper unter dem ihren. Sie kam nicht wieder zurück in ihre vorherige Stellung, er hielt sie fest.

»Bleib bei mir, Annik.«

»Soll ich?«

»Ja, meine barbarische Fürstin. Jetzt, morgen, die nächsten Tage, und wenn wir uns vertragen, dann auch noch darüber hinaus.«

»Jetzt und hier will ich gerne bleiben«, sagte sie und legte ihre Hände auf seine Schultern. »Über das andere reden wir später!«

Sie stützte sich auf ihm ab, und ihre Haare fielen über ihn wie ein Zelt aus Seide. Er umfasste ihre Hüften mit beiden Händen und strich mit den Daumen die Lendenbeuge hinab.

»Mehr kann ich wohl nicht verlangen«, flüsterte er, während sie sich über ihn schob.

»Doch, Dominus, das könnt Ihr!« Und dann kicherte

sie übermütig. »Ovid hat geschrieben: ›Der altgediente Soldat wird sachte und mit Verstand lieben und vieles ertragen, was ein Anfänger nicht aushalten kann …‹«

Valerius Corvus lachte, er lachte lange und unbändig, bis das Lachen in ein Stöhnen überging.

Später, als Annik erschöpft in seiner Armbeuge lag und schon die ersten Wellen des Schlafes über sie kamen, begann sie noch einmal zu kichern. Ovid hatte Unrecht gehabt, stellte sie fest. Der altgediente Soldat liebte weder sachte noch mit Verstand. Aber, bei Taranis, er hatte verdammt vieles zu ertragen gehabt.

»Annik!«

»Ja«, murmelte sie schlaftrunken.

»Ovid spinnt!«

Und das erste Mal seit vielen Jahren schlief Valerius Corvus mit einem Lächeln auf dem Gesicht ein.

Als der Morgen sein bleiches Winterlicht durch die Fenster schickte, lagen sie beide noch im tiefen Schlummer, nicht mehr eng aneinander gepresst, sondern verbunden durch die Berührung ihrer Hände. Cosimo, Valerius Corvus' Leibdiener, betrat das Zimmer und hob mit leiser Missbilligung die Kleider auf, die achtlos auf dem Boden lagen. Aber er weckte die Schlafenden nicht. Auch die Geräusche des erwachenden Haushalts, das Schurren der Fensterläden und Türen, das Klappern der Wassereimer, das dumpfe Klopfen, das beim Hacken des Feuerholzes erklang, das Schwatzen und Kichern der Mägde weckten sie nicht. Erst der Besucher, der an der Tür klopfte, ließ Annik aus den Tiefen ihrer Träume auftauchen. Seltsame Träume waren es gewesen. Träume, die aus einer anderen Welt, aus einer anderen Zeit zu stammen schienen. Sie war wieder auf ihrer Insel, doch sie hatte sich verändert. Die Küstenlinie hatte sich weiter nach Westen verlagert, der kantige Fels war geborsten und hatte ein Geröllfeld gebildet. Zur Landseite hin stand ein großes Haus aus grauem Feldstein darauf, ein festgefahrener Kiesweg führte aus dem sandigen Watt hinauf, endete in einem Hof davor, der von einem weißen Lattenzaun umgeben war. Eine rote Katze sonnte sich vor der unglaublich blau gestrichenen Tür, und ihr unbekannte Büsche mit breiten, graugrünen Blättern lehnten sich an die Mauern. Sie trugen riesige blau-rosa Blütenbälle. Ein Mann mit einem Korb voller Holzscheite trat hinter dem Haus hervor. Er sah Valerius Corvus erstaunlich ähnlich, aber er war gänzlich anders gekleidet. Er trug eng anliegende blaue Beinkleider, darein gesteckt eine sehr seltsame Form der Tunika, die zwar mit ihr bekannten Buchstaben verziert war, die aber Wörter bildeten, die ihr nichts sagten. Außerdem schmiegte sie sich so eng an, dass sich sein Körper darunter deutlich abzeichnete. Der Mann bemerkte sie nicht, obwohl sie vermeinte, sehr nahe bei ihm zu stehen. So nahe, dass sie erkennen konnte, dass er wahrhaftig Valerius Corvus' Züge trug. Mit einer Ausnahme – die Narbe in seinem Gesicht war nicht vorhanden.

Auf dem Dachfirst des Hauses stieg ein schwarzer Vogel auf. Laut krächzend schlug er seine Flügel und glitt dann über den Hof. Eine kleine, schwarze Feder taumelte im Sonnenlicht langsam zu Boden.

Das Bild verschwamm langsam, und als sie endgültig die Augen öffnete, war es die zerstörte Seite, die Valerius ihr zugewandt hatte.

Er spürte ihre Bewegung und schlug die Augen auf.

»Du bist schon wach?«

»Soeben aus einem wunderlichen Traum gekommen. Man möchte meinen, dass auch ich das Talent einer Seherin habe.«

»Was hast du geträumt, mein Herz?«

»Dass ich dich wieder traf, Dominus, in einer anderen Zeit, doch auf meiner Insel.«

»Woher weißt du, dass es eine andere Zeit war?«

»Die Insel war verändert, und es waren Veränderungen, wie das Meer und der Wind sie nur über lange Zeit hinweg bewirken. Und auch Ihr, Valerius, wart verändert. Nicht nur, dass Ihr sehr komische Kleider trugt, sondern auch ohne Narben erschient.«

»Ein Einblick in die Anderwelt?«

»Ein Einblick vielleicht in diese Welt, wie sie aussehen wird, wenn wir unsere Wanderung durch die andere Welt beendet haben und hierher zurückkehren.«

Es klopfte an der Tür, und Cosimo fragte, ohne einzutreten: »Herr, seid Ihr wach? Der Praefect Falco bittet, Euch sehen zu dürfen.«

»Oh, nicht nur Euch, Valerius, fürchte ich!«, raunte Annik. »Er wollte mich durch die Stadt führen.«

»Nun, das Vorrecht werde ich mir nehmen, wenn du nichts dagegen hast.« Und etwas lauter rief Valerius seinem Leibdiener zu: »Sag ihm, er möchte sich einen Moment gedulden. Ich komme gleich.«

»Und – äh – der Praefect möchte die Dame Anna ebenfalls sprechen.«

»Auch auf sie wird er kurz warten müssen. Bewirte ihn einstweilen.«

Annik war aus dem Bett geschlüpft und sah sich nach ihren Kleidern um.

»Ich würde sehr gerne vorher ein Bad nehmen, aber ich denke, so lange dürfen wir ihn wohl nicht warten lassen. Er meint es gut mit mir, Valerius.«

»Kind, Falco ist mein bester Freund, und es ist ausgeschlossen, ihm etwas vorzumachen. Eile dich, flechte deine Haare und leg deine Palla über die Tunika. Mehr braucht es für das knappe Gespräch nicht.«

Wenn Falco überrascht war, Annik ein wenig zerrauft und Valerius in losem Gewand zu sehen, so ließ er es sich nicht anmerken. Doch um seinen Mund vertieften sich die strengen Falten.

»Ich grüße dich, Corvus. Dame Anna!«

»Guten Morgen, Falco. Es tut mir Leid, dass du dich vergebens herbemüht hast. Wir haben beschlossen, dass Annik den Tag mit mir verbringt.«

»So, tut sie das.«

»Und die folgenden Tage ebenfalls.«

»Ist das klug?«

»Falco, diese Frage bist du nicht berechtigt zu stellen.«

»Nein, das ist richtig.« Er musterte Annik mit kühlem Blick. »Aber eine andere Frage muss mir erlaubt sein. Annik, was soll ich Ulpia Rosina berichten? Sie hat dich mir für zwei Tage anvertraut.«

»Nun, du kannst ihr sagen, dass ich dem Zauber der Stadt erlegen bin und meinen Aufenthalt verlängern möchte.«

»Sie wird Vermutungen anstellen!«

»Nein, das wird sie nicht, sondern sie wird wissen, was geschehen ist, Falco. Denn deswegen hat sie mich hergeschickt.«

Mit dieser Bemerkung war es ihr gelungen, beide Männer, sowohl Valerius Corvus als auch Falco, zu verblüffen.

Valerius Corvus fasste sich als Erster.

»Sie scheint klüger zu sein, als ich dachte.«

»Ulpia Rosina ist eine kluge Frau, Dominus. Sie ist in manchen Dingen des Lebens unerfahren, sie hat auch einige unsinnige Vorurteile, aber sie ist eine sehr empfindsame Frau und eine verständnisvolle Freundin. Lass es darauf beruhen, Falco. Du weißt nicht alles, was das Denken und Handeln von Menschen bewegt.«

»Offensichtlich nicht. Aber Corvus, du wirst Traian vor den Kopf stoßen, wenn du dich öffentlich mit einer deiner Arbeiterinnen vom Gut zeigst. Und das ist Annik nun einmal.«

»Ich stoße ihn nicht vor den Kopf, wenn ich mich mit den Kurtisanen bei seinen Gelagen vergnüge?«

»Das ist etwas anderes.«

Valerius Corvus legte den Arm um Anniks Schultern und sagte zu Falco: »Annik, mein Freund, Anna Denezia, die Nachfahrin von Königen, ist ebenfalls etwas anderes. Und wenn es nach mir geht, wird sie nicht mehr als Töpferin arbeiten.«

»Es geht aber nicht nach Euch, Valerius, und ich werde weiter als Töpferin arbeiten.«

»Das bestimme noch immer ich, Kind.«

»Na, da könntet Ihr wieder eine gewisse Ähnlichkeit mit meiner heimischen Landschaft bei mir feststellen, Dominus!« Annik grinste ihn unverhohlen an. »Unsere Felsen sind aus hartem Granit.«

»Wir reden noch darüber!«

»Gerne, Dominus!«

Ihre Augen blitzten, und er schüttelte mit gespielter Trauer den Kopf.

»Willst du mit uns heute zu Abend speisen, Falco? Ich verspreche dir eine ausgesprochen anregende Unterhaltung!«

»Nein, Corvus. Meine Aufgabe in der Colonia ist heute Mittag erledigt, ich ziehe es vor, zu meiner Truppe zurückzukehren.«

»Nun gut. Richte Ulpia Rosina aus, dass ich zu Beginn der Saturnalien auf das Gut komme, um mich dem Mummenschanz hier zu entziehen. Annik bringe ich mit.«

Annik aber schüttelte den Kopf.

»Nein, ich reite einen Tag vor Euch zurück. Das ist besser so, Valerius. Glaubt mir.«

»Kannst du sie abholen, Falco?«

»Ich oder einer meiner Leute werden sie begleiten.«

»Danke.«

»Du sollst wissen, Corvus, dass ich es nicht gutheiße, was hier geschehen ist.«

»Ich weiß. Gerade deswegen – danke.«

Steif verbeugte der Praefect Lucius Aurelius Falco sich vor den beiden und marschierte aus dem Raum.

»Er ist prinzipientreuer als ich. Aber er ist ein hervorragender Offizier.«

»Er ist ein nüchterner Mann, und seine Einschätzung ist nicht verkehrt, Valerius. Aber ich mag jetzt nicht klug sein.« Sie streifte seine bärtige Wange. »Ich möchte stattdessen baden. Begleitest du mich?«

»Wie pflegst du in solchen Fällen zu sagen – gerne!«

Es waren fast zwanzig glückliche Tage, die sie gemeinsam verbrachten. Sie durchstreiften die Stadt, und mit Valerius als Begleiter bekam Annik die Möglichkeit, viele Gebäude zu betreten, die ihr ansonsten verwehrt gewesen wären. Sie ritten an manchen sonnigen Tagen aus, am Rheinufer entlang oder durch die Felder hinter den Stadtmauern. Sie besuchten das Theater und sahen Tragödien und die heiteren Komödien des Plautus. Sie aßen in Schenken oder im Haus, wo der Koch, von der Liebe, die sein Herr und die Dame Anna ausstrahlten, zu wahren Wunderwerken inspiriert wurde. Sie kauften Kleider für Annik, goldene Fibeln, mit bunten Steinen besetzt, gestickte Bänder und zierlich geschnitzte Kämme für ihr Haar. Sie besuchten Viatronix, den gallischen Arzt, der bärbeißig Anniks Heilkunst lobte und dann, nach etlichen Bechern dunklen Wein, gallische Kampflieder zum Besten gab, in die Annik fröhlich einstimmte. Sie schieden als die besten Freunde.

An einem der Tage begegneten sie bei einem Ausritt dem Imperator. Ein wenig scheu fühlte sich Annik dann doch, als Valerius Corvus sie vorstellte. Zu gut wusste sie, welchen Einfluss Macht auf das Leben eines Menschen hatte. Und der künftige römische Kaiser hatte Macht. Auch über sie, vor allem aber über Valerius Corvus. Traian erwies sich jedoch als vollkommen unkompliziert, er akzeptierte Annik als die keltische Adlige, als die Valerius sie vorstellte.

Zu anderen Zeiten stöberten sie in Schriftrollen und Codices, die die Händler anboten und lasen sich gegenseitig aus den Werken vor. Sie besuchten die öffentlichen Thermen, die Rennbahn im Norden der Stadt und den Steinmetz, dem Valerius Corvus die Tonplastik gegeben hatte, die Annik von ihm angefertigt hatte. Der Künstler hatte das Abbild in geäderten, weißen Marmor umgesetzt und eine Büste daraus gefertigt, deren Schultern mit den kunstvollen Falten der Toga umgeben waren. Die Narbe hatte er, auf den besonderen Wunsch seines Auftraggebers, ebenfalls abgebildet, wenngleich er sich zunächst heftig gesträubt hatte.

An einem Tag bemerkte Valerius Corvus den Siegelring an Anniks Hand, und sie schilderte ihm, wie sie ihn bei jenem ersten Besuch in der Colonia erhalten hatte. Am Abend hatte er ihr dann einen weiteren Ring geschenkt, einen breiten Goldring, der aussah, als sei er aus vielen kleinen Stäbchen zusammengesetzt, die jeweils in einem Kügelchen endeten. Auch er trug eine Inschrift, und Annik standen die Tränen in den Augen, als sie sie las. »Omnia vincit Amor – Alles besiegt die Liebe«, hieß es in seiner Innenseite.

Hin und wieder musste Valerius Corvus seinen Verpflichtungen nachkommen und sie alleine lassen. Annik widmete sich dann dem Luxus einer ausgedehnten Körperpflege, etwas, das sie bislang in dieser Ausgiebigkeit noch nie getan hatte. Ihre Hände wurden weich, ihre Nägel glatt und glänzend und ihr schönes Haar schimmerte. Sie ließ sich massieren, Härchen auszupfen, cremen und ölen und in der hohen Kunst des Schminkens unterweisen.

Wenn Valerius und sie der Vergnügungen und der Unterhaltung müde waren, widmeten sie sich der Kunst des Liebens – und wahrhaft nicht ausschließlich der literarischen, von Ovid verfassten. Annik hatte keine Nacht in dem Zimmer verbracht, das für sie gerichtet war, und die Diener hatten sich angewöhnt, das Bad nicht zu betreten, während ihr Herr und die Dame Anna sich dort aufhielten.

Dann brach der letzte gemeinsame Abend an, und nach dem Mahl wurde Valerius Corvus ernst.

»Annik, es wäre sinnvoll, wenn du nicht mehr auf das Gut zurückkehren würdest. Du kannst hier bleiben, bis ich wiederkomme.«

»Das könnte ich, aber es ist eine Art von Flucht, nicht wahr? Ich verschwinde klammheimlich aus dem Leben derer, die mir inzwischen etwas bedeuten.«

»Wer bedeutet dir etwas? Dein Ofensetzer, der Stalljunge, Charal?«

»Gratia und Ulpia Rosina.«

»Ich verstehe, aber, mein Herz, trotzdem. Du kannst nicht wieder in die kleine, ungemütliche Hütte ziehen und tagsüber mit den Füßen den Lehm stampfen!«

»Warum nicht? So ungemütlich ist das Häuschen nicht, und bislang hat es Euch auch nichts ausgemacht, dass ich arbeite. Valerius, ich bin nicht zum Müßiggang geboren, ich brauche die Beschäftigung mit dem Ton.

Vielleicht jetzt sogar noch mehr als zuvor. Außerdem – ich bin Euch dort näher.«

»Wir werden dort einander nicht nahe sein. Es ist eine Zeit, in der viele Besucher kommen, und es gibt – ja, Annik, es gibt Planungen, Entwicklungen, die ich nicht absehen kann. Caesar Nervas ist schwer erkrankt, und es wird nicht mehr lange dauern, bis Traian seine volle Macht gewinnt. Dann werden Entscheidungen fallen, die mich – und auch dich – betreffen werden. Es wäre sehr misslich und unpassend, wenn irgendjemand dich dort als tonverschmierte Töpferin träfe. Und es geht auch nicht an, dass du in der Villa ein und aus gehst, denn das würde Ulpia Rosinas Ansehen schaden.«

»Ich werde nicht in die Villa kommen, und ich glaube kaum, dass einer Eurer Besucher sich jemals in meine Werkstatt verirren wird.«

»Du bist hartnäckig.«

»Ja, Valerius.«

Er seufzte.

»Also meinethalben, zieh wieder in deine Hütte. Aber wenn ich das Gut verlasse, begleitest du mich.«

»Wenn es nicht schadet, gerne. Aber auf die Dauer kann das nicht die Lösung sein.«

»Das wird es auch nicht. Ich werde mich von Ulpia Rosina scheiden lassen. Es ist nur mehr eine Formalität, und ich habe jeden Grund dazu, da diese Ehe nie vollzogen wurde.«

»Aber – Valerius! Sie ist Traians Nichte.«

»Das spielt keine Rolle. Es ist ihr Verschulden, dass sie mir keine Erben schenkt, und das wird er verstehen.«

»Verzeiht, Valerius, mir tut Ulpia Rosina Leid.«

»Ich werde sie nicht auf die Straße setzen, Annik. Sie wird das Gut behalten, und wenn ihr Liebhaber auch nur einigermaßen standesgemäß ist, dann wird er das als Mitgift nicht ausschlagen.«

Annik sah zu Boden und atmete tief durch.

»Er ist weit davon entfernt, standesgemäß zu sein.«

»Das habe ich fast befürchtet. Wer, Annik?«

»Martius!«

»Verdammt!« Er schüttelte den Kopf. »Dann wird sie Falco heiraten müssen. Er verehrt sie, und ich habe den Eindruck, dass sie von ihm zumindest nicht so abgestoßen ist wie von mir. Für ihn wäre es ein gutes Geschäft. Er wird in der Legio Minerva seinen Weg machen und schon zu Dienstzeiten ein Landgut in der Nähe haben, auf das er sich zurückziehen kann.«

Annik dachte eine Weile darüber nach und sah keinen Nachteil in dieser Regelung. Rosina wäre froh, von Valerius befreit zu sein, Falco hätte genug Verständnis und sogar Mitleid mit ihr, sie behielt ihr Heim und ihre Glasschleifer-Werkstatt. Falco kam aus dem Ritterstand, seine Familie war vornehm und hatte Verbindungen zu den höchsten Kreisen. Abgesehen davon war er ein ehrgeiziger Mann, der auch aus eigener Kraft zu Ruhm kam. Nur einen Schatten warf das Arrangement.

»Arme Gratia!«

»Was hat denn meine Tochter damit zu tun?

»Sie möchte Falco heiraten. Sie ist verliebt in ihn.«

»Sie ist noch keine vierzehn. Sie wird es verwinden.«

»Wahrscheinlich. Aber es tut weh.«

»Du hast schlimmere Schmerzen überstanden und lebst dennoch.«

»Nun ja, sie wird so oder so derartige Erfahrungen machen, das ist schon richtig. Aber werdet Ihr Euch dann nur noch in der Stadt aufhalten?«

»O nein, Annik. Das ist ja der Grund, warum ich all das so zu regeln versuche. Ich werde aller Voraussicht nach einen Statthalter-Posten bekommen. Nur wann und wo, das hängt jetzt davon ab, wie lange es dauert, bis Traian Caesar wird. Aber dann wirst du mit mir kommen können. Ich kann dich zwar nicht nach dem Bürgerrecht heiraten, denn du bist und bleibst eine Barbarin. Aber das ehrbare Konkubinat gilt als gleichwertig. Nur unsere Kinder können nicht meine Erben sein. Doch auch da gibt es Möglichkeiten.«

»Wir werden keine Kinder haben, Valerius. Seit jener Fehlgeburt kann ich nicht mehr empfangen.«

»Nun, dann müssen wir uns darum keine Gedanken machen.«

»Es macht dir nichts aus? Bei Ulpia Rosina ist es Euer Scheidungsgrund!«

»Ich habe Gratia. Wenn ich einen männlichen Erben haben möchte, dann werde ich einen adoptieren.«

»Was dem Caesar recht ist …«

»Du sagst es!«

Annik stand auf und setzte sich auf die Liege, auf der er Platz genommen hatte.

»Ihr seid sehr großzügig zu mir, Valerius. Und Euer Antrag schmeichelt mir.«

»Wirst du ihn annehmen?«

Sie legte den Kopf an seine Brust.

»Ich weiß es noch nicht. Darf ich ein paar Tage darüber nachdenken? Ich habe hier wie in einem Rausch gelebt, und das verschleiert manchmal etwas die Sicht auf die Wirklichkeit.«

»Dann denk darüber nach, Kind.«

»Warum, Valerius, nennt Ihr mich nur immerzu Kind?«

»Weil du, schöne Barbarin, so jung bist. Ich bin siebzehn Jahre älter als du, und womöglich wird das ein Grund sein, warum du nicht mit mir gehen willst. Aber ich hoffe nicht.«

»Nein, Valerius, das spielt für mich keine Rolle.« Sie dachte nach und rechnete. »Mit siebzehn erhieltet Ihr Eure Wunden, vor achtundzwanzig Jahren. In dem Jahr also, in dem ich geboren wurde.«

»Ja, in jener Zeit. Und, mein Herz, ich bin inzwischen alt genug und habe so viel über die Wanderung in der Anderwelt gelernt, dass ich mir sicher bin, dir damals schon begegnet zu sein. Als die Seele, die mich dazu brachte, wieder in die Welt der Lebenden zurückzukehren.«

»Ja. Vielleicht hat mich das Schicksal deshalb hier an den Rhein geführt.«

Ihre letzte Nacht verbrachten sie in großer Innigkeit, und am nächsten Mittag kam Falco, um Annik zurück zum Gut zu begleiten.

Der Ritt verlief problemlos, Falco hatte seine Missbilligung weitgehend überwunden. Offensichtlich hatte Ulpia Rosina ihn etwas beschwichtigt. »Besser Annik als eine geschminkte Kurtisane«, hatte sie ihm ungerührt geantwortet. Aber das erzählte er Annik nicht.

»Gibt es Neuigkeiten vom Gut, die ich wissen müsste, bevor ich dort eintreffe?«

»Offensichtlich keine gewichtigen. Die Einheimischen haben sich dieser Tage erstaunlich ruhig verhalten. Es hat keine Übergriffe gegeben, noch nicht einmal den üblichen groben Unfug.«

»Ich habe dem Barden sehr deutlich klar gemacht, welches Risiko sie mit solchen Aktionen eingehen. Möglicherweise hat es geholfen.«

»Möglicherweise ist auch eine Informationsquelle versiegt.«

»Du meinst, seit Martius in Novaesium ist?«

Falco zuckte mit den Schultern.

»Kann man jetzt natürlich nicht sagen. Wir werden es

sehen, wenn er zum Beginn des neuen Jahres zurückkehrt. Ich hoffe, er war es nicht.«

»Ich auch.«

Sie schwiegen gedankenverloren, und plötzlich fiel Annik ein, dass sie etwas Wichtiges vergessen hatte.

»Verdammt, Falco, die Liste! Ich habe ganz vergessen, mir die Liste mit den Namen anzusehen. Sie liegt bei Valerius im Haus. Er hat sie durchgeschaut, aber nichts Auffälliges gefunden.«

»Bedauerlich, dass du so unzuverlässig warst. Ich habe nur eine einzige Abschrift anfertigen lassen. Also müssen wir abwarten, ob Corvus sie mitbringt.«

Sie erreichten das Gut in der Dämmerung, und Annik fand ihr Häuschen kalt und staubig vor. Und als sie Ursa um Lebensmittelvorräte und Lampenöl bat, wurde sie mürrisch, ja geradezu bärbeißig abgefertigt.

Es fiel Annik nicht leicht, wieder in den Alltagstrott zurückzufinden. Aber das hatte sie auch nicht erwartet. Erwan war nach wie vor nicht arbeitsfähig. Die Wunde in seiner Schulter verheilte nur langsam, sein Husten wollte sich nicht bessern. Ilan hatte ohne ihre ständige Aufsicht natürlich keinen Handschlag getan, und im Lagerraum war der feuchte Ton angetrocknet. Gratia war der einzige Lichtblick in jenen Tagen, sie kam immer mal wieder kurz vorbei. Aber Ulpia Rosina hatte ihre Erziehung zur vornehmen jungen Dame jetzt energischer in die Hand genommen, und sie musste sich um ihre gesellschaftlichen Pflichten kümmern. Es tauchten in der Tat viele Besucher auf, und Annik betrat die Villa nur ein einziges Mal, als der gesamte Hausstand sich zu den Riten zum Jahresbeginn versammelte. Doch sogar da hielt sie sich, so weit es ging, im Hintergrund. Dennoch wurde ihr das Herz weit, als sie Valerius Corvus beobachtete, der als Pater familias mit ehrerbietig verhülltem Haupt die Zeremonie durchführte.

Ulpia Rosina hatte sie einmal in ihrer Werkstatt aufgesucht, aber ihr Gespräch verlief in seltsamer Verlegenheit. Zumindest beobachtete Annik, dass sie Valerius Corvus gegenüber ein wenig gelassener reagierte. Vielleicht war das Wissen darum, dass er jeglichen Anspruch an die Erfüllung ihrer ehelichen Pflichten aufgegeben hatte, der Grund, warum sie entspannter war. Annik fragte sich, ob er ihr von seinen Scheidungsplänen schon berichtet hatte. Mit ihm selbst sprach sie nie. Er hielt sich in der Villa auf und kümmerte sich um seine Gäste, sie selbst blieb in ihrem Bereich.

28. Kapitel

In den Wäldern

Es hatte ein wenig geschneit, nicht viel, aber der Boden war frosthart gefroren, und so blieb die dünne, pulverige Schicht auf der Erde liegen und zeigte die Spuren derer, die an diesen dunklen Tagen zur Wintersonnenwende unterwegs waren. Es waren erstaunlich viele. Zum einen lag es daran, dass die germanischen Einwohner ihre traditionellen Feiern veranstalteten, zum anderen aber auch, weil die Geschicke im fernen Rom sich nun bald entscheiden würden. Der Kaiser war dem Tode nahe, und Boten, Kuriere, Gesandtschaften waren in allen Teilen des Reiches unterwegs, um Nachrichten zu überbringen, Interessen zu vertreten, Ansprüche abzusichern und manchmal auch, um Intrigen zu schmieden.

Der junge Barde war auf das Höchste aufmerksam. Was immer er an Wissensfetzchen aufschnappen konnte, fügte er zusammen, um das Bild seiner Welt so aktuell wie möglich zu gestalten. Es war schwieriger geworden, seit Martius nicht mehr auf einen freundschaftlichen Umtrunk zu ihm kam. Aber es gab mehr als genug Mitteilungen aus dem Landgut. Es wimmelte dort von Gästen, die über bedeutendste Informationen verfügten, und obwohl das gesamte Gesinde stark beschäftigt war, fand das Erlauschte doch regelmäßig seinen Weg zu ihm. Trotzdem war da noch die Warnung, die Annik ihm erteilt hatte. Er hatte sie weitergegeben, und sie war nicht gut aufgenommen worden. Die Zeit war viel zu günstig, den Römern eine nachhaltige Lehre zu erteilen. Aber noch durchquerten Boten, Kuriere und Gesandtschaften unbehelligt die Wälder.

29. Kapitel

Der Tod des Ofensetzers

Januar, der Monat, den die Römer nach dem zweigesichtigen Janus benannt hatten, dem Gott, der sowohl in die Vergangenheit als auch in die Zukunft schauen konnte, ging kalt und dunkel vorüber. Annik verbrachte die meiste Zeit damit, das Lager aufzuräumen, ihre Materialbestände zu prüfen und den ständig schwächer werdenden Erwan zu pflegen. Dann, zu den Nonen des Februars, kam es zu gewaltigen Aufregungen auf dem Gut. Traian traf mitsamt seinem Gefolge ein, um Valerius Corvus zu besuchen. Vier Tage lang summte der ganze Hof von Geschäftigkeit, und Annik traute sich kaum, einen Schritt aus ihrem Häuschen zu machen, um nicht zufällig einem bekannten Gesicht zu begegnen. Erst als die Besucher endlich abgereist waren, wagte sie es, in einen weiten Kapuzenmantel gehüllt, einen Gang zum Matronenstein zu machen. Hier wollte sie der Tradition gemäß ihr Opfer zum Fest des ersten Lichtes bringen. Küchlein aus weißem Mehl hatte sie gebacken, und in ihren Gebeten an die Göttinnen sprach sie all das aus, was sie bisher niemandem anvertraut hatte. Sie sprach von Liebe und Sehnsucht – und sie sprach von Hoffnung.

Das allererste Grün war in jenen kalten Februartagen aus der Erde hervorgebrochen. Die kleinen Lanzenspitzen der Schneeglöckchen hatten sich hervorgewagt, und an einem sonnigen Plätzchen entdeckte Annik sogar schon eines, das seine weiße Blüte entfaltet hatte. Sie deutete es als gutes Omen – und es schien, dass sie Recht damit hatte.

Zwei Tage später endlich, nach Einbruch der Dunkelheit, kam Valerius Corvus zu ihr. Sie lag schon im ersten Schlummer, als er an ihr Bett trat und sanft ihre Wange streichelte.

»Ihr seid es, Dominus!«

»Ja, mein Herz. Endlich habe ich Zeit und Gelegenheit, zu dir zu kommen.«

»Wird Euch im Haus niemand vermissen?«

»Nein, alle sind weidlich erschöpft von den Aufregungen der letzten Tage. Darf ich mich auf dein Bett setzen?«

»Ihr dürftet sogar noch mehr, Dominus. Wenn Ihr mein schmales, hartes Lager nicht verschmäht. Es ist zumindest warm unter der Decke.«

Er lachte leise, zog die Stiefel aus und legte den Gürtel seiner Tunika ab. Annik rückte so weit wie möglich an die Wand und hielt ihm die Decke hoch. Er legte sich zu ihr und umfing sie mit seinen Armen.

»Es gibt vieles an dir, was ich in den vergangenen Wochen vermisst habe. Aber dies hat mir auch gefehlt.«

»Ja, Valerius. Mir genauso.«

Sie zog seinen Kopf zu sich, und ein langer Kuss voller Verlangen raubte ihnen beiden den Atem. Hände fanden warme Haut, Lippen bebende, empfindliche Stellen, und für eine Weile ließen Lust und Zärtlichkeit die beiden die Unzulänglichkeit des Lagers vergessen.

»Danke, mein Herz. Es ist so schön in deinen Armen.«

Annik schnurrte leise.

»Aber ich kann die Nacht denn doch nicht ganz hier bei dir verbringen. Deshalb will ich dir jetzt berichten, was sich in den vielen Gesprächen und Planungen ergeben hat.«

»Erzählt, Valerius. Ihr habt mit Traian gesprochen, nehme ich an.«

»Ja. Zum einen – er stimmt meiner Scheidung von Ulpia Rosina zu. Ich habe mit ihr noch nicht darüber gesprochen, aber ich glaube, sie wird erleichtert sein. Falco weiß es ebenfalls, und er ist nicht abgeneigt, Ulpia Rosina zu heiraten.«

»Ein wenig wird es die alten Skandale wieder aufrühren«, gab Annik zu bedenken.

»Ja, möglich. Aber es wird eine Zeit großer Veränderungen werden, und darum werden derartige Dinge sicher bald in Vergessenheit geraten.«

»Ich hoffe es für sie.«

»Ich werde fortgehen von hier, Annik. Auch das wird es leichter machen. Wirst du mit mir gehen?«

»Soll ich jetzt sagen – wo immer Ihr hingeht, werde ich Euch folgen?«

»Nein. Ich werde dich nicht zwingen. Aber bitten darf ich doch?«

Sie rieb ihren Kopf sanft an seiner Brust.

»Wohin?«

»Ich werde für eine Provinz verantwortlich sein, sowie Traian zum Caesar ausgerufen ist. Eine Provinz, die nicht sonderlich beliebt ist bei jenen, die ihre Karriere in Rom sehen. Eine Provinz, Dame Anna, am Ende der Welt.«

Es war sehr still im Raum.

»Annik?«

»Armorica?«

»Nordgallien.«

»Und Ihr wollt wirklich dorthin?«

»Ja, dorthin möchte ich. Und ich wünsche mir, dass mich eine Frau begleitet, die mit dem Leben dort vertraut ist. Es war ausschlaggebend für Traian, dass eine Adlige aus dem dort lebenden Volk an meiner Seite steht.«

»Es könnte aber auch Probleme geben!«

»Die lassen sich nirgendwo vermeiden. Kommst du mit?«

»Ja, Valerius, ich komme mit dir in das Land meiner Vorfahren.« Und dann, ganz leise, sagte sie: »Der Rabe wird mich zurückbegleiten, hat die Seherin gesagt. Doch nicht in diesem Leben. Ich hoffe, sie hat sich geirrt, Corvus.«

Er umarmte sie noch einmal sehr fest, dann murmelte er: »Ich werde ins Haus zurückgehen müssen.«

»Ja, ich weiß.«

»Du machst mich sehr glücklich. Era – meine Herrin, meine Geliebte.«

»Dominus – mein Geliebter.«

Er befreite sich von den Decken und stand auf, um sich wieder anzukleiden. Dann beugte er sich zu ihr und küsste sie noch einmal.

»Meine Sehnsucht wird erst gestillt sein, wenn ich in deinen Armen schlafen kann, Valerius!«

»Bald!«

Erwan lag im Sterben. Der alte Mann hatte sich von seinem Husten nicht mehr erholt, und weder die Arzneien von Ursa noch die wärmenden Decken und Kohlebecken an seinem Lager hatten seine angegriffenen Lungen heilen lassen. Als Annik am Morgen zu ihm ging, rasselte sein Atem heftig, und er konnte kaum sprechen. Aber sie verstand seinen Wunsch.

»Hol Cullen!«

»Ich schicke Ilan gleich ins Dorf, er wird ihn finden.«

Sie richtete ihn vorsichtig auf, damit er freier atmen konnte, und er keuchte: »Die Tore der anderen Welt haben sich heute Nacht für mich aufgetan.« Ein Husten schüttelte ihn, doch er fuhr fort: »Ich bleibe nicht mehr lange! Er soll mir von dem Leben dort singen.«

»Gewiss, Erwan. Und dennoch, trink diesen heißen Kräutersud, er wird dich wärmen.«

»Ihr seid ein gutes Mädchen, Annik. Besser als eine Tochter.«

»Rede nicht so viel, es strengt dich an und tut dir weh. Ich muss noch ein paar Dinge erledigen, dann komme ich wieder zu dir.«

Der Alte schlürfte mit ihrer Hilfe den Becher leer und ließ sich dann mit geschlossenen Augen von ihr zurechtbetten.

»Eine große Ehre, von einer Herrin wie Euch gepflegt zu werden.«

»Psst.«

Um die Nachmittagszeit kam der Barde zu Erwan und setzte sich mit seiner Harfe an sein Lager. Annik sah kurz zu den beiden herein, ließ sie aber alleine. Denn sie hatte ebenfalls Besuch bekommen. Martius war zurückgekehrt.

»Du siehst gut aus, Annik. Ruhiger und – irgendwie weiblicher. Bist du verliebt?«

»Geht dich das was an?«

Er grinste schief. Aber er war nicht glücklich, das merkte Annik. Er hatte sich auch verändert. Die langen blonden Locken hatte er abgeschnitten, er trug sie nun so kurz wie die römischen Legionäre. Auch seinen prächtigen Bart hatte er gestutzt. Lediglich der bronzene Halsring, der Torques, wies ihn noch als Gallier aus.

»Was führt dich her? Bist du wieder als Kurier eingesetzt?«

»Nein, nicht mehr. Es … es hat sich etwas ganz anderes ergeben. Das wollte ich mit dir besprechen. Eine ganz große Chance, Annik!«

»Du bist befördert worden?«

»Wie man es sehen will! Der Senator Fabius Pontanus reist nächsten Monat nach Rom zurück und will ein paar ausgesuchte Pferde mitnehmen. Es heißt, er züchtet Kampfrösser. Falco hat vorgeschlagen, dass ich ihn begleite und dort zu einer Reitertruppe versetzt werde. Er kennt den Praefecten dort. Rom, Annik! Stell dir vor – Rom!«

»Ich stelle es mir vor, ja. Das wird dir gefallen.«

»Begleitest du mich? Dir wird es dort auch gefallen. Colonia ist eine hübsche Stadt, aber Rom ist reich. Rom hat Möglichkeiten, Rom – der Nabel der Welt!«

Leise lachend über die Hingerissenheit ihres alten Freundes schüttelte Annik den Kopf.

»Nein, Martius. Ich begleite dich nicht.«

»Nein? Du weißt nicht, was du versäumst. Die Gelegenheit unseres Lebens!«

»Nein, meines nicht.«

Martius wurde etwas ruhiger und sah sie jetzt neugierig an.

»Du hast eine andere Gelegenheit, vermute ich.«

»Ja«, bestätigte sie nur kurz. Das, was sie wirklich tun würde, war noch zu neu, zu frisch, noch viel zu wenig zu glauben, als dass sie mit ihm darüber hätte sprechen wollen.

»Valerius Corvus? Ist er der Grund, warum du hier bleiben willst?«

Es gab keinen Grund, das zu leugnen.

»Ja, er ist der Grund.«

»Na ja, auch das freut mich für dich. Aber er ist verheiratet, und du wirst immer nur die zweite Rolle spielen.«

Sie zuckte mit den Schultern und fragte dann, um ihn von dem Thema abzulenken: »Hast du es Ulpia Rosina schon gesagt, dass du nach Rom gehen wirst?«

Betreten schaute Martius sie an.

»Mach nicht so ein belämmertes Gesicht, Martius. Ich habe Augen und Ohren im Kopf.«

»Und ich dachte, wir seien so vorsichtig gewesen, wie es Menschen nur sein können. Wissen es viele?«

»Ulpia Rosina ist meine Freundin geworden. Ich weiß es. Vermutlich weiß Falco es auch. Weshalb du jetzt nach Rom gehen wirst. Also – hast du es ihr gesagt?«

Bedrückt nickte er: »Ja, vorhin. Es ... war nicht leicht.«

»Das glaube ich dir. Es ist für sie schwerer als für dich. Du liebst sie nicht!«

»Wie kannst du das behaupten!«, fuhr er auf.

»Weil ich dich kenne, Martius-Rayan. Auch mir hast du einst Liebe geschworen.«

»Ja, aber ...«

»Schon gut, Martius. Wir sind Freunde geblieben, ich trage es dir nicht nach. Wir haben uns in einer schweren Zeit viel geholfen, und wir haben viele schöne Stunden verbracht. Dort, auf meiner Insel.«

»Ja, Annik, das haben wir, nicht wahr?«

Sie streichelte ihm die Wange, und er nahm sie in seine Arme und drückte sie an sich.

»Wollen wir noch eine schöne Stunde miteinander verbringen?«

Sie spürte seinen jungen, starken, unversehrten Körper und war beinahe geneigt, ihm nachzugeben, wenn nicht Ursa plötzlich in der Tür gestanden hätte. Sie löste sich aus seinen Armen.

»Annik, es geht mit Erwan zu Ende. Er verlangt nach dir.«

»Ich komme.«

Der Tod hatte den alten Mann schon gezeichnet. Cullen saß an seiner Seite und spielte sanft auf seiner Harfe. Nur mit einem raschen Blick begrüßte er Martius, der hinter Annik eintrat. Sie kniete bei Erwan nieder und redete leise auf ihn ein. Noch einmal öffnete er die Augen und flüsterte: »Der Rabe wird Euch beschützen, Herrin.«

»Das wird er, Erwan.«

Sie nahm seine Hand und hielt sie fest. Cullen legte sein Instrument zur Seite und nahm die andere Hand des Sterbenden.

»Cullen, Kados Sohn. Ich werde deinen Vater treffen.«

»Und alle, die vor dir gegangen sind. Möge dein Weg leicht sein, Erwan.«

Es dauerte nicht mehr lange, der letzte schwere Atemzug verklang, und der alte Ofensetzer war in die andere Welt eingegangen.

»Danke, Annik. Du hast ihm viel bedeutet.«

»Er war ein alter Tunichtgut, aber ein netter Mensch. Ich mochte ihn.«

Cullen lächelte sie an und nickte.

»Ich werde noch etwas bei ihm wachen. Später kannst du Ursa holen, sie kümmert sich dann um ihn.«

Die Tür zur Werkstatt war offen, und Annik sah Ursa, die die ungebrannten Schalen und Krüge betrachtete.

»Er wird mir fehlen, der alte Erwan. Er konnte gut mit dem Ofen umgehen.«

»Wirst du überhaupt noch einmal brennen?«

»Aber warum denn nicht?«

Ursa zog einen Mundwinkel hoch und sah Annik wissend an. Annik übersah es geflissentlich und musterte ebenfalls die Borde. Ein Glitzern fiel ihr ins Auge, und überrascht stellte sie fest, dass Ulpia Rosinas Stilett noch dort lag. Sie nahm es in die Hand und betrachtete es.

»Ursa, wenn du ins Haus gehst und den Herrschaften von Erwans Tod berichtest, dann gib der Domina dieses Messer zurück. Sie hat es hier vergessen.«

»Ja, natürlich.«

Ursa nahm den Dolch und verließ die Werkstatt.

Martius hatte noch mit Cullen ein paar Worte gewechselt, doch der Barde hatte ihn bald gebeten, ihn bei Erwan alleine wachen zu lassen. So war er wieder zu Anniks Häuschen gegangen und wartete dort auf sie. Die Dämmerung hatte eingesetzt, und er hatte eines der Öllämpchen angezündet und auf den Tisch gestellt.

»Der Alte hat gewusst, wer du bist?«

Sie setzte sich zu ihm an den Tisch und stützte die Arme auf. Leichte Trauer lag in ihrer Stimme, als sie antwortete.

»Er hat mich zumindest stets mit Achtung behandelt, auch wenn er nicht gerade gerne für mich gearbeitet hat.«

»Annik, Liebe hin oder her, eins sollst du wissen – Achtung habe ich immer für dich empfunden.«

»Danke, Martius. Wann wirst du deine Reise antreten?«

»Der Senator plant, an den Kalenden des März aufzubrechen. In ungefähr zwei Wochen.«

»Ich hoffe, du kommst vorher noch einmal vorbei. Falco wird es dir bestimmt gestatten.«

»Annik, ich fürchte, die Zeit wird nicht reichen. Ich muss wegen der Pferde noch einmal nach Novaesium, und dann hat der Senator die Hand auf mich gelegt.«

»Er wird ein weniger großzügiger Herr sein als Falco, vermute ich.«

Martius grinste.

»Schade, dass Falco nicht mitkommt. Er ist schon ein fantastischer Kerl. Er hat mir eine derart derbe Strafpredigt gehalten, dass mir nach wie vor die Ohren klirren. Aber seine Anschuldigung war ungerecht. Ich habe den Einheimischen keine Informationen über unsere Truppenbewegungen oder so was gegeben. Als er fertig war mit seiner Standpauke hat er mich allerdings angehört, und ich denke, ich konnte ihn überzeugen.«

»Ich habe eigentlich nie geglaubt, dass du bewusst den Unruhestiftern zugearbeitet hast. Aber der Barde ist ein geschickter Junge. Er kann dir Dinge entlocken, ohne dass du etwas davon merkst. Und du hast dich häufig mit ihm unterhalten, nicht wahr?«

»Du genauso, Annik. Auch von dir könnte er eine Menge erfahren haben.«

»Ich glaube kaum. Ich habe mich ausschließlich über seine Traditionen, die hiesigen Götter und die religiösen Feiern unterhalten. Und ihn hin und wieder gewarnt, sich mit den Römern anzulegen.«

»Ach ja, Annik, ist dir aufgefallen, dass der alte Mann ihn Cullen, Kados Sohn, genannt hat?«

»Ja, und?«

»Hast du jemals die Liste der Hingerichteten vom Saturninus-Aufstand gesehen?«

»Leider nein. Valerius Corvus hatte sie. Kennst du sie?«

»Falco hat mir die Originalaufzeichnungen zur Durchsicht gegeben.«

»Stand dieser Kado da drauf?«

»O ja, zumindest ein Kado, Gaelix' Sohn.«

»Das ist Cullens Vater.«

»Richtig. Und er ist gewiss nicht wegen seines Glaubens hingerichtet worden. Hier macht sich unser junger Barde etwas vor, denke ich.«

»Oder uns.«

»Oder uns. Nun ja, es dürfte uns beide wohl nicht mehr allzu sehr betreffen, Annik. Ich ahne, dass du bald in die Colonia ziehen wirst. Als Dame, nicht als Töpferin. Habe ich Recht?«

»Ein wenig. Es ist noch nichts entschieden.«

»Vielleicht werden wir eines Tages voneinander erfahren, was das Schicksal für uns bereithält. Nun gut, Annik. Es ist dunkel geworden, ich muss heute noch in die Colonia reiten. Kannst du mir etwas als Wegzehrung geben?«

»Oh, Martius, das tut mir Leid. Ich habe keine Vorräte hier, Ursa war anderweitig beschäftigt, als ich zur Küche ging. Aber wenn du bei ihr vorbeischaust, wird sie dir sicher etwas geben. Brot, Fleisch, Käse und Kuchen hat sie immer da. Und einen warmen Trunk sicher auch. Sag ihr, dass ich dich geschickt habe.«

»Gut, dann leb wohl, Anna, meine Fürstin.«

»Leb wohl, Rayan, mein Freund.«

Er umarmte sie rasch und ging dann mit schnellen Schritten den Weg zur Villa hinauf.

Sie sah ihm nach, diesem großen, mutigen Gallier, der jetzt mit Stolz die rote Tunika der Legionäre trug und den mit glänzendem Metall besetzten Lederpanzer. Das Schwert war an seine Seite gegürtet.

Er war auf dem Weg nach Rom.

30. Kapitel

In der Küche

Als Martius über den Wirtschaftshof der Villa zum Kücheneingang ging, wurde er Zeuge eines heftigen Wortwechsels. Cullen stand neben dem Herd und sprach auf Ursa ein. Sie drehte sich zornig zu ihm um.

»Junge, die Gelegenheit ist mehr als günstig.«

»Es ist zu gefährlich, solange dieser Senator noch hier ist!«

»Du bist ein Feigling!«, zischte sie, und er antwortete empört: »Mutter!«

Martius klopfte vernehmlich an den Türrahmen, und die beiden drehten sich ruckartig zu ihm um. Der Ausdruck blanken Entsetzens in Ursas Gesicht hielt nur einen Wimpernschlag lang an, sofort hatte sie ein freundliches, einladendes Lächeln auf den Lippen.

»Der Legionär Martius! Komm herein, junger Mann.«

»Ich wollte nicht stören, aber Annik sagte, du könntest mir noch etwas zu essen geben, bevor ich aufbreche.«

»Aber natürlich. Komm, setz dich dort auf die Bank am Herd. Da ist es warm. Und ich habe hier noch kaltes Fleisch, ein Brot und ganz frischen Honigkuchen. Möchtest du gewürzten Wein oder lieber Met oder Bier trinken?«

»Gibt mir, was du hast, ich bin so hungrig, dass ich meine Sandalen aufessen könnte.«

Sie tischte ihm reichlich auf und stellte ihm einen Becher mit stark gewürztem Wein hinzu. Er aß schnell und ohne ein weiteres Wort. Cullen hatte sich in eine dunklere Ecke zurückgezogen und bewies einmal mehr seine Fähigkeit, sich weitgehend unsichtbar zu machen. Ursa hingegen verschwand im Vorratsraum und kam erst zurück, als Martius sein Mahl beendet hatte. Sie trug Töpfe und einen Krug bei sich.

»Danke, Ursa. Es war köstlich. Aber nun muss ich eilen. Ich werde bis Mitternacht in der Stadt erwartet.«

»Dann mach dich auf den Weg. Aber diesen Becher Wein solltest du noch trinken. Er wird dir den Leib wärmen in der kalten Nacht!«

Martius lachte und trank den Becher in einem Zug aus.

»Du mischst einen köstlichen Würzwein, Ursa.«

Den schweigenden Barden übersah er in seiner Eile aufzubrechen. Er verließ die Küche, und Ursa zog die Tür hinter ihm zu.

»Schwachkopf!«, sagte sie leise zu Cullen, ihrem Sohn.

Er nickte betreten.

»Er ist zwar nicht der Hellste, unser Legionär Martius, aber selbst ihm wird aufgehen, was es bedeutet, dass ich deine Mutter bin. Ich hatte dir verboten, mich hier zu besuchen. Selbst wenn er die volle Wahrheit nicht ahnt, wird er dem Praefecten Falco davon berichten. Der wird auf jeden Fall die richtigen Schlüsse ziehen.«

»Was sollen wir tun?«

»Du tust etwas! Meinen Teil habe ich schon erledigt. Der Wein war mit einem starken Schlafmittel versetzt. Geh ihm nach. Er wird bald auf seinem Gaul einschlafen. Sorg dafür, dass er niemandem mehr etwas erzählen kann. Hier ist Rosinas Dolch. Er wird den Verdacht auf sie lenken.«

»Ich kann ihn doch nicht umbringen!«

Mit Panik im Blick starrte der Barde seine Mutter an.

»Du hast uns verraten, also sieh zu, dass du den Fehler wieder gutmachst.«

»Aber …«

»Er ist nur ein römischer Legionär. Solche wie er haben deinen Vater getötet. Solche wie er haben vor Jahren meine Angehörigen ermordet. Wenn er sein Wissen weitergibt, werden wir sterben. Und alle, die zu uns gehören, ebenfalls.«

Wortlos nahm Cullen das Stilett und verschwand lautlos in der Dunkelheit.

31. Kapitel

Das Opfer

Als Martius gegangen war, saß Annik eine Weile still auf der Bank und starrte in das Flämmchen der Lampe. So endete ein Teil ihres Lebens, und ein neues Kapitel begann. Sie ließ die Vergangenheit noch einmal aufleben. Ihre Kindheit, in der Martius, damals Rayan, ein Spielgefährte war, der ihr an Ungebärdigkeit gleichkam, mit dem sie Abenteuer suchte und gemeinsame Triumphe und Niederlagen erlebt hatte. Sie hatten zusammen die Strafen auf sich genommen, wenn die Erwachsenen wieder einmal der Meinung waren, ihre allzu derben Späße in Grenzen halten zu müssen. Sie hatten einträchtig Blessuren davongetragen, wenn die Unternehmungen zu rau geworden waren, sie hatten um die Vorherrschaft in den jugendlichen Banden gekämpft, die sich um die Tochter des Stammesfürsten und den Sohn seines ersten Ritters scharten. Sie hatten ihre ersten Verliebtheiten beobachtet und mit Spott übergossen. Doch sie waren älter und ruhiger geworden, Annik hatte Jord geheiratet, Rayan war auf das Gestüt eines anderen Pferdezüchters geschickt worden, um dort seine Kenntnisse zu erweitern.

Dann war die Flut gekommen, und Annik war trotz ihrer bodenlosen Verzweiflung und Trauer froh gewesen, dass ihr Jugendfreund überlebt hatte. Es war eine tiefe Zärtlichkeit zwischen ihnen gewesen in diesen ersten Jahren der Einsamkeit. Doch als die Wunden bei ihnen beiden langsam heilten, war Annik allmählich bewusst geworden, dass sie unterschiedliche Wege gehen würden. Aber erst mit ihrer Entscheidung, ihr Land zu verlassen, das die gemeinsame Klammer darstellte, gestand sie sich wirklich ein, dass sie und Rayan keine gemeinsame Zukunft hatten. Sie brauchte einen anderen Gefährten. Einen, der ihr in jeder Hinsicht gewachsen war, der wie sie Verantwortung zu tragen bereit war.

Einen wie Valerius Corvus.

Das Flämmchen flackerte, als sie entschlossen aufstand und zu ihrer Truhe ging. Unter den Kleidern zog sie das Beutelchen hervor, das ihren wenigen Schmuck enthielt. Die goldenen Fibeln, den Ring, den Valerius ihr geschenkt hatte, und den Siegelring mit dem eingeschnittenen kleinen Pferdchen. Ihn nahm sie heraus, steckte ihn sich an den Finger und betrachtete ihn mit einer Mischung aus Wehmut und Heiterkeit. Sie beugte sich noch einmal über die Truhe und zerrte das Lumpenbündel hervor, in dem der feste Lederbeutel steckte. Sie betastete den Inhalt, legte den Beutel aber doch wieder zur Seite. Es war noch nicht die rechte Zeit, seinen Inhalt ans Licht zu holen.

Stattdessen nahm sie den dicken Wollumhang vom Haken an der Wand und wickelte sich hinein. Bevor sie das Haus verließ, steckte sie jedoch auch ihren Dolch in den Gürtel.

Das nördliche Törchen war nicht verriegelt, was sie etwas wunderte, und sie ließ es angelehnt, als sie hinausschlüpfte. Der abnehmende Mond stand hoch im Westen, für eine Weile würde er noch genügend Licht spenden, so dass sie die bekannten Pfade erkennen konnte. Ihr Weg führte sie zum Waldrand und dann zu der häufig besuchten Lichtung, auf der sich der Matronenstein befand.

Es war eine lange Zwiesprache, die sie mit den drei

Göttinnen führte, und schließlich zog sie den Dolch aus der Scheide und grub mit ihm ein kleines, aber tiefes Loch am Fuße des Weihesteins. Dort hinein ließ sie den Siegelring gleiten. Sie füllte das Loch wieder mit Erde und legte sorgsam das kleine Stück Grassode wieder darüber. Niemand, weder Mensch noch Tier, sollte diese Opfergabe je ausgraben.

Noch einmal bat sie die Matronen, ihr Geschenk gnädig anzunehmen und erbat ihren Segen für den Weg in ihr neues Leben.

Es war still in den Wäldern. Nicht einmal ein Windhauch ließ die Blätter flüstern. Sogar das Käuzchen schwieg.

Annik hätte gerne einen Priester oder eine Seherin befragt, ob dieses Schweigen eine Bedeutung hatte. So konnte sie nur ehrerbietig den Kopf vor dem Altarstein neigen und machte sich auf den Weg zurück.

Es war kurz nachdem sie aus dem Wald getreten war und über die Weiden geblickt hatte, die vor dem Gut lagen, als sie den Schatten bemerkte, der vor ihr über die Wiesen lief. Ein wehender Mantel, eine Kapuze, tief ins Gesicht gezogen, mehr konnte sie nicht erkennen, aber sie hatte das Gefühl, dass es sich um eine weibliche Gestalt handelte. Sie nahm Kurs auf das nördliche Törchen und verschwand dadurch hinter der Mauer.

Ärgerlich murrte Annik, denn wer immer vor ihr hinaus- und jetzt vor ihr hineingeschlüpft war, hatte vermutlich das Pförtchen verriegelt. Nun musste sie durch das Haupttor und dem Pförtner Rede und Antwort stehen. Dazu hatte sie eigentlich wenig Lust. Aber es war die einzige Möglichkeit, und sie wendete sich in die entsprechende Richtung. Sie gab dem Mann am Tor an, dass sie für Erwan im Wald ein Totenopfer gebracht habe, und der Germane zuckte mit den Schultern. Die Gebräuche der Gallier waren zwar nicht die seinen, aber Achtung vor den Toten hatte er auch, und Annik, die Töpferin, hatte sich besonders verantwortlich für den alten Saufaus gezeigt. Ihre Sache.

Als sie innerhalb der Mauern war, packte sie doch die Neugier. Sie suchte nicht sofort ihr Haus auf, sondern ging noch einmal zur nördlichen Pforte. Sie war jetzt in der Tat verriegelt, und in der zuvor dunklen Glasschleifer-Werkstatt brannte nun Licht. Nachdenklich fragte sie sich, was Rosina Ulpia in dieser Nacht in den Wäldern unternommen hatte. Wahrscheinlich war es ein letztes Treffen mit Martius gewesen, aber es war sehr unvorsichtig von ihr. Annik hoffte, dass sie wenigstens das Stilett bei sich gehabt hatte, das sie an diesem Nachmittag Ursa gegeben hatte.

Am folgenden Tag versammelten sich die Bewohner des Gutes, um Erwan zu begraben. Er hatte keine Familie mehr, und so fand sich für ihn ein Platz auf dem Grund des Besitzes. Valerius Corvus hatte angeboten, die Zeremonie zu leiten, aber es war ein blasser, unglücklich aussehender Cullen, der den alten Ofensetzer nach den Riten der Gallier der Erde übergab und ihn der Obhut seiner Götter anvertraute. Gratia und Ulpia Rosina waren ebenfalls dabei, und als sich die Gemeinschaft schließlich verstreute und jeder wieder seinen Aufgaben nachging, schloss die Hausherrin sich Annik an.

»Ich möchte mit dir reden«, sagte sie kurz angebunden. Auch sie wirkte an diesem neblig grauen Morgen blass und unglücklich. Annik wusste sehr wohl, warum, aber von sich aus mochte sie das Thema Martius nicht ansprechen.

Rosina tat es von sich aus, als sie in der Glasschleifer-Werkstatt angekommen waren.

»Er geht fort. Er hat es dir gesagt, nicht wahr?«

»Ja, er geht nach Rom. Sein sehnlichster Wunsch, stärker als alles andere, Domina.«

»Und Valerius Corvus verlässt mich auch.«

Annik spielte mit einem gläsernen Pokal, der noch keine Verzierung erhalten hatte. Sie wusste darauf wenig zu sagen.

»Glaub nicht, dass ich es dir übel nehme, Annik. Du weißt nur zu gut, dass ich mit meinem Gatten keine Ehe geführt habe. Ach, die Götter wissen, ich wäre lieber eine einfache Handwerkerin geworden als eine vornehme Dame. Vielleicht hätte ich sogar einen Mann gefunden, mit dem ich über meine Arbeit hätte sprechen können. Einer, der die gleichen Interessen hat, der – Schönheit schaffen will. Aber meine Familie ist zu vornehm für so etwas.«

Sie schlug die Hände vor das Gesicht und weinte leise.

»Seht die Zukunft nicht zu düster, Domina. Ihr habt noch immer Eure Kunst.«

»Meine Kunst – dilettantisches Herumkratzen auf Glas.«

»Aber wirklich nicht. Ihr seid außerordentlich begabt.«

»Na und? Wärmt mir das mein Bett?«

Annik schwieg.

Ulpia Rosina schaute plötzlich auf und sagte mit giftiger Stimme: »Sie haben sich das hübsch ausgedacht, die Männer. Wusstest du, dass Falco bereit ist, das angeschlagene Glas zu übernehmen?« Mit unerwartet heftiger Wut warf Rosina Ulpia eine Glasschale an die Wand, wo sie mit einem Klirren in tausend Scherben zersprang. »Aber er wird sich das noch gut überlegen. Er bekommt nicht nur beschädigte Ware, er bekommt auch noch eine ungebetene Draufgabe!«

»Seid Ihr schwanger, Domina?«

»Bin ich. Und leider werde ich es auch bleiben. Diese Hexe, zu der Ursa mich geschickt hat, will mir das Kind nicht wegmachen. Zu gefährlich bei einer Dame wie mir.«

Ein weiteres Glas zerschellte an der Wand.

»Dieser verdammte, dieser verfluchte Feigling. Dieser selbstsüchtige, rücksichtslose Kerl!«

Sie brach wieder in Tränen aus. Annik stand auf und nahm sie in die Arme. Auch sie war im Augenblick ratlos. Es mochte ja ein passendes Arrangement sein, wenn Falco nach der Scheidung Rosina heiratete, aber der Scheidungsgrund – der Nichtvollzug der Ehe mit Valerius Corvus – brachte beide Männer in den Ruf, gehörnt worden zu sein.

Sacht wiegte sie die von Schluchzern geschüttelte Rosina in den Armen, während ihr die verschiedensten Möglichkeiten durch den Kopf gingen. Keine kam nur irgendwie annähernd in Frage, ohne dass die Beteiligten in irgendeiner Form bloßgestellt würden. Es wäre wahrhaft das beste, wenn sie das Kind verlöre. Aber es war nicht ungefährlich.

»Wie lange schon, Domina?«, flüsterte sie in die Haare der Weinenden.

»Beinahe vier Monate!«

Annik seufzte. Viel zu gefährlich. Und mit einem Schauder dachte sie an die Fehlgeburt, die sie etwa in jenem Stadium gehabt hatte. Nach der sie nie wieder empfangen hatte.

Ein Fünklein entzündete sich in ihrer Brust. Ein winziger Hoffnungsschimmer. Eine verrückte Lösung. Eine, die einen schmerzlichen Verzicht auf der einen Seite und viel Toleranz auf der anderen voraussetzte, aber nicht gänzlich unmöglich war. Die, wenn sie es recht betrachtete, sogar eine geradezu glänzende Möglichkeit wäre.

»Annik?« Ulpia Rosina hatte bemerkt, wie sich Anniks Körper straffte, und sie sah mit verweinten Augen auf. »Was denkst du?«

»Ulpia Rosina, wärt Ihr bereit, das Kind zur Welt zu bringen und anschließend sofort darauf zu verzichten? Obwohl es von Martius stammt?«

»Ich will das Kind nicht. Ich will nichts, was mich an ihn erinnert. Nichts, schon gar nicht sein Kind!«

»Nun ja. Es gäbe da einen Ausweg. Aber wir werden uns einiges überlegen müssen, wenn wir es so durchführen wollen, wie ich es mir denke.«

»Wenn du mir hilfst, Annik, ich bin zu allem bereit.«

»Das Kind wird etwa im Juli geboren, wenn Eure Rechnung stimmt. Es hängt alles ein wenig davon ab, wann Valerius zum Statthalter von Nordgallien ernannt wird und wann er sich dorthin begibt. Aber ich denke, man kann das bald überschauen. Ich muss natürlich mit ihm darüber sprechen, und auch Ihr müsst ihm die ganze Wahrheit sagen.«

»Bei Minerva, Annik, was hast du vor?«

»Euer Kind als das meine auszugeben.«

»Du bist wahnsinnig! Das ist ein Opfer, das du …«

»Ulpia Rosina! Ich habe zwei Kinder verloren. Ich bin seit der letzten Fehlgeburt unfruchtbar. Für mich wäre es ein Geschenk.«

»Aber Valerius? Du kannst ihm das nicht antun, das Kind eines anderen Mannes!«

»Er weiß, dass ich keine Kinder bekommen kann. Er ist durchaus bereit, das Kind eines anderen Mannes zu akzeptieren, denn er hat davon gesprochen, einen Sohn zu adoptieren, wenn er einen Erben wünscht.«

»Du kannst ihm keinen Erben schenken, du wirst nur seine Konkubine sein.«

»Richtig, ich wollte damit auch nur andeuten, dass er

wahrscheinlich nichts dagegen hat, sich um ein fremdes Kind zu kümmern.«

»Ist er ein so großherziger Mann?«

»Ja, Rosina, das ist er. Ihr habt ständig nur sein Äußeres gesehen, und das hat Euch abgestoßen. Ich weiß, gegen solch tiefe Abneigungen kann man nicht viel tun. Ich hatte nie Scheu vor Wunden und Narben. Mein Vater war ein alter Haudegen, seine Gefolgsleute in vielen Scharmützeln erprobt, die Fischer und Jäger müssen in meiner Heimat mit einer Wildheit der Elemente leben, die Ihr nicht kennt. Es gehört dazu, dass ein Mann, genauso wie die Frauen, Verletzungen erhalten, die Narben hinterlassen. Valerius hat eine furchtbare Wunde erlitten, und er hat den Tod besiegt. So sehe ich das.«

»Ich hätte dich früher kennen lernen müssen, Annik. Ich war so einsam, als man mich hierher schickte. Ich hatte meinen Geliebten verloren und sein Kind, das ich so gerne hätte heranwachsen sehen. Ich konnte mit niemandem sprechen, man hat mir über alles das zu schweigen geboten. Und von einem Tag auf den anderen wurde ich mit einem völlig fremden, viel älteren und verkrüppelten Mann verheiratet. Niemand hatte Verständnis für mich, niemand hat mir von Valerius Corvus' Schicksal erzählt, keiner hat es mir so erklärt, wie du es jetzt getan hast.«

»Nun ja, aber jetzt ist es so, wie es ist, Rosina, und wir wollen sehen, ob wir daraus nicht das Beste machen können. Je mehr ich darüber nachdenke, desto idealer erscheint mir die Lösung. Ihr werdet natürlich bis zur Geburt hier auf dem Gut bleiben müssen und Euch so wenig wie möglich den Besuchern zeigen. Mag sein, dass es etwas einsam wird.«

»Ich habe sowieso keine Lust, mich mit Menschen zu treffen.«

»Gut. Auch ich werde mich zumindest in den letzten Monaten hier aufhalten, aber wenn das Kind geboren ist, werde ich schnellstmöglich mit ihm zu Valerius in das Haus in der Stadt ziehen. Und wenn wir nach Armorica gehen, wird dort erst recht niemand wissen, dass es nicht mein Kind ist.«

»Aber es ist rechtlos, das musst du bedenken. Das Kind einer Konkubine.«

Annik lächelte Ulpia Rosina an und schüttelte den Kopf.

»Nein, Rosina, dieses Kind hat eine Mutter. Ich habe zwar auf mein Erbe verzichtet, aber diese Tochter oder dieser Sohn können Anspruch erheben auf die Führerschaft meines Volkes. Rosina – es spielt auch noch etwas anderes eine Rolle dabei. Es ist das Kind meines Freundes Rayan, einem Abkömmling aus unserem besten Rittergeschlecht. Ich werde dieses Kind zu einem Fürsten erziehen, und Valerius Corvus ist der Mann, der machtvoll genug ist, seinen Anspruch, den es durch mich hat, durchzusetzen.« Sie lachte auf und sagte dann mit einem Grinsen: »Er hat ihn gegen einen entfernten Vetter von mir durchzusetzen. Der Ärmste ist ein braver Mann, aber gegen Valerius Corvus hat er keine Chance.«

»Es ist vollkommen verrückt, Annik. Aber ich glaube, du hast wirklich eine Lösung gefunden. Es könnte so gehen – wenn Valerius und Falco zustimmen.« Ulpia Rosina stand auf und kniete sich vor Annik, der Töpferin, hin und legte ihr mit einem Aufatmen der Erleichterung den Kopf in den Schoß. »Danke, meine Freundin.«

Annik lachte und streichelte ihr die dunklen Haare.

»Es würde Martius zutiefst beglücken, wenn er wüsste, dass sein Kind in seiner Heimat einst eine führende Rolle übernimmt.«

Ulpia Rosina nickte.

»Ja, vielleicht werde ich es auch einmal so sehen, wenn die Bitterkeit vergangen ist.«

»Und nun steht bitte auf, Domina. Wir haben ab jetzt unsere Rollen zu spielen.«

»Natürlich. Ich werde hier ein wenig arbeiten. Es beruhigt mich und lässt meine Gedanken zur Ruhe kommen.«

»Ich werde das Gleiche tun. Aber wir sollten Valerius so bald wie möglich von unserem Plan in Kenntnis setzen. Wollt Ihr mit ihm sprechen?«

Ulpia Rosina schwieg einen Moment, dann sagte sie: »Nein, tu du es. Nicht, weil ich zu feige bin, aber es mag dein Wort ihn milder stimmen.«

»Möglich. Dann gebt ihm zu verstehen, dass ich mit ihm sprechen muss.«

»Komm doch heute Abend zum Essen ins Haus. Es sind keine Gäste mehr da, die stören könnten.«

»Lieber nicht, Domina. Es gibt zu viele Lauscher, die ihre Ohren neugierig spitzen. Es wäre besser, er käme zu mir. Oder würde eventuell sogar mit mir ausreiten. Es ist ein zu heikles Geheimnis, das wir hüten. Selbst hier sollten wir beide nicht mehr darüber reden.«

»Ja, ich verstehe.« Aber dann legte sie Annik doch noch einmal scheu die Hand auf den Arm. »Du bist beinahe so etwas wie eine Schwester für mich geworden. Ich danke dir sehr, Annik.«

Annik nahm ihre Hand und hielt sie fest.

»Ihr wart es doch, die die Töpferin aus dem Barbarenland freundlich aufgenommen hat. Ihr habt mich ins Haus eingeladen, von Euch habe ich die Feinheiten des römischen Lebens gelernt, Ihr habt meine Arbeit geachtet und mir unzählige kleine Freundlichkeiten erwiesen.«

Ulpia Rosina hatte plötzlich ein kleines Zwinkern in den Augen.

»Ja, und das, obwohl du damals, als ich dich zum ersten Mal traf, ruß- und blutverschmiert aus dem Ofen gefahren kamst wie eine der schaurigen Lamien der Nacht.«

»Und Ihr zu einem anmutigen Bündelchen Leinen zu meinen Füßen wurdet!«

Sie kicherten beide, dann stand Annik auf und ging zur Tür.

Sie war auf ihrem Weg zur Werkstatt, als der Bote auf dem schäumenden Pferd eintraf. Neugierig machte sie kehrt und folgte ihm zur Villa.

»Große Neuigkeiten!«, rief der Mann atemlos und sprang vom Pferd. Ein Stalljunge lief hinzu und nahm die Zügel, auch andere drehten sich um, und plötzlich schien alles, was Beine hatte, auf den Eingang der Villa zuzuströmen.

Valerius Corvus, der Hausherr, erschien auf der Treppe. »Sprich, Mann!«

»Caesar Nervas ist tot. Er starb vier Tage vor den Kalenden des Februars. Marcus Ulpius Nerva Traianus ist Caesar! Publius Aelius Hadrian, sein Sohn, hat heute Morgen die Nachricht persönlich überbracht.«

Plötzlich wurde es Annik kalt, und sie begann zu zittern.

Die Zukunft hatte begonnen.

Der Herr des Hauses bedankte sich bei dem Boten und schickte ihn in die Quartiere. Sie wusste, Valerius würde sofort aufbrechen, dem neuen Kaiser seinen Respekt zu erweisen. Er war sein Vertrauter und sein alter Freund. Mit eiligen Schritten ging sie zu ihrem Häuschen zurück. Rasch warf sie den Alltagskittel ab und holte die lange Tunika und ihre blaue Stola aus der Truhe. Die meisten neuen Kleider hatte sie im Haus in der Colonia gelassen, doch die warme, goldbordierte Palla in dem dunklen Blau hatte sie mitgenommen. Sie legte sie an, dann löste sie ihre Zöpfe und ließ die Haare lang über den Rücken wallen. Zu guter Letzt griff sie noch einmal in die Truhe. Nachdenklich wog sie den festen Lederbeutel in der Hand, dann öffnete sie ihn entschlossen und holte heraus, was seit Jahren unberührt darin verborgen lag. Es war das einzige Erinnerungsstück an ihren Vater. Sie hatte es Tage nach der großen Flut gefunden, am Strand ihrer Insel, halb verborgen im Sand. Glänzend und schwer lag es nun in ihrer Hand – fein ziselisiertes, massives Gold. Ein Halsreif, beinahe kreisrund, doch nicht ganz geschlossen. Die beiden Enden liefen in je einem stilisierten Vogelkopf aus.

Sorgfältig legte sie den Torques um ihren Hals und spürte das kühle Gewicht. Doch Gold erwärmt sich schnell, und als sie vor die Tür trat, hatte er die Temperatur ihres Körper angenommen.

Es war genau der richtige Zeitpunkt. Vor dem Eingang der Villa tänzelte bereits Valerius' Rappe, und der Bote hielt ein frisches Pferd am Zügel.

Valerius Corvus kam aus dem Haus, schwang sich auf den Pferderücken und ritt langsam den Weg zum Haupttor hinunter. Er bemerkte sie wenige Schritte vor ihrem Haus, zügelte das Pferd und stieg noch einmal ab. Sie wusste, dass unzählige neugierige Augen auf ihr ruhten, wie sie so dastand. In der kühlen Brise wehte ihr langes Haar wie ein Schleier und leuchtete im klaren Sonnenlicht. Der Torques aber funkelte an ihrem Hals, und ihre Haltung war königlich.

»Annik! Ich muss in die Stadt. Du verstehst das.«

»Natürlich, Valerius.«

»Komm nach, sobald du kannst.«

»Es wird dich stören.«

»Nein, niemals. Es wäre sogar von Vorteil.«

»Nun – dann!« Sie lächelte ihn strahlend an. »Gerne, Dominus!«

Auch er lächelte, verbeugte sich respektvoll vor ihr und sagte: »Bald, Era – meine Herrin.«

Er war schon aus dem Tor, aber sie sah ihm unverwandt nach. Eine Schar Raben hatte sich erhoben und kreiste krächzend und schreiend über den noch winterkahlen Feldern.

Wieder überkamen Annik zitternde Schauder.

32. Kapitel

Falcos Besuch

Bevor sie Valerius in die Colonia folgen wollte, hatte Annik sich vorgenommen, all die Arbeiten zu Ende zu führen, die sie angefangen hatte. Es war mühselig, ohne die versierten Kenntnisse und die Hilfe Erwans den Töpferofen anzuheizen und in Gang zu halten. Aber Ilan, sehr gedämpft in den vergangenen Tagen, ging ihr so eifrig zur Hand, dass sie es gemeinsam dann doch schafften. Auch Gratia hatte sich eingefunden und half, den noch warmen Ofen auszuräumen. Sie vibrierte förmlich vor Neugierde, hielt sich aber, solange Ilan in Hörweite war, löblich zurück. Annik vermutete, dass sie sich einiges zusammengereimt hatte, obwohl die Erwachsenen sich noch nicht die Mühe gemacht hatten, ihr alles zu erklären.

Als Ilan schließlich zu seinen Pflichten in den Ställen zurückgekehrt war, platzte sie schließlich heraus: »Annik, stimmt es, dass du eine Barbarenkönigin bist?«

»Nein, Gratia. Ich bin eine Töpferin.«

»Aber gestern – ich meine, alle sagen, dass sich sogar mein Vater vor dir verbeugt hat.«

»Dein Vater ist ein höflicher Mann.«

»Mein Vater ist in dich verliebt.«

Annik lächelte Gratia fröhlich an.

»Komm in mein Haus. Ich habe süßen Früchtekuchen da und heißen Kräutertee. Es ist kalt hier in der Werkstatt.«

»Und du erzählst mir, was los ist, ja? Niemand sagt

mir was, aber alle konferieren leise miteinander, und es hat nicht nur etwas mit dem neuen Kaiser zu tun!«

»Gratia, ich weiß auch nicht alles.«

Sie schloss die Tür ihres Häuschens hinter sich und legte ein dickes Holzscheit in den Ofen.

»Du weißt zumindest viel mehr als ich. Sag, bist du die Geliebte meines Vaters? Bist du deswegen so lange in der Colonia geblieben?«

»Ja, Gratia. Ich bin es, und ich bin deswegen so lange bei ihm geblieben.«

»Siehst du, ganz doof bin ich nämlich nicht. Und was wirst du jetzt tun?«

»Das hängt von Valerius Corvus ab. Wahrscheinlich werde ich in den nächsten Tagen zu ihm reisen.«

Gratia senkte den Kopf und dachte nach.

»Was wird mit Ulpia Rosina?«, fragte sie schließlich.

»Das musst du sie selbst fragen.«

»Warum gibst du mir keine Antworten?«

»Weil ich nicht dazu berechtigt bin, Gratia. Dein Vater und deine Stiefmutter müssen dir von ihren Plänen berichten, nicht ich.«

»Mein Vater ist nicht hier, und Ulpia Rosina hat sich in ihre Räume verzogen und ist nicht ansprechbar. Weise Minerva! Ich habe doch ein Recht darauf zu wissen, was mit mir geschieht!«

Annik schüttelte traurig den Kopf. Sie konnte durchaus mit dem Mädchen mitfühlen, aber sie wollte nicht vorgreifen. Alles, was entschieden worden war, würde ihr Schmerzen bereiten. Anderes war noch nicht entschieden. Sie selbst würde Valerius natürlich vorschlagen, dass Gratia sie begleiten möge, aber wahrscheinlicher war es, dass er sie wie geplant in Pompeia Plotinas Obhut geben würde, die nach einem geeigneten Gatten für sie suchen würde.

»Annik, ist es wahr, dass mein Vater von Traian zu einem Provinzstatthalter ernannt wird?«

»Er ist ein enger Vertrauter des neuen Kaisers, Gratia.«

»Also stimmt es.« Sie überlegte eine Weile und knabberte dabei an einer Scheibe Kuchen. »Er wird von hier fortgehen. Gehst du mit?«

Annik goss kochendes Wasser über die getrockneten Kräuter in einen Krug und antwortete nicht.

»Du gehst mit. Ich verstehe. Und Rosina? Nein, sie nicht. Auch das Gerücht wird stimmen. Er lässt sich von ihr scheiden, nicht wahr?«

Annik rührte die Kräuter um und seufzte. Ob sie etwas sagte oder nicht, Gratia war klug genug, auch aus dem Nichtgesagten ihre Schlüsse zu ziehen. Sie war darum dankbar, dass es an ihrer Tür klopfte.

»Herein!«, rief sie und ignorierte Gratias missmutiges Gesicht. Zu ihrem Erstaunen trat Falco ein und grüßte sie freundlich.

»Praefect Aurelius Falco, welche Ehre!«

»Keine sonderliche Ehre, ich muss mit dir sprechen, Annik.«

»Gratia!«

»Ach, redet nur miteinander, lasst euch durch mich nicht stören.«

»Hast du ganz bestimmt keine Lektionen heute Nachmittag?«

»Nein, das ist vorbei. Meine Lektionen lerne ich jetzt durch das Leben.«

»Große Worte für ein kleines Mädchen!«, beschied Falco sie.

»Ich bin kein kleines Mädchen mehr, das solltest auch du allmählich zur Kenntnis nehmen. Ich bin die Tochter von Valerius Corvus, einem einflussreichen Mann mit großer Zukunft.«

»Ja, Domina.«

Leicht spöttisch verbeugte sich Falco in ihre Richtung. Es war klar, dass sie sich nicht fortschicken lassen würde. Darum sagte er zu Annik: »Es ist ein ungewöhnlich milder Winter in diesem Jahr. Selten haben wir so wenig Schnee und Frost im Februar erlebt.«

Annik ging auf das Spiel ein.

»Ja, ich hatte gefürchtet, dass es kälter würde. Es erinnert mich fast an das milde Klima in meiner Heimat.«

»Der Schnee wäre viel wünschenswerter, muss ich sagen. Derzeit führt der Rhein starkes Hochwasser. Es ist uns beinahe unmöglich, auf die andere Seite zu kommen.«

»Ach ja, eine lästige Schwierigkeit. Aber ich bin sicher, deine Truppen bewältigen das.«

»Mit Mühen. Aber es hat auch Vorteile, das warme Wetter. Die Wölfe sind in den Wäldern geblieben!«

»Oh, an die Wölfe habe ich gar nicht gedacht.«

»In den sehr kalten Wintern hungern sie, und dann suchen sie die Nähe der menschlichen Siedlungen auf.«

Gratia unterbrach das Gespräch mit einem unwilligen Laut.

»Du willst doch nicht behaupten, dass du gekommen bist, um mit Annik über das Wetter zu plaudern, Falco!«

»Nein? Warum nicht? Ich finde es ein sehr ergiebiges Thema!« Und zu Annik gewandt, meinte er: »Also, da die Gefahr durch Wölfe verhältnismäßig gering ist, hättest du Lust, mit mir auszureiten?«

»Aber gerne, Falco. Ich gebe nur Ilan Bescheid, dass er mir ein Pferd aufzäumt.«

»Ach ja, für mich auch eines, Annik. Ich begleite euch.«

»Natürlich, gerne. Nur solltest du etwas Passenderes anziehen, Gratia. In diesem hübschen Gewand würde es dir sehr schnell zu kalt werden«, meinte Falco mit einem freundlichen Lächeln.

Sie sandte ihm einen giftigen Blick und stand auf.

»Ich bin mir sicher, ihr werdet nicht auf mich warten! Aber ich werde euch folgen, keine Sorge.«

Sie stob aus dem Häuschen, und Annik nahm ihren Umhang vom Haken.

»Eil dich, Annik.«

»Schon verstanden!«

Sie zäumte ohne Ilans Hilfe eine braune Stute auf und war aus dem Tor geritten, bevor Gratia zurückkam.

Falco und sie galoppierten ein Stück, bevor er in eine langsamere Gangart verfiel.

»Sie meint es nicht böse, Falco, aber man hat sie bisher im Unklaren über die Entwicklungen gehalten, darum ist sie so begierig herauszufinden, was geschehen ist. Und welche Auswirkungen das auf ihr Leben hat.«

»Ich verstehe. Corvus hätte mit ihr reden sollen.«

»Es ging alles sehr schnell. Aber nun sag, was ist passiert, Falco?«

»Annik, wann war Martius zuletzt bei dir?«

»Vor drei Tagen, als Erwan starb. Warum?«

»Wann war er bei dir?«

»Nachmittags. Er blieb bei mir bis zur Dämmerung, dann habe ich ihn in die Küche geschickt, damit er sich eine Wegzehrung geben lassen konnte. Er wollte noch am selben Abend in die Colonia reiten.«

»Dort ist er nicht angekommen.«

»Was?«

»Nein. Und sein Pferd kam am nächsten Tag ohne ihn zu seinem Stall zurück. Ich hätte mich viel früher um seine Abwesenheit kümmern müssen, aber dann kam Hadrian mit den Neuigkeiten, und alles ging ein wenig durcheinander.«

»Was vermutest du, Falco? Ich habe ihn bei mir nicht versteckt! Ich hätte ihn sowieso nicht halten können, er war viel zu euphorisch, dass er nach Rom gehen sollte.«

»Ja, so schien es mir auch. Annik, was habt ihr miteinander gesprochen? Gab es irgendeinen Hinweis, dass er desertieren wollte?«

»Absolut nicht. Nein, er wollte mich überreden, nach Rom mitzukommen. Er war dann dabei, als der alte Ofensetzer starb, wir sprachen über die alten Zeiten und über unsere gemeinsamen Erinnerungen.«

»Hat er Ulpia Rosina erwähnt?«

»Ja.«

»War er bei ihr?«

»Bevor er mich aufgesucht hat, ja.«

»Du wusstest von ihrem Verhältnis?«

»Seit November ahnte ich es, Anfang Dezember bekam ich Gewissheit. Durch Rosina selbst.«

»Oh. Mh.«

»Falco, was für einen Verdacht hast du?«

»Ist Ulpia Rosina im Haus?«

»Ich denke schon. Ich habe vorgestern mit ihr gesprochen, nachdem wir Erwan begraben haben.«

»Seither nicht mehr?«

»Du glaubst doch wohl nicht, dass die beiden miteinander fortgegangen sind? Martius ohne sein Pferd?«

»Weißt du, wie viele Pferde in Corvus' Ställen stehen?«

»Wir werden es herausfinden, wenn wir zurückreiten. Aber wirklich vorstellen kann ich es mir nicht, Falco!«

»Nein, ich glaube auch nicht ernsthaft, dass Martius mit Ulpia Rosina durchgebrannt ist, aber es ist eine Möglichkeit, die wir nicht ausschließen dürfen. Sie wäre mir lieber als die andere. Die ist nämlich viel schlimmer. Darum reiten wir jetzt zum Dorf und fragen mal herum, ob ihn jemand gesehen hat. Oder besser, du fragst, ich halte mich im Hintergrund.«

Annik war es beklommen zumute, als sie die ersten Hütten der kleinen Ansiedlung vor sich sahen. Sie ritt voraus auf den Marktplatz. Viele Menschen hielten sich nicht im Freien auf, aber vor der Taverne stand eine kleine Gruppe um zwei Holzschläger versammelt, die ihre Ladung abgeliefert hatten. Sie verstummten, als Annik heranritt. Sie hatte inzwischen einigermaßen die heimische Sprache zu verstehen gelernt und konnte sich auch verständlich machen. Sie stieg ab und fragte nach Martius, der, wie sie wusste, in dieser Taverne durchaus bekannt war.

»Nein. Er war nicht hier«, war die kurze Antwort.

»Er ist vor drei Tagen durch den Wald in die Colonia geritten. Hat ihn einer von euch zufällig getroffen?«

»Nein.« Wieder war die Antwort einsilbig, und Annik vermeinte ein deutliches Unbehagen in der Gruppe zu verspüren.

»Könnt ihr mir sagen, wo ich Cullen, den Barden, finde?«

Schulterzucken war die einzige Reaktion. Annik gab es auf. Wenn diese Leute nicht reden wollten, stieß sie hier auch weiterhin auf eine massive Mauer. Höflich grüßte sie die Männer und schwang sich wieder auf das Pferd. Falco hatte sich außer Sichtweite gehalten, und als sie ihn wiedertraf, sagte sie: »Sie wissen etwas, aber sie schweigen sich darüber aus. Ich habe ein entsetzlich schlechtes Gefühl.«

»Das teile ich, Annik.«

»Sie wollen mir auch nicht sagen, wo Cullen ist. Aber ich denke, wir werden ihn in seinem Haus im Wald antreffen.«

»Weißt du, wo es ist?«

»Ich werde es finden.« Sie ritten los, und als sie den Waldrand erreicht hatten, bemerkte Annik: »Übrigens – Martius hat etwas über ihn herausgefunden. Als Erwan starb, nannte er den Barden ›Kados Sohn‹. Dieser Kado stand auf der Liste der Rebellen aus dem Saturninus-Aufstand.«

»Was nur bestätigt, was ich vermutet habe.«

»Du siehst ihn als den Anführer der Unruhestifter?«

»Zumindest arbeitet er mit ihnen zusammen.«

Der Pfad, der durch den Wald führte, wurde so eng, dass sie hintereinander reiten mussten. Annik übernahm die Führung, und nach einer Weile kamen sie zu dem kleinen Holzhaus, das dem Barden als Heim diente. Doch kein Rauch stieg aus dem Kamin, die Läden waren geschlossen, die Tür verriegelt.

»Ausgeflogen«, meinte Falco.

»Er ist oft unterwegs. Reiten wir zurück. Wir können den Weg nehmen, der zur Straße nach Colonia führt. Normalerweise hätte Martius den genommen.«

»Tun wir das. Vielleicht gibt es einen Hinweis.«

Sie ritten schweigend, umgingen das Dorf, hielten sich am Waldrand, und in der Höhe des Matronensteins hielt Annik und wies auf die Abkürzung hin.

»Valerius nimmt diesen Pfad ebenfalls. Hier hat ihn damals der Pfeil getroffen.«

»Ich kenne den Weg, lass mich jetzt voranreiten.«

Der mit Laub bedeckte Boden war feucht, doch nicht gefroren, die alten, hohen Buchen und Eichen noch blattlos kahl, das Unterholz ein wirres Durcheinander von dornigen Ranken und wucherndem Geäst. Alles schien braun, schwarz, modrig grün. Ein kühler Wind fuhr in unregelmäßigen Böen durch die Stämme, die Wolken hingen tief und grau über den Wipfeln. Annik fror und die Hände, die die Zügel hielten, wurde ihr klamm. Aber sie blieb dicht hinter Falco und achtete auf alles, was sich rechts und links vom Weg befand. Darum sah sie gleichzeitig mit ihm den roten Fetzen.

»Halt!«, sagte Falco.

»Ja, dort. Ich sehe es auch.« Sie stiegen ab und hängten die Zügel der Pferde an den Stamm einer jungen Birke. Zu Fuß gingen sie langsam weiter. Und dann fanden sie es.

Viel hatten die Jäger und Aasfresser des Waldes nicht von ihm übrig gelassen. Doch die metallbeschlagenen Lederstreifen des Brustpanzers, die Reste der roten Tunika, die genagelten Stiefel, die lederne Braeces waren im Umkreis um den zerrissenen Körper verstreut.

Annik biss sich auf die eisigen Finger, aber es nützte nichts. Übelkeit wallte in ihr hoch, und sie wendete sich ab, um sich zu erbrechen. Auch Falco war blass geworden. Aber er sah sich trotz des grausigen Anblicks etwas genauer im Umkreis des Tatortes um. Er fand zwei Dinge, die er aufhob. Und dann ging er zu Annik. Er half ihr, als sie sich mit zitternden Knien wieder aufrichtete und legte seinen Arm um ihre Schultern.

»Wölfe?«, flüsterte sie.

»Zuletzt sicher. Oder andere Räuber. Aber umgebracht hat ihn dies hier.«

In seiner Hand glitzerte das Stilett. Das Messer, das sie an jenem Nachmittag Ursa gegeben hatte, damit sie es Ulpia Rosina wiedergab.

»Kennst du es?«

Annik hatte das Gefühl, einer Ohnmacht nahe zu sein. Stumm schüttelte sie den Kopf. Dann zeigte ihr Falco den anderen Gegenstand. Einen bronzenen Torques, wie ihn die Gallier trugen.

»Und den hier?«

Diesmal nickte Annik und räusperte sich dann.

»Ja. Es ist Martius' Halsreif. O Falco…«

»Ja, es ist schrecklich. Er war zwar ein sehr eigensinniger Mann, aber er war ein guter Legionär und ein guter Freund. Dir noch mehr als mir.«

»Ich muss fort von hier.«

»Ja, wir können hier nichts mehr tun. Ich werde ein paar Leute herschicken, die … ihn ins Lager überführen.«

»Die Holzschläger im Dorf – sie müssen es gewusst haben.«

»Oder getan haben.«

»Wahrscheinlich haben sie ihn gefunden.«

»Auch möglich. Auf jeden Fall werde ich den Barden suchen lassen.«

»Du glaubst, er war es?«

»Es liegt doch nahe, oder?«

»Aber warum? Sie waren befreundet. Sie haben sich an jenem Nachmittag noch ganz friedlich miteinander unterhalten.«

»Das kann täuschen. Einen Mann mit einer solchen Waffe zu ermorden verlangt großes Geschick. Es kann eigentlich nur gelingen, wenn der andere einem vertraut.«

Wie wahr, dachte Annik und sah Rosina vor sich, wie sie Martius umarmte – zum Abschied – und ihm dabei den Dolch zwischen die Rippen stieß. Sie selbst hatte ihr gezeigt, wie man mit dem Stilett einen Menschen umbringt. Zutiefst erschüttert stieg sie in den Sattel und machte sich mit Falco auf den Rückweg.

Vor dem Gut trennten sie sich, Falco wollte ins Lager zurück.

»Ich werde Corvus eine Nachricht überbringen lassen. Ich fürchte, wenn der Senator Fabius Pontanus erfährt, dass sein Zureiter, der seine Pferde betreuen soll, umgebracht worden ist, wird ihn nichts mehr davon abhalten können, seine nach wie vor schwelende Rache auszuüben.«

»Falco, nein!«

»Umso wichtiger, dass ich diesen verdammten Barden finde.«

Annik schwieg. Sie brachte das Pferd in den Stall und ging in ihr Häuschen.

Gratia musste sie gesehen haben, denn kaum hatte sie den Umhang abgelegt und mit klammen Fingern die Glut im Herd neu angefacht, stand sie erneut an der Tür.

»Es war gemein von euch, nicht auf mich zu warten. Aber jetzt wirst du mir antworten, Annik!«

Annik reagierte nicht auf den Vorwurf, sie setzte sich nur auf die Bank an ihrem Tisch und starrte auf das Herdfeuer.

»Annik! Annik? Ist etwas passiert? Du siehst grauenvoll aus!« Gratia griff zur Weinamphore und goss einen Becher voll. »Trink erst mal davon.«

Gehorsam nahm Annik einen Schluck des dunklen, roten Weines, den Valerius bei ihr deponiert hatte. Er half ihr ein wenig, die Fassung wiederzuerlangen.

»Es ist etwas Furchtbares passiert, nicht wahr?«

»Ja, Gratia.« Es hatte keinen Sinn, es ihr zu verschweigen, sie würde es binnen kürzester Zeit von anderen erfahren. »Martius – er wurde ermordet. Im Wald draußen. Wir haben ihn gefunden.«

Wieder würgte es sie, und sie versuchte, ihren aufgebrachten Magen mit einem weiteren Schluck Rotwein zu besänftigen.

»O Jupiter!«, flüsterte Gratia. »Wie entsetzlich.« Sie setzte sich zu Annik und schlang ihre Arme um sie. »Arme Annik. Arme Rosina.«

Als Gratia den Namen ihrer Stiefmutter erwähnte, zuckte Annik zusammen. Vorsichtig machte sie sich aus der Umarmung des Mädchens frei und bat: »Lass mich alleine, Gratia. Bitte. Ich kann jetzt nicht sprechen.«

»Ja, schon gut. Ich gehe schon. Und ich werde den Mund halten. Keine Sorge.«

Sie verließ das Haus, und Annik warf sich auf das Bett. Trotz der Decken und des wärmenden Feuers im Herd fror sie.

Die Dämmerung wurde zum Abend, der Abend zur Nacht. Schlaf fand sie nicht. Quälend war das Wissen, das sie bei sich trug. Es musste Ulpia Rosina gewesen sein, die Martius umgebracht hatte. Sie selbst hatte sie ja an dem Abend vom Wald zur nördlichen Pforte laufen sehen. Mag schon sein, dass sie bei der Hebamme war, wie sie gesagt hatte, aber sie musste dabei Martius begegnet sein. Dort oben, im Wald. Sie hatte das Stilett bei sich, natürlich. Sie hatte ihr ja ständig eingeprägt, eine Waffe mitzunehmen, wenn sie alleine fortging. Vielleicht hatte es eine verzweifelte Szene gegeben, die Weigerung der Frau, die Abtreibung vorzunehmen, die Wut über Martius selbstsüchtiges Verhalten … Rosina konnte jähzornig sein. Annik selbst hatte einige Male miterlebt, wie wütend die ansonsten so scheue Frau werden konnte, wenn sie persönlich verletzt wurde. Sie hätte die unschuldige Katze erstochen, wäre sie nicht dazwischen gefahren. Auch die Art und Weise, wie sie die Glaswaren an die Wand geworfen hatte, zeigte ihre zerstörerische Ader. Ja, es war mehr als nur denkbar, dass sie es war, die Martius getötet hatte. Nicht kaltblütig, sondern in rasender Wut. Was auch erklärte, dass das Messer dort bei der Leiche geblieben war. Es wieder an sich zu nehmen, daran hatte sie gewiss nicht gedacht. Auch nicht an die Folgen, wenn es gefunden wurde.

Aber noch verdächtigte Falco den Barden oder einen der Gallier. Er würde einen Unschuldigen des Mordes bezichtigen, und selbst wenn es nie bewiesen werden würde, würde er ihn opfern, damit nicht der Senator das Niederbrennen des Dorfes befahl.

Was sollte sie tun?

Diese Frage bewegte Annik die ganze Nacht.

Natürlich sagte sie sich, irgendwann würde jemand wahrscheinlich Rosinas Stilett erkennen, spätestens Valerius Corvus. Wenn Falco es ihm zeigte. Falls Falco es ihm zeigte. Sollte sie Rosina des Mordes bezichtigen? Valerius gegenüber? Den Barden warnen?

Keine der unzähligen Fragen hatte sie gelöst, als der Morgen graute. Mit bleiernen Gliedern holte sie sich einen Eimer eiskaltes Wasser vom Brunnen und wusch sich damit. Unfähig, sich einer Aufgabe zu widmen, nahm sie nach einigen missglückten Versuchen an der Töpferscheibe ihren Umhang und verließ das Gut, um zum Matronenstein zu wandern. Vielleicht würden die Göttinnen ihr einen Weg zeigen. Sie bat für Martius, seine wandernde Seele in der Anderwelt, sie bat für ihre Freundin Rosina, deren Herz er in Verwirrung gebracht und sie zu Taten verleitet hatte, die sie auf ewig belasten würden. Sie betete für das ungeborene Kind der beiden. Und sie betete für sich, auf dass sie eine Lösung für die Bedrängnis fand, mit der sich ihr Gewissen quälte. Ein wenig half diese stille Zwiesprache, und mit dem seltsamen Gefühl, dass es in ihrer Macht stand, denjenigen zu helfen, die sie liebte und achtete, kehrte sie in der Mittagsstunde zurück zum Gut.

Valerius Corvus war aus der Colonia zurückgekehrt, sobald er die Nachricht von Falco erhalten hatte. Annik war durch die nördliche Pforte gekommen und ging gerade an der Villa vorbei, wo sie sah, dass sein Rappe noch aufgezäumt vor dem Haus stand. Charal hielt ihn am Zügel. Er musste gerade eingetroffen sein, dachte sie erleichtert. Doch in diesem Moment rannte Gratia auf sie zu, vollkommen außer Atem.

»Sie brennen das Dorf nieder!«

»Wer?«

»Die Legionäre! Der Senator hat es Falco befohlen!«

»Nein!«, schrie Annik auf. Sie rannte auf den Rappen zu, sprang auf und riss Charal die Zügel aus der Hand.

»Annik, nicht! Wo willst du hin!«

»Zu Falco! Ins Dorf!«

»Bleib!«

Sie schüttelte den Kopf, der Rappe stieg und hätte Charal beinahe mit den Hufen erschlagen. Er sprang aus dem Weg, und sie galoppierte davon.

Gratia sah ihr in Panik hinterher und stürzte dann ins Haus, um ihren Vater zu holen.

Annik trieb den mächtigen Rappen an, er raste mit donnernden Hufen den Karrenweg durch die Felder zum Dorf hinauf. Ihren Umhang hatte sie abgeworfen, ihre Haare hatten sich gelöst und flatterten wie ein Banner hinter ihr her. Schon aus der Ferne sah sie die schwarzen Rauchsäulen aufsteigen. Sie verließ den Pfad, sprengte über die Weiden, sprang über Gräben und Zäune. Die ersten Hütten standen in hellen Flammen, schreiend liefen ihr Frauen und Kinder entgegen. Vor ihr fiel eine von ihnen, von einem Pfeil getroffen, in eine lehmige Pfütze. Ein blutendes Kind sank stumm neben ihr nieder. Einige Männer wehrten sich mit Schaufeln, Äxten und Forken gegen die gut bewaffneten Legionäre. Gebrüll, Schmerzensschreie, das Prasseln des Feuers, beißender Rauch beherrschten die Szene. Krachend barsten die Dachbalken der brennenden Häuser, begruben die unter sich, die sich nicht mehr retten konnten. Lodernder Zorn packte

Annik, und als sie Falco auf seinem Pferd etwas abseits von dem Geschehen sah, von wo aus er den Einsatz seiner Leute leitete, preschte sie, laut seinen Namen rufend, auf ihn zu.

Ein römischer Legionär sah die wilde Barbarin wie eine Furie auf seinen Kommandeur zujagen, spannte seinen Bogen, und sirrend flog der Pfeil durch die Luft. Er traf Annik in die Brust, gerade als Falco sie bemerkte. Ein weiterer traf den Rappen, und er bäumte sich auf und brach in die Knie. Verwundert spürte Annik den Aufschlag des Pfeils, ließ die Zügel los und stürzte auf den schlammigen Boden.

Entsetzt brüllte Falco einen Befehl, der sofort weitergegeben wurde. Dann sprang er von seinem Pferd und eilte zu Annik, die zusammengekrümmt auf der Erde lag. Er kniete bei ihr nieder und drehte sie vorsichtig um. Mit einem Gefühl der absoluten Trostlosigkeit betrachtete er den Pfeilschaft, der unterhalb ihres Herzens aus ihrem Körper ragte.

»Annik!«, sagte er. »Das darf nicht wahr sein.«

Er warf seinen Umhang ab und rollte ihn zu einem Polster, um es unter ihren Kopf zu schieben.

Das Kampfgeschrei war ruhiger geworden, denn er hatte den Befehl zum Einhalten gegeben, doch die Rauchschwaden umhüllten das Dorf nun gänzlich. Trommelnder Hufschlag ertönte nochmals, und neben ihm erschien plötzlich Valerius Corvus, der von seinem Pferd sprang.

»Falco!«, rief er, und dann erkannte er, was geschehen war.

Fassungslos kniete er nieder und beugte sich über die stumme Gestalt.

»Annik, Annik, mein Herz.«

Ihre Augenlider flatterten, und verwirrt blinzelte sie.

»Valerius!«, flüsterte sie angestrengt. »Sie waren es nicht. Ich habe Martius umgebracht.«

»Sei still, Annik.«

»Nein. Glaub mir, ich war es. Nicht Cullen und auch nicht Rosina.«

Er streichelte ihr von Ruß und Lehm verschmiertes Gesicht, zu erschüttert, um irgendwas zu sagen. Ein verlorenes Lächeln zuckte um ihre Mundwinkel.

»Halt mich fest, Dominus. Mir ist so kalt.«

Vorsichtig, um sie so wenig zu bewegen wie möglich, schob Valerius Corvus seinen Arm unter sie und zog sie mit dem Rücken an seine Brust. Ihr Kopf fiel an seine Schulter, die wirren Haare fielen über seinen Arm.

»Bleib bei Rosina und Gratia. Mein Weg führt jetzt in die andere Welt.«

»Annik, wenn das wahr ist, dann werden wir uns dort wieder sehen«, sagte Valerius mit rauer Stimme in ihr Ohr.

Sie schwieg, und ihr Atem wurde flacher und flacher. Das Blut verströmte in ihrem Körper mit jedem Schlag ihres verwundeten Herzens. Doch noch einmal hauchte sie: »In deinen Armen will ich schlafen.«

»Ja, Kind. Ich halte dich.«

»Ich liebe dich, Dominus. Über alle Zeiten und Welten hinaus.«

Es wurde dunkel für Annik, und das Letzte, was sie hörte, waren die verzweifelten Worte von Valerius, dem Raben: »Meine Geliebte, mein Herz, mein Kind …«

Nicht sehr weit von Falco, Valerius und der sterbenden Annik entfernt stand Cullen, der Barde. Er hatte beobachtet, um zu berichten, um in Worte und Verse zu fassen, um der Nachwelt Kunde zu geben von den Taten der Menschen. Und nun musste er sehen, wie eine junge

Frau, die er verehrte, die er bewunderte und von der er einst gehofft hatte, dass sie seine Liebe erwidern möge, einen sinnlosen Opfertod starb.

Erstmals in seinem Leben besann sich Cullen, der Barde, der vernichtenden Macht des Wortes, und er trat aus dem Schatten der schützenden Eiche. Laut und mit überall vernehmlicher Stimme verfluchte er Ursa, seine Mutter, über alle Zeiten und in allen Welten, bis dass der Kreis sich geschlossen habe.

Dann aber verschwand Martius' Mörder im Dunkel der Wälder.

Gegenwart

33. Kapitel

Ein Erlebnis

Cilly schniefte und wischte sich mit der linken Hand die Tränen vom Gesicht, während sie mit der rechten die letzten Buchstaben tippte.

»Nein!«, stöhnte sie. »Nein, das glaube ich nicht. Anita! Rose!«

Ich sah das Mädchen, das da über die Tastatur gebeugt saß, mitleidig an.

»Cilly, es ist eine Geschichte. Wir haben nur eine Geschichte erzählt!«

»Aber sie haben doch gelebt. Es war doch so!? Du hast doch den Ring und alles.«

Meine Schwester Rose reichte Cilly ein frisches Päckchen Taschentücher. Auch sie sah aus, als ob sie den Tränen nahe war.

»Diesen Schluss kannte ich nicht, Anita. Hat Julian es wirklich so enden lassen?«

»Ja, Rose, das hat er. Ich kann mich nur zu gut daran erinnern. Ich war ungefähr so alt wie Cilly, eventuell ein Jahr älter. Es war an einem Tag, an dem ich mich furchtbar mit Uschi gestritten hatte. Worüber, das weiß ich gar nicht mehr. Nur dass die Welt für mich tintenschwarz war, ich mich hässlich und ungeliebt fühlte und mit allem und jedem grollte. Ich glaube, ich hatte mich in mein Zimmer verzogen und dröhnend laut die Musik angestellt. Was das Klima auch nicht gerade verbessert hat. Mein ganzes Inneres war pures, ätzendes Gift. Und das versprühte ich auch über unseren Vater, als er später zu mir kam. Aber er war in solchen Dingen wirklich klug. Er machte es sich einfach auf meinem Bett bequem und fing an zu erzählen. Wie Annik die Töpferin ihren Jugendfreund Martius ermordet im Wald findet. Er sprach nicht laut, und die ersten Worte bekam ich nicht mit. Aber als ich merkte, dass er gar nicht mit mir schimpfte, sondern eine seiner Geschichten erzählte, stellte ich die Musik leiser und hörte zu. Ich war genauso gefesselt wie ihr, Cilly. Und ich habe nachher genauso geweint. Und alles Gift war aus meinem Körper herausgewaschen.«

Rose lächelte warm.

»Er war ein weiser Barde.«

»Ja, er konnte Gefühle ebenso wecken wie besänftigen.«

Cilly hatte sich wieder gefasst. Aber sie wollte nicht glauben, dass es sich bei der Geschichte, die wir nun seit über drei Monaten Stückchen für Stückchen zusammensetzten, nur um Fiktion handelte.

Rose stand auf und zog die Vorhänge vor die Fenster. Der Dreikönigstag war ein düsterer, regnerischer Tag gewesen. Jedes Wochenende hatten wir in den vergangenen Monaten unsere Erinnerungen aufgefrischt. Manchmal kam es mir vor, als ob sich die Handlung und die Personen selbstständig gemacht hätten. Für andere Stellen konnten Rose und ich uns sehr deutlich an Situationen orientieren, in denen Julian uns die Szenen geschildert hatte. So wie ich es eben getan hatte. Das Ergebnis erstaunte uns selbst.

»Ob er wohl gewusst hat, dass die einzelnen Bruchstücke zusammenpassen wie ein Puzzle, das ein vollständiges Bild ergibt?«, fragte Rose nachdenklich.

»Ich weiß es nicht. Er selbst hat es natürlich geleugnet, aber jetzt sehe ich es irgendwie anders.« Und dann sprach ich aus, was mich die ganze Zeit schon bewegt hatte: »Ach, Rose, ich wünschte mir wirklich, ich könnte ihn selbst fragen. Weißt du, dieser Ring…«

Ich drehte an dem Siegelring mit der Pferdchengemme an meinem Finger.

»Ob der tatsächlich Annik gehört hat?«, fragte Cilly, die sich noch nicht ganz distanziert hatte von dem fiktiven Geschehen.

»Ich weiß nur, dass er Julians Ururgroßmutter gehört hat. Und die wird vor ungefähr hundertfünfzig Jahren gelebt haben. Das können wir bestimmt genauer herausfinden. Möglicherweise finden wir sogar heraus, wie sie zu dem Ring gekommen ist, denn es gab zu jener Zeit viele passionierte Sammler von Antiken, wahrscheinlich auch in diesem Strang der Familie. Aber selbst wenn wir die Herkunft des Ringes bis in das siebzehnte oder achtzehnte Jahrhundert verfolgen können, Cilly, werden wir seinen wahren Ursprung wohl nie erfahren. Europa hat seit dem ersten Jahrhundert einige mächtige Umwälzungen erfahren, der Ring kann wer weiß woher stammen. Die Völkerwanderung ist über das römische Reich hinweggerollt, die Kreuzzüge haben zu gewaltigen Umschichtungen gerade von Kulturgütern geführt, und in der Neuzeit haben die Revolutionen und auch die neuen Handelsbeziehungen dazu geführt, dass praktisch nichts an seinem Platz blieb. Warum also ein so kleiner Ring!«

»Weil er am Matronenstein vergraben war!«, antwortete sie trotzig.

»Cilly, Julian hat uns die Geschichte nie als eine erzählt, die auf beweisbaren Fakten beruht. Sie ist glaubhaft, aber nicht wahr. Wie jede gute Geschichte.«

»Trotzdem, ich frage mich, ob die rausgefunden haben, wer den Martius umgebracht hat!«

»Cilly lässt nicht locker«, lachte Rose. »Lass es endlich gut sein, Schwesterchen.«

Aber nicht nur Cilly hatte jede Distanz zu dem Geschehen im römischen Rheinland verloren, auch ich befand mich in einem Zustand des Gefangenseins. Und als ich abends wieder alleine zu Hause saß, musste ich mir Mühe geben, meine aufgewühlten Gefühle zu sortieren. Das eine war die Erkenntnis der Nacht, die Marc nach Uschis verrückter Autobahnfahrt bei mir verbracht hatte. Als mir so seltsam klar wurde, wonach ich mich sehnte. Das andere aber war ein neues Verständnis für meinen Vater.

Die Unfallursache war nach wie vor nicht vollends geklärt, der Fall hing noch in der Luft. War es ein fahrlässiger Unfall, hatte er unabsichtlich zu viele oder die falschen Tabletten genommen oder hatte er es in vollem Bewusstsein getan? Oder hatte gar irgendjemand ihm absichtlich diese Mittel verabreicht?

Ich selbst hielt die Selbstmordtheorie für total idiotisch. Und ehrlich gesagt, die Mordtheorie genauso. Weiß der Himmel aber, wieso er, der ansonsten sogar eine Aspirintablette ablehnte, plötzlich derart schwere Psychopharmaka genommen hatte. Konnte es eine Verwechslung gewesen sein? Eine tragische, zufällige Verwechslung? Oder hatte es doch etwas mit seinen Neigungen zu spirituellen Erfahrungen zu tun? Hatte er diese Drogen genommen, um sein Bewusstsein zu erweitern? Hatte er vergessen, welche Nebenwirkungen das haben konnte und hat sich leichtsinnigerweise in seinem verwirrten Zustand ans Steuer gesetzt? Letzteres schien mir die einzige Erklärung zu sein. Was für ein unsinniger Tod.

Aber – wäre er nicht gestorben, wäre ich jetzt Asche wie meine Freunde aus dem Flugzeug.

Wäre er nicht gestorben, wüsste ich noch heute nichts von Rose. Und Rose war wirklich eine Bereicherung in meinem Leben.

Wäre er nicht gestorben, hätte Rose nicht den wichtigen Schritt getan, sich zu ihrer künstlerischen Berufung zu bekennen.

Wäre er nicht gestorben, hätte die Geschichte von Annik und Valerius nicht meine Gefühle derart aufgewühlt.

Ich wagte ein Experiment an diesem Abend. Ulla, die mütterliche, die Freundin aus den Ferienanlagen, hatte einen leichten Hang zur Esoterik gehabt. Nicht so richtig mit Gläserrücken oder fremden Zungen reden, sondern sie liebte kleine, magische Rituale. Bei Kindern kam das ungeheuer gut an. Selbst die ungebärdigsten und wildesten konnte sie mit Räucherwerk, Kerzen, Klangschalen und leise gesummten Tönen ruhig stellen. Wir hatten uns manchmal darüber unterhalten, und jetzt fielen mir einige Dinge wieder ein. Ich fand ein paar Räucherstäbchen, Cilly hatte sie einmal mitgebracht zu unserer Erzählstunde, um das Jupiterritual sinnlich zu untermalen. Kerzen hatte ich sowieso immer im Haus, und eine CD mit leiser Entspannungsmusik fand sich ebenfalls im Arsenal.

Ich machte mich bereit, einen Blick durch die Tore der Anderwelt zu werfen, wie Annik es an Samain getan hatte. Es mochte vielleicht nicht der traditionell richtige Tag dafür sein, aber dafür hatte ich Ullas Worte im Ohr, das manches auch nur aufgesetzter Hokuspokus sei an diesen Dingen. Es ging um einen offenen Geist, den man brauchte, um den Kontakt zu der anderen Welt herzustellen. Und der Geist öffnete sich in der tiefen Entspannung.

Julian hatte Walnüsse geliebt. In der Weihnachtszeit

musste unbedingt eine große Holzschale voll mit ihnen auf dem Tisch stehen. Am dritten Advent war sie meistens leer. Ich mochte sie auch und hatte mir in den vergangenen Tagen einen Beutel mit Nüssen gekauft. Zwei von ihnen knackte ich und legte die kleinen Gehirne, die sich in den Schalen verbargen, säuberlich in eine Glasschale von Rose. Meine Opfergabe. Mein Verbindungsglied zu ihm.

Als ich den Tisch mit alldem gerichtet hatte, die Musik den Raum mit sphärischen Klängen füllte, die Kerzen warmes Licht verbreiteten und der duftende Rauch emporstieg, löste ich meine Haare und begann unbeholfen meine Rede an ihn.

Ich weiß nicht mehr, was ich alles sagte, ich weiß nicht, wann ich anfing zu weinen, ich weiß auch nicht mehr, wann es still um mich wurde. Es erschien kein Geist, es hallten keine Stimmen in meinen Ohren. Aber es tauchten Bilder aus den Tiefen meiner Seele auf. Manche waren Erinnerungen, andere schienen bisher nie gesehene Bilder zu sein. Und dann kam eines, das mich erschütterte. Es war dasselbe, das ich gesehen hatte, als das Flugzeug abstürzte, kurz bevor mich die Trümmer trafen und ich das Bewusstsein verlor.

Das brennende Dorf, ein Lagerhaus in Flammen und das explodierende Munitionslager waren wieder da. Und das unendlich vertraute Gesicht, das sich über mich beugte. Valerius?

Die Kerzenflamme verlöschte mit einem leisen Zischen, es war dunkel im Raum. Auch die Musik war verklungen.

Ich reckte mich langsam, rieb mir die Augen. Diese Szenen hatte ich vergessen, wie ich so vieles von dem Unglück hatte vergessen wollen. Woher kamen sie? Waren es Erinnerungen an Julians Erzählungen? Das

Dorf in Flammen bestimmt, das Lagerhaus – möglich. Das Militärdepot gewiss nicht.

Und dann fiel mir noch etwas ein. Die beiden Worte, die ich kurz vor dem Verlust meines Bewusstseins gehört hatte.

»Diesmal nicht!«

Julians Stimme!

Gänsehaut zog sich über meine Armen. Déjà-vu – schon einmal gesehen. Schon einmal gelebt? Mehrmals gelebt? Julian hatte es, wie die Gallier früher, geglaubt. Ich hatte mich dafür nie sonderlich interessiert, das Leben hier und jetzt war immer viel zu aufregend gewesen. Aber jetzt… Warum sollte es keine Seelenwanderung geben? Die Vorstellung war genauso bewiesen oder unbewiesen wie Fegefeuer und Auferstehung zum Jüngsten Gericht oder die Schattenexistenz im Hades.

Sie hatte allerdings von allen Theorien die tröstlichsten Aspekte.

Ich stand auf und schaltete das Licht an. Plötzlich fühlte ich mich voller Energie.

Denn ein kleines Mosaiksteinchen war durch mein stummes Zwiegespräch mit meinem Vater ebenfalls wieder in mein Blickfeld gerückt. Vor einigen Jahren, ich hatte gerade mein Studium begonnen, hatte er mir ein Buch geschenkt. Es stammte, wie der Siegelring, aus dem Erbe seiner Mutter. Ein kostbares Geschenk war es, eines, das nun bei einem Konservator im Museum ruhte, wo es hingehörte. Ich nahm mir vor, Tommy, meinen alten Studienkollegen, am nächsten Tag anzurufen und ihn zu bitten, es mir für ein paar Untersuchungen zur Verfügung zu stellen.

Tommy war hilfsbereit. Ja, noch mehr – er hatte sogar das Original Blatt für Blatt fotografieren lassen und war bereit, mir eines der vervielfältigten Exemplare zur Verfügung zu stellen. Es würde in den nächsten Tagen per Post eintreffen. Inzwischen hatte ich neue Kontakte für Rose hergestellt, die einen Besuch bei einem Unternehmen auf der anderen Rheinseite erforderten.

Es war für Anfang Januar viel zu warm, und ich hatte mir nur mein wollweißes Plaid übergeworfen, die moderne Form der römischen Palla, dachte ich amüsiert, als ich die Enden mit elegantem Schwung über die Schultern warf. Für meinen Termin mit dem Direktor des Kreditinstituts, das regelmäßig in seinem Foyer Ausstellungen regionaler Künstler präsentierte, hatte ich einige Unterlagen zusammengetragen. Marcs Fotos von Roses Glasobjekten bildeten den Grundstock für eine Präsentationsmappe, ich hatte ein paar Texte geschrieben und zusätzlich von Rose ein Bild hinzugefügt. Sie selbst scheute vor solchen Gesprächen noch immer zurück, darum übernahm ich sozusagen als ihre Managerin diese Aufgaben. Es zeigte sich, dass ich offensichtlich nicht schlecht darin war. Als Resultat des Gespräches würde sie ab Ostern einen Monat lang ihre Kunstwerke dort in einer sehr ansprechenden Atmosphäre ausstellen können. Auch der Rahmen für eine Vernissage war gegeben.

Der Termin passte mir sehr gut, denn in der kommenden Woche stand erneut ein Krankenhausaufenthalt an. Mein Oberarm war inzwischen so gut abgeheilt, dass eine Hautübertragung möglich war. Danach würden die schlimmsten äußeren Spuren des Unglücks vor einem halben Jahr einigermaßen beseitigt sein.

Ich war ausgesprochen guter Laune. Die Sonne schien warm durch die laublosen Bäume des Stadtparks, und ich entschloss mich spontan, ein bisschen durch die Geschäfte der Innenstadt zu bummeln. Vage hatte ich die

Vorstellung, eine Kleinigkeit für Cilly zu kaufen, als kleines Dankeschön für ihre aufopfernde Tipp-Arbeit der vergangenen Monate. Hier und da stoppte ich, verweilte, um mir ein paar Anregungen zu holen. Eine CD vielleicht, ein textiles Fummelchen nach der allerheißesten bauchnabelfreien Mode, ein kleines Schmuckstück? Vor einem der größeren Juweliergeschäfte blieb ich stehen und betrachtete die Auslagen. Schmuck nun gerade nicht, schoss es mir durch den Kopf. Bei einer Goldschmiedin als Mutter war das für Cilly nicht das geeignete Geschenk. Aber diese schrillen Uhren – ja, so etwas könnte passen.

Ich betrat den Laden, der recht gut besucht war, und schlenderte an den Vitrinen vorbei. An einer mit Uhren in den ausgefallensten Designs verharrte ich und versuchte, eine Wahl zu treffen. Neben mir stand ein groß gewachsener Mann, der mit einer Verkäuferin sprach. Er gab ihr seine Uhr, und sie verschwand in einem der hinteren Räume, während er wartete.

In der Standvitrine fand sich nichts, was mich begeistert hätte, und ich wandte mich der verglasten Theke zu, an der der wartende Kunde stand und unter der ebenfalls Uhren ausgestellt waren. Eine ältere Verkäuferin bemerkte wohl die Bewegung, kam herbei und fragte: »Sie gehören zusammen?«

Er drehte sich um.

Er trug eine hellgraue Wildlederjacke, einen dunkelblauen Rollkragenpullover und gleichfarbige Hosen.

Er hätte auch eine purpurgesäumte Toga tragen können.

»Gehören wir zusammen?«, fragte er mit einem Lächeln.

Lockige, schwarze Haare, ein kurz geschnittener Bart, beides von Grau durchzogen.

Ich musste mich an der Verkaufstheke festhalten, der Boden schien unter meinen Füßen zu schwanken.

»Valerius?«, entschlüpfte es mir ungewollt.

»Ja. Es scheint wahrhaftig so zu sein, dass wir uns kennen. Nur – verzeihen Sie, mir will im Augenblick nicht einfallen, woher.«

Mir begann sich die Welt vor Augen zu drehen. Das war doch nicht möglich? Oder?

»Mein Gott, ich muss ja eine traumatische Erinnerung bei Ihnen hervorrufen. Sie sind ganz weiß geworden. Kommen Sie, wir gehen nach draußen, hier ist es zu stickig und zu eng.«

Er nahm mich am Arm und führte mich aus dem Laden.

Das Sonnenlicht umfing mich, und ein kühler Windhauch brachte mich wieder einigermaßen zur Besinnung.

»Entschuldigen Sie!«, stammelte ich. Mehr fiel mir nicht ein.

»Ich habe mich wohl zu entschuldigen. Ich habe Sie in Aufregung versetzt. Helfen Sie mir – woher kennen wir uns? Es ist schandbar, dass ich mich nicht erinnere. Ein solches Gesicht wie das Ihre darf man nicht einfach vergessen.«

»Oh!«, entfuhr es mir. Mein Mund schien wie ausgetrocknet. »Das… das ist erst seit einem halben Jahr so.«

»Um Himmels willen, was bin ich für ein Idiot! Nein, das habe ich nicht so gemeint. Ich wollte sagen, eine so schöne Frau vergisst man nicht. Oh, verdammt. Jetzt lasse ich auch noch die größten Plattheiten der Welt los.«

Auch er schien ein wenig aus der Fassung zu sein.

Ich schluckte und versuchte, eine einigermaßen intelligente Antwort zu geben, aber mehr als ihn anzuschauen war ich schlicht nicht in der Lage. Mühsam schüttelte ich den Kopf und sagte dann: »Wissen Sie, das ist eine lange und ziemlich absurde Geschichte.«

Er lachte leise auf.

»Oh, in meinem Leben bin ich schon in einigen ziemlich absurden Situationen gelandet. Mag sein, dass eine davon uns schon einmal zusammengeführt hat. Wissen Sie was – meine Uhr ist vorhin stehen geblieben, sie bekommt gerade eine Diagnose vom Uhrmacher gestellt. Vermutlich hat die Batterie versagt. Ich lebe sozusagen jetzt zeitlos und wollte etwas essen gehen. Begleiten Sie mich und erzählen Sie mir Ihre lange und vielleicht absurde Geschichte!«

Hatte ich Termine? Ja, mit irgendwem war ich noch verabredet. Aber – das hier, das war zu wichtig.

Und was sagte ich also zu Valerius?

»Gerne!«

»Ich bin nicht oft hier. Gibt es eine Empfehlung, die Ihnen einfällt?«

»Zum Rhein hinunter, da gibt es einige gute Restaurants.«

»Dann kommen Sie. Ich parke hier vorne absolut unvorschriftsmäßig im Halteverbot.«

Ich folgte ihm zu dem großen Wagen mit Kölner Kennzeichen, ließ mir die Tür öffnen und glitt auf den weichen Ledersitz. Während der kurzen Fahrt gab ich ihm nur zwei, drei Richtungshinweise, ansonsten schwieg ich und versuchte, meine Gedanken zu sammeln. Er parkte nahe dem Rheinufer, und wir gingen gemeinsam zur Uferpromenade. Der Rhein führte schon wieder reichlich Hochwasser, und die eine oder andere Welle war auf den Weg geschwappt. Doch der Anblick war wie immer überwältigend. Die Sonne glitzerte auf dem Wasser, die Häuser auf der anderen Seite ragten deutlich in der klaren Luft auf, vor uns ließen sich die Enten und ein arroganter Schwan in der Flut treiben. Eine Galerie Möwen, die sich auf dem Geländer niedergelassen hatten, flog auf, als wir uns näherten.

»Wenn er weiter steigt, wird es eng für die Anwohner. Der Winter ist zu warm. Es hätte mehr schneien müssen.«

Er drehte sich zu mir um und musterte mich wieder. Ganz ruhig, aber sehr intensiv. So als suche er in seinem Gedächtnis nach einer Erinnerung.

Ich hielt seinem Blick stand. Aber mein Herz klopfte mir bis in die Kehle.

»Ja, ich habe Sie schon einmal gesehen«, sagte er jetzt. »Ich weiß nur nicht, wo und wann.« Ein kleines Lächeln glitzerte in seinen Augen. »Ich sollte selbst darauf kommen, nicht wahr? Aber bitte, geben Sie mir eine kleine Hilfe.«

Eine kleine Hilfe, die eine Erinnerung von vor beinahe zweitausend Jahren hervorholen sollte? Es musste wohl schon etwas sehr Drastisches sein. Und darum griff ich in den Nacken, wo ich meinen Zopf zu einem Knoten aufgesteckt hatte. Ich zog die lange Nadel heraus, die ihn hielt, löste das Bändchen am Ende des Zopfes und flocht ihn langsam auf. Er starrte mich an, und die Luft zwischen uns schien zu vibrieren. Meine Haare fielen mir offen bis über die Taille, als ein Windstoß sie wie einen Schleier über mein Gesicht wehen ließ.

Es fiel kein Wort zwischen uns, die Gegenwart schien aufgehört zu haben, sich zu bewegen, sie war aus dem Rahmen gerückt, verschoben.

Er nahm mein Gesicht in seine Hände, wischte vorsichtig die Haare zur Seite. Mit den Fingern fuhr er die Form meines Gesichtes nach, und dann berührte er sanft mit dem Daumen meine Oberlippe, dort, wo die Narbe endete. Etwas fester strich er dann über meine Unterlippe. Ich hatte aufgehört zu atmen. Aber meine Hand legte sich an seine Brust.

Diese Berührung beendete sein intensives Erforschen meines Gesichtes, und ich wurde in seine Umarmung gezogen. Ein wilder, heftiger Kuss traf meinen Mund, und ich musste mich an ihm festhalten, um nicht in die Knie zu gehen. Er weckte in mir eine Leidenschaft, von der ich nicht wusste, dass ich überhaupt zu ihr fähig war.

Als er meine Lippen freigab, keuchte ich.

»So geht das nicht!«, sagte er heiser. »Komm mit.«

Er nahm mich an die Hand und führte mich zu seinem Wagen. Während der kurzen Fahrt starrte ich wie betäubt aus dem Fenster, ohne etwas zu sehen. Ich war verrückt. Im wahrsten Sinne des Wortes aus der Wirklichkeit gerückt. Es konnte keine lange Fahrt gewesen sein, wir standen plötzlich in einer Tiefgarage eines Wohnhauses, fuhren mit dem Aufzug viele Stockwerke hoch, und schließlich betrat ich seine Wohnung.

»Gib mir deinen Umhang«, sagte Valerius und nahm mir das Plaid ab. Ich fröstelte plötzlich in der dünnen Bluse, die ich darunter trug. Doch nicht, weil es kalt in den Räumen gewesen wäre. Ich ging durch das große Zimmer zum Fenster und ließ meine Hand über das glatte, seidige Holz einer antiken Anrichte streifen. Es gab mir ein sinnliches Gefühl, das zu tun. Durch das Fenster hatte man die Aussicht über Dächer und kahle Baumwipfel. Dann drehte ich mich um und betrachtete den Rest. Ein Zimmer, das sehr aufgeräumt wirkte, sehr geschmackvoll eingerichtet war und frei von jeder Spur einer weiblichen Hand, außer der der Putzfrau, schien.

Während ich mich umgesehen hatte, hatte Valerius zwei Gläser Rotwein gefüllt und reichte mir eines. Schwerer Rotwein, anderes war ja auch nicht zu erwarten. Ich nippte vorsichtig daran. Meine geistige Klarheit hatte ich ohnehin weitgehend eingebüßt.

»Er schmeckt dir nicht?«, fragte er, als ich das kaum berührte Glas abstellte. Er hatte seines ausgetrunken.

»Nein!«, sagte ich und lächelte. »Wie du weißt.«

»Weiß ich?« Er kam zu mir und legte mir die Arme um die Taille. »Weiß ich das von dir? Es ist seltsam, mein Körper scheint sich an dich zu erinnern, aber mein Verstand schweigt beharrlich. Darf ich ihm noch einmal auf die Sprünge helfen?«

Ich hob ihm mein Gesicht entgegen und flüsterte: »Gerne!«

Sein Kuss war diesmal weniger heftig, doch er ließ wieder das flüssige Feuer durch meine Adern rinnen. Ich erwiderte ihn, und mein Körper drängte sich an den seinen.

»Das ist Wahnsinn! Ich mag zwar gelegentlich zu Verrücktheiten neigen, aber es ist nicht meine übliche Art, junge Frauen in meine Wohnung zu schleppen und förmlich zu vergewaltigen.«

»Nein, meine Art ist es auch nicht, mich abschleppen zu lassen.«

Er hatte mich ein kleines Stück von sich geschoben. Mein Gesicht glühte, und meine Lippen brannten. Er fuhr mit dem Finger zart über die Narbe, die sich von meiner Stirn über die Wange bis zur Oberlippe zog. Dann berührte er jene, die im Ausschnitt meiner Bluse begann.

»Sie ist dort nicht zu Ende«, sagte ich leise.

»Nein.«

Er beugte sich vor und küsste mich dort, wo seine Finger gewesen waren. Dann öffnete er die Bluse weiter und küsste die Wölbung meines Busens.

Diesmal war ich diejenige, die sagte: »So geht das nicht!«

»Nein, so geht das nicht«, bestätigte er und ließ mich los. »Aber ich kann jetzt nicht mehr aufhören.«

»Glaubst du, ich könnte es?«

Er nahm mich erneut an die Hand und öffnete die Tür zu seinem Schlafzimmer. Ebenfalls sehr aufgeräumt, sehr männlich ausgestattet. Mit Bücherregalen an den Wänden, einem bodentiefen Fenster und einem breiten Bett.

Ich setzte mich auf die Kante und zog die Stiefel aus. Als ich mich aufrichtete, kniete er vor mir und zog mir die Bluse aus.

»Sorry, es ist kein schöner Anblick.«

»Was ist kein schöner Anblick?«

»Mein Arm und alles. Ich habe in ein paar Tagen noch eine Operation vor mir.«

Er sagte nichts, sondern zog seinen Pullover aus und drückte mich in die Kissen. Dann war er über mir und küsste mich, seine Hände und sein Mund nahmen meinen Körper in Besitz. Irgendwann lag ich nackt neben ihm, bebend vor Verlangen, grub meine Finger in seine Schultern und schmeckte mit meiner Zunge seine Haut. Auch er erbebte unter meinen Liebkosungen. Schließlich löste er sich von mir, richtete sich auf und strich mir über die Haare, die sich über die Kissen gebreitet hatten.

»Ich kann nicht länger warten!«, sagte er.

»Ich genauso wenig.«

Er war ein völlig Fremder für mich, er hätte ein gewalttätiger Lustmörder sein können, ein Perverser, und doch hatte ich noch nie einem Mann so vertraut wie ihm. Und noch nie hatte ich bei dem Akt der Vereinigung eine solche Hingabe gespürt wie bei ihm. Es war nicht ungestüm, es war keine Raserei, es war nicht die gewaltige zuckende Eruption der Gefühle. Ich fühlte mich lediglich wie geschmolzenes Wachs, heiß, weich, aufgelöst aus jeglicher Form.

Er lag halb auf, halb neben mir auf dem Bauch, behutsam hatte er vermieden, meinen linken Arm zu berühren. Ich schmiegte mein Gesicht an seine Schulter, bis sich sein Atem nach und nach beruhigt hatte.

Endlich drehte er sich um, stützte sich auf und betrachtete mich. Sein Gesicht war klar, entspannt, liebevoll.

»Wer bist du?«

»Hast du keinen Namen für mich, Valerius?«

»Es ist seltsam… Mein Körper erinnert sich, und es scheint, dass auch mein Herz sich erinnert. Aber mein Verstand?« Er schüttelte den Kopf, als sollte ihm das irgendwie helfen, die Mosaiksteinchen zu einem Muster zusammenzuwürfeln. »Und doch, mir will ein Name nicht aus dem Sinn.«

»Valerius?«

»Es ist… Heißt du Anna oder so ähnlich?«

Ich schloss die Augen und mir war, als müsste ich noch tiefer in die Kissen sinken.

»Anna – einstmals Annik, heute werde ich meistens Anita gerufen. Aber mein Vater nannte mich Anahita.«

»Anahita. Die Mondgöttin. Ana.«

So wie er meinen Namen aussprach, hörte es sich unendlich zärtlich an. Nur ganz wenige Menschen hatten mich je Ana genannt.

Langsam öffnete ich die Augen.

»Das wissen nicht viele.«

»Nein, das glaube ich dir. Solltest du nicht blond sein?«

»Soll ich sie färben?«

»Um Himmels willen nein.«

Er langte über mich hinweg und zog die Decke über mich. Er selbst stand auf und ging zur Tür. Die Nachmittagssonne warf schon lange Schatten, und im Zimmer war es dämmerig geworden. Trotzdem konnte ich sehen, dass er lange, kräftige Glieder hatte. Er mochte zwar Mitte vierzig sein, aber er hatte eine hervorragende Figur. Als er kurz darauf zurückkam, hatte er wieder die Weingläser in der Hand.

»Weiß, für dich. Ist das richtig?«

»Ja, das ist richtig.«

»Und nun erzähl mir, wann und wo wir uns getroffen haben.«

»Du wirst vermutlich den Notarzt rufen, wenn ich dir das sage.«

»Vielleicht, aber vorher würde ich gerne unter diese Decke kommen.«

Ich stellte mein Glas ab und rückte zur Seite. Ich legte mich so, dass mein Kopf in seiner Schulterbeuge ruhte. Dann nahm ich meinen Mut zusammen.

»Wir trafen uns hier, vor ungefähr eintausendneunhundert Jahren.«

Schweigen.

Schließlich sagte er: »Das ist verdammt lange her.«

»Ja, das ist es wohl.«

»Du glaubst an Wiedergeburt?«

»Ich habe mich lange geweigert, überhaupt etwas zu glauben. Aber jetzt ...«

»Ja, jetzt ... Zumindest scheint zwischen uns beiden eine ungeheure Anziehungskraft zu existieren. Eine, die mit rationalen Begriffen nicht zu erklären ist.«

»Nur die Hormone können es wohl nicht sein.«

Er lachte leise: »Aber sie haben ordentlich mitgespielt!«

»Bereust du es?«

»Wie könnte ich, Ana. Du bist die schönste Frau, die ich je getroffen habe.«

Ich seufzte leise und sah auf die hässlichen Brandnarben meines Armes.

»Weißt du nicht, mein Herz, dass jeder große Künstler, der wahrer Demut fähig ist, seinem vollendetsten Werk einen absichtsvollen Fehler zufügt?«

Ich konnte ihn nur anstarren.

Er legte seine Stirn an die meine und fragte: »Was ist passiert, Ana?«

»Ein Flugzeug. Es explodierte, und ich war dabei ein paar Trümmern im Weg.«

Er streichelte mein Gesicht, und ich las Betroffenheit in seinen Augen. Aber ich rechnete es ihm hoch an, dass er nicht in Mitleidsbekundungen ausbrach.

»Weißt du, Valerius, als dieses glühende Metall auf mich zuflog, da habe ich irgendwie blitzartig eine andere, ähnliche Szene gesehen. Feuer – und darin dein Gesicht. Verstehst du, dass ich vorhin bei diesem Juwelier etwas aus der Fassung geraten bin?«

»Ja, mein Herz, das verstehe ich jetzt. Und ich würde unendlich gerne mehr von der Sache hören, die sich vor so langer Zeit abgespielt hat. Ich wäre sehr froh, wenn du nicht einfach wieder aus meinem Leben verschwinden würdest, Anahita. Auch wenn dies hier als Anfang einer Beziehung etwas unkonventionell ablief. Aber ich muss heute Abend noch nach Rom, und mein Flug geht in anderthalb Stunden. Ich bringe dich jetzt nach Hause.«

»Zu meinem Auto, das steht noch auf der anderen Rheinseite. Von dort aus führt der Weg direkt zum Flughafen.«

Er nahm mich noch einmal in die Arme und küsste mich zärtlich. Dann stand er auf, und auch ich krabbelte aus den Decken und suchte meine Kleider zusammen. Irgendwo im Raum klingelte ein Telefon, und ich hörte, während ich mich anzog, wie er antwortete.

»Ja, ich habe es vergessen! – Reg dich nicht auf, Belinda. Ich habe die Tickets, und wir treffen uns am Flughafen.«

Er kam zurück und holte eine Reisetasche aus dem Schrank.

»Deine Freundin?«

Er drehte sich zu mir um und zuckte leicht die Schultern.

»Ich habe dich erst heute kennen gelernt, Anahita.«

»Ja.«

Mit geübten Griffen packte er seine Sachen.

Wir fuhren zurück und waren beide sehr schweigsam. In diesen Minuten gab es nicht viel zu sagen. Alles, was ich hätte anfangen können zu erzählen, würde weitaus mehr Zeit benötigen als die, die uns noch blieb. Ihm ging es wohl ähnlich. Es war schon dunkel geworden, als wir den Parkplatz erreichten, wo ich morgens mein Auto hingestellt hatte. Er stieg mit aus und wartete, bis ich die Tür aufgeschlossen hatte.

»Hier ist meine Karte. Alle möglichen Telefonnummern und Adressen stehen darauf. Ruf mich an, Ana! Bald! Wir treffen uns, wenn ich meinen Job erledigt habe.«

»Ja, Valerius.«

Ich steckte die Karte, ohne sie anzuschauen, in meine Handtasche. Noch eine kurze Umarmung, dann ließ er mich los und sagte: »Es tut mir Leid, aber ich muss mich beeilen.«

»Bis bald!«

»Bis bald!«

Ich stieg ein und sah, wie der große Wagen davonfuhr. Ein Kölner Kennzeichen, dann VC. Die Ziffern wurden durch das rasche Entfernen unkenntlich.

Wie benommen fuhr ich in meine Wohnung. Irgendwann merkte ich, dass ich hinter dem Kehrfahrzeug herzockelte, das die Straße reinigte. Kurz vor meiner Wohnung überholte ich es ungeduldig und parkte, wie üblich, in der Parkmulde am Straßenrand. Als ich ausstieg, passierte es. Meine Handtasche rutschte vom Sitz. Sie sprang auf, und die Karte, die Valerius mir gegeben hatte, flatterte heraus. Mit namenlosem Entsetzen musste ich zusehen, wie sie von der Bürste des Reinigungsfahrzeugs aufgenommen wurde und in dessen Inneren verschwand.

»Nein!«, stöhnte ich. »Das darf nicht wahr sein!«

Aber es war geschehen. Und nun stand ich da, spürte noch die Berührungen des Mannes auf meiner Haut, nach dem ich mich mehr gesehnt hatte, als ich es für möglich gehalten hatte. Den Mann aus meinen Träumen, ich war ihm entgegen allen Vorstellungen begegnet – und hatte ihn verloren. Ich wusste nicht mehr von ihm als zuvor – nämlich dass er Valerius hieß.

Mechanisch sammelte ich meine Habseligkeiten auf, leerte den Briefkasten und ging in meine Wohnung. Mit der Stirn an das kühle Fenster gelehnt starrte ich in die Dunkelheit hinaus. Keine Adresse, keine Telefonnummer, noch nicht einmal seinen Nachnamen kannte ich. Es war zum Verzweifeln.

Ich war verzweifelt.

Nach einiger Zeit löste ich mich vom Fenster und knipste das Licht im Zimmer an. Der Anrufbeantworter blinkte, aber ich hatte keine Lust, ihn abzuhören. Wahrscheinlich war es doch nur wieder Uschi, die mir den neuesten Klatsch erzählen wollte. Die Therapie, der sie sich hatte unterziehen müssen, hatte ihr gut getan, und unser Verhältnis hatte sich weitgehend entkrampft. Ich nahm die Briefe und Karten, die ich aus dem Postkasten gefischt hatte. Rechnungen, Werbesendungen. Eine knallig bunte Postkarte mit barbusigen Sambatänzerinnen. Sie hatte drei Wochen gebraucht, um zu mir zu gelangen, und war wahrscheinlich in einem Urwaldbriefkasten eingeworfen worden. Doch Marcs aufmunternde Worte waren es, die auf mich wie ein Tritt in die Seite wirkten. Marc, der so gut recherchierte. Was würde er damit anfangen können, was ich jetzt über Valerius wusste? Dass er kein Hirngespinst war, sondern ein Mann aus Fleisch und Blut. Ich wusste, wie er aussah, sein ungefähres Alter, dass er gewiss weder Penner noch Bauer war, irgendwo im Süden von Köln eine Junggesellenwohnung hatte und ein Auto mit dem Kennzeichen K-VC fuhr, was darauf schließen ließ, dass sein Nachname mit C begann. Daraus würde sich etwas machen lassen, wenn vielleicht auch nicht auf die Schnelle.

Schließlich fiel mein Blick auf den dicken Umschlag. Ich riss ihn gierig auf. Ja, Tommy hatte sein Versprechen gehalten. In meinen Händen lag die Reproduktion des Stundenbuchs der Stiftsdame zu Sankt Maria im Kapitol in Köln – Anna Dennes, geschrieben im Jahre 1498.

Mit dem Buch in der Hand atmete ich einmal tief ein und fand einen gewissen Frieden in mir.

Ich hatte Valerius gefunden – und wieder verloren. Vielleicht war jetzt noch nicht der richtige Zeitpunkt, möglicherweise war es zu schnell, zu heftig gewesen. Aber eines war mir vollkommen klar: Ich würde ihn suchen. Durch alle Zeiten und Welten hindurch würde ich nach ihm suchen.

In dieser Welt, das schwor ich mir, würde ich ihn wieder finden.

Eine andere Welt, in der ich ihn ebenfalls suchen würde, war die der Anna Dennes von Köln.

Ich holte den Ausdruck, den ich von unserer römischen Geschichte hergestellt hatte und schrieb mit der Hand, langsam und in für mich sehr ordentlichen Buchstaben eine letzte Seite…

34. Kapitel

Anderwelt

Es wurde dunkel um Annik, doch Valerius' Gesicht war das Letzte, was sie mit ihren schwindenden Sinnen wahrnehmen konnte. Dann begann ihre Wanderung durch die Unendlichkeit, ohne Angst, wissend, dass sie sie finden würde – die Regenbogenbrücke, die sich über den Abgrund zwischen den Welten spannte und die sie in die Anderwelt führen würde. Mutig überschritt sie den farbigen, leuchtenden Bogen und erreichte die freundlichen Länder am anderen Ufer. Sie wandelte unter blühenden Apfelbäumen, entlang an silberhellen Bächen und schilfbestandenen Seen, sie begegnete den Ahnen und den Helden der Vergangenheit, aber auch anderen, manchmal Furcht erregenden, manchmal sie anwidernden Gestalten. Sie wandelte lange und vergaß Wehmut, Schmerzen und Trauer. Sie verlor nach und nach ihre Erinnerungen an das Leben auf Erden. Bis auf eine. Das tiefste Gefühl, das sie je empfunden hatte, war bei ihr geblieben – ihre Liebe vergaß sie nie, und die Sehnsucht blieb immer bei ihr.

Als sie der Wanderungen müde geworden war, suchte sie den Kessel der Wiedergeburt auf und entschloss sich, darin zu baden …

Und im Jahre des Herren 1470 wurde in Colonia, jetzt das »Heilige Köln« genannt, ein Kind der Schande geboren. Ein Mädchen mit rabenschwarzem Haar …

Ihre Mutter nannte es Anna.